广视角·全方位·多品种

权威·前沿·原创

本书为广东省普通高等院校人文社会科学重点研究基地
广州大学广州发展研究院研究成果

广州蓝皮书

BLUE BOOK
OF GUANGZHOU

中国广州文化发展报告
（2011）

主　编／徐俊忠　顾涧清
副主编／涂成林

ANNUAL REPORT ON CULTURE DEVELOPMENT
OF GUANGZHOU IN CHINA (2011)

社会科学文献出版社
SOCIAL SCIENCES ACADEMIC PRESS (CHINA)

法 律 声 明

　　“皮书系列”（含蓝皮书、绿皮书、黄皮书）为社会科学文献出版社按年份出版的品牌图书。社会科学文献出版社拥有该系列图书的专有出版权和网络传播权，其 LOGO（📖）与“经济蓝皮书”、“社会蓝皮书”等皮书名称已在中华人民共和国工商行政管理总局商标局登记注册，社会科学文献出版社合法拥有其商标专用权，任何复制、模仿或以其他方式侵害（📖）和“经济蓝皮书”、“社会蓝皮书”等皮书名称商标专有权及其外观设计的行为均属于侵权行为，社会科学文献出版社将采取法律手段追究其法律责任，维护合法权益。

　　欢迎社会各界人士对侵犯社会科学文献出版社上述权利的违法行为进行举报。电话：010 - 59367121。

社会科学文献出版社

法律顾问：北京市大成律师事务所

广州蓝皮书系列编辑委员会

摘　要

《中国广州文化发展报告（2011）》作为《广州蓝皮书》系列之一被列入社会科学文献出版社的"中国皮书系列"，由中共广州市委宣传部、广州大学联合编撰，在全国公开发行。本报告由总论、专题、区域发展、文化产业、文化事业、文化创新等六大部分组成。该报告阐述了2010年广州文化发展取得的成就以及未来的发展动态，也包括诸多专家、学者对广州文化发展的真知灼见，是广大科研工作者、政府工作人员以及社会公众了解广州文化发展状况的重要参考资料。

本报告指出：2010年是广州文化发展史上具有里程碑意义的一年，"九艺节"的成功举办，迎亚运文化活动的开展，对城市文化品位、文化软实力、群众文化生活、城市文明建设等方面面都产生了巨大影响，广州文化事业和文化产业发展取得了辉煌成就。但在城市文明均衡发展、市民文化消费层次、音像版权保护、文物保护体制等方面存在的问题与挑战也不可忽视。

展望2011年，虽然缺乏了"九艺节"和亚运会这样大型文化活动的支撑，但有了"十一五"的坚实基础，有冲刺全国文明城市的紧迫任务，广州文化事业将在一个更高的平台上获得平稳发展。创建世界文化名城将迈出坚定的第一步，创建全国文明城市将在这一年最终梦圆。而随着"后亚运效应"的逐渐显现，文化产业将迎来一个新的发展机遇期。

Abstract

The China Guangzhou Cultural Development Report 2011, as one of the a series of the Guangzhou Blue Book that was listed in the China Series Books of the Social Document Publishing House, is jointly compiled by the Publicity Department of CPC Guangzhou Committee and Guangzhou University and published openly in China. This report consists of six parts, i. e. the general review, subjects studies, regional development, cultural industry studies, cultural undertakings studies, cultural creations studies. This report elaborates the achievements of the cultural development of Guangzhou in 2010 and its trend; also includes the views and opinions of many experts and scholars. It is a very important reference book for researchers, government employees and the public to understand the situation of cultural development of Guangzhou.

The report states that the year 2010 was a year of milestone for the cultural development in Guangzhou. The successful operation of the Ninth China Art Festival and the series of activities of the 16th Asian Games brought immense influences on the culture of the city, soft cultural power, the citizen's cultural activities and the civilization of the city. Great achievements were met in the cultural activities and cultural industry. Nevertheless, problems and challenges in the coordinated development of city civilization, the cultural consumption level of the citizen, protection of video-audio copyright as well as the protection system of cultural relics should never be ignored.

To keep the year 2011 in view, though there no longer be any large-scale cultural activities such the Ninth China Art Festival and the 16th Asian Games, still with the solid foundation laid down during the 11th Five-Year Plan period, we are faced with the urgent task of obtaining the title of the National Civilized City, the culture of Guangzhou will meet a steady development on a better platform. A firm and steady step will take toward World-Distinguished Cultural City and the goal of obtaining the title of the National Civilized City will be accomplished in this year. With the gradual emergence of the Post-Asian Games Effects will cause a new development chance for the development of cultural industry.

目 录

B I 总论篇

B II 专题篇
——打造世界文化名城

B III 区域发展篇

BⅣ 文化产业篇

BⅤ 文化事业篇

B VI　文化创新篇

皮书数据库阅读 **使用指南**

CONTENTS

Ⅰ General Review

Ⅱ Subjects Studies: World–Distinguished Cultural City

Ⅲ Regional Development

B IV　Cultural Industry Studies

B V   Culture Undertakings Studies

B VI   Cultural Creations Studies

总 论 篇

General Review

B.1

2010 年广州文化形势分析与
2011 年预测[*]

2010 年广州文化形势分析与 2011 年预测[*]

广州大学广州发展研究院课题组[**]

摘　要： 2010 年是广州文化发展史上具有里程碑意义的一年，"九艺节"的成功举办，迎亚运文化活动的开展，对城市文化品位、文化软实力、群众文化生活、城市文明建设等方方面面都产生了巨大影响，广州文化事业和文化产业发展取得了辉煌成就。2011 年是"十二五"规划的开局之年，随着"后亚运效应"的逐渐显现，广州文化发展将在一个更高的平台上获得平稳发展。创建世界文化名城将迈出坚定的第一步，而创建全国文明城市将在这一年最终梦圆。

关键词： 广州　文化　形势分析　预测

[*] 本研究报告系广东省普通高校人文社科重点研究基地广州大学广州发展研究院研究成果。本报告所有数据除特别注明外，均来自于广州市文化广电新闻出版局统计数据。

[**] 本报告执笔涂成林，广州大学广州发展研究院院长、研究员、博士；本课题其他参与人员还有曾恒皋、魏伟新、程赛铃。

一 2010 年广州文化发展总体形势

2010 年是广州文化发展史上具有里程碑意义的一年，"九艺节"和亚运会等具有重大影响力的文化活动相继举行，极大地促进了广州文化事业与文化产业的发展，城市文化品位与文化软实力得到了一次质的提升。

（一）大力推动城市公共文明建设，创建全国文明城市取得积极进展

2010 年，广州将迎亚运与创文明城市有机结合起来，广泛开展群众性精神文明创建活动，城市公共文明建设力度明显加强。为构建一个安全、畅通、文明、有序的城市交通环境，按照中央统一部署，广州市在 1 月就启动了"文明交通行动计划"。以创建"平安畅通县区"、"文明交通宣传周"、"排队日"、"让座日"、"文明出行日"、文明交通"体验一小时"志愿服务活动等为载体，深入开展文明交通意识和交通安全法规宣传教育，强化道路交通执法管理，培养市民的礼让、守序意识和文明行为习惯，城市交通文明水平有了较大提升。同时，为加强公民道德建设，开展了第四届广州市道德模范评选活动。年初，共评选出助人为乐、见义勇为、诚实守信、敬业奉献、孝老爱亲五类共 50 人为第四届广州市道德模范，25 人为第四届广州市道德模范提名奖。并采取道德模范巡回演讲报告会、网上访谈、与身边好人现场交流等形式，在全市范围内广泛宣传道德模范事迹，营造了一个学习、崇尚、争当道德模范的良好社会氛围。另外，广泛开展文明教育活动。以"擦亮窗口迎亚运"为主题，广州市窗口行业迎亚运文明礼貌教育实践活动在 10 月正式启动，以增强窗口行业全体从业人员的社会公德、职业道德意识，全面提升窗口行业服务质量和服务水平。广州白云国际机场、北京路步行街等 30 个公共场所或窗口单位被首批命名为"广州市公共文明示范区"。

随着"创文"活动的广泛开展，城市公共文明建设在 2010 年取得积极成果。从 2009 年 5 月广州首次进行城区（县级市）公共文明指数测评以来，2010年每月的公共文明指数测评平均得分都稳定在 90 分以上，全年平均得分达到91.92 分，较 2009 年的 86.00 分有较大幅度提高（见图 1）。国家统计局在 2010

年 7～9 月对全国部分城市公共文明指数进行测评中，广州在全国创建文明城市
先进城市中排名第 1 位。在全国 117 个受测城市和 30 个受测省会、副省级城市
中广州分别排名第 5 位和第 4 位，较 2009 年均提升了 1 位①。

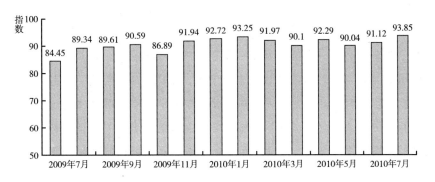

图 1　2009～2010 年广州市城区（县级市）公共文明指数

数据来源：广州市创建文明城市办公室。

（二）成功举办"九艺节"等高水平文化活动，城市文化品位与文化软实力大幅提升

2010 年，广州通过举办或承办层次高、影响大、效益好的文化活动，培育
文化品牌，加强中外文化交流，城市文化氛围日益浓厚，城市文化品位与文化软
实力不断提升，为广州建设世界文化名城奠定了坚实基础。其中，5 月成功承办
了第九届中国艺术节，首开省会城市承办中国艺术节先河。65 台来自全国各地
的精品剧目参加"文华奖"评奖演出，15 台国内优秀剧目参加祝贺演出，参评
和参演剧目为历届艺术节之最。由广州首创的中国（广州）优秀舞台艺术演出
交易会共设展览面积 12216 平方米，吸引了 506 家中外演艺机构和国内众多优秀
剧目参展，达成交易项目 66 个，成交额达 1.77 亿元，成为我国文化产品走向市
场的重要交易平台。9 月举办的第三届中国国际漫画节包含了动漫版权交易会、
漫画家大会、金龙奖大赛、ACG 穗港澳动漫游戏展、中国大学生动漫作品大赛
和开闭幕式等 7 项主体活动，120 多家来自中国大陆、香港、澳门、台湾的动漫
企业（机构）参加了动漫版权交易会，交易额达 26.9 亿元；金龙奖大赛征集到

---

① 《全国 117 个城市公共文明指数测评出炉，广州排名靠前》，2010 年 11 月 9 日《广州日报》。

了来自中国、马来西亚、韩国、日本等世界各地的投稿6825份,比上届增加36%;穗港澳动漫游戏展参展企业近300家,首次实现市场赢利;全国大学生动漫作品大赛涵盖中国大陆、台湾、香港的109所高校,参与学生超过6000人次。12月举办的第15届广州国际艺术博览会以"艺术岭南、艺术生活"为主题,有17个国家多个参展机构参展,共吸引了20万人次入场参观,成交额过亿元,办展规模、参观人数和成交量均远超往届和国内同类博览会。同期举办的2010中国(广州)国际纪录片大会共接受来自中国、德国、法国等58个国家和地区的576部影片报名参加本年度的评优展播活动,参评参展的影片数量创中国(广州)国际纪录片大会之最。作为中国唯一国家级的具有交易功能的纪录片盛会,其在推动中国纪录片走向国际化、专业化、市场化方面的作用愈发明显。

(三) 迎亚运文化惠民活动丰富多彩,群众文化生活空前繁荣

第九届中国艺术节作为我国层次最高、规模最大的艺术盛会首次在广州举办,昆剧《长生殿》、话剧《红帆》、舞剧《风雪夜归人》等88台中外精品剧目齐齐登台,各类演出活动达200多场,约23万人次市民走进了剧场,超过100万人次参加了各类演出、展览和群众文化活动,让广州市民在2010年上半年一饱眼福。而下半年开始的迎亚运文化惠民活动同样精彩纷呈,市民尽享"文化大餐"。其中,亚运歌曲大家唱、大型广场演出、精品展演、非遗精品展、街道社区文化活动等亚运群众文化活动自6月开始,历时5个多月,总场次达500多场,参与团队达900多个。在亚运会、亚残运会期间,广州引进了来自20个国家和地区的38台剧目,共演出317场之多,创历史之最。截至11月27日,共有12万多人次观众走进剧场观看了演出,其中超过10万人次属于获得惠民演出门票的观众。作为亚运会开幕式的重要组成部分的珠江巡游岸上文艺演出活动,涵盖了歌舞、武术、木偶、时装、粤剧、书法以及体现广州民俗风情文艺表演等诸多内容,参与演员、群众和观众达10万人次之多。同时,举办了"岭南风格——广州传统工艺美术精品展"等79个展览展示活动,市属、区县和行业博物馆共接待观众近77万人次,其中免费开放观众38万人次。并积极开展亚运惠民送电影活动,11月市属10家电影院共放映惠民电影300多场,已有8万多人次观众凭票免费观看电影。另外,在春节、清明节、端午节、中秋节等传统节日,继续深入开展"我们的节日"系列主题活动,举办了第六届广州民俗文化

节、2010 年广州乞巧文化节、第二届岭南书画艺术节、第 31 届"羊城之夏"读书活动及"4·23"读书日活动，群众文化生活空前繁荣。

（四）公共文化服务体系日趋完善，公共文化产品服务质量不断提升

根据《广州市加快公共文化服务体系建设实施意见》的规划部署，在 2009 年基本建成覆盖城乡四级公共文化服务体系的基础上，2010 年继续大力实施文化惠民工程，不断健全公共文化服务网络，提升服务质量和水平，公共文化服务体系得以进一步完善。其中，顺利完成新建 387 家"农家书屋"的任务，至 2010 年底全市"农家书屋"已达到 1615 家。基层文化设施建设继续得以强化。积极推进农村数字电影放映工程，年底市委宣传部安排 1300 多万元专项经费，统一购置了 90 部农村数字电影放映机和 60 辆放映车辆，分别发放给白云区、番禺区、花都区、南沙区、增城市、从化市、萝岗区 7 个有农村的区、县级市，农民群众看电影难问题得到了有效解决。同时，以承办"九艺节"和"迎亚运"为契机，大力推进大型文化设施项目建设。与国家大剧院、上海大剧院并称国内三大剧院之一的广州大剧院于"九艺节"前隆重开张运营，一批演出场馆也在"九艺节"前顺利完成修缮改造，广州文化演出场馆整体水平在 2010 年有了一个质的飞跃。另外，南越王博物馆整治一期工程已全部完成，新陈列改造工程顺利完工，已接待数批亚运宾客的参观。南越王宫博物馆建馆工程按计划进行，亚运期间已实行部分对外开放。辛亥革命纪念馆、广州文化中心、广州文化创意中心、广州图书馆新馆、广州沙河顶艺术苑综合楼、广州博物馆新馆等重点文化设施建设项目也正按计划稳步推进。市区所有公共图书馆都已晋升为"国家一级图书馆"，通借通还、资源共享的模式试点工作也已在白云、荔湾和南沙三个区图书馆正式展开，公共图书馆整体服务水平明显提高。博物馆免费开放政策得以积极落实，全市已有 19 家博物馆和纪念馆实现全年免费对外开放，各博物馆举办各类专题展览总数达 150 多个，全年总参观人数突破 350 万人次。

（五）文化产业集群化发展势头良好，优势行业已具备较强产业竞争力

随着旧城改造与"退二进三"战略的加快实施，近两年广州创意产业园的

建设风起云涌，2010 年 T. I. T 纺织服装创意园、广州啤酒文化创意艺术区等多个文化创意产业园项目已建成营业，北岸文化码头创意产业园、珠影文化创意产业园等项目也先后开工建设。其中，占地45.5 公顷的广州北岸文化码头创意产业园，未来将成为世界上单体面积最大的创意产业园，是中国特色的城市创意公园。而文化创意产业园区建设的快速推进，使得广州文化创意产业规模化集约化发展势头日益明显，当前天河区的"软件新媒体"产业、海珠区的"影视会展"产业、越秀区的"动漫游戏"产业、荔湾区的"设计工艺"产业等产业集群已基本形成。据初步统计，当前广州建成和在建的各类文化创意产业园已达30 多个。吸引近30 个国家和地区的1000 多家各类设计创意企业入驻，集聚了2 万多名创意人才，为广州开创了一个新型的充满无穷潜力的新产业。①

报刊出版业作为广州的优势文化产业继续保持良好的发展势头。2010 年6 月，世界品牌实验室发布的《中国500 强最具价值品牌榜》显示，《广州日报》品牌价值已达到81.35 亿元，较上年增长12.6%，创造了报业品牌价值增长连续四年两位数的奇迹，连续六年位列中国报业三甲、华南报业第一。9 月，由世界品牌实验室和世界经理人集团共同编制和发布的2010 年《亚洲品牌500 强》排行榜公布的结果显示，《广州日报》位列亚洲品牌500 强第151 名，并进入亚洲传媒行业10 大品牌行列，在中国的纸媒排名中，仅排在《人民日报》、《参考消息》之后。而在有着中国传媒"达沃斯"美誉的2010 年传媒年会上，被组委会誉为"走珠江，开一代风气"的广州日报报业集团获评为"2001～2010 年中国传媒十大领军品牌"之一，广州日报报业集团管委会主任、广州日报社社长戴玉庆获评为"2001～2010 年中国传媒十大领军人物"之一。

（六）亚运助推文化旅游市场繁荣，居民文化消费支出平稳增长

2010 年，广州城市居民人均教育文化娱乐服务支出达到4611.35 元，比上年增长了11.5%。比2006 年增长1.8 倍，年均增长36.4%。人均教育文化娱乐服务支出占服务性消费支出的比重，也从2006 年的45.6%上升到2010 年的50.4%，在服务性消费中的比重首次过半，呈现平稳增长态势，这表明在"十一

---

① 《历史性的跨越——2010 年广州经济运行情况综述》，广州统计信息网，http://www.gzstats.gov.cn/tjfx/gztjfs/201101/t20110128_24316.htm。

五"期间广州市民的教育文化娱乐消费水平较一般商品与服务消费以更快的速度在提高（见图 2）。

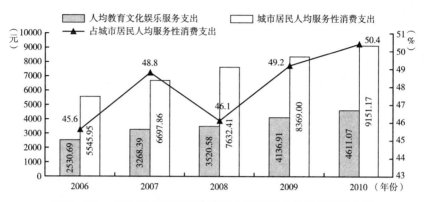

图 2 "十一五"期间广州城市居民人均教育文化娱乐服务支出

数据来源：广州统计信息网统计数据整理。

从分季度发展情况看，一季度如往年一样，受春节消费拉动影响，居民教育文化娱乐消费支出总量较大，达到了 1198.69 元，较上年同期增长了 19.8%，继续保持了较快的增长势头。而与往年四季度通常为文化娱乐消费淡季的基本态势截然不同的是，2010 年四季度居民文化娱乐消费支出明显加大，达到了 1090.31元，比上年同期大幅增长了 23.3%（见图 3）。

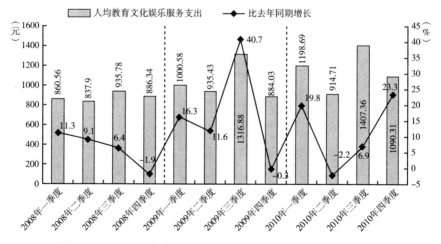

图 3 2008～2010 年各季度城市居民人均教育文化娱乐服务支出

数据来源：广州统计信息网统计数据整理。

这种异常性增长的主要原因是受到 11 月在广州举办的亚运会的影响，市民在进剧场欣赏迎亚运文化节目以及进赛场观看体育比赛的消费支出明显增多。同时，2010 年广州市以迎亚运为契机，大力改善城市面貌，推出了"新广州游"品牌形象，并推出了"新广州城中轴线"、"羊城经典游"、"广州动感游"、"亚运体验游"、"广府文化游"、"珠江画廊游"、"广州美食一天游"等 69 条旅游精品线路，极大地刺激了城市居民周末文化旅游的消费热情。全市实现旅游业总收入 1254.61 亿元，同比增长 26.2%，全年各月累计增速均较上年有大幅提高。①

（七）文化精品战略取得丰硕成果，文艺创作喜获丰收

文艺院团体制改革大大激发了艺术创作生产的生机与活力，2010 年广州艺术创作喜获丰收。在代表我国当前艺术创作国家水准的第十三届"文华奖"评奖演出中，广州共有 4 台剧目载誉而归，其中芭蕾舞剧《风雪夜归人》获文华大奖，粤剧《刑场上的婚礼》、人偶剧《八层半》获文华大奖特别奖，话剧《春雪润之》获文华优秀剧目奖。同时，随着文化惠民工程的大力推进，群众文艺创作水平也有较大幅度提高。在全国社会文化艺术政府最高奖第十五届"群星奖"上，广州共有《博士浪漫曲》、《西关食通天》等 11 个作品获得作品类"群星奖"，"广州岭南书画艺术节"则捧回项目类"群星奖"，奖数之多、成绩之好，为历年之最。

（八）迎亚运推动文物修缮及环境整治力度加大，历史文化遗产保护进一步加强

借迎亚运立面整饰工程东风，2010 年，广州对历史文化街区、老城区历史文物建筑的修缮及环境整治力度空前，历史文化遗产保护工作向前跨出了一大步。其中包括：完成了孙中山大元帅府、六榕寺、陈家祠、大佛寺、五仙观及岭南第一楼等文物保护单位编制保护规划；完成了广州公社、东平大押、万木草堂等多处文物保护单位的修缮及环境整治；完成了孙中山大元帅府、虎门炮台、南海神庙、资政大夫祠古建筑群、屈氏大宗祠等文物保护单位的维修。配合城市改造和建设进行抢救性考古，共计完成勘探面积近 200 万平方米，发掘古遗址 3.5

---

① 《历史性的跨越——2010 年广州经济运行情况综述》，广州统计信息网，http://www.gzstats.gov.cn/tjfx/gztjfs/201101/t20110128_24316.htm。

万平方米，先秦两汉至明清时期古墓葬 1200 余座，出土各类文物 5.5 万件（套）。① 非物质文化遗产保护卓有成效。在 5 月文化部公布的第三批国家级非物质文化遗产名录推荐项目中，广州又有 4 项入选。至 2010 年底，已共有人类非物质文化遗产项目 2 项，国家级非遗名录项目 14 项，省级非遗名录项目 42 项，市级非遗名录项目 64 项；有国家级代表性传承人 9 名，省级代表性传承人 19 名，市级代表性传承人 63 名。②

（九）文化市场专项整治行动有序开展，社会文化环境保持健康发展态势

为给亚运会的成功举办及青少年健康成长营造一个良好的社会文化环境，保持文化市场的有序和繁荣发展，2010 年广州先后组织开展了元旦、春节及"两会"期间文化市场专项整治行动、打击盗版音像制品专项行动、打击手机网络传播淫秽色情信息专项行动、迎世博"扫黄打非"专项行动、"九艺节"专项行动、"迎国检、亚运"百日专项整治行动、迎亚运"扫黄打非"专项行动、打击侵犯知识产权和制售假冒伪劣商品专项行动等文化市场整治行动，对图书、音像、网吧、网站、印刷、复制及演出娱乐场所进行了全面管控。全年共检查各类文化经营场所 3.7 万家次，办理各类案件 673 宗（其中行政案件 601 宗，刑事立案 72 宗），收缴侵权、盗版图书和音像制品 523.5 万张（册），取缔"黑网吧" 147 家，巡查网站 7747 家次，关闭违规网站 63 家。广州文化执法总队也因此荣获"2010 年广东省扫黄打非先进集体"称号。

二 2010 年广州文化发展面临的主要问题与挑战

（一）各区县文明发展水平不够均衡，交通文明依然是城市文明软肋

从广州市 2010 年 1～8 月城区、县级市公共文明指数测评得分来看，各个区

①《广州市文化发展状况》，广州市新闻中心官方网站，2010 年 10 月 27 日，http：// special. gznews. gov. cn/2010/node_ 941/background/12881680786910. shtml。
②《广州市 2010 年度非遗保护工作总结会暨"非遗走进大学"汇报展举行》，广州市非物质文化遗产保护中心，http：//www. ichgz. com/news. asp？selectclassid＝002&id＝283。

县的得分相差较大，说明广州的城市文明区域发展水平还很不均衡，白云、从化、增城依然是广州建设全国文明城市的薄弱区域，公共文明建设水平还有待加强（见表1）。同时，从公共秩序、公共环境、人际交往、公益行动以及贯彻落实中央文明委、市文明委部署的重点工作等五个具体指标的得分情况来看，虽然2010年广州通过大力开展文明交通行动计划不断强化市民的公共交通意识，公共秩序有了较明显的改善，但行人、非机动车违章现象仍相对严重，行人翻越栏杆、不走斑马线、机动车违章停放等情况依然时有发生，交通文明依然是广州建设全国文明城市的软肋所在。

表1　2010年1~8月各区、县级市公共文明指数测评统计一览表

区、县级市		2010年								2010年平均成绩
		1月	2月	3月	4月	5月	6月	7月	8月	
萝岗	分数	95.61	94.22	91.33	94.05	97.58	94.45	95.81	98.54	95.20
	排名	2	3	8	1	1	2	1	1	1
番禺	分数	94.36	92.98	96.87	89.53	92.83	91.50	91.29	93.06	92.80
	排名	4	7	1	7	4	5	7	8	3
越秀	分数	95.80	94.88	91.49	90.21	92.57	87.92	93.29	95.91	92.76
	排名	1	1	7	5	6	10	2	2	5
南沙	分数	93.08	93.07	92.78	92.40	89.79	94.82	91.98	95.19	92.89
	排名	7	6	6	2	11	1	4	3	2
荔湾	分数	94.91	92.85	95.10	90.32	89.30	91.38	90.19	93.31	92.17
	排名	3	9	3	4	12	6	8	7	6
花都	分数	93.87	92.39	94.26	90.82	93.76	91.63	93.15	92.45	92.79
	排名	5	10	4	3	2	4	3	11	4
海珠	分数	90.10	93.92	92.99	88.40	93.11	87.77	91.71	93.62	91.45
	排名	10	4	5	12	3	11	6	5	8
黄埔	分数	91.88	93.26	90.72	89.08	91.53	88.51	91.89	93.75	91.33
	排名	9	5	9	9	9	8	5	4	9
天河	分数	88.92	92.93	95.51	88.86	89.83	93.15	90.16	93.33	91.59
	排名	11	8	2	10	10	3	10	6	7
增城	分数	88.25	94.83	87.23	89.10	92.43	88.03	90.17	92.96	90.38
	排名	12	2	11	8	7	9	9	9	11
从化	分数	93.81	92.06	90.71	89.88	92.83	89.46	86.41	92.57	90.97
	排名	6	11	10	6	4	7	12	10	10
白云	分数	92.07	91.53	84.63	88.59	91.97	81.75	87.32	91.49	88.67
	排名	8	12	12	11	8	12	11	12	12

（二）市民文化消费层次总体依然偏低，高端演出市场还不够成熟

2010 年，广州城市居民人均教育文化娱乐服务消费支出达到了 4611.07 元，文化消费占城市居民人均服务性消费支出的比例超过了一半，达到了 50.4%，这说明当前广州市民的文化娱乐总体消费水平已达到较高水平。"九艺节"的举办、广州大剧院的开张运营、迎亚运文艺活动的开展，也都促使广州高端演出市场在 2010 年空前活跃，居民高雅艺术消费意愿明显提高。据统计，截至 2010 年 12 月 31 日，蒙特卡罗芭蕾舞团、圣彼得堡爱乐乐团、英国皇家爱乐乐团与小提琴大师祖克曼等在广州大剧院进行了 178 场演出，其中，国际 A、B 类演出超过 60%。1800 座的大剧场，全年平均上座率超过八成。但同时要看到，广州市民至今尚未形成良好的进剧场享受高雅艺术的兴趣与习惯，经常性买票消费高雅艺术市民的比例还较低，还没有形成一批稳定的观众群，高端演出市场成熟度与北京、上海相比差距明显。尤其是本地剧团上演的话剧、粤剧、芭蕾舞等剧场艺术在广州更是备受冷落，这一方面说明本土剧目质量还有待提高，另一方面也同时说明广州居民还没有真正形成进剧场欣赏高雅艺术的消费习惯，许多市民进剧场还是因为获得了赠票或出于追星的目的，而不是出于欣赏高雅艺术的本身。而且从文化消费的内容看，当前广州居民的文化消费大多集中在看电视、上网等通俗文化娱乐以及小孩教育消费上，这说明当前广州的文化消费层次还较低，消费结构不尽合理。

（三）城乡教育文化娱乐消费水平差距明显，农村文化消费能力依然薄弱

2010 年 1~3 季度，城市居民人均教育文化娱乐服务消费性支出为 3521.29 元，而同期农村居民人均文教、娱乐用品及服务消费性支出仅 732.00 元，仅为城市居民的 1/5，城乡文化消费水平差距非常巨大。而且从历史数据看，虽然近两年农村居民教育文化娱乐消费支出增速要快于城市居民，但城乡居民文化消费水平的差距并没有明显缩小（见图 4）。

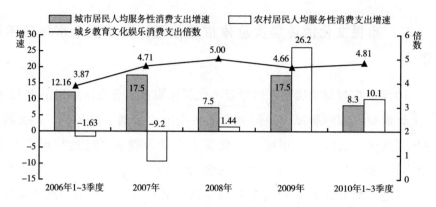

图4　"十一五"期间广州城乡居民教育文化娱乐消费支出对比

说明：2006年、2010年由于缺乏第四季度农村数据，因此采用1～3季度数据进行比对分析。

数据来源：广州市统计信息网。

（四）音像盗版问题依然严重，已成为制约广州音乐产业发展的最大障碍

音像产业一直是广州文化产业中的传统强势产业，全国70%以上的正版音像制品都出自这里，但广州又是盗版音像制品的主要集散地，猖獗的盗版行为已成为广州音像产业发展的最大制约因素。2010年，广州市先后在天河区、白云区、从化市等地查获4个非法音像制品加工窝点、1个非法出版物批销窝点，公安机关现场抓获22名涉案嫌疑人，2010年查处的重大文化案件基本都属于音像盗版案件。其中，6月25日，在白云区一无证音像制品仓库当场查获《野草》、《神州穿梭：（国情篇)》、《怒海争锋》等品种的涉嫌非法音像制品91.829万张。此被称为"广州特大非法音像制品仓储案"的盗版案件被文化部定为"2010年全国文化市场十大案件"之一。而在近几年文化部公布的重大文化市场案件中，2007年广州入选"文化市场保护知识产权十大案件"的两例案件全部为违法音像制品案件，两案件共收缴违法音像制品100万张。而入选的2008年全国文化市场十大案件的"广州5·20盗版光盘案"，则共查获非法音像制品352.34万张，是当年全国单日查获非法音像制品数量最大的一起案件。可见，虽然近些年广州文化部门始终坚持将音像行业作为重点监管对象，但音像盗版依然严重，盗版横行已成为当前制约广东音乐产业重新崛起的最大难题。2010年5月，"国

家音乐产业基地（广州园区）"项目正式获得国家新闻出版总署批准，国家级音乐产业基地落户广州为广州音乐产业的重新崛起带来了新的希望。但不可讳言，如果不能从根本上解决音像盗版居高不下的问题，广州音乐产业依然没有出路。

（五）文物保护尚存在诸多体制性障碍，文物修葺投入与行政监管有待加强

广州是我国首批 24 座历史文化名城之一，拥有丰富的历史文化资源，尤其是名村名镇、传统街区、工业遗产等历史文物建筑数量繁多，对这些历史文物建筑进行合理保护与利用是广州建设世界文化名城的重要基础。迎亚运城市立面整治工程使得近两年来广州的历史文物建筑外墙保护有了较大的改善，但依然还有大量文物建筑损毁严重，急需进行"抢救性"维护，尤其是那些社会关注度不高、保养较困难的文物保护单位境况更是堪忧。如，始建于清末民初的百年旧当铺成了出租屋，占地面积 1600 平方米、建于光绪十年（1884 年）的古建筑群落——区氏大宗祠建筑群几近危楼，广州市文物保护单位叶剑英商议讨逆旧址破损不堪且面临被拆风险。造成这种状况的主要原因为当前广州的文物保护尚存在诸多体制性障碍。一是缺乏足够的文物维修和抢险补助经费。文物建筑大多历时久远，风烛残年，随时有损坏的危险，需要大量的抢修维修经费，文物的所有人或使用人不愿或无力负担这些费用，而政府资金方面没有固定的抢险和抢修资金，也缺乏其他筹集经费的渠道（如基金、社会投资等都几乎没有）。二是文物行政管理与执法机构配置过弱，与实际繁重工作需要不相符合。目前，作为管理全市文物的业务行政部门，广州市仍只有 1992 年设立的文物处，应付日常业务就已不堪重负。文物行政执法由广州市文化市场综合行政执法总队内设的三科承担，该科同时还承担着广州文化市场中演出娱乐场所与美术品版权的执法职能，文化市场的执法任务也很繁重，影响了有效履行文物巡查和行政执法的职能。三是文物保护层级管理制定缺失。当前广州各区、县级市大多数没有专门的文物行政管理机构和人员，区、县级市的文物行政执法也都没有专门的文物行政执法人员，街道、镇一级的更是没有相关的管理机构和人员，文物保护监管、巡查责任难以逐层落到实处。①

---

① 《保护文物广州有三难》，2011 年 3 月 1 日《新快报》。

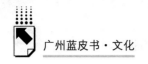

三 2011 年广州文化发展态势与对策建议

（一）2011 年广州文化发展态势

虽然缺乏了"九艺节"和亚运会这样大型文化活动的支撑，但有了 2010 年的坚实基础，有冲刺全国文明城市的紧迫任务，2011 年广州文化事业将在一个更高的平台上获得平稳发展。而随着"后亚运效应"的逐渐显现，文化产业将迎来一个新的发展机遇期。

1. 创建世界文化名城迈出第一步，广州文化事业与文化产业发展迎来一个崭新局面

根据省委省政府提出的建设文化强省的统一部署，广州市委市政府提出了建设文化强市、培育世界文化名城的发展构想。2011 年 2 月，《广州建设文化强市培育世界文化名城规划纲要（2011～2020 年）》颁布实施，广州自此正式步入创建世界文化名城新时代。《纲要》明确提出，要以文化品位塑造城市形象，以文化氛围凝聚人心，以文化繁荣提升群众生活品质，在建设文化事业繁荣、文化产业兴旺、文化体制完善、文化设施先进、文化环境优良、城市文明程度高、区域文化中心地位稳固、在国内具有领先优势的文化强市基础上，培育建设具有深厚历史内涵、浓郁地域特色、强烈时代特征、鲜明文化品格、高度创新精神、国际化程度较高的世界文化名城，并提出了把广州培育建设成为广东具有高度文化认同的"首善之区"，文化产业跨越发展的"创意之都"，传统与现代相融会、在国际上具有重要影响的"文化之城"，尊重创造、鼓励创新、人才辈出、人尽其才的优秀文化人才"会聚之地"等四个具体目标。这个纲领性文件的出台，为今后十年广州文化事业与文化产业发展指明了方向，有利于营造一个全市上下共同关心、支持文化建设的良好氛围，文化建设力度也必然会进一步加大，广州文化事业与文化产业发展从此将迎来一个崭新局面。

2. 确立打造国家级示范区发展目标，公共文化服务体系建设将得到进一步强化

根据《广州市加快公共文化服务体系建设实施意见》的规划部署，目前广州已基本实现了"2010 年基本建成布局合理、设施先进、功能完善、覆盖城乡的公共文化服务体系"、"12 个区（县级市）建有综合性文化活动中心，全市 100% 的街（镇）、社区（村）建有文化站、文化室"的发展目标，公共文化服务体系建设已走在全国前列。在后亚运时期，广州已提出了"打造公共文化服务体系、建设国家级示范区"的发展设想，提出要按照公益性、基本性、均等性、便利性的发展要求，尽快构建普惠型公共文化服务体系。因此，2011 年广州公共文化服务体系建设必将进入向纵深推进的新时期。一方面，以公共财政投入为主体的公共文化服务投资体系逐步形成，公共文化硬件设施建设得以继续加强，文化资源进一步向农村和基层倾斜，城乡文化服务设施差距会有所缩小；另一方面，通过丰富内容和服务不断提升绿色网园、农家书屋的吸引力，进一步打造"文化艺术上山下乡"、乡村"文化大篷车"巡演等公共文化服务品牌，区图书馆与市图书馆的"通借通还"工程全面实施，公共文化服务质量与水平会有较大幅度的提高。

3. 进入"创文"决胜年，全国文明城市梦想有望在 2011 年实现

2011 年是第三届全国文明城市的评选年，是广州开展新一轮创建工作的冲刺年，是实现跻身全国文明城市行列的大考年。与 2008 年相比，2011 年广州"创文"的条件更加成熟。经过亚运会的洗礼，现在广州的城市公共文明水平已得到了大幅提高。2010 年，广州城市公共文明指数成绩排名从 2009 年受测省会和副省级城市的第 5 名提升到第 4 名，在全省 9 个测评城市中继续排名第 1，为 2011 年创建工作打下了良好的基础。环境卫生、公共交通这两个导致 2008 年广州"创文"最终功败垂成的短板现在已得到较大幅度改善。从近期城市文明指数测评结果看，目前广州的交通路口机动车遵章情况、村镇文化广场、镇容村貌、学校周边环境等项目指标得分较高；主要交通路口机动车闯红灯、不各行其道，主、次干道机动车乱停放的情况明显改善；各类公共设施特别是公用电话亭完好情况明显好转。同时，为确保万无一失，市委、市政府已明确表示要把巩固和扩大创建成果和迎亚运成果作为 2011 年创建工作的主攻方向，着力在清洁环境卫生、优化公共秩序、加强公共安全这三个重点领域打攻坚战。而且为了确保迎国检工作落实到位，2011 年广州将继续执行严格的创建工作问责制，并不断强化市民文明督导团和志愿者组织的第三方监督机制。因此，如果不出现意外，全国文明城市的梦想有望在 2011 年实现。

4. 品牌文化活动持续开展，城市文化品位有望进一步得到提升

2011 年，广州虽然不会再承办中国艺术节和亚运会这样高级别的大型文化活动，但广州自身拥有的一系列大型品牌文化活动，如第八届中国音乐金钟奖、第 16 届广州国际艺术博览会、2011 中国（广州）国际纪录片大会、第七届中国国际漫画节等将继续广泛开展。同时，结合建党 90 周年和纪念辛亥革命 100 周年，将继续积极开展群众公益性品牌文化活动。如"都市热浪"、"羊城之夏"、"广州市公益文化春风行"、"广州民俗文化节"、"岭南书画节"、"乞巧节"等。这些大型文化交流活动的持续开展，不仅将极大丰富市民的文化生活，也有助于广州文化影响力和辐射力进一步加强，城市文化品位不断提升，为创建世界文化名城打下坚实基础。

5. 高端公共文化平台相继投入使用，广州民众文化消费层次有望逐步提升

以承办"九艺节"和迎亚运为契机，"十一五"期间广州明显加大了大型公共文化平台的建设，2010 年已有广州大剧院、省博物馆新馆、南越王宫博物馆等地标性高端公共文化设施相继投入运营，南方剧院、江南大戏院、广州木偶艺术中心、彩虹曲苑等 7 个剧场完成了装修改造重新开门营业。而辛亥革命纪念馆、广州新图书馆、广州文化创意中心、沙河顶艺术苑、广州文化中心（太古汇）等在建重点文化设施项目也在加快推进，其中总投资 2.26 亿元的辛亥革命纪念馆将在 2011 年 10 月 10 日武昌起义爆发 100 周年纪念日前建成并正式对外开放。随着这些大型公共文化平台的相继投入运营使用，2011 年广州能提供的高端文化产品将更加丰富，有助于广州民众文化消费层次的逐步提升。如从广州大剧院公布的 2011 年演出排期看，新的一年以"广州国际艺术节"为核心，配以"大剧院周年庆典演出季"、"世界华人艺术家音乐季"、"港澳台粤艺术季"、"新春演出季"的"一节四季"的大格局已基本形成。德累斯顿国家交响乐团音乐会、索菲·穆特小提琴独奏会等世界顶级演出将纷纷在这里上演，广州有望成为继北京、上海之后高雅艺术演出最为密集的城市，这将极大地拉升广州民众文化消费层次。

6. 法治文化建设继续强力推进，版权保护工作得到进一步重视

2011 年是创建全国文明城市的大考年，也是广州建设世界文化名城的起步年，广州将围绕维护社会政治稳定、促进未成年人身心健康、保护知识产权、争创全国文明城市等中心任务，在继续积极组织开展文化市场各项整治专项行动的同时，强力推进"扫黄打非"法治文化建设，以形成文化市场管理的长效机制。包括，按照属地管理和谁主管谁负责的原则，严格落实责任制和责任追究制；建立健全行政执法监督检查各项制度，推进依法行政考核体系建设；继续推进"扫黄打非"信息管理系统建设，提高"扫黄打非"工作信息化水平。同时，

2011 年广州将以积极创建申报全国版权示范城市为契机，进一步规范对印刷、发行和音像单位的管理，推进以政府部门为重点的软件正版化工作，组织开展打击侵权盗版行动，版权保护工作有望得到进一步重视，为音乐创意产业的加速复苏创造了必要条件。

（二）进一步促进广州文化发展的对策建议

1. 打造世界文化名城，关键是要做好岭南文化资源的传承、创新和传播

《广州建设文化强市培育世界文化名城规划纲要（2011～2020 年）》已明确提出，在"十二五"期间，广州将把打造世界文化名城作为建设国家中心城市的重要着力点，加快建设传统文化与现代文明交相辉映、文化与经济科技融合发展，具有高度包容性、多元化和竞争力的文化强市和世界文化名城。而要将广州真正打造成为世界文化名城，我们认为关键是要做好岭南文化资源的传承、创新和传播。

一是要充分发掘、保护和利用岭南优秀传统文化资源，彰显城市人文历史底蕴和岭南文化独特魅力，增强市民的文化认同感，从而塑造出自己的独特城市精神。广州是我国首批历史文化名城，拥有 2200 多年的建城史，是"岭南文化的中心地"、"古代海上丝绸之路的发祥地"、"中国近现代革命的策源地"和"当代改革开放的前沿地"，这种"四地"文化特质是广州建设世界文化名城的最重要基础，而更深层次地挖掘这些历史文化遗产对世界的意义是广州建设世界文化名城的出发点与着力点。

二是要大胆对传统文化进行创新，通过学习吸收世界先进文化精粹，精心培育现代时尚的都市文化，从而构建起传统文化与现代文明交相辉映，具有高度包容性、多元化的文化体系。"多元化"是当前巴黎、伦敦、纽约等世界文化名城的共同特点，促进岭南文化与世界文化的交流与融合是广州走向世界文化名城的必由之路。

三是要延续亚运城市品牌效应，彻底改变广州过去对自己的历史文化宣传不够张扬的弊端，加大对外宣传力度，拓展对外文化交流渠道，进一步提升城市知名度和美誉度。对外文化宣传的成败，渠道与平台的选择非常重要。广州可以继续通过举办或承办一些层次高、影响大、效益好的文化活动，努力打造出真正具有世界级影响力和辐射力的广州文化活动品牌，从而达到增强城市文化氛围、扩

大城市文化影响的目的。另外，要善于抓住一些特殊的时间节点，进行系统化的文化包装与密集性的文化推广，从而收到事半功倍的效果。如，2011年正好是辛亥革命100周年，那么今年有必要对广州的有关辛亥革命历史遗存、人文景点进行系统性的发掘与推介，这比在其他时间点进行宣传推广的效果要好得多。

2. 抓住"后亚运时代"的机遇期，推动文化产业实现跨越式发展

亚运会的成功举办，向全世界展示了一个全新的广州，也向全世界展示了广州岭南文化的深厚底蕴和独特魅力，广州文化事业与文化产业跃上了一个崭新台阶。随着"亚运效应"的逐渐显现，广州文化产业迎来了"后亚运时代"的难得发展机遇期。因此，广州文化产业要顺势而为，抓住机遇，加快突破过去的小、散、弱的发展瓶颈，推动产业实现跨越式发展。

第一，要抓紧理顺和优化文化产业统一归口管理体制机制，构建更加高效的文化产业管理体系。当前，我国文化产业还属于一种条块分割的管理模式，如音像行业的内容审查、出版复制、发行和市场管理就分属不同的主管部门。这一方面导致文化产业链条的割断，另一方面导致文化市场呈"围棋"分布状态，极不利于文化产业的规模化发展和文化大市场的形成。因此，有必要尽快制定出台《广州市文化产业统一管理实施意见》，设立高层次的统一领导机构和联席办公制度，将文化、文物、旅游、科技、园林、规划、建设、宗教等相关职能机构组织起来，形成监管合力。

第二，要不断完善扶持文化产业发展的政策体系，包括抓紧制定出台《广州市文化企业认定扶持办法》、《广州市文化产业园区认定促进办法》和《广州市文化产业专项资金使用管理办法》，以更优惠的措施来激励文化产业发展。积极拓展经营性文化产业的投资力度和广度，尤其要注重对中小文化创意企业或机构的扶持，有效解决文化企业资金短缺和融资难问题。

第三，积极实施文化品牌创建工程，打造出一批具有全国乃至世界影响力的文化品牌，增强文化产业的核心竞争力。一是继续举办好中国音乐金钟奖、广州国际艺术博览会、中国（广州）国际纪录片大会、中国国际漫画节、广州民俗文化艺术节等大型文化活动，争取在"十二五"期间打造出1~2个具有世界级影响力的文化活动品牌；二是依托文化产业示范园区建设，重点扶持培养一批骨干企业迅速壮大起来，从而打造出3~5个全国著名的文化产品品牌。

第四，坚定走"重点突破、集群发展"的道路。要集中力量谋突破，优先扶持报业出版、网游动漫、创意设计、广播影视、演艺娱乐等广州具有一定发展优势且有较大发展潜力的重点产业，以形成相关产业联动发展、互为支撑的文化产业结构，从而形成 3 ~ 5 个布局合理、规模过千亿元的文化产业集群。

3. 加大版权保护力度，抓住历史机遇力促音乐文化与音像产业快速复苏

计划投资 20 亿元的国家音乐产业基地广州园区建设工作已在 2010 年底正式全面启动。基地强调"原创"与"创意"，力图打造一个集音像制作、出版发行、版权贸易、数字出版、教育培训、演艺经纪、动漫游戏、唱片展销、音响器材、乐器展示以及音像会展等功能于一体的音乐创意产业链。国家三大音乐产业基地之一落户广州，这为广州音乐文化及音像产业的重新崛起提供了难得的历史机遇。但要重振广州音像产业靠建一个产业基地平台显然是不够的，对于音像产业这样一个高度依赖版权的产业而言，同步解决音像产业的"盗版"顽疾才是关键所在。音像制品一直是广州文化产业的盗版重灾区，饱受盗版所累，致使行业原创动力全失，盗版问题已成为广州音像产业复苏的最大障碍。因此，政府必须进一步强化对版权的干预和保护，构建一个严格而周密的版权保护体系，从而为音像产业发展营造一个更加优越的文化环境和法律环境。

第一，彻底打破管办不分、多头领导的弊端，建立一个统一的市场监管体系。音像市场盗版产品屡禁不止的一个重要原因就是"管办不分"，主管音像业的部门都有生产线与市场，不可避免地从部门利益出发进行"保护式"管理。这种既当裁判员又当运动员的监管模式不仅造成了音像市场的不公平竞争，也不便于统一管理，为非法盗版提供了可乘之机。第二，明确将音像产业列为广州"十二五"期间知识产品优先保护重点行业，聚集力量着重加大对音像制品行业盗版违法活动的集中整治力度，给正版音像制品留出一块秩序规范的市场空间。第三，全力推广音像产品正版化运动。广泛动用社会媒介资源进行舆论宣传，不断提高市民使用正版产品的消费意识与需求。同时为保护企业进行原创与创意的积极性，政府应该给予正版音像产品在税费减免、财政补贴等方面更多扶持，以提高正版音像产品的市场竞争力。

4. 建立符合艺术特点的人才评价机制，加快高层次文化人才的培养与引进

文化事业的发展与繁荣关键在"人"，人才资源是文化发展的基础和核心竞争力所在。广州建设文化强市培育世界文化名城，当务之急不仅是盖地标式文化建筑，更应聚集文化事业与文化产业发展所急需的文化人才。第一，不断拓展人才培养与引进的新途径，迅速占领人才高地。一方面是要充分利用广州发达的高校资源，引导大学根据广州未来重点的发展文化产业有针对性地进行人才培养；另一方面是要加快文化大师、高端创意人才的引进。创建世界文化名城就必须要有世界一流的大学，也只有这样才能培养出一流的文化人才，而"所谓大学者，非有大楼之谓也，有大师之谓也"，因此，必须想方设法吸引更多顶尖文化名人、领军型文化人才来广州聚集和发展。

第二，要大胆变革用一般的学术标准来衡量文化人才的传统，根据文化人才特点建立适合自己的文化人才评价新机制。当前文化人才的评价标准上还留有"一刀切"的毛病，学位、奖项成了衡量文化人才高低的唯一标准。但事实上，获得文化的高学位并不等于就具备了高超的创意能力。唯奖论、唯学历论的评价标准往往会扼杀艺术个性，限制了文化工作者的创新爆发力。建立在现代视野基础上的文化人才，应该是掌握现代社会文化素养且具有贯通文化要求的独具特色的人才。素养不是简单的学历，而是文化心理、才情才智和创造意识的集合体。

第三，文化人才培养与引进需要有战略眼光和系统观念。文化行业集密集型的人才、技术、知识与资本于一体，并具有鲜明的跨学科、跨专业、跨时空和跨文化特征，还将在未来的个人行为、社会生活和国家构建以至全球发展和人类事务中扮演着中心角色。文化的跨界特质及其重要性，对文化人才的高质量和规模化提出了根本的要求。因此，新形势下文化人才建设的目标已经确立：造就一大批敢于创新、善于创新的创新型人才，一大批熟悉文化工作、懂经营善管理、熟悉艺术、又有现代科学素养的复合型人才，一大批精通外语、熟悉国外文化市场规则、善于开拓国际文化市场的外向型人才，一大批掌握现代科技知识、具有研发能力、能够占据文化科技制高点的科技型人才，需要构建一支门类齐全、结构合理、梯次分明、素质优良的文化工作者队伍。①

5. 持续强化高雅艺术的消费引导，促进广州市民文化消费层次的提升

从广州居民经济收入水平和近些年的文化娱乐消费支出来看，当前广州并不缺乏文化消费经济实力，也不缺乏文化消费市场行为，但作为一个草根文化盛行的城市，广州市民至今还严重缺乏消费高雅文化的思想和观念，因此，政府加强对市民的文化消费引导是必要的。具体而言，就是要坚持不懈地开展全民的、终

---

① 《文化人才发展战略："四型"人才具备现代意识》，2010年6月23日《光明日报》。

生的艺术普及教育，帮助市民不断提高欣赏高雅艺术的能力，从而逐渐形成消费高雅艺术的兴趣和习惯。艺术普及教育首先得从娃娃抓起，让高雅艺术教育作为学生素质教育的重要内容，使之进入课堂，陶冶学生的情操，让高雅文化观念根植于青少年心中。同时要积极扶持大专院校和基层社区的非职业剧团和文艺社团的发展，这些文艺社团往往是艺术发烧友的聚集地，是一个城市艺术文化发展的土壤与根基。但要强调的是，文化消费习惯的培养有一个漫长的市场培育与文化积淀的过程，政府不能有急功近利的思想。

同时，政府要继续加大对高雅艺术创作的投入，多出跟时代契合的艺术精品，以吸取市民主动走进剧场进行消费。从广州大剧院试营第一年平均上座率就超八成的成绩来看，广州市民并不是完全不喜欢高雅艺术，而是缺少能让大家走进剧场的作品，因此政府要扩大文艺精品工程实施的力度和广度，增加对文艺创作拨款金额与文艺精品奖励力度。这里需要强调的是，对文艺精品的评判标准要引入市场机制，增加演出场次、观众反响、票房收入在评价标准中的比重，而不是过去的过于看重是否获得的政府奖项和意识形态。另外，要不断完善政府补贴向社会提供低价文化产品机制，尽可能地降低文化产品价格，增强市民文化消费的意愿与能力。不可否认，高票价至今依然是制约市民走进剧场的一个重要原因。文化消费补贴方式主要有两种，一种是政府通过财经拨款、降低场租等方式直接对剧场进行票价补贴，使剧场门票能以较低价格出售；另一种是政府购买文化产品，统一组织市民群众免费去观看文艺演出，或者给企业、单位、社区发票。在初期，为了增加激励力度，这两种方式可以同时使用。但从长远看，政府给剧场进行票价补贴方式更符合市场行为，更有利于对文化消费市场的培养。

An Analysis on the Cultural Development of Guangzhou 2010 and Prediction of 2011

Tu Chenglin，*The Subject Team of the Guangzhou Development Institute*，*Guangzhou University*

Abstract：The year 2010 was a year of milestone in history of cultural development

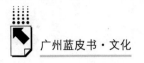

in Guangzhou. The successful operation of *the Ninth China Art Festival* and the series of activities of the 16th Asian Games brought immense influences on the culture of the city, cultural sot power, the citizen's cultural activities and the civilization of the city. Great achievements were met in the cultural activities and cultural industry. 2011 is the beginning year for *the 12th Five-Year Plan* period, and the gradual emergence of the *Post-Asian Games Effects* will cause a new development chance. A firm and steady step will take toward the World Cultural City and the goal of obtaining the title of *the National Civilized City* will be accomplished in this year.

Key Words: Guangzhou; culture; analysis of situation; prediction

专 题 篇
——打造世界文化名城
Subjects Studies: World-Distinguished Cultural City

$\mathbb{B}.2$

广州与世界文化名城建设：
历史、现状和未来

中山大学世界历史文化名城研究课题组

摘　要: 2010 年，广州市明确提出了"加快建设文化强市，打造世界文化名城"的战略目标。本文在充分剖析广州建设世界文化名城的优势及差距的基础上，从建设目标设置、市民文化认同感和现代公民意识培养、城市文化景观的重塑与阐释等多个方面提出了具体建议。

关键词: 广州　世界文化名城　历史　现状　未来

文化是城市最亮丽的名片，也是最本质的灵魂。建设世界文化名城，是广州人民的夙愿。对于广州市来说，也是一项富有战略性和挑战性的工作。2010 年，广州市再次确认了"加快建设文化强市，打造世界文化名城"的战略目标，并在未来十年城市发展规划讨论稿中，明确提出"弘扬历史文化，保护历史文化名城风貌，形成传统文化与现代文明交相辉映，具有高度包容性、多元化的世界文化名城"的愿景。这充分反映出城市领导者和规划者对当代城市文化建设重要性的深刻认识和高度重视。

在全世界诸多的城市中，能够被广泛认可、称之为"世界文化名城"的城市屈指可数。面对全球城市化加速发展的挑战，广州作为一个拥有两千多年历史、具有鲜活文化特质、会聚四面八方人群的城市，在许多方面都具备足够的潜力发展成为文化名城，但也存在着诸多的困难与挑战。

受广州市委宣传部的委托，2010 年 8 月，中山大学组建了课题组，对广州建设世界文化名城问题展开多学科的综合研究。课题组包括了历史学、人类学、文学、社会学、经济学、公共管理、艺术设计、城市规划、景观研究等学科领域的学者，分成六个工作组进行专题研究，取得了一些重要的进展。

一 历史资源：文化名城建设的基础

城市的历史是城市文化的主要内容。一个富有魅力和活力的城市文化，其实就是城市在漫长历史发展阶段中积累和沉淀下来的独特个性。一个有"文化"的城市首先要珍视和爱护自己独特的历史文化传统，并在此基础上审视城市文化的个性和出路。回顾城市的发展历史，可以说，广州具有悠久的文明历史和独特的文化个性，是古代社会当之无愧的世界文化名城，给今人留下了丰厚的历史文化资源，主要体现在三个方面。

（一）中外文明融合传统的延绵传承与丰富的历史遗存

自古以来，广州都是中外文化荟萃之地，西洋物质文明和精神文明在这里汇集，并向内地扩散，成为中华大地得风气之先的"南风窗"。因此，"广州"的意义，并不只是一个地方性的文化符号，其文化内涵远远超出作为一个行政辖区的"广州市"。

人类文明初始，广州便是南海海域土著先民的聚集地之一。西汉南越王的宫署和墓室遗址，留下不少古代本土文化与中原以及西亚和中东商业与文化交流的遗痕。唐宋时期留存下来的光孝寺、清真寺、清真先贤古墓、南海神庙以及广州城内的种种遗迹，展示了广州在古代商业贸易和宗教文化交流的中心地位，见证了中外商民创造广州文明的历史。自宋以来，广州作为"省城"的行政与文化核心性更为突出，士大夫文化在广州同样成为主流。在清朝道光年间，学术重镇——学海堂的建立，标志着广州学术文化的进一步繁荣。明清时期，与本土文化发展相互辉映的是，广州得风气之先，最早接触和融合了近世西洋文明。特别是清代中叶以来，广州进一步成为将中国中心的朝贡体系与欧洲中心的世界贸易体系连接起来的贸易中心，从事中外贸易的商人，集中在"十三行"和"夷馆"所在的西关地区，及其对岸的"河南"和"花地"。我们今天笼统称为"西关大屋"、"骑楼建筑"和洋楼等各式民宅，就是在这个时候发展起来的。经过两千多年发展，广州逐渐形成了中西融合的城市文化和独特精致的城市生活消费方式，得到了城市社会各阶层的广泛认可和推崇，并给我们留下了丰富的历史遗存实体。

（二）走向世界的粤语及粤语文化

语言，是传承历史文化的一个鲜活的重要载体。以粤语为主要的口头表达和传播工具的广州文化，随着明清以来大量粤籍人口的迁移与流动，得以跨越地域，辐射到我国澳门、香港以及东南亚和北美各地。如果中文的"广州"总给人狭义的广州城或广州地区的印象的话，英文"Canton"衍生的"Cantonese"（粤人、粤语，讲粤语的广东人）则更具有时间和空间的流动性，成为离散各地却又往往强烈认同以广义的广州为中心的广东文化的自我标记。粤语及其代表的文化，早已走向世界，所发挥的辐射作用不可小觑。

（三）拥抱海洋文明的城市开放格局

从古代地图不难看出，广州城市格局的发展演变不乏开放性和进取性。广州城市变迁和文化辐射能力与整个珠江三角洲地区的水上生活和海洋文明息息相关。由河涌、江道、港湾到海洋，几千年来广州始终与更广阔的海洋世界连接在一起。从宏观视野来说，广州城傍云山、依珠水的城市格局，为这座城市独一无二的发展模式提供了丰富的空间和想象的可能。当前广州形成的以中山纪念堂为中心的"商业行政轴"、以珠江新城为中心的"金融商务轴"和以科学城、大学城为中心的"科技生态轴"的空间格局，恰与传统时代广州以珠江沿线为中心

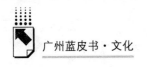

的城市发展过程不谋而合。这在中国城市史上也是仅见的。

可以说,广州迈出世界文化名城建设的第一步,实际上就是如何保护和彰显上述由于历史积淀而形成的城市文化个性。

二 世界视野:文化名城的现代建构

应该看到,历史文化积淀为广州成为世界文化名城提供了基础。但就城市的文化形象、城市传播和生产当代文化的功能而言,广州还是一个以地域文化为主导的地区性城市,距离世界文化名城的期待尚有相当的距离。

在文化层面,世界文化名城的概念非常宽泛,难以套用各种各样的经济指标加以衡量,但从各国著名城市当代文化建设的经验看,我们认为,如下的文化特点或文化标准是有参考价值的:

(1)拥有著名的文化机构,同时存在鲜活的文化场景或有影响力的文化事件。

(2)拥有有国际影响力的媒体。

(3)拥有强大的运动社区,具有举办大型国际运动赛事的经验。

(4)拥有世界知名的大学和研究机构。

(5)拥有具备重要历史和文化意义的世界遗址或文化遗产。

(6)拥有发达的旅游及相关产业,对外来访问者高度友好。

(7)常常成为艺术、媒体、电视、电影、游戏、音乐和文学等表现的场所和主题。

(8)具有"榜样效应",经常成为历史参照、范例。

这些特点往往成为人们衡量一个城市文化重要性约定俗成的标准。广州力求成为世界文化名城,本质上也是追求在国际化和全球化体系中占据重要位置,我们的城市文化战略理应包含对上述文化特点的追求。

参照上述世界文化名城的文化特点,广州在包括本土文化传统(如各式各样的建筑、遗址和非物质文化遗产)、文化设施(如广东美术馆、广州大剧院、广州塔等标志性文化场所)、有影响力的媒体(如南方报业集团等)、国际赛事经验(如刚刚成功举办的亚运会)等许多方面,都具有足够的潜力跻身"世界文化名城"之列。以更宽广的世界为舞台去拟定广州的当代文化战略和发展思路，应该是新一轮城市文化建设的重中之重。

放眼世界，构建当代世界文化名城的工作切入点和着重点很多，中山大学课题组在正式报告里有详细叙述，不再赘言，此处仅举一个参照国际标准推进文化建设的成功案例。

"广州三年展"是目前中国最成功的国际性当代艺术展会之一，使广州的文化地位得到大大提升。这个展览虽然发生在广州，却并不是以广东或广州的地域文化为主题，而是以全球性问题为主题，其视野是国际的，按国际大展的模式操作，从全球范围内选择艺术家和作品，符合国际文化的基本价值取向。类似"广州三年展"这样的国际文化事件，不会因为"发生地"而被地域化，反过来，有足够影响力的文化大事件也能使"发生地"进一步迈上世界文化名城的新台阶。

一个城市要成为世界文化名城，离不开自由流动中的大量优秀创造性人才的聚集，少不了重要文化事件高频度发生，各种文化产业繁荣发达亦不可或缺。从"广州三年展"可见，就现阶段的广州来说，要提升城市的文化地位，第二个条件——文化大事件的发生可能是一个关键因素，也是一个最可操持的条件。创造国际性的文化事件，使广州成为国际文化大事件的"发生地"，将带来人才的会聚，刺激文化产业链的形成，从而有效推进城市当代文化建设。

三　挑战与对策：关于文化名城建设的若干建议

要清醒地认识到，目前广州的城市文化建设，距离世界文化名城的目标，还有相当大的差距。我们面临的困难主要包括：

1. 市民的文化认同感和现代市民意识有待提升

相对于其他文化中心城市，广州市民较为讲求平实的生活，比较重视日常生活的舒适体验，对抽象思辨相对缺乏兴趣。近 30 年来，广州又是一个迅速扩张的城市，随着城市建设的发展，广州每年都要接受许多从外省乡村地区新来的居民。城市里外来者大量聚居，多元文化并存，新移民、流动人口对这座城市的文化认同感和现代市民意识的提升，也为城市发展和城市文化建设带来新的问题。

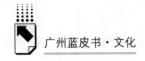

2. 历史文化资源需要加大保护力度

近年来，广州市政府和有关部门对旧城历史文化遗存的保护做了大量工作。随着城市建设快速发展，城市整体规划方案在经济发展与资源保护之间的平衡还需考虑更加周详，对文化遗产保护监管也需更加有力，尽量避免"建设性破坏"的发生。

3. 城市文化景观有待大力改善

在广州的现代城市建设中，城市文化景观的价值尚未得到充分重视，对城市文化景观的研究控制还不能适应快速发展的城市建设热潮。需要进一步加强统筹协调，规划推行城市文化景观新的整体设计。

4. 人文社会科学研究和文化艺术活动的影响力有待提高

广州集中了一批高水平的人文社会科学研究机构和文学艺术团体，也取得了许多成绩。但总的说来，在这个城市定居的人文社会科学和文学艺术领域的"大师"和"名家"、有国际影响的研究成果和文学艺术作品、广州本地学者对国际人文社会科学主流问题的贡献等等，还不够多。国际一流学者对广州的关注度不高。

针对以上问题，我们认为，在现阶段广州城市文化建设中，可着重考虑以下举措：

1. 转变城市文化建设观念，明确城市文化建设目标

在中山大学参与编制的《广州建设文化强市和世界文化名城规划纲要（讨论稿）》中，提出了至2020年广州城市文化的发展目标，即把广州建设成为具有高度文化认同的"首善之区"，文化产业跨越发展的"创意之都"，传统与现代相融会、在国际上具有重要影响的"文化之城"和尊重创造、鼓励创新、人才辈出、人尽其才的优秀文化人才"会聚之地"。我们相信，提出这些有针对性的近期目标，对于未来广州城市文化发展是合适的。

在采取各种行政措施实现这些目标的同时，特别要重视城市文化建设观念的转变。一方面，要强调从人类文明发展的脉络出发，重新认识和定位广州历史文化资源的价值和意义，走出中国文明或中外文化交流视野来定义广州文化传统的局限。另一方面，要更清楚地强调坚持本土立场。目前出现一些挪用非本土知识和概念来取代本土概念和知识体系的做法，是不足取的。尤其是各种艺术节、文化节的策划，尽量不要盲目模仿和借用非本土的知识。

2. 潜移默化培养市民的文化认同感和现代公民意识

一个中心城市的文化品位，往往是通过日常生活中普通市民的言谈举止来表达的。也正因为如此，通过城市文化建设潜移默化地开展公民教育和人文教育，夯实软实力基础，对于广州这样的中心城市来说，尤为必要。要让市民通过城市文化环境的熏陶，逐步成为珍惜城市的文化传统、自觉遵守现代城市生活规则、更加全面发展的文明都市人。

在城市文化建设过程中，本地居民的认同感和参与度至关重要。要通过博物馆教育、广州乡土历史文化教科书的编写、城市文化夏令营、推动面向市民与社区的非物质文化遗产发展计划等活动来培养民众的历史文化认同感，使广义的"广州人"身份得到新老广州居民的广泛认同，更加为"广州"感到骄傲。也只有广大市民甘于乐于参与城市文化建设，才能使广州成为一个对本地人有意义的、在世界上有声誉的文化名城。

3. 重视对城市"文化空间"的保育

"文化空间"是指城市居民聚集并发生诸多文化交流活动的地方。广州旧城区，如越秀区、荔湾区是展现"传统与当代并存"的最佳场所。尤其是荔湾区自清中叶以来逐渐形成的商住格局、款式各异的西关民居、以石板铺砌的大街小巷，这些不但是宝贵的物质文化遗产，更是产生和支撑本地非物质文化遗产的空间和基础。这种历史悠久的街区文化一旦遭到破坏，作为文化主体的人一旦离散，赖以生存的文化便失去土壤。在目前既有的城区、街区和乡村的基础上，应以活的社区（communities）为单位，尊重居民的主观认同，更加注重对"文化空间"的理解与发掘，更加注重社区间的文化传播与交流。

4. 提高城市建设中与百姓日常生活贴近的文化设施的品位，建设一个亲民的世界文化名城

世界文化名城的文化规划和文化设施建设，除了不可或缺的博物馆、图书馆、歌剧院、电视塔这些宏伟建筑之外，在城市的日常生活中，在与百姓衣食住行息息相关的细节中，也应该展现出一个文化名城应有的文化品位。比如，让我们的城市有更多的绿地、更多更好的社区小图书馆、更多的粤剧粤曲活动场所、更便捷的无线上网环境、更多的咖啡厅、更多的名人故居等文化场点，等等。欧美国家许多所谓"世界文化名城"的文化品位，其实是这样看似无心、实则十

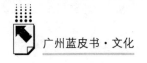

分有意地通过这些亲民的细节营造出来的。

在这个过程中，要充分重视微观环境和景观的布局，更多从人的日常生活体验、感受和社区意识培育的角度去做文化保育和环境营造，尤其是要重视在城市改造和建设中的细节。

在"城中村"改造中，也要尽量充分挖掘"城中村"的传统文化资源。在这一点上，建设珠江新城过程中对猎德村的处理，是体现传统与当代、城市与乡村并存的较佳个案。

还要提到的一点是，在建设大型博物馆的同时，也要重视建设传统的小型和专题博物馆。对于广州市来说，尤其不可忽视越秀山上的镇海楼，这是中国唯一现存的古代名楼，具有独特的文化象征意义。又如，中山大学校园内有许多独具特色的各类博物馆，若能通过校市合作的方式，让这些博物馆进入城市博物馆系统中，让这些珍贵文化资源成为城市文化设施的有机组成部分，成为城市文化名片的重要内容，相信对于广州世界文化名城建设也会有所裨益。

5. 吸引更多的卓越人才定居广州，使广州成为学者和文化人"最适宜生活"的城市

从某种意义上说，一个城市拥有多少著名的学者、科学家、文学家和艺术家，反映了这座城市的文化底蕴和文化软实力。20世纪前半期，中国自然科学界、社会科学界和文学艺术界的许多人才，如梁启超、鲁迅、傅斯年，以及新中国成立后的陈寅恪等，都有在广州工作和生活的经历，为整个国家开创了现代学术的新气象和新纪元。时至今日，我们仍然以此为荣。然而，目前广州拥有的标志性大师还不够多。与世界上著名的文化中心城市比较，我们还有许多事情要做，不仅要为卓越人才提供优厚的工作和生活待遇，更重要的是，要努力营造让他们觉得舒适、宽松、资讯丰富、富有挑战性、便于进行思想碰撞的软环境。

6. 重新塑造和阐释城市文化景观

城市文化景观包括具有环境特色和时代烙印的各种物质景观形态，也包括传承和创新城市精神的非物质文化内容，它不但具有深层的文化含义，包含着特定的社会感情和文化意识，而且具有更为独特的美的形式。城市公共景观往往直接构成城市人群以及外来者对城市的主要印象。对广州而言，在典型景观的建设中，特别需要关注广州城市色彩与建筑风貌景观形象、广州历史文化景观建设和广州现代特色文化空间建设，重新诠释广州的城市景观，并赋予它新的意义和内涵。

7. 处理好"千年商都"与"文化名城"的关系

对于一个城市来说，商业贸易与文化是一个互动过程。现代城市文化是建立在工商业活动基础上的，但是快速的城市成长也需要有兴盛的文化作为支撑。如果缺少文化资源，商业活动也将是没有个性和缺乏吸引力的。对于广州来说，商业活动有着十分久远的传统，而文化传统也始终支持了商业活动的发展。

经过30年快速发展，广州市已基本实现从工业为主向服务业为主的经济转型，2010年广州市人均GDP预计达到1.5万美元。特别是在成功举办了第十六届亚运会、亚残运会后，广州的经济发展与文化建设都站在了一个新的、更高的起点上。面临新形势，需要避免两种发展中的偏向：一是把经济与文化割裂开来，要么就文化谈文化，忽视商业贸易的作用，要么在讨论商业发展中对文化活动视而不见；二是把两者排出先后顺序，先发展什么或后发展什么。在一些文化经济活动的实际运作中，同样要避免所谓"文化搭台，经济唱戏"老路，有必要暂时性超越这种"文化—商业"的思路，重视对艺术"单纯性"的保护。在观念上区分艺术与商业，理解艺术发展的必要条件，避免商业因素显著和急切地入侵文学艺术活动，才有可能真正培育广州的文化艺术活动，真正成为现代文化艺术中心。

8. 要重视大学对于世界文化城市建设的价值

广州集中了全省最重要的大学，包括了几十所各级各类高等院校，这是广州的优势所在。好大学的存在对一个城市的意义，是不言而喻的。以中山大学为例，创校以来深受广州人民厚泽，亦时刻不忘回报城市。自从2007年10月学校与广州市签订校市合作协议以来，双方在多方面、多领域开展了一系列深入的合作，取得了显著成效。大学与城市共生共荣，互为促进。好大学的存在与发展，可以为城市的文化建设做更多的事情。相信广州市在思考、规划城市文化建设的时候，也能考虑到如何充分利用、整合大学的文化资源。在这方面，中山大学义不容辞，信心满怀，力争为广州建设成为世界文化名城不断作出新的贡献。

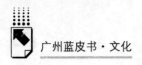
Guangzhou and World-Distinguished Cultural City Construction: History, Current Status and Future Development

Research Group of World Historic and Cultural City,

Sun Yat-sen University

Abstract: Guangzhou has proposed the strategy of "strengthening the city through culture and constructing a world cultural city" in 2010. Beginning with the analysis of the advantages and gaps of Guangzhou in constructing the world cultural city, this paper proposes suggestions from the perspectives of objectives setting, citizens' cultural sense of identity and modern civic consciousness cultivation and urban cultural landscape reshaping and interpretation.

Key Words: Guangzhou; World Cultural City; History; Current Status; Future

B.3
提升文化软实力：广州培育
世界文化名城的关键

李仁武*

摘　要：进入 21 世纪，提升文化软实力已成为一个城市参与国际竞争越来越被关注和强化的重要内容。从建设国家中心城市和培育世界文化名城的大视野来看，广州的文化引领功能还面临许多问题和挑战，文化广州的建设任重而道远。必须在更高的起点上制定文化发展战略，以新的思路去提升城市品位，以更开放的姿态和更有力的措施去推进文化软实力的建设和发展。

关键词：文化软实力　世界文化名城　文化广州

在现代城市的发展中，文化发展具有举足轻重的作用。在经济全球化的激烈竞争中，"文化强市"或"城市以文化论输赢"，不仅越来越成为一种文化自觉的普遍共识，而且已经越来越体现到现代城市发展战略当中。广州具有两千多年的建城历史，是名副其实的历史文化名城。改革开放以来尤其是近年来，广州的文化发展取得了长足进步。但是，从建设国家中心城市和培育世界文化名城的大视野来看，广州还必须在更高的起点上制定文化发展战略，以新的思路去提升城市品位，以更开放的姿态和更有力的措施去推进文化软实力的建设和发展。

一　文化软实力建设对现代城市发展的重要性

"软实力"（Soft Power）的概念，是由美国哈佛大学教授约瑟夫·奈提出来

---

* 李仁武，广州行政学院哲学与文化教研部主任、教授，主要研究方向为哲学、文化哲学的理论及现实问题。

的。1990 年，他分别在《政治学季刊》和《外交政策》杂志上发表《变化中的世界力量的本质》和《软实力》等一系列论文，并在此基础上出版《美国定能领导世界吗》一书，对"软实力"问题作了系统的阐述和分析。他认为，一个国家的综合国力既包括由经济、科技、军事实力等表现出来的"硬实力"，也包括以文化和意识形态吸引力体现出来的"软实力"。"软实力"集中表现为文化影响力、意识形态影响力、制度安排上的影响力和外交事务中的影响力四个方面，而且这些影响力均要通过大众传媒体现出来。按照约瑟夫·奈的分析："硬实力"和"软实力"对于一个国家的发展来说都很重要，但是在信息时代"软实力"正变得比以往更为突出。尽管对一个国家的综合实力做"硬实力"和"软实力"的划分在学理上并没有多少高明之处，但是"软实力"概念的提出确实在提醒人们要注意现代国际竞争还包含着一种极其重要而又容易被忽视的、无形的或"软"的因素和力量。所以，"软实力"概念提出之后，就很快受到学界和政界的高度重视，一方面关于"软实力"问题的关注和研究不断受到追捧，另一方面关于发展"软实力"的各种政府决策也纷纷出台。

文化软实力是一个国家或地区乃至一个城市"软实力"的核心因素。它是指一个国家或地区（包括一个城市）文化的影响力、凝聚力和感召力。我们知道，迄今为止人们对文化的概念还有许多不同的理解①，但是无论我们怎样给它下定义，文化都与经济、政治等因素一起构成社会生活的重要内容。"文化是我们所做的事以及我们为什么做这件事的理由，是我们希冀的结果和我们为什么这样想象它，是我们所感知的东西和我们如何表达它，是我们怎样生活和我们以什么方式面对死亡。"②虽然在表现形态上，文化与经济、政治、科技、自然活动领域或其他具体对象不同，它是一种无形的、难以直接把握的东西；但在功能上，文化又总是内在于人的一切活动之中，影响、制约乃至左右人的行为方式，成为我们看待世界的方式和促使我们改变世界的动力。所以，文化软实力越来越成为一个国家、一个地区或一个城市提升综合竞争力要考量的重要内容。

---

① A. L. 克鲁伯和克赖德·克拉克洪在《文化——关于概念和定义的评论》中，通过深入而广泛的引证与研究，列举了161种文化定义。参见衣俊卿《文化哲学——理论理性和实践理性交汇的文化批判》，云南人民出版社，2001，第6页。

② D. 保罗·谢弗：《文化引导未来》，社会科学文献出版社，2008，第1页。

就现代城市的发展和全球化的竞争而言，文化和文化软实力不仅彰显着一个城市的内在品格、精神风貌和人文特性，而且还在思想理念、价值体系和创新活力等方面体现出一个城市的发展潜力、竞争优势。按照"人类学之父"泰勒的观点："文化或文明，就其广义的人种学来说，是一个复杂的整体，它包括知识、信仰、艺术、道德、法律、习俗和人作为社会的一个成员所获得的能力与习惯的复杂整体。"① 这说明，文化最基本的特性就是它的精神性和整体性，即文化作为"历史上所创造的生存方式的系统，既包括显性方式又包括隐性方式；它具有为整个群体共享的倾向，或是在一定时期中为群体的特定部分所共享"②。如果说人都是文化的人，那么城市作为人类集中生活的居所，就不能没有文化和文化精神。所以，任何城市都要在经济社会的发展过程中形成自己的文化形态和文化魅力，要培育和凝聚自己的文化精神。现代城市作为人类文明进步的重要标志，就更需要在文化内涵和文化形态上展示出自己的独特魅力。所以，"今天，世界上的每一个国家实际上都通过许多措施来促进文化，从通过立法来保护历史遗产到执行种种规划、计划和政策来引导文化发展和增加公民参与文化生活。"③ 这就是"城市以文化论输赢"的现代理念和文化自觉。

"应当说，一部人类历史就是各种文化相互交织、相互渗透或各种文化生生灭灭的历史，用斯宾格勒的话说，是'一群伟大文化组成的戏剧'。"④ 历史的经验表明，一个国家、一个民族的兴衰其实是其文化的兴衰。一个国家或一个民族只有不断保持其文化活力的生生不息，才是长盛不衰的国家或民族。如果说当今国际竞争越来越集中到城市之间的竞争，而城市之间的竞争越来越表现为综合实力的竞争，那么对综合实力越来越起决定作用的文化软实力就成为全球化背景下城市之间竞争的热点和焦点。所以，我们必须站在"文化引领未来"的战略高度，积极主动地加强文化软实力建设，通过文化变革和文化发展来谋划和推动现代城市发展的新跨越。

---

① D. 保罗·谢弗：《文化引导未来》，社会科学文献出版社，2008，第 26 页。
② 克拉克洪等：《文化与个人》，浙江人民出版社，1986，第 6 页。
③ D. 保罗·谢弗：《文化引导未来》，社会科学文献出版社，2008，第 1~2 页。
④ 衣俊卿：《文化哲学——理论理性和实践理性交汇的文化批判》，云南人民出版社，2001，第 3 页。

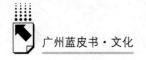

二　广州在文化软实力建设中面临的突出问题

在主体意义上，文化既是社会实践的产物，也是人作为社会存在与动物相区别的重要标志。在社会生活中，不同群体之间的差别，其实也是文化的差别。从世界范围来看，不同民族之间之所以有各自不同的民族特色，也是因为在生活方式、理想信念、价值判断、道德追求等方面，各民族都有自己的文化认同并呈现出许多不同的文化差异。可以说，文化恪守和文化建设的结果，对于一个民族的存亡有着决定性意义。现代城市作为代表民族国家参与全球竞争的重要主体，其文化品格、文化形象和文化发展所表现出来的文化软实力，对于其竞争力的发挥至关重要。综观巴黎、伦敦、纽约、东京、悉尼、首尔、新加坡等现代国际城市，我们不难发现其国际影响力所包含的深厚文化底蕴。广州建城 2200 多年，有着十分丰厚的历史文化沉淀，至今仍保留许多历史遗址，如五仙观、镇海楼、南越王墓、南越王宫署遗址、陈家祠、西关大屋、光塔寺、光孝寺、六榕寺、三元宫、黄埔军校等，仅国家、省、市级文物保护单位就有 132 处，1982 年经国务院批准被列入"国家第一批历史文化名城"。广州作为岭南文化中心地、古代海上丝绸之路发祥地、近现代革命策源地和当代改革开放前沿地，其文化内涵源远流长，文化精神也千古流芳。

改革开放以来，特别是进入 20 世纪 90 年代以后，广州作为华南地区和珠江三角洲地区的中心城市，在以经济建设为中心的同时也大力加强城市文化建设。近年来，广州更是注重把经济建设与文化建设相结合、把基础设施建设与文化活力建设相结合、把发展文化事业与发展文化产业相结合，使文化基础设施和公共文化服务体系的建设不断完善，文化事业和文化产业发展的成效显著，文化软实力得到了大幅提升：①广州文化产业发展迅速，实现增加值逐年增加，2009 年全市文化产业和相关产业实现增加值 715 亿元，占地区生产总值的 7.87%；②文化基础设施建设取得重大突破，近年来共投入 300 多亿元高起点规划和建设广州歌剧院、广州图书馆新馆、新广电中心、市第二少年宫等 30 多个重点文化设施；③广州日报、长隆集团、广州流行乐坛等一批知名文化企业不断成长壮大，影响力不断增强；④广告创意、会展和动漫游戏等新兴文化产业发展势头强劲，2009 年仅光通和网易公司的游戏产业产值就占全国的 30%；⑤广州音像制品的制造和发行均占国内市场的 70% 左右，成为全国影响市场的集散地；⑥演艺业、文化娱乐业、电影业形成稳步发展态势，2009 年仅电影观众就达 500 多万人次，票房收入约 4.6 亿元。

但是，在看到广州文化发展取得巨大进步和文化软实力大幅提升的同时，也要清醒地看到，其总体水平与国务院颁布的《珠江三角洲地区改革与发展规划纲要（2008～2020 年)》提出的广州要强化国家中心城市的功能相比还有很大差距，其在国际上的影响力和辐射力与世界文化名城的要求也还有很多不足。其中最突出的表现有四个方面。

（一）文化发展的目标定位和战略选择不够清晰，城市文化形象和文化生态建设都亟待整体提升

"文化是我们生活在其中的、由社会决定的精神体系。"① 对于一个城市来说，文化是它的形象、它的风格，甚至是它的灵魂。"环顾世界，不论是古典的或是现代的，发达的或是发展中的，内陆的或是海滨的，巨型的或是袖珍的，凡有品位的都市，都是由文化来烘托的。"② 也就是说，世界上每一个有影响力的都市都要有自己的文化形象、文化风格和文化特色。我们不难假设：一个现代化的国际大都市，如果没有自己的文化特色肯定是不可想象的。广州自古就有"羊城"、"穗城"、"花城"等美称，但是一直以来却常常被认为是一个"说不清楚"的城市。为什么说不清楚？主要的原因就是没有清晰的文化定位，对自身的文化形象也没有一个很好的"说法"，而且文化生态建设也没有充分彰显一个城市应该具有的内在于历史传承的文化品格。

（二）城市文化发展在场馆建设等基础性、物质性、有形性的文化载体上取得新进展，在文化品牌开发、文化产品生产等创造性、非物质性、无形性的文化引领方面存在明显不足

一个城市的文化建设当然一定要有它的物质载体，如巴黎有它的埃菲尔铁

---

① D. 保罗·谢弗：《文化引导未来》，社会科学文献出版社，2008，第 40 页。
② 《推进文化创新　建设文化名城——访广州市社会科学院院长李明华博士》，《中国城市经济》2003 年第 2 期。

塔、悉尼有它的歌剧院、纽约有它的自由女神像、莫斯科有它的克里姆林宫和红场等等，否则就不能凝聚强大的文化气息，更不可能催生人们对它的精神向往和崇拜。但是，文化基础设施的建设并不是一个城市文化建设的全部，对于文化影响力来说更重要的还在于它是否能够通过标志性的物质载体，营造出具有独特魅力的文化氛围，让文化精神通过文化产品充分表达出来，给人以思想的启迪、力量的鼓舞和心田的润泽。在改革开放过程中，广州的文化品牌和文化产品犹如"广州话"的流行一样，曾一度在全国产生过巨大影响，但目前严峻的形势是：广州在全国有重要影响的文化精品寥若晨星，在国际上有影响力的大作更是凤毛麟角，导致"千年羊城"的文化魅力被严重消解，有个性的文化价值也被严重低估。

（三）文化体制改革的步履维艰，文化发展的活力受到严重制约，文化发展滞后于经济的快速增长，未能适应现代化建设的需要

一方面，文化经营管理体制改革进展不大，公益性文化事业和经营性文化产业没有明确区分，文化单位的功能定位不清，既制约了公益性文化事业的发展，导致公共文化服务产品总量不足、供给方式单一、服务质量和效率不高，也制约了经营性文化产业的发展，导致产业结构不合理、投入产出不平衡、经营效益较差、资源浪费严重、科技含量不足；另一方面，文化发展的法规建设不完善，调动全社会力量参与文化建设的投入机制、融资机制、激励机制不健全，文化生产力的总体水平不高；此外，高端人才集聚效应非常有限[①]，各类文化艺术的名家和名师相当缺乏，传承岭南文化精髓的一些专业艺术人才也出现断层，从事文化艺术工作的队伍在整体素质上很难适应文化大发展大繁荣的新要求。

（四）岭南特色的文化资源开发与利用不足，城市文化特色的历史传承缺乏时空布局上的整体规划和系统设计

文物保护和利用都局限于单位化、部门化，缺乏整体或成片保护开发的意识

---

① 统计资料显示：2006 年广州市宣传文化系统有高级职称的 362 人，但上海市在 1998 年就有高级职称人才 1000 多名。

和决策，使许多很有文化特色的整体性的历史沉淀被割裂，文化的整体形象被消解，如上下九步行街被植入了不和谐的现代建筑等；许多经典的民俗文化传统没有被列入非物质文化保护范围，作为广州文化发展历史渊源的广府文化，缺乏作为历史记忆的整体发掘，现有保护场所如五仙观等由于周边环境的拆迁改造受到局限，也不能充分展示广府文化应有的气派；西关文化是广府文化的经典，但是西关文化的整体开发利用也被淹没在店铺云集的茫茫商海之中，西关风情的文化古韵未能与现代商业的繁荣相映生辉；各种具有岭南文化特色的艺术门类和流派也不断萎缩甚至濒临消弭，如源自南戏、被称为广府戏或者广东大戏的粤剧，曾广泛流传于两广、港澳、南洋和美加华人社区，是中国最早走向世界的地方剧种，如今在广州这个中心地其群众基础已越来越小，再如最有岭南艺术特色的广彩、广绣、广雕其传承更是岌岌可危。

三　全面提升广州文化软实力的若干对策分析

文化既是推动经济社会发展的重要手段，又是社会文明进步的重要目标。"只有文化的复兴才能带来一个民族的复兴；只有文化的繁荣，才能推动一个国家真正走上富强之路。"① 进入 21 世纪，文化引领未来越来越成为全球性的普遍共识，实施文化引领工程也成为世界各国普遍重视的战略选择。而一个国家、一个地区或一个城市能否真正具有文化引领功能以及其文化引领能力的强弱都要看其所具有并真正发挥作用的文化软实力的高低，这就使得全球化背景下的文化竞争集中表现为如何提升文化软实力之间的较量。广州得改革开放的风气之先，是珠江三角洲城市群的核心，要承担国家中心城市的重要责任，代表国家参与全球竞争，就不但要建设成为国际商贸中心、航运中心、金融中心，而且还要建设成为在国际上有影响的文化中心和知识创新中心。所以，广州要在全面提升文化软实力上做文章，要以弘扬岭南文化为依托，切实从城市文化生态建设的整体性、协调性、延续性、鲜活性上下工夫，努力彰显"千年羊城"独具魅力的文化特色和中心城市的文化引领功能。

---

① 欧阳坚：《文化发展繁荣的春天正在到来》，《求是》2010 年第 19 期。

（一）以岭南文化的继承、弘扬和创新为抓手，从城市建设和发展的总体规划和布局上，强化广州作为传统与现代相融合的历史文化名城效应

岭南文化，与齐鲁文化、三秦文化、三晋文化、巴蜀文化、吴越文化、荆楚文化等地域文化一起，都是灿烂的中华文化的重要组成部分。古时，岭南与中原大地因五岭阻隔，相对封闭、独立，经济、文化发展较中原迟晚；又因濒临南海，海路交通发达，很早便与海外有经济、文化交往，经过漫长的历史发展，在继承华夏优秀传统文化的基础上，吸收外来文化精华，形成富有特色的岭南文化。广州一直是珠江三角洲乃至整个华南地区的政治、经济、文化中心，具有岭南文化（特别是广府文化）中心地的区位优势，从古到今整个城市的发展都浸润着岭南文化的浓郁气息，荟萃着岭南文化的精华。广州要提升城市发展的文化软实力必须以传承和弘扬岭南文化这一源流和根脉为基础，以发展中国特色社会主义先进文化为导向，以建设传统与现代相融合的世界文化名城为目标，树立并强化广州作为岭南文化中心地的都市形象，彰显最具岭南文化特色的城市风格。一方面，要把岭南文化的核心理念和主导价值融入城市社会生活当中，从广泛开展基层社区的群众性文化活动抓起，通过各种喜闻乐见、推陈出新、便于参与的途径和方式，打造一批具有岭南传统习俗的特色文化社区，培养各种岭南艺术的民间传人，让那些具有岭南特色的优秀民俗文化成为现代都市生活的重要元素，营造弘扬岭南文化的人文氛围和建设城市文化生态的群众基础。另一方面，要超越对经济、社会、文化的片面理解，突破文化部门只抓文化建设的狭隘视界，高度重视文化内涵在经济社会各个方面的渗透和融合作用，在城市建设和发展过程中各个职能部门都要强化文化生态建设的责任意识，从城市文化建设的总体规划和布局上形成一种相互协调、相互配合、相互促进、齐抓共管的大格局，使岭南文化的灵魂、思想、特色、风格都通过城市建设的各种物质形态展示出来，形成城市文化生态的整体性和延续性，避免在旧城改造或新城发展过程中出现现代与传统之间的"文化断裂"以及部门之间因各自为政而把文化整体割裂成"文化碎片"。总之，一个城市文化软实力的提升作为一项系统工程，不能游离在经济建设、政治建设、社会建设之外进行孤立的所谓文化设计，文化作为城市的灵魂必须充分融入经济社会发展的全过程当中，使之成为各种"硬实力"不可分割的内容才能真正凸显"软实力"的功能和作用。

（二）进一步深化文化体制改革，切实转变文化发展方式，加快构建充满活力、富有效率、更加开放、有利于文化科学发展的体制机制

文化软实力的提升离不开文化的大发展大繁荣，而文化的大发展大繁荣又必须以解放和发展文化生产力为前提。所以，全面提升文化软实力的关键是要从根本上解放和发展文化生产力。这就要求从深化文化体制改革入手，切实转变文化发展方式，为推进文化又好又快发展提供体制机制保障。胡锦涛总书记在主持中共中央政治局第二十二次集体学习时强调：深入推进文化体制改革，促进文化事业全面繁荣和文化产业快速发展，关系全面建设小康社会奋斗目标的实现，关系中国特色社会主义事业总体布局，关系中华民族伟大复兴。我们一定要从战略高度深刻认识文化的重要地位和作用，以高度的责任感和紧迫感，顺应时代发展要求，深入推进文化体制改革，推动社会主义文化大发展大繁荣。① 为此，我们要立足广州文化发展的实际，以改革创新为动力，切实增强文化发展的活力，不断解放和发展文化生产力。一要充分认识大力发展文化事业和文化产业对加快经济发展方式转变、促进经济社会又好又快发展的重要性和紧迫性，自觉强化文化软实力建设的积极性、主动性和创造性；二要牢固树立加快机遇意识、改革意识和发展意识，坚定不移地推进文化体制改革，不断探索发展文化事业和文化产业的新思路新举措；三要遵循文化发展规律，营造文化发展宽松环境，把弘扬中华传统文化和岭南优秀历史文化与吸收外来文明成果有机结合起来，推动各种学术观点、艺术流派和文化业态不断丰富发展，形成文化大发展大繁荣的良好局面；四要建立政府主导与社会参与相统一、多层次、多元化的文化建设管理体制，最大限度地激发全社会参与文化建设的热情，努力形成多方共建的强大合力；五要继续深化公益性文化事业单位内部人事、分配和社会保障制度改革，建立绩效目标考核，引入用人竞争机制，激发内在活力，同时全面推进经营性文化事业单位转企改制，推进转制企业成为自主经营、自负盈亏、自我发展的合格文化市场主体；六是大力实施人才强文战略，通过改革创新形成富有吸引力、竞争力和创造力的文化人才集聚效应。

---

① 胡锦涛：《顺应时代要求深化文化体制改革　推动社会主义文化大发展大繁荣》，2010 年 7 月 24 日《人民日报》。

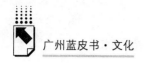
（三）精心策划和打造具有广州特色的文化精品，通过大力发展战略性新兴文化产业，抢占文化产业发展的战略高地，形成文化影响力的品牌效应

经济实力竞争的背后都是文化竞争。管理学的重要观点认为：一个企业经久不衰的制胜法宝缘于其内在的文化优势。其实，一个国家、一个民族、一个城市兴衰的也是内含着文化的兴衰。因为文化特色是文化存在的基本前提。如果没有自己的文化特色就会失去自己存在的文化价值，就不能形成文化的软实力。用哲学的观点说，没有存在的个性就没有了存在的合理性。为此，加拿大学者保罗·谢弗得出文化引领未来的重要结论。文化引领当然要有文化的自信，要敢于坚持自己的优秀文化传统，但是又不能单纯靠"守"，更重要的还在于文化发展的不断创新和开拓。因为文化引领必须是先进文化才能担当的。昨天先进的文化今天未必先进，今天先进的文化明天未必先进。所以，在加强对历史文化资源保护的同时，要高度重视对历史文化资源的挖掘、利用和开发，尤其要重视对先进文化的引入和文化引领功能的不断更新。一要实施精品建设工程，以打造文化品牌为抓手，重点抓好交响乐、影视、话剧、杂技、粤剧、广东音乐和岭南画派等各类艺术精品的创作和生产，以形成在国内外都有广泛影响的文化产品；大力培育和发展新兴文化业态，把运用高新科技作为推动文化建设、提高文化创新能力和传播能力的新引擎，大力支持数字出版、动漫、网络游戏、VOD点播、移动多媒体广播电视、网络广播影视等新兴文化产业的发展；三要精心培育特点鲜明、内涵丰富、具有岭南文化特色的文化品牌，使之不仅能充分展现广州的文化特色，而且能利用品牌优势拉动文化产业的发展，打造文化航母；四要大力发展文化创意产业，努力把广州建设成为文化"创意之都"，增强广州文化发展的现代魅力。

Increasing the Soft Cultural Power: the Key for Guangzhou to Become World-Distinguished Cultural City

Li Renwu

Abstract: In the 21st century, the increasing of soft cultural power has become a very important issue that attracts more and more concern in the international competition between cities. In view of becoming one of the national central cities and world-distinguished cities, Guangzhou is faced with many problems and challenges. There is still a long way to go for the cultural development of Guangzhou. A cultural development strategy should be made on a much better base in order to upgrade the quality of the city with new ideas. Construction and development of culture should be ensured with more opening mind and more effective measures.

Key Words: soft cultural power; world-distinguished city; culture, Guangzhou

B.4
提升广州文化软实力的对策研究*

中共广州市委党校课题组**

摘　要: 本文力图在深化对文化软实力认识的基础上,分析广州文化软实力建设取得的成绩、面临的问题和挑战,学习借鉴国内外先进城市的做法和经验,围绕广州建设世界文化名城的总体要求,提出了提升广州文化软实力的战略思路、目标路径和对策措施。

关键词: 文化软实力　世界文化名城　文化广州

文化软实力是指一个国家、民族、地区或城市文化所具有的生命力、创新力、竞争力和影响力,以及由此而产生的凝聚力、吸引力和感召力。作为软实力的核心组成部分,文化软实力已成为衡量国家、地区或城市发展实力、活力与竞争力的重要指标和象征而被广泛关注重视。在取得举办 2010 年亚运会和首届亚残运会的巨大成功之后,已经被赋予了国家中心城市定位和功能的广州,正在开启建设国际商贸中心和世界文化名城的光辉历程,提升文化软实力,将构成城市"硬"、"软"实力相济相成的完美成长过程。广州文化软实力的提升,也已开始体现在对经济发展的推动力、对城市建设管理的支撑力和对改善人民群众生活水平的影响力等方面。

一　"软实力"与"文化软实力"概念的提出

提升国家文化软实力,是党中央不断强化并将在"十二五"时期着力实施

---

* 该文系在广州市第 21 次社会科学研究招标课题《提升广州文化软实力研究》的研究成果之一。
** 课题组组长:丁旭光,成员:李仁武、霍秀媚、温朝霞、闻瑞东、赵宏宇。

的重要战略部署。胡锦涛总书记在党的十七大上指出："要坚持社会主义先进文化前进的方向，兴起社会主义文化建设新高潮，激发全民族文化创造活力，提高国家文化软实力。"从国家战略的高度提出提高文化软实力的发展要求，标志着在国家层面对文化软实力的重视已上升到前所未有的高度。党的十七届五中全会对"十二五"时期推动文化大发展大繁荣、提升国家文化软实力作出全面部署。中央政治局委员、广东省委书记汪洋也强调："推动我省经济社会实现科学发展，离不开文化软实力的不断提升。"2010年7月，广东省委召开全会专题研究文化强省建设问题，出台了《广东省建设文化强省规划纲要（2011~2020年）》，提出力争用10年左右时间，把广东建设成为在全国具有重要影响力的区域文化中心、发展社会主义先进文化的排头兵、提升我国文化软实力的主力省、中国文化"走出去"的生力军及率先探索中国特色社会主义文化发展道路的示范区。省委常委、广州市委书记张广宁高度重视文化建设、提升广州文化软实力，他提出：广州要深化文化体制改革，提升城市文化品位，加快建设文化强市，打造世界文化名城，争当全省文化强省建设排头兵，不断增强国家中心城市的文化软实力和综合竞争力。2011年1月召开的中共广州市委九届十次全会庄重提出"提升文化软实力、加快建设世界文化名城"的奋斗目标。提升文化软实力，成为广州站在新起点上切合世界潮流和国家利益、体现全体广州市民共同意愿的时代强音。

"软实力"概念是美国学者约瑟夫·奈在20世纪90年代初提出的。他认为，软实力是无形的，主要包括文化的影响力、意识形态的感召力以及政治价值观与制度安排的吸引力等，是一种"通过吸引而非强迫或收买的手段来达己所愿的能力"。文化软实力和城市文化软实力都是基于对软实力的理解而提出的。在综合国内外学者研究成果基础上，我们提出：城市文化软实力是反映一个城市在文化发展过程中，建立在城市文化的物质性要素之上，形成自己的文化精神、文化形象、文化品格和文化质感，全面体现城市感召力、凝聚力、创新力、影响力的一种无形力量。

提升城市文化软实力必须着力强化对内的凝聚力、对外的辐射力和作为核心的创新力：对内的凝聚力是由城市的公共思想体系、信仰体系和价值体系等文化理性产生的社会认同所形成的强大精神力量；对外辐射力是由城市的文化建设和发展对其他城市、其他地区乃至其他国家所产生的影响力和带动力；核心创新力

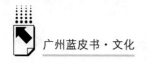

由城市自身所具有的文化创新能力及其所能实现的文化创新张力来体现。

目前，学术理论界尚未形成一个完整的城市文化软实力指标体系进行评价。我们认为，可以从理念、行为和物质三个层面，包括市民文明素质、公共文化服务、城市文化景观、历史文化遗产、文化品牌、文化产业、城市形象、教育水平、知识创新、高端文化人才等十个方面内容来构建城市文化软实力指标体系。

二 提升文化软实力是广州实现科学发展的战略抉择

城市文化是城市吸引力、凝聚力与辐射力发挥和扩展的基础，是支撑城市生存、竞争和发展的巨大动力和无形资产。从世界大城市的发展趋势看，城市之间的竞争正朝着从资源竞争向资本竞争和技术竞争、最终向文化竞争的方向转化，未来的竞争将更多地转向文化领域。提升广州文化软实力是城市科学发展的必然趋势，是构建和谐社会的内在要求，是建设国家中心城市、打造世界文化名城的重要路径，是一千多万广州市民的共同愿望。广州通过强化文化建设，以提升文化软实力、建设世界文化名城、加快推进经济发展方式的转变、增强城市的综合竞争力、全面提升市民文化素质，为经济发展和社会进步提供精神动力和智力支持，是对国家战略的坚定贯彻执行和强有力的推进。

广州市委市政府作出提升文化软实力、加快建设世界文化名城的战略决策，是充满文化自信、文化自觉和文化自强的高度统一。广州确立了面向世界、服务全国、打造世界文化名城的大视野，以实现科学发展的新思路提升城市文化品位，以更开放的姿态和强有力的措施抢占当今文化发展的先机，牢牢把握文化发展的主动权，真正做到文化建设与经济建设、政治建设、社会建设的协同推进，将形成展示文化自强的综合优势，并通过文化变革和文化发展来谋划、引领和推动广州城市科学发展的国际化新跨越，具有显著的现实意义和深远的历史意义。

三 广州文化软实力建设的现状、问题与挑战

近年来，广州在重视经济建设的同时高度重视文化软实力的提升，"以文化论输赢"的共识和实践让"南国明珠"展示出了勃勃生机，"千年羊城"的文化魅力得到彰显。广州提升文化软实力的实践，也已经开始体现在推动经济发展、

支撑城市建设管理和改善人民群众生活水平等方面。一是成功举办亚运会，广州跻身于"亚运城市"行列，国际影响力大大增强；二是公共文化服务体系不断完善，市民基本文化权益得到充分保障；三是文化体制改革不断推进，文化发展活力初步显现；四是文化遗产保护力度不断加大，岭南文化得到有效传承；五是文化创意产业发展成绩突出，文化创造力得到发挥；六是打造文化活动精品，文化影响力日益增强；七是科技教育事业发展成效显著，自主创新能力不断提高。特别是广州亚运会的成功举办，极大地提升了城市文化软实力。

广州具备了提升文化软实力的良好基础和优越条件：①文化基础设施日趋完善，城市文化标志性建筑及文化核心区域初步显现；②城市国际化程度逐步提高，现代都市文化别具一格；③城市历史文化传统源远流长、内涵丰富；④"四地"文化资源底蕴深厚、弥足珍贵；⑤广州文化事业和文化产业日益兴旺、繁荣发展；⑥科技教育文化资源丰富、发展潜力巨大等。

显然，广州构成文化软实力的基本要素大体齐全且各具特色。面对广州提升文化软实力已经取得的成绩和良好的基础条件，我们不宜妄自菲薄；当然，也不能盲目乐观，总体上看广州文化软实力还不够强大，体现在文化生产力总体水平不高、城乡之间文化服务供给不平衡、文化产品和文化服务远不能满足广大市民群众的需要、文化品牌数量不多、文化领军人才不足等方面，与建设世界文化名城的目标还有不小差距。随着文化时代的来临，广州提升文化软实力面临的挑战既有来自国际先进城市的挤压、国内大城市之间的竞争，也有来自思想认识及发展条件不足的制约。我们既要充分把握有利于提升文化软实力的难得机遇，也要理性分析面临的严峻挑战，以期在机遇与挑战之间找到一条适合于自己的发展道路。

四 国内外先进城市提升文化软实力的做法和经验

虽然国际上有关城市文化软实力的研究起步不久，但是发达城市如纽约、伦敦、东京、首尔等城市提升文化软实力的实践却已取得不俗成就。国外先进城市提升文化软实力的成功经验可以归结为以下几个方面：①依托国际文化之都建设，提升城市文化影响力。通过发展文化事业全面提高市民生活品质，大力发展文化产业，推动城市经济繁荣。②以创意产业发展为引擎，提升城市文化竞争力。如伦敦是举世公认的创意产业之都，创意产业是伦敦仅次于金融和商业服务的第二大产业。③借助国际组织与会议平台，提升城市国际沟通力。纽约、日内瓦、巴黎、新加坡、首尔等城市的国际会议产业均蓬勃发展。④借力传媒与影视业的发展，提升国际话语权。多数国际大都市都拥有发达的传媒与影视业，东京凭借动漫文化产业获得了高度的国际认可。

近年来，国内不少大城市如北京、上海、杭州、长沙、深圳等纷纷提出建设文化强市的口号，并在提升文化软实力方面进行了积极探索。其主要的做法有：①注重面向国际市场，实施"走出去"战略；②注重创意产业发展，彰显文化发展特色；③注重文化业态创新，拓展产业发展新路；④注重坚持以人为本，实施文化民生工程。

国内外先进城市的成功经验对广州提升文化软实力具有重要启示：①以文化事业和文化产业的发展为依托；②以专门组织机制为保障；③以传媒业、影视业、国际组织和会议产业作为提升城市文化软实力的倍增器；④以城市营销作为提升城市文化软实力的整合器。

五 提升广州文化软实力的基本理念、思路和目标定位

必须高度重视"大文化"与"软实力"建设，把文化软实力的提升放在人的全面发展和城市科学发展的大背景下、放在软实力与硬实力相结合所构成的城市综合竞争力整体提升的主题内，进行总体部署、全面实施。

提升广州文化软实力必须牢固树立文化发展的基本理念：①以人为本。把提高人的思想道德素质和科学文化水平作为文化软实力建设的基础工程来抓，把文化作为一种价值理性和能力全面渗透到人的素质建设当中。②全面发展。把提升文化软实力作为一项整体性的社会系统工程来谋划、布局和实施，全面推进思想道德建设、文化设施建设、文化形态建设、文化产业建设和文化氛围营造。③协调发展。把提升文化软实力、建设世界文化名城作为推动广州经济社会又好又快发展的基本内容和重要抓手来落实。④创新发展。通过解放思想、转变文化发展观念，为提升文化软实力开辟新路径，在学习国内外先进经验的基础上大胆创新，以新的理念、创意、途径、机制和措施，在新的历史起点上推动文化跨越式发展。

广州提升文化软实力的总体思路是：以科学发展为主题，以满足人民群众精神文化需求为出发点和落脚点，以打造世界文化名城为目标，努力探索并构建充满活力、富有效率、更加开放、有利于提升文化软实力的体制机制；在城市文化生态建设的整体性、协调性、延续性、鲜活性上下工夫，努力把两千多年城市发展独具魅力的文化内涵和文化特色通过各种文化形式展示出来，以充分彰显国家中心城市应有的文化引领功能；大力推进文化产业尤其是文化创意产业的发展，抢抓发展战略性新兴文化产业的市场机遇，培育壮大引领广州文化产业发展的重点行业和龙头企业，促进现代文化产业体系的建立；深化公益性文化事业单位改革、推动公共文化服务运行机制创新，按照体现公益性、基本性、均等性、便利性的要求，加快构建覆盖城乡、惠及全民的公共文化服务体系，促进以人为本的"文化民生"建设。

提升文化软实力的发展目标是：以建设文化魅力十足、文化特色突出、文化设施一流、文化精品纷呈、文化氛围浓厚的世界文化名城为方向，努力打造成为与国家中心城市地位相匹配的岭南文化传承创新基地、文化品牌创新中心、公共文化魅力城市、文化创意之都、文化资源配置枢纽、文化交流国际平台和高端文化人才集聚高地。

提升广州文化软实力的途径按照近期、中期和远期三大阶段来设定。近期是指在"十二五"时期，努力推进文化建设发展，形成文化事业兴旺发达、文化精品纷呈、文化设施先进、历史文化资源得到保护和利用、市民文化素质良好、文化产业结构合理、文化市场健康繁荣的发展格局。中期是指到2020年，把广州建设成为全国重要文化艺术中心、国际文化交流中心和国际文化艺术品交易中心，形成若干个有世界影响的文化团体和文化品牌。远期是指到2025年，广州文化软实力显著增强，不仅成为亚太地区文化中心之一，而且以与国家中心城市相匹配的强大文化软实力跻身于世界文化顶尖城市的行列。

六　提升广州文化软实力的对策建议

提升广州文化软实力是一项复杂而又需要长期坚持的系统工程。必须转变文化发展观念，形成"大文化"和"软实力"的理念，将有关提升"软实力"、建设世界文化名城的各项工作如文化、文明创建、体育、旅游乃至教育、科技等都放在一起，统筹规划、协调兼顾、加强领导。从锻铸城市文化品格、彰显岭南文化特色、培育国际文化品牌、完善公共文化服务体系、增强文化产业竞争力、塑造良好的城市形象、实施文化人才战略、构建文化发展保障体系等方面入手，努力把广州建设成为岭南文化传承创新基地、文化品牌创新中心、公共文化魅力城市、文化创意之都、文化资源配置枢纽、文化交流国际平台和高端文化人才集聚高地，全面提升广州文化的影响力、感召力、凝聚力和核心竞争力。

（一）锻铸城市文化品格，增强文化凝聚力和感召力

文化品格是城市发展的内在动力，是支配市民价值取向、行为方式、心理导向的精神力量。充分发挥中西文化交融、海纳百川的文化传统优势，以更加自信和开放的心态，大力弘扬广州亚运精神，不断创新丰富新时期广州人精神内涵，增强城市的向心力和凝聚力，激发广州人民对城市的自豪感、认同感和归宿感，共同构建广州人民安身立命、奋发进取、报效社会的精神家园。

（1）强化广州城市文化品格淬炼。通过思想教育和文化引导，使社会主义核心价值观牢固成为广州社会的主导意识和精神支柱，成为凝聚人心的强大精神力量。

（2）充分发挥和延续"亚运效应"。积极利用广州亚运文化元素和体育资源，大力发挥高水准文化剧场和体育场馆的作用，举办更多文体活动，成为高水平文化表演云集、国际体育竞赛荟萃之都。

（3）着力提高市民文化素质。扎实开展现代公民教育活动和"文明广州"系列主题活动，大力发展志愿服务事业，引导市民更新思想观念、提高文化素养、树立正确的生活态度、创新生活行为习惯，塑造现代公民意识。

（4）广泛开展各种群众性精神文明创建活动。以创建全国文明城市为重要抓手，扎实推进提高公民综合文化素质和思想道德水平的综合性工程，提高全市人民的思想道德素质和科学文化素质。

（5）努力提高高等教育和科技创新水平。以高教名校和科技名企助推广州总体文化软实力的提升。将广州东部片区打造成为高端要素集聚区，显现名区效应。

（二）大力弘扬岭南文化，培育文化创新力

丰富的"四地"历史文化资源反映广州文化积淀厚度和发展水平。源远流

长的岭南文化，是广州巨大的文化宝藏，是城市发展的宝贵财富。充分挖掘利用"四地"历史文化的深刻内涵，擦亮历史文化名城招牌，精心打造岭南文化传承创新基地，形成广州城市主体文化和独特的文化个性。

（1）更加重视保护城市历史文化遗产。构建历史文化名城保护利用体系，通过挖掘整合、开发利用历史文化遗产潜在的文化内涵、经济价值和对城市发展的积极意义，使历史文化遗产融入现代社会生活，发挥更大作用。加强对历史城区格局、历史文化街区、古村落古民居、历史建筑和非物质文化遗产的保护利用。

（2）大力开展"海上丝绸之路"的研究与宣传推介。加大对"海上丝绸之路"文化遗产研究、保护、开发的经费投入和支持力度，推动联合"申遗"。考虑在南海神庙建立"广州海上丝绸之路"博物馆。

（3）建造"十三行博物馆"。选择在原"十三行"旧址、现文化公园范围建设"十三行博物馆"，同时规划建设"十三行"商埠文化区，对十三行路街区进行整体保护。

（4）深化对粤商文化的研究与宣传推介。营造粤商文化氛围，打造粤商培养体系，宣传、推介粤商文化，保护好反映广州悠久商业文化的历史遗产，推动粤商文化品牌建设，强化广州建设国际商贸中心的文化传承。

（5）统筹规划建设禅宗文化旅游区。以广州丰富的禅宗历史资源为依托进行规划整合，开展宗教节日仪式、风俗展示等特色活动，展示禅宗文化内容，吸引更多游客。

（三）精心培育城市文化品牌，提高文化影响力

城市文化品牌是城市文化特色资源的产物，凝聚和体现着城市的功能、理念和价值取向，不仅可以提高城市的知名度和美誉度、增强城市的影响力和竞争力，还可以提高市民的自豪感和荣誉感。精心培育特点鲜明、内涵丰富、具有岭南文化特色的文化品牌，利用品牌优势推动文化事业和文化产业的发展，成为南中国文化品牌创新中心。

（1）完善城市文化品牌平台体系建设。加强岭南文化创作交流、表演观赏、研究培训、推介传播平台体系建设，注重从"四地"历史文化资源中汲取文化元素，培育具有较强影响力的文化品牌，催生思想、大师和经典作品。

（2）加强城市"智库"建设。繁荣发展广州社会科学研究，努力培育岭南

学派。组织引导专家深入研讨，为提升广州文化软实力、建设世界文化名城提供强有力的思想保证、精神动力和智力支持。

（3）实施文艺精品战略。加大扶持力度，有计划有步骤地推进文化精品生产。每年由有关部门牵头抓好10部左右有影响、高水准的作品创作，切实提高本土文化精品的生产能力。

（4）大力推介文化特色旅游。加强城市景观建设，整合提升旅游资源和人文景观，分类打包、串点连片，加大推介宣传力度，吸引更多海内外人士到广州旅游观光，提高广州知名度。

（5）精心打造文化节庆活动。继续办好已有的节庆活动；创设广州城庆节、广州水文化节；精心策划创作若干场震撼力强、影响力大、能反映广州经典文化印象的大型写意演出。

（6）举办广东音乐节（会）。每年举办系列广东音乐节（会），做大做强、形成品牌；适时举办国际性广东音乐比赛，扩大广东音乐在世界的影响。

（四）进一步完善公共文化服务体系，凸显文化表现力

市民是城市的主体，是城市文化的创造者、体现者和消费者，也是城市文化的重要载体。把发展公共文化事业作为保障市民基本文化权益的主要途径和关注民生的重要举措，努力建立覆盖城乡的比较完备的公共文化服务体系，构建公共文化魅力城市。

（1）建立健全公共文化服务体系。重点推动区、县级市公共文化机构发展，增加基层文化投入，继续推进社区（农村）公共文化设施建设，确保基层文化设施网络充分覆盖；确立"文化低保"政策，促进基本公共文化服务城乡均等化；试行招聘大学生"文化村官"制度。

（2）大力实施文化惠民工程。重点开展文化信息资源共享工程、文化活动下基层工程和公共文化流动服务工程；建立帮扶机制，带动全市公共文化服务水平全面提升；推进各类公共文化体育设施免费或优惠开放。

（3）创新社会力量参与公共文化服务机制。发挥非政府组织在促进公共文化产品供给和公共文化服务中的组织协调作用；在文化事业领域引入市场机制，让企业和社会组织参与公共文化服务和产品的生产及供给；充分发挥社区内各种文化设施效用，优化社会文化资源配置。

（五）加快文化产业发展，增强文化核心竞争力

发展文化产业是提升文化软实力的重要途径和核心内容。把文化产业作为重要支柱产业来发展，加强规划和引导，优化产业布局、推动集聚发展，突出优势产业、联动相关产业，精心打造上下游文化产品相互带动、共同发展的文化创意产业链。通过推动文化产业的创新发展，大力发展引领时代潮流的现代都市文化，凸显中外闻名的文化创意之都实力，增强文化产业的竞争力和渗透力。

（1）实施重点扶持战略。选好重点发展产业，把广州新闻传媒、电视广播、出版业发展建成文化产业龙头；扶持龙头企业，以集团化建设为途径，推动知名文化品牌建设。

（2）大力培育发展新兴文化业态。支持发展数字出版、手机短信和影视、动漫、网络游戏、VOD点播等新兴产业，大力发展移动多媒体广播电视、网络广播影视等增值服务。推动现代都市文化大发展，引领时代潮流，再领风骚。

（3）合理规划文化产业布局。积极推进文化产业集聚区建设，形成"一区四带"格局（高端文化产业核心区、珠江两岸文化产业带、东部文化产业带、南部文化产业带和北部文化产业带）。

（4）鼓励民营企业参与激活文化产业。充分有效地利用民间资本，鼓励民间资金对营利性文化部门的投资，刺激全社会共同参与文化产业发展；打通民营文化企业融资渠道，实行投资主体多元化。

（5）不断完善文化产业政策。对新兴和创新性文化产业项目实行低息或贴息贷款，增加用于扶持文化产业发展的财政专项投入，实施重大的基础性文化资源开发项目；大力发展文化中介服务机构，努力形成面向社会的开放型、市场化文化中介服务体系。

（6）大力培育现代文化市场体系。加强文化产品流通体系建设，培育公平竞争的文化市场；建立文化产业投融资平台和文化产权交易平台；增强本土文化企业的融资能力，激活版权交易和融资平台的功能；加强文化市场建设和监管，畅通文化产品流通渠道，建立起公平竞争的市场体系。

（六）着力塑造和推介广州良好的城市形象，扩展文化辐射力

城市形象是城市内在素质、发展水平和文明程度的综合反映。构建标志性的

城市形象体系，是提升文化软实力、推进世界文化名城建设的重要内容。必须高度重视城市文化、城市形象的传播、展示和交流，逐步增强文化资源配置枢纽和文化交流国际平台的功能作用，扩大城市文化的影响力、辐射力。

（1）继续推进标志性文化工程建设。规划建设"十二五"时期标志性文化工程，布局新的文化核心功能区；将海心沙一带打造成为具有岭南文化特性的城市"中心文化厅堂"和表演平台，作为综合利用"后亚运时代"场地的典范；规划建设从白鹅潭到长洲岛的珠江两岸文化旅游景观，形成"省河文化带"。

（2）实施城市形象推广工程。成立专门的城市形象宣传协调管理机构，专门负责城市形象宣传战略的制定与执行的协调。

（3）构建城市文化传播体系。致力培育壮大在国内外有较大影响的名报名刊、名台名社和名网，形成岭南文化传播强势城市。尤其要牢牢把握各类媒体的舆论引导权，形成有利于广州城市形象宣传的合力。

（4）丰富文化传播手段。整合文化传播资源，创新文化传播方式，促进文化与科技结合；拓展文化传播渠道，积极利用国内外媒体进行各具特色的报道，加大对外宣传、推介广州城市形象的力度。

（5）加强对外文化交流。多引进高质量的国际文艺团体演出和艺术品展出；推动广州文艺团体演出和艺术品展出走出去，不断扩大广州对外文化传播力。

（七）实施文化人才战略，构筑文化大师聚集高地

人才是先进文化的创造者、创意的源泉，是文化发展的第一资源。文化软实力的提升关键在人才、在大师。要着力实施文化人才战略，大力培育本土人才、引进高端人才、爱护人才、用好人才，构筑高端文化人才集聚高地，为提升文化软实力整体效应提供智力保障和充足的人才支撑。

（1）加强对专业文化人才的培养。重点在培育领军人才，着力扶持培育一批在国内外有较大影响的马克思主义理论家、文学艺术名家大师和文化创意领军人物，作为推动文化创新的主导力量。

（2）加大对高端文化人才的引进力度。以优厚条件吸引国内外文化拔尖人才、领军人物及团队来广州工作创业发展，大力引进国内外知名文化实体，使广州成为全国高端文化人才的集聚地和创业乐园。

（3）积极创新人才激励机制。加大对艺术家、社会科学家和文化产业营销

人才的奖励力度，对优秀项目、重大文学艺术成果或产生重大影响的学术成果和文化产品给予嘉奖，对贡献重大的各类优秀文化人才授予荣誉称号。

（八）创新制度环境，完善文化软实力持续提升的保障机制

加强组织领导，完善各项扶持政策，尽快出台提升文化软实力、加快建设世界文化名城的相关政策法规工作，建立完善的文化事业和文化产业技术指标与服务创新体系，为各类文化主体发展创造良好的政策环境、法制环境和市场环境。

（1）加大财政投入力度。建立制度化的政府公共财政投入和资助补偿机制，优先保障基本公共文化服务供给；保证公共文化事业发展的必要经费来源；合理利用财政政策扶持社会力量参与公共文化服务体系建设。

（2）积极推进公益性文化事业单位改革。落实文化改革发展的各项政策，把握好改革节奏，注重保障改制单位的职工权益，推动文化体制改革平稳顺利推进。

（3）加快经营性文化单位转企改制步伐。推进经营性国有文化单位转企改制，建立现代企业制度；加快国有文化企业产权制度改革，推动文化企业上市融资、发展壮大。

（4）加强版权保护。建立版权保护行政体系、司法体系、舆论监督体系和企事业版权保护体系，有效保护知识产权，推动广州文化事业和文化产业健康发展。

（5）营造更加开放的文化发展氛围。减少社会资本进入文化领域的审批环节和行政性收费，鼓励民营文化企业以多种形式参与国有经营性文化单位的改制，完善社会力量捐赠公益性文化事业的政策措施并完善有效机制。

主要参考文献

约瑟夫·奈：《软力量——世界政坛成功之道》，东方出版社，2005。

D. 保罗·谢弗：《文化引导未来》，社会科学文献出版社，2008。

陈振良：《中国"软实力"发展战略研究》，人民出版社，2008。

王晓玲：《中国广州文化发展报告（2009）》，社会科学文献出版社，2009。

卢一先等：《中国广州创意产业发展报告（2009）》，社会科学文献出版社，2009。

涂成林等:《国家软实力与文化安全研究——以广州为例》,中国编译出版社,2009。

姜毅然等:《以市场为导向的日本文化创意产业》,人民出版社,2009。

周薇等:《广东建设文化大省的理论与实践》,广东人民出版社,2006。

姜锡一等:《韩国文化产业》,北京大学出版社,2009。

弗雷泽:《软实力:美国电影、流行乐、电视和快餐的全球统治》,新华出版社,2006。

孙有中:《美国文化产业》,外语教学与研究出版社,2007。

A study on the Strategy of Increasing the
Soft Cultural Power of Guangzhou

The Subject Team of the CPC Guangzhou

Committee School

Abstract: On the basis of a further understanding of soft power of culture, the article makes an analysis of the achievements, problems and challenges in the course of building up the soft cultural power of Guangzhou. With a reference to the practice and experience of other cities of both home and abroad and based on the general demand of becoming world-distinguished cultural city, the author suggests ideas of strategy, goal and ways as well as measures for increasing the soft cultural power of Guangzhou.

Key Words: soft cultural power; world-distinguished city; culture, Guangzhou

区域发展篇
Regional Development

ℬ.5

2010 年越秀区文化发展状况分析与
2011 年发展思路

中共广州市越秀区委宣传部课题组

摘　要：2010 年，越秀区以全国第九届艺术节、群星奖评选和"迎亚运、创文明"工作为抓手，以创建全国、全省公共文化服务示范区为目标，进一步促进了越秀区文化工作的新发展，较好地满足了城区居民群众的文化需求。2011 年，将以事业带产业，积极创建国家公共文化服务体系示范区，扎实推进广府文化源地建设，全力构建"大文化"发展格局，着力完善"文化惠民"工程，为建设"幸福越秀"和广州建设世界文化名城而奋斗。

关键词：城区　文化发展　状况　预测

一　2010 年越秀区文化发展回顾

（一）公共文化服务体系不断优化

2010 年以来，越秀区在巩固创建"全国文化先进单位"成果的基础上，以创建全国、全省公共文化服务体系示范区为目标，着力完善公共文化服务体系，进一步提升了"10分钟文化圈"的服务效能。

1. 三大"文化民生"工程在全市首推

越秀区以"文化慈善"、"文化低保"、"文化自助"为支托，在全市率先启动"情系文化，善心流传"文化民生工程，积极搭建公益文化服务平台，发动社会力量共同参与到文化民生事业中来，对弱势群体进行文化帮扶，推进公共文化服务均等化。一是"文化慈善"，即以区图书馆为平台，在全社会开展慈善捐书活动。所捐赠的图书实现向困难家庭成员流动、向"城中村"人员流动、向外来工流动。二是"文化低保"，即长期举办免费的文艺培训、文化讲座、文化展览，为改善弱势群众的文化生活服务。区文化馆2010年成功地为贫困家庭子女举办了两期"阳光艺术"培训班，并通过整合社会教育资源，将培训基地扩展到区玉鸣轩艺术培训中心、"吉的堡"阳光教育国际语言培训中心等四个试点，共有105名贫困家庭子女受益。三是"文化自助"，即为民间收藏家、民间艺术爱好者等人群提供展览场地。鼓励广大群众参与到文化事业中来，既丰富了文化产品的供给，又让更多群众实现了艺术展览的梦想。

2. "平民大书吧"服务实现质的飞跃

区图书馆充分发挥"文化传播、文化展示、文化休闲、文化娱乐、文化交流"五大功能，取得了优异成绩。一是创新服务方式，实施文化共享工程。在全市率先建设RFID读者自助借还系统；"掌上图书馆"手机网站为广大读者提供电子期刊阅览服务；定期举办视障人士计算机、象棋兴趣小组活动；"快乐学习基地"定期举办免费计算机培训班；"平民影院"周周有电影。二是实施"阳光阅读工程"，打造"书香越秀"品牌。积极推进"书香家庭、书香企业、书香军营、书香校园、书香机关、书香社区"建设，六榕街旧南海县社区、梅花村街共和西社区获广州市"书香社区"称号。三是积极推动服务点建设。与英模集体——"模范红一连"率先共建全省首个文化共享工程军营服务点；向越秀区288个共享工程基层服务点发放共享工程数字资源光盘、组织业务培训；向区内93个"快乐共享园"校园服务点提供培训、图书阅读、文献远程传递等服务。2010年，区图书馆共接待读者110多万人次，外借图书41.4万多册次，馆内阅览379.2万册次，新建农家（社区）书屋20个。举办"越秀十美——李咏祥、廖伟彪美术作品联展"等展览22场，播放电影37部，参加读者 30 万人次，2010 年被评为国家"一级图书馆"、全国 2009 年度"全民阅读"先进单位。

3. "百姓文化大院"推进"四个基地"建设

区文化馆以科技兴馆、服务立馆为宗旨，继续打造"百姓文化大院"品牌，扎实推进展览、展演、创作、培训"四个基地"建设，促进越秀区群众文化活动蓬勃开展。一是群众文艺展演基地百花齐放。先后举办了"珠水粤韵"迎春文艺招待会、"虎虎生威迎亚运，欢天喜地逛花街"迎春花市开幕式、区首届群众文化艺术节社团文艺大展演活动、"羊城之夏"系列活动等文艺演出活动共 40 多场，参与人数超过 8 万人次。其中，区级以上大型活动 8 场，送戏下社区活动 5 场。二是艺术展览丰富多彩。先后举办了"神融笔畅"迎春书画展等各类展览 30 多场。其中，高端展览 20 余场，公益类展览 10 多场，参观人数达到了 5 万多人次。三是文艺创作欣欣向荣。组织创作了小品《她和她》、音乐作品《祥和粤韵》等，《她和她》获颁全国"群星奖"；客家山歌《涯家五朵大红花》节目，获第二届八省优秀客家山歌邀请赛铜奖。四是文艺培训卓有成效。举办了摄影技术、声乐演唱等公益性培训班，培训总人数超过 600 人次。

4. "广州祖庙"发挥辐射带动效应

区博物馆接待了"九艺节"参赛团、澳门政协、天津市政府等的参观考察，游客超过 14.8 万人次。一是推广五仙文化品牌。举办了"迎亚运，庆元宵"新春游园会、"乐融融，贺中秋"、"情系岭南——百场优秀戏剧曲艺作品巡回演出"等 8 场大型活动。二是加强馆校、馆街联动，开展各类文化活动。联合惠福西路小学，举办了第四期小讲解员培训班，培养了 25 名小讲解员为亚运广州行宣传。将"越秀——没有围墙的博物馆"等多个流动图片展送到区内的各个社区、学校。三是拓展展示手段，建设了"广府文化数字博物馆"——五羊网。

（二）重点文化项目开展有声有色

1. 成功举办了一系列大型文化活动

2010 年，越秀区组织了近 30 场与"九艺节"相关的比赛活动，接待了来自全国各地的 66 支参赛及展演团队约 2400 多人次，活动参与总人数超过 5 万人，为人民群众提供了丰盛的文艺盛宴，获得了社会各界的广泛赞誉以及国家文部、省文化厅的表彰。围绕"迎亚运、创文明"工作,越秀区积极组织举办了多场大型文艺活动,如"亚运倒计时100天"文艺晚会、"亚运歌曲大家唱"、广州城市原点揭幕、《广州好》"迎亚运、创文明"社区文化活动、第十六届亚运会冠军助威团越秀志愿行活动及"共庆佳节、喜迎亚运"等。亚运会开幕式当天,越秀区组织了上千名专业演员和背景群众参与亚运开幕式珠江巡游岸上表演活动,将锦绣华彩的美丽花城、时尚秀美的广州形象展现在世人面前,并成为迎宾表演中最瞩目的亮点之一。

2. 文化工程项目建设扎实推进

一是积极推进五仙观广府文化展示平台项目。利用2009年成功申请的广州市服务业发展引导资金200万元,在亚运前成功打造了"永不落幕的广府文化中心展示平台"。二是有序推进南粤先贤馆工程项目建设。至年底,主体场馆建筑设计、布展设计的招投标工作项目正在进行,动迁工作已完成了95%,拆迁工作完成了65%。三是继续打造精品文化社区,完善项目管理机制。越秀区已经利用区域文化优势打造了25个精品文化社区项目,2011年将再集中财力打造10个精品文化社区项目。四是重点推进大小马站复建、中山文献馆维修改造、英雄广场改造等一系列重点文化工程。

3. 东濠涌博物馆建设亮点突出

为珍藏和追忆"水城"风情,弘扬新时期的治水精神,结合东濠涌综合整治工程,经过召开专家论证会、征集文物、布展等一系列工作,从无到有,完成了东濠涌博物馆建设。东濠涌博物馆是国内首家以河涌为主题的博物馆,分"东濠溯源"、"东濠蕴梦"、"东濠哭泣"、"东濠新篇"等四个专题,采取实物、图片、投影、音像等多种形式和手段,集中记录和展示了广州河涌历史文化和东濠涌综合整治成果,免费开放,受到市民群众的热捧,还对东濠涌沿线28个景点冠名并组织书法家题写,为东濠涌增加了文化元素。

4. "广府文化源地、千年商都核心"城区品牌深入人心

大力挖掘和合理利用历史文化资源,集文化、观光、旅游、休闲、餐饮、购物、娱乐于一体的"北京路广府文化商贸旅游区"稳步推进。广州城市原点、广州城隍庙、南越王宫博物馆、大佛寺扩建等广府文化十大标志性工程大部分已完成并对外开放。积极推进广、佛、肇三地文化交流共建活动,举办了"粤语新童谣大赛——2010年越秀·禅城·端州传承广府文化"活动,在迎春花市期间开展广、佛、肇传统手工艺精品展，集中展示了宫灯、剪纸、陶瓷、端砚等传统手工艺作品。

（三）微型博物馆群建设成效显著

越秀区以丰富的历史文化资源和浓厚的人文氛围为依托，积极探索出以政府为主体、社会广泛参与的博物馆建设管理新模式。既满足公众的精神文化需求，又传承越秀的历史文脉，体现了以"文"化"人"、以"文"惠"民"的理念，《广东宣传》和《广州情况》推介了越秀区的做法。

1. 改革投入机制，突破资金"瓶颈"

越秀区大胆探索，由过去一元化的政府投入转变为政府和社会互动的多元化投入，较好地破解了资金难题。一是将博物馆建设纳入城市更新和环境综合整治的项目配套，加大政府投入。如东濠涌博物馆及正在推进的区家祠、青云书院的整治工程。二是积极搭建平台吸纳社会资本，调动社会力量参与博物馆建设和管理。如将东平大押打造成为我国大陆首家典当行业的博物馆并免费对公众开放。三是鼓励街道自主创新，整合社区资源打造老百姓身边的微型博物馆，如光塔街杏花巷社区的民族博物馆、广卫街都府社区的"广府文化会馆"、建设街榕树头文化艺术中心等一批社区微型博物馆。

2. 转变管理机制，形成多方共赢

伴随着投入机制的改革，越秀区同步进行了博物馆建设管理机制的转变。即合理界定业主单位、投资单位与日常管理单位、文化监管部门的权利和义务，将原来的文化部门单一建设管理，转变为多元化、社会化的建设管理，充分调动参与各方的积极性，实现了多方共赢，促进了微型博物馆的迅速发展。

3. 完善监管机制，确保公益方向

为保护好、利用好历史文化资源，越秀区注重把文化工作的原则性和灵活性结合起来，在保护文化遗产的基础上，实现对文化遗产合理的开发利用，重点把好"三道关"：一是在引入社会力量前把好准入关，二是在引入社会力量过程中把好评价关，三是在引入社会力量后把好监督关。越秀区探索多元化建设管理微型博物馆取得了较好的成效，一批历史建筑得以保护和合理利用，其历史价值得到充分彰显，其承载的历史文化信息得到充分释放，更加充分地实现了文化惠民的目标。

4. 构建发展机制，扩大惠民效果

一是通过社会化运作拓宽公共文化供给，促进文物保护开发社会化与惠民效果最大化的统一；二是鼓励、扶持参与建设方将博物馆展示和运营功能的融合，实现社会效应与经济效应的双赢；三是将博物馆资源纳入旅游文化线路之中，促进了博物馆与旅游的融合。

（四）文化遗产保护机制日益完善

1. 加强文物保护及管理工作

一是文物普查实地调查阶段工作顺利通过广东省的检查验收。已完成野外实地调查和数据录入289处，至年底文普工作进入第三阶段。2010年6月，越秀区获评市第三次全国文物普查组织奖。二是根据越秀区文物景点多、群众关注热情高、媒体报道追踪热的特点，建立了区、街道、社区三级文化网格化管理制度，组织召开了全区文物工作会议，组建了由区人大代表、政协委员和社区群众组成的全市首批文物保护义务监督员队伍，队伍人数达100多名。三是公布了第二批区级文物保护单位，对10个区级文物保护单位予以挂牌。四是多次召开文物专家论证会，对相关文物点的保护修缮等工作进行论证。组织了"区家祠和青云书院设计方案专家论证会"、"小东门桥、青云书院、盘福路口、小北门"等文物点的专家论证会。五是结合迎亚运人居环境整治和旧城改造工作，对历史景观区街提供相关史料、注入文化元素。

2. 广泛开展非物质文化遗产保护及传承活动

一是重点组织"文化遗产日"系列活动。举办了"越秀区老字号和非物质文化遗产"图片展。组织了越秀区粤语讲古、戏服制作、箫笛制作的艺人进行公开表演、展示。二是举办"炫"华服设计大赛活动和越秀区青少年戏服设计大赛。进一步弘扬了优秀传统文化，让年轻人增进对粤剧和广州戏服的了解。三是在重大活动上推广展示广州戏服。广州戏服在上海世博会广东馆、"九艺节"演交会作为特色项目展出，受到广泛关注。

3. 加大越秀历史文化资源宣传力度

一是策划编辑出版《千年风物——越秀区文物景点集萃》、《五仙观中英文画册》、《五仙观历代诗词曲赋选注》、《广州戏服》等文博书籍；二是通过报纸、广播、电视媒体及网络宣传越秀区历史文化资源。

（五）文化与商贸旅游共融发展

1. 整合广府文化元素，打造越秀品牌旅游

一是极力推广越秀特色旅游线路。制定了《越秀区亚运旅游宣传推广发展思路》，打造了广府文化源地之旅、老广州风情体验之旅等 8 条文化旅游线路和东濠涌水文化片区、二沙岛文化艺术风情区等 9 个主题旅游片区，进一步强化"北京路广府文化商贸旅游区"的品牌辐射力和影响力，带动周边地区旅游业发展。二是拓展旅游新市场，推出旅游新产品。以亚运为契机，以市场为导向，用"旧景点，新看点"的思路，重点将广州城市原点、城隍庙等亚运建设成果作为旅游新景点宣传推广，举办"越秀越精彩——越秀区亚运新增'五景区十景点'发现之旅"专题旅游推介展。整合辖内的红色旅游资源，组织辖内符合条件的旅游景区积极申报"广东省红色旅游示范基地"。

2. 全方位做好特色旅游宣传推广

一是越秀亚运旅游出亮点。"亚运人家"首先在越秀区投入运营，让访穗的外国游客深入广州市民家中，了解广州的民风民俗，各界反响热烈。在各景区、酒店、旅行社，积极开展"微笑使者百日志愿行动"和"文明景区百日志愿行动"等活动。二是塑造越秀旅游新形象。分别在广州火车站广场、北京路商业步行街两个最繁华地段建立了国际标准化的旅游服务问询中心。在火车站广场、北京路名盛广场免费投放户外大型的越秀旅游形象专题宣传推介广告。在全市首创用系列手绘旅游地图的形式生动推介广府特色的风情旅游，陆续推出了《游走越秀》、《玩转北京路》和《东濠涌旅游指南》等手绘越秀旅游地图。拓展旅游推广平台，将《越秀美食之旅》编入《吃遍广州》一书出版发行；在越秀信息网旅游者频道提供丰富多样的越秀旅游资讯；积极组织辖内旅游企业参加"广州市国际旅游展销会"、"TPO 日本共同旅游推介会"等旅游展览会，利用会展平台扩大越秀的知名度。三是打造品牌旅游节庆活动。在北京路广府文化商贸旅游区举办第二届"越秀区广府文化旅游嘉年华"活动。从 9 月底至亚运会期间历时两个月，举办了"越秀越精彩"图片展及摄影展、广府华彩粤剧展演、亚运美食文化节等特色活动。

3. 提高旅游服务水平

一是加强旅游安全监管。制定了《越秀区亚运旅游接待工作安全应急预

案》，会同市、区相关部门，开展"百日整治大行动"等综合检查，形成安全生产联动机制；重点开展非星级酒店迎亚运服务质量监督工作，专门成立区迎亚运非星酒店服务质量督查团队，依照《住宿业服务质量要求》对辖内 361 间非星级酒店在安保、消防、食品卫生、规范经营等方面进行地毯式督查，确保越秀区住宿业以良好的状态投入亚运接待工作。二是推动辖区内旅游饭店升级改造。根据亚运市行动计划的要求，为确保广州亚运会需有 280 间星级酒店的标准，越秀区按照市的部署，加快酒店迎亚运星评工作，重点指导广州国泰宾馆等 5 间酒店申评。三是完善越秀区旅游设施保障工作。系统地开展了旅游交通标志牌建设、景区及酒店公共服务标示标准化改造、星级旅游公厕评定等工作。

（六）文化市场管理更加规范

2010 年以来，越秀区坚持"属地管理"、综合治理，建立健全"网格化"监管文化市场新举措，加强文化市场的审批和管理，坚决取缔无证照经营、坚决处罚违规经营、坚决关闭涉毒场所，保持"扫黄打非"工作高压态势，加强对涉亚场馆周边文化经营场所及学校周边 200 米经营场所的整治，共出动检查 2840 人次，联合行动 88 次，检查经营店档 4257 间次，联合公安部门破获、查处、审结非法出版物案件 3 宗，确保"九艺节"、广州亚运会、亚残运会期间文化市场稳定有序，有效地促进了文化市场的繁荣发展。

1. 运用科技手段创新管理

一是建立和完善电子服务管理平台，逐步实现网上查阅和统计，提高行政效率；建立出版物、印刷行业电子管理平台，为日常监管及行业发展提供参考依据。二是全面推进网吧实名登记系统的安装使用。联合公安分局加速更新"网吧实名管理系统"，全区 75 家网吧身份证读卡（扫描）制度升级改造工作全部完成。

2. 运用政策规范文化市场

一是四项行政审批备案事项下放"无缝对接"。根据营业性演出许可证的核发、营业性演出活动（涉外演出）的审批、娱乐经营许可证和网络文化经营许可证的核发下放至各区文化行政部门审批的有关通知要求，越秀区迅速赶制了与营业性演出审批（备案）相关的办事指南，草拟了《广州市越秀区设立娱乐场所审批制度》，成功实现了工作的"无缝对接"。二是科学规划游艺娱乐场所的发展。制订了《越秀区游艺娱乐场所总量与布局规划》，积极引导游艺娱乐经营场所规模化、连锁化、品牌化，充分满足群众文化娱乐的需求，促进文化消费和第三产业的繁荣发展。

3. 采用"网格化"监管文化市场

一是加强宣传教育。定期召开经营业主会议，组织各类培训和教育宣传活动，提高经营业主遵纪守法的自觉性。二是加强部门联动。联合公安、工商、城管和街道滚动式巡查，加大对无证照、超范围违规经营娱乐服务场所的打击力度，切实制止娱乐服务场所内涉毒等犯罪行为及消防安全事故的发生。三是以"创文明、保亚运"为抓手，突出重点整治。严厉打击校园周边涉嫌贩卖盗版音像制品、图书及无证经营网吧、电子游戏、游艺室等违法行动，重点加强学校、幼儿园周边文化市场监管力度，切实净化校园周边文化市场环境。四是加大对违规企业的处罚力度。对公安部门查获的涉毒娱乐场所，实行"零容忍"，坚决依法予以处理，依法吊销娱乐经营许可证。

（七）精神文明创建工作成果丰硕

围绕全国文明城市创建工作，突出"迎接亚运会、创造新生活"主题，社会风尚、城区环境、公共文明、公益行动等基础性工作扎实推进。

1. 社会主义核心价值体系宣传教育活动深入开展

举办"广州市道德模范巡回演讲报告会"（越秀区专场），大力宣传"第四届广州市道德模范"，特别是深入学习宣传邵建明等 4 位越秀区"第四届广州市道德模范"的感人事迹和崇高精神。组织全区 9 万多名未成年人参加了"传唱优秀童谣、做有道德的人"网上签名寄语活动和中小学生诵读中华经典美文活动。深入开展"我推荐、我评议身边好人好事"活动，广泛发动居民群众深入挖掘和学习身边的好人好事，全年向市推选了 31 位身边好人，其中白云街居民李伯宜荣登中国好人榜，被评为"助人为乐"好人。

2. "迎亚运、创文明"主题实践活动方兴未艾

以"创造新生活，精彩一起来"系列活动为载体，精心组织"文明新风尚引领计划"、"健康新生活计划"、"关爱温暖行动计划"、"文化引领发展计划"、"阳光诚信行动计划"、"社区教育素质提升计划"、"让孩子健康快乐成长计划"、"科技创意新生活计划"等行动，倡导阳光健康的生活方式，形成文明和谐的社会风尚。结合迎亚运宣传，区属各街道每月承办一个"创文"主题日活动，先后举办了排队日、互助日、志愿服务日、现代公民行动日、文明行动日、微笑日、文明出行日、清洁日、公民道德宣传日、礼仪日等活动。结合"迎亚运、创文明"主题，在春节、元宵节、清明节、端午节、中秋节、重阳节等传统节日，开展丰富多彩的"我们的节日"主题群众文化活动，弘扬民族优秀文化传统。

3. 社会志愿服务健康发展

倡导"当志愿者光荣、做志愿服务光荣"的价值导向，进一步树立志愿者的高尚形象，全区志愿者统一服装，引入志愿者形象识别系统，设计了独具特色的"越秀区志愿者"标志，每个社区都成立了"社区志愿服务工作站"，使志愿服务遍布每个角落。组织开展排队候车志愿服务、公交搭乘礼让志愿服务、文明路口志愿服务，大街小巷随处可见志愿者的风采。发动高校大学生和广大市民广泛参与"迎亚运、创文明"志愿服务活动，通过日常社区志愿服务和重点时段的志愿服务，着力弘扬"人人都是东道主，个个都是志愿者"精神，集中展示了乐于助人、奉献社会的良好风尚。在华乐、登峰等外国人居住较多的区域，成立"洋志愿者"队伍，进行文明引导和宣传，成为文明广州的一道亮丽风景。

4. 未成年人思想道德建设有效推进

着力打造未成年人健康成长的良好社会环境，大力开展校园周边文化市场专项整治行动，严肃整顿校园周边歌舞娱乐场所、电子游戏游艺室、网吧、报刊亭等经营场所秩序。深入开展公共文明教育，通过主题班会等形式，利用校园网、广播、校讯通、宣传栏等阵地，向全区中小学生宣传城市公共文明建设的基本内容和要求，教育和引导中小学生文明出行、文明礼让、文明守序、爱护公物。大力加强"绿色网园"建设，以各街道现有社区服务中心、文化站的服务资源为依托，为青少年提供健康的网络学习平台。不断完善"学校、家庭、社区"三位一体教育网络，深入开展创建百所优秀家长学校活动。

二 2011 年越秀区文化发展思路

2011 年，越秀区将抢抓机遇，创新发展，实施文化引领，促进文化繁荣。以事业带产业，积极创建国家公共文化服务体系示范区，扎实推进广府文化源地建设，全力构建"大文化"发展格局，大力发展文博事业和文化创意产业，加快推进文化项目建设，着力完善"文化惠民"工程，为建设"幸福越秀"和广州建设世界文化名城而奋斗。

（一）坚持文化引领理念，全力构建"大文化"发展格局

把文化发展纳入城区经济社会发展总体规划，制定文化发展专项规划和实施方案，健全文化资源配置、文化投入、文化工作考核等机制，探索文化建设利益共享模式，全力构建"党委领导、政府管理、行业参与、全社会共同促进"的大文化发展格局。依托区文化发展委员会和区文化发展咨询委员会，及时研究和解决文化发展工作中的重大问题。以项目团队为组织形式，全面整合利用辖区内外资源，全力统筹协调事业资源和社会资源，形成宣传文化部门牵头、各相关部门和街道共同推进的文化项目建设合力。

（二）坚持"文化惠民"理念，争创国家公共文化服务体系示范区

文化需求的满足是群众幸福生活的重要组成部分。从创建国家公共文化服务示范区入手，着力完善公共文化服务资源供给和经费保障机制，建立公共文化服务评价考核体系，推进以"文化慈善、文化低保、文化自助"为主要内容的文化民生工程，努力实现公共文化服务均等化。着力加强基层文化设施建设，进一步完善以区图书馆、文化馆、博物馆为龙头，街道文化站为支撑，社区文化活动室和文体广场为依托，各类文化场馆为配套的公共文化服务网络，形成"一街道一品牌"、"一社区一特色"格局，增强"十分钟文化圈"实效。着力构建精品文化社区，利用社区街巷丰富的历史故事和传说，因地制宜地建设具有广府文化特色和社区历史韵味的雕塑、文化长廊、小型文化广场等街头小景，打造"越秀越精彩"文化艺术节、"快乐有约"广场文化活动等群众文化活动品牌，丰富社区文化内涵，活跃群众文化生活。

（三）坚持"精品打造"理念，加快推进重点文化项目建设

按照《广东省建设文化强省规划纲要》、《广州市建设文化强市和世界文化名城规划纲要》的部署要求，编制北京路广府文化商贸旅游区规划。树立精品意识，高标准、高水平推进大小马站书院街建设，使其成为广州最具代表性的文化地标和休闲胜地之一。加快文德路更新改造的规划设计，将文德路打造成为

"广州文化第一街"。大力推进大佛寺等一批宗教场所的修复建设工程。加快推进南粤先贤馆的土地整理，提升五仙观的文化影响力。全力打造"广府庙会"民俗文化特色活动品牌，为民间民俗艺术文化搭建展示和交流平台，增强广府文化的凝聚力和影响力。积极利用影视等手段，对越秀区重要人文资源进行专门讴歌宣传推介，扩大广府文化源地的影响力。以纪念辛亥革命100周年为契机，组织系列庆祝活动，做好重要遗址景观周边环境整治项目储备，彰显越秀区作为近代革命策源地的地位。

（四）坚持共建共享理念，探索文博事业和产业发展新模式

总结微型博物馆和精品文化社区建设经验，以广府文化为特色，把打造有围墙的博物馆和没有围墙的博物馆紧密结合起来，进一步做大做强文博事业，着力走出一条"处处皆有文化、处处皆可观赏"的文博发展之路。积极制定越秀区鼓励促进文博事业发展的政策，建立和完善文博事业发展多元化的利益共享机制。大力整合区内外文博资源，支持辖区内省、市属博物馆进行博览手段、方式和内容的有机更新，提升其文博资源的社会效益和经济效益，实现多方共赢。把历史文化街区房屋保护与文博事业发展紧密结合起来，以历史文化街区连片保护试点为契机，保存原有城市肌理，鼓励修复更多的历史建筑，打造主题博物馆。加快各类主题博物馆及周边商业配套建设，通过挖掘开发更多的文化资源，提供更多的旅游景点，实现旅游产业和文博事业的良性互动。加快文博品牌打造和文博特色产品开发，让文博产品和服务成为城市新型消费，形成高水平的文博产业链。

（五）坚持共融发展理念，促进文化与旅游业共同繁荣

借国家旅游局2011年推出"中华文化游"的契机，包装整合和充实盘活旅游资源，打响广府文化旅游品牌。重点围绕"广府旅游胜地"、"商都旅游胜地"、"红色旅游胜地"、"宗教旅游胜地"、"生态旅游胜地"五个主题，推动旅游产品多样化发展。积极打造"辛亥革命之旅"、"红色之旅"特色旅游品牌，全力办好第三届"越秀区广府文化旅游嘉年华"等大型主题旅游节庆宣传活动。实行越秀国民旅游休闲计划，倡导低碳旅游方式，做好乘地铁、绿道骑游、徒步游的旅游指引。努力开发精品社区游、微型博物馆游等老广州风情体验型休闲旅游新产品的市场。开展"阅游越秀——全民越秀游"、自行车环保游、旅游摄影

大赛等群众性文化旅游活动。编印《古越今秀——广州越秀旅游导览》等旅游宣传资料和越秀旅游风光宣传片。调动社会力量，联手推出越秀旅游套票（明信片）等纪念品。

（六）坚持创意驱动理念，增强文化产业发展后劲

加强越秀区文化产业统筹，大力发展文化创意产业和文博产业，以文化事业带动文化产业的快速发展。筹备召开越秀区文化工作会议，科学谋划文化产业空间布局，构建具有越秀特色的文化产业体系。设立文化创意扶持基金，扶持发展一批文化创意产业的龙头骨干企业。继续办好中国流花国际服装节、中国国际漫画节和华语动漫金龙奖赛等大型活动。加快"创意大道"建设，支持南方文化传媒创意产业园和广州文化创意产业研究中心项目上马，努力形成具有较大规模和影响力的创意产业发展平台。

An Analysis on the Cultural Development of 2010 in Yuexiu District and Development Strategy of 2011

The Subject Team of the Publicity Department of

CPC Yuexiu District，Guangzhou

Abstract：In 2010 by taking the work of welcoming the Ninth National Art Festival，the Qun Xing Award as well as welcoming the 16th Asian Games，Creating National Civilized City as its key cultural projects to build up a national and provincial demonstration area of public cultural service，Yuexiu District further promoted its cultural work，thus satisfied the cultural need of the urban citizens. In the year of 2011，Yuexiu District will enhance its development of industries with the development cause，to create a sample district of service system of public culture to effectively promote construction of Guang-Fu culture，try all-round efforts to build up the development pattern of great culture，complete all cultural projects for citizens in order to meet the goal of happy Yuexiu and Guangzhou's aim to become one of the world-distinguished cultural cities.

Key Words：urban district；cultural development；situation；prediction

B.6
2010 年荔湾区文化发展状况分析与
2011 年发展思路

中共广州市荔湾区委宣传部、荔湾区文化广电新闻出版局课题组

摘　要： 2010 年，荔湾区坚持"以文化求发展"理念，紧紧围绕建设世界文化名城核心区战略目标，牢牢把握亚运契机，大力推进特色文化商业街区建设，不断擦亮西关文化发展品牌，着力提高公共文化设施规模和档次，不断丰富群众文化生活和净化文化市场环境，着力把荔湾打造成为岭南文化展示区。2011 年，将紧紧抓住"文化强省"和广州建设"世界文化名城"实施的契机，搞好项目对接，多争取省、市重大文化项目落户荔湾，把荔湾打造成为广州世界文化名城核心区。

关键词： 荔湾区　文化发展　文化事业　运行分析

一　2010 年文化发展回顾

2010 年是荔湾文化发展史上具有重要里程碑意义的一年。荔湾区委、区政府坚持"以文化求发展"理念，紧紧围绕建设世界文化名城核心区战略目标，牢牢把握亚运契机，大力推进特色文化商业街区建设，着力打造独具岭南文化特色的精品旅游路线，如期完成陈家祠岭南文化广场区等"五区一街"建设；文艺创作取得硕果，表演唱《西关食通天》一举夺得第九届中国艺术节曲艺类群星奖，并圆满完成亚运会开幕式"一江欢歌"群众观礼和西堤民俗表演组织活动，成功举办"味在西关"第三届西关美食节，有力地提升了城市文化品位和城区文化形象。

（一）深入挖掘整理历史文化遗存，擦亮西关文化品牌

1. 荔枝湾文化休闲区等五区一街建设取得巨大成功

荔湾是中国历史文化名城广州的老城区，有着深厚的历史文化积淀和最为丰

富的岭南文化资源。在旧城改造中，荔湾区领导按照"打造广州会客厅"目标，坚持规划设计高起点、高标准、高品位，以大构思、大手笔、大气魄推出"五区一街"特色文化商业街区项目，发掘历史资源，重组岭南文化符号，凸显西关历史文化底蕴和岭南水乡特色。在时间紧、任务重、要求高等多重压力下，加强协调，扎实苦干，发扬"五加二、白加黑"拼搏精神，如期完成陈家祠岭南文化广场区一期、沙面欧陆风情区、荔枝湾一期的建设，上下九商业步行街的立面整饰，水秀花香生态文化区的聚龙村—大冲口涌节点、秀水涌、花地河、大沙河等节点的建设。特别是荔枝湾涌建成各界反响强烈，成为全市迎亚运的"精品工程"、"样板工程"和"旅游首选地"，亚运期间人流量达 100 万人次，接待国际贵宾和国内要人 35 批次 983 人次，进一步确立了荔湾成为"岭南文化会客厅"的地位。

2. 挖掘、整理、保护和利用文化资源成果突出

顺利完成第三次全国文物普查第二阶段工作，新发现具有特色和较高研究价值的广州市界碑、鹤洞山顶 21 号伯捷旧居、聚龙村更楼等，召开区文物普查暨文物保护管理工作会议，"粤曲"和"木偶戏"已作为第三批国家级非物质文化遗产推荐名录进行公示，区普查队被市评为普查工作先进集体。完成蒋光鼐故居、十三行史料陈列馆和梁家祠作为荔枝湾建设展览馆的布展，基本建成岭南博物馆组群（十三行史料陈列馆、蒋光鼐故居、荔湾博物馆、小画舫斋）。编辑出版《荔湾九章》图书和《西关文化》季刊，完成描绘荔湾南片风情的《水秀花香》国画下卷，与反映荔湾北片的《西关风华》上卷共同组成国画《荔湾长卷》。扎实开展"亚运大礼包"惠民宣传活动，区博物馆举办锦龙国乐亚洲乐器艺术展、西关画院联展、博物馆馆藏精品展，成功接待亚奥理事会主席等中外贵宾及亚运会国际媒体参观团，受到各界高度评价，有力地弘扬了西关文化。

3. 打造西关特色旅游精品成效明显

以"看亚运，游西关"为主题，扎实开展系列旅游宣传推广活动，在广州国际旅游展销会上，荔湾区以独有的西关文化元素精心布展，同步宣传"五区一街"文化旅游项目，获得"优秀宣传奖"，是以最小展位面积获奖的单位。利用担任"上海世博会广东馆形象大使"和广州亚运会志愿者等机会，提升"西关小姐"品牌。成功举办黄大仙新春祈福庙会、"三月三"泮塘仁威庙会、"创造新生活，粤食粤好味"第三届"味在西关"西关美食节。其中"老广餐单大征集"一日三餐金牌餐单推荐、"味在西关"百店大行动等活动反响巨大，亚运版《西关搵食图》手册受到众多市民争抢。完成"五区一街"整体旅游创意策划和旅游线路策划，项目被纳为广州市珠江游深度开发的重点项目。完成荔枝湾景区导向标志系统设计制作，大力宣传推介荔枝湾和广州美食园，启动"看亚运，游西关"仪式，推出荔湾经典一日游系列特色线路，举办"西关文化旅游节"系列民俗活动，展示西关婚俗、讲古及西关五宝等非物质文化遗产，塑造鲜明旅游文化形象，目前荔枝湾日均客流 2 万人以上，节假日高达 3 万人，成为广州市地标式旅游新热点。

（二）充分发挥文化平台职能，不断提高公共文化服务能力

1. 丰富提升区文化艺术中心大楼阵地作用

年初，对区文化大楼内部设施进行完善，为会议室和各功能室配置音响，充分发挥各楼层场所功能，并"筑巢引凤"，引进省青年美术家协会设立"绎趣堂大家会馆"、广州市演出电影有限公司放映电影，先后举办了雕塑大师唐大禧藏品展、西关画院年展、广东中国画名家邀请展等 8 批书画展，举办区女领导干部舞蹈培训班、区妇联健身秧歌舞培训班等培训活动，每月还免费向社区居民和外来务工人员赠送 1000 张电影票，向社区群众和民间艺术社团免费开放民乐排练室、舞蹈排练厅等活动场所，有力地落实了文化惠民政策，保障了群众文化权益。

2. 深入开展文化调研活动

区有关领导和机关人员先后对全区 22 条街道文化站和 48 个社区文化室进行调研，全面掌握了基层文化建设情况，并与各街道主要领导研究解决问题的办法。同时向 13 个文化站外借图书 15 万册，赠送阅览桌、书架等设备一批，充实了各文化场所图书，极大地方便了群众就近借阅，确实使广大群众共享公共文化成果。

3. 图书馆服务功能不断增强

扎实推进图书馆基础业务建设。充分利用原芳村馆的物资设备，对周门分馆的破损阅览桌椅、空调设备等进行更换，对服务设施进行更新，营造了整洁、舒适的阅览环境。加强地方特色文献资料收集，在芳村分馆设立地方文献

室，至年底藏书3677册，并开展相关信息的数据录入工作。根据周门、芳村两馆馆藏和读者需求，补充新书2.55万册，并合理调配，确保两馆外借图书的更新率，11月开始启动与市图书馆的通借通还工作，这是广州市第二个启动该项工作的区级图书馆，最大限度地满足了读者需求。积极开展读书育人活动，先后举办"我的书屋，我的家"农家（社区）书屋阅读讲演比赛，开展"岭南文化进校园"等活动，并首次承办市第31届羊城之夏总结及颁奖仪式，获优秀组织奖和先进集体奖，受到市区领导的肯定和赞许。同时还举办"西关大学堂"文化讲座，开展图书进社区、进学校、进军营等流动服务，累计送书6.55万册。全年共接待读者21.1万人次，外借图书22.4万册次，向读者推出新书2.55万册，开展各类读书宣传活动13项，有力地提升了图书馆的服务功能。

4. 迎接"九艺节"活动精彩纷呈

年初制定主题为"喜迎亚运会、唱响九艺节"的活动方案，先后举办广州市粤剧粤曲（私伙局）优秀节目大展演，与各街道联合举办10场地区群众文艺会演，邀请宁夏银川艺术剧院艺术家演出小分队到区香凝剧场演出，邀请160名全国各地参加群星奖比赛的演员到社区开展文化交流活动，观众达到3万余人次，还在"九艺节"首届演交会上宣传展示区非物质文化遗产保护成果。精心打磨参赛作品，表演唱《西关食通天》一举夺得第九届中国艺术节曲艺类群星奖，这是广州市在本届艺术节获得的唯一的曲艺类群星奖，受到市政府的物质和精神奖励，创作的曲艺《茶香荔枝湾》还获得第七届"广州文艺奖"三等奖。

5. 迎接"亚运会"活动完成出色

组织区合唱歌咏队参加市"亚运歌曲大家唱"比赛活动启动仪式，荔湾区歌咏队获银奖和唯一的"最佳表演奖"；在全区范围开展"亚运歌曲大家唱"合唱比赛活动，协助市委宣传部等单位举办"争做好市民，当好东道主"——"亚运广州行"互助日群众文化活动，举办"广州好——迎亚运、创文明"大型群众文化活动。亚运会开幕当晚，组织区教育局和16条街道近万名群众在珠江两岸观礼花船巡游，组织演员在西堤码头进行民俗表演，展示久违的西关传统婚嫁场面、乞巧舞蹈表演等，并组织600人的红绸队、威风锣鼓队和腰鼓队，把整个西堤码头《西关风情》主会场衬托得热闹非凡，民俗表演活动在中央一套、

五套专栏节目现场直播，收到了良好的社会效果。

6. 其他文化活动丰富多彩

精心组织节庆文化活动，先后组织了区各界人士迎春茶话会文艺演出、区庆祝建党 89 周年文艺会演等活动，参与组织"2010 年广州市梦舞杯群众舞蹈大赛"，区 16 支参赛团队获 1 个金奖、2 个银奖、4 个铜奖的好成绩，与市水务局联合举办大型书画摄影展——"广州市水务系统廉政文化作品展览"，在荔枝湾蒋光鼐广场隆重举办"芳华十八"——时尚国乐广场音乐会 10 场、"庆亚运盛会、展粤剧风采——2010 穗港澳粤剧日粤艺巡游展演活动"，还在文化公园举行"2010 穗港澳粤剧日展演之庆贺粤剧八和会馆祖师诞演出晚会"，受到广大市民的欢迎。

（三）着力加强文化监管，繁荣文化产业和文化市场

1. 加快文化创意产业园区的发展

积极协助做好 1850 创意园、信义会馆二期、922 宏信等文化创意产业园区建设，通过区文化娱乐业协会平台，促成有一定规模的文化娱乐经营业户进驻园区，形成门类齐全、产业链完整的文化创意产业集群。通过不同渠道扩大园区知名度，争取上级文化部门支持，向省文化厅推荐信义会馆、1850 创意园为"粤港澳两岸四地文化创意示范基地"。

2. 完善文化市场的审批工作

认真做好文化证照年审工作，通过查阅原始登记档案，对全区网吧等文化场所 342 户进行了年检，对各类企业建立了完整的文字和电子资料档案，进一步摸清了全区文化企业规模。扎实做好行政审批进入区政务中心窗口工作，按照"一站式"服务要求，完善了窗口岗位职责，简化了办事程序，给予窗口工作人员充分授权，还设置短信平台，将通过审核的文化许以最快速度通知业户。此外，还设立群众评议点击器对服务态度进行评价，满意率 100%，没有发生因审批失当而被投诉的事件。

3. 加强文化市场的监管

坚决贯彻中央和省市有关净化网吧环境和"创文迎检"工作要求，广泛开展政策法规宣传教育活动，共组织文化经营业户法规学习及专题会议 12 次，区文化广电局领导与全区网吧、娱乐场所经营场业主签订"迎亚运、创文明、保

安全"责任状。强化网吧技术监管,顺利完成全区 88 家网吧二代身份证实名登记系统安装;开展"剑锋 10"校园及周边环境秩序专项整治行动,坚决维护学校、幼儿园及周边文化市场安全稳定;开展"创文"迎"国检"整治行动,在市、区两级检查中没被扣分;开展"迎亚运扫黄打非"专项行动,为亚运会、亚残运会营造了良好的文化氛围。全年共组织大的专项检查行动 9 次,累计出动执法人员 5490 人次,检查网吧 3287 家次、书报亭 3254 家次、音像店 617 家次、印刷复印企业 615 家次、娱乐场所 610 家次,取缔无证店铺摊点 74 个,收缴非法书报刊 4.3 万册、非法音像制品和电子出版物 22.7 万张,破获 6 个储存非法音像及电子出版物的仓库、1 个地下"六合彩"储存仓库,行政处罚立案 26 宗,结案率 100%,没有一起行政复议或行政诉讼。

4. 建立健全长效管理机制

深入开展版权宣传活动,与市版权局在上下九文化广场共同举办"广州市迎亚运反盗版暨版权教育示范学校授匾仪式",在市一中举办"全国青少年版权保护知识竞赛颁奖仪式暨广州市中学生版权知识讲座",区版权局获得由国家版权局、广州市版权局授予的优秀组织奖。聘请网吧义务监督员加大市场监管力度,两次联合区关工委召开网吧义务监督员座谈会和法律法规培训会,各网吧义务监督员按照所属街道对网吧进行不定期走访、巡查,在网吧监管中起到"信息员、监督员、宣传员和巡查员"的作用,充实了文化执法监管力量。

二 "十二五"时期文化发展目标

荔湾作为广州的老城区,是岭南文化的根脉所在,荔湾的岭南文化资源是其他城区无可复制的突出优势。荔湾区委、区政府将"文化引领"确定为"十二五"时期区五大发展战略之首,将保护利用文化资源与复兴西关商贸传统相结合、与建设水秀花香宜居环境相结合、与推动社会事业发展相结合,深入挖掘、保护和展示岭南文化资源,着力改善文化民生,形成文化事业强、文化产业强、文化辐射力和影响力强、文化形象好的文化优势,锻造西关文化的核心竞争力,努力建设文化荔湾。到 2015 年,文化载体建设全面完成,各个地标性景区串联成为特色旅游线路,城市"10 分钟文化圈"建成,旅游节庆活动品牌效应得以扩大,成为全国文化先进区、岭南文化展示区、广州世界文化名城核心区、国家

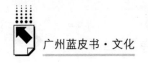

文化产业示范基地。

1. 文化引领功能凸显

进一步放大"岭南文化、西关特色"的新荔湾文化品牌，塑造岭南文化荟萃、西关特色凸显的荔湾文化新形象。主打"西关文化、十三行文化、欧陆风情、水秀花香"四大品牌，整合文化旅游资源，高标准配置旅游文化项目和设施，打造旅游精品线路，增强岭南文化辐射力、影响力和吸引力。保护西关历史文化，大力挖掘、系统整合历史文化资源，将文化与旅游、环境和产业发展有机、创新、科学地融合，再造文化资源经济价值，提升荔湾文化软实力。到2015年，文化产业增加值占地区生产总值的比重超过5%。

2. 文化创意产业获得发展

建设信义国际会馆、1850创意产业园、922宏信创意园、基督教堂园区、冲口油库园区等各具特色的创意产业园区，形成滨水文化创意产业带。引进和培育富有创意、自主创新的名家、名牌、名企，形成创意名家荟萃、创意活力无限、创意精品迭出的创意之都。

3. 生态休闲旅游业福地形成

建成陈家祠岭南文化广场区、荔枝湾文化休闲区、沙面欧陆风情、十三行商埠文化区、水秀花香生态文化区和上下九步行街，形成"五区一街"特色文化商业街区。整合自然生态元素和历史文化资源，大力发展岭南文化专线旅游，推动文化休闲娱乐、旅游观光和餐饮购物的融合，打造承载岭南文化的标志性旅游福地。

4. "十三行商圈"得以优化

依托商贸及西关风情，整合提升以十三行遗址为核心的历史文化支撑区，整体打造现代化的国际商贸地区。把十三行商圈发展为以商业购物、餐饮、娱乐及特色酒店为主要功能的广州都市级游憩商业区，重塑"中国第一商埠"，复兴它的历史辉煌。

三 2011年文化发展思路

2011年是《荔湾区文化发展"十二五"规划》建设开局之年。荔湾区将紧紧抓住"文化强省"和广州建设"世界文化名城"实施的契机，搞好项目对接，多争取省、市重大文化项目落户荔湾，把荔湾打造成为广州世界文化名城核心区。

（一）大力推进公共文化服务体系建设，维护和实现好人民群众的基本文化权益

结合庆祝建党 90 周年和纪念辛亥革命 100 周年等重大题材，大力推进"1101"文化工程建设，创作反映荔湾特色的群众文化精品，组织策划好 2011 年"广州市公益文化春风行"暨"我们的节日"主题活动，继续承办好"穗港澳粤剧日"活动，与街道文化站开展好"四进社区"等公益性文化活动。加强群众文艺团队建设，为他们提供良好的展示舞台，丰富群众文化生活。建立和完善区非物质文化遗产保护制度，评审确立区第二批非物质文化遗产名录，开展市级、省级非物质文化遗产名录申报工作，加大对非物质文化遗产的扶持力度。充分利用区文化艺术中心大楼场馆优势，积极开展公益性文化艺术培训工作，举办好各类展览和演出活动，继续抓好公益性电影放映，努力打造香凝剧院品牌。全面推进区图书馆与广州市其他公共图书馆的通借通还工作，选取一到两个街道文化站开展通借通还试点工作，组织社区文化室管理员参加市培训。继续做好地方文献图书资源的数据录入，编制完成地方文献特色资源索引目录；配合各时期主题，开展形式多样的读书宣传活动。

（二）深入挖掘整理历史文化遗存，传继和弘扬西关文化

完成第三次全国文物普查，建立区文物数据库管理系统和文化遗产多媒体展示系统，编纂出版《荔湾区第三次文物普查成果汇编》。完成陈廉伯故居的修缮，建设三雕一彩一绣展示中心，把锦纶会馆打造成为广州丝绸博物馆，完善和丰富岭南博物馆组群展览，积极争取省重大标志性文化工程"广东非物质文化遗产展示中心"等文化项目选址落户荔湾区。

（三）切实加快文化产业发展，做好文化经济大方案

按照"政府主导、企业主体、产业导向、市场运作"的原则，继续打造信义国际会馆、1850 创意产业园、922 宏信创意园、德国基督教堂园区、冲口油库园区等滨水文化创意产业带，做大做强文化产业。

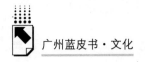

（四）认真强化文化市场监管，创建全国文明城市

扎实抓好文化企业证照年检，深入开展"扫黄打非"专项行动，扎实抓好网吧、音像制品、图书报刊、游戏机、歌舞厅等娱乐场所管理，确保文化市场安全有序，在"创文"迎"国检"中不失分。

（五）做好文化旅游宣传推广，建设现代化商贸文化旅游名区

积极开展旅游综合改革示范区建设，全面启动现代都市休闲旅游体系建设，加大荔湾经典一日游推介力度，策划组织好绿道水乡逍遥游、荔枝湾风情半日游、西关美食游等特色旅游线路，将"五区一街"特色文化商业街区等地标性景区与锦纶会馆、聚龙村等分散景点串联成片，加快形成以文化观光、休闲购物及商务住宿为主的旅游目的地市场。全力组织好"西关小姐"旅游形象大使评选、西关美食节、"三月三"仁威庙会、黄大仙民俗庙会、坑口生菜会等品牌文化旅游节庆活动，丰富和创新文化旅游形式，打造具有鲜明地域特色和时代风貌的城区文化品牌。

An Analysis on the Cultural Development of 2010 in Liwan District and Development Strategy of 2011

*The Subject Team of the Publicity Department of CPC Liwan District,
Guangzhou and the Liwan Administration of Culture,
Broadcasting, TV, News and Publication*

Abstract: In 2010 focusing on the strategic aim of constructing the world-distinguished cultural core urban district, Liwan District persisted in the idea of "development by culture", seized the good opportunity of 16th Asian Games, firmly promoted the construction of characteristic business areas to publicize the brand of *Xiguan Culture*, executed effective measures to upgrade the public cultural facilities, to enrich the cultural activities of the citizens and clean up the cultural market in order to make Liwan District a sample area of *Lingnan Culture*. In the year of 2011, Liwan District will seize the good opportunity of *powerful cultural province* and Guangzhou's goal of becoming one of the world-distinguished cultural cities to get ready for projects to come to Liwan. Try hard to attract important cultural projects of the province or Guangzhou to come to Liwan and make Liwan become the core district in Guangzhou's aim to become one of the world-distinguished cultural cities.

Key Words: Liwan District; cultural development; cause of culture; analysis of operation

B.7
2010 年海珠区文化发展状况分析与 2011 年发展思路

中共广州市海珠区委宣传部课题组

摘 要：2010 年，海珠区文化建设工作在加快文化基础设施建设、开展文化惠民活动、打造"文化海珠"品牌、民间文化艺术的挖掘和传承等方面都取得较大成绩。2011 年，海珠区的文化建设工作将在总结成绩、分析问题的基础上，在公共文化服务体系建设、文化遗产保护、文化产业规划引导、文化特色旅游品牌开发、文化干部队伍建设等方面深入探索和实践，为推动海珠文化大发展大繁荣作出新的更大的贡献。

关键词：海珠区 文化发展 分析 思路

一 2010 年海珠区文化发展状况

2010 年，海珠区文化建设工作始终坚持以邓小平理论和"三个代表"重要思想为指导，全面贯彻落实科学发展观，围绕区委、区政府的中心工作，积极实施"文化惠民"工程，大力完善全区公共文化服务体系建设，深入开展丰富多彩的群众性文化艺术活动，加强历史文化遗产的保护、挖掘和利用，推进文化大发展大繁荣，进一步提升了城区综合竞争力和文化软实力。

（一）认真落实科学发展观，为推进文化大发展提供精神动力和智力支撑

1. 以理论学习为龙头，夯实文化建设的思想基石

2010 年，海珠区坚持以加强理论学习为抓手，着力提升全区领导干部的理

论素养和文化素质水平，借助领导干部理论学习系列讲座、专题辅导报告会等形式，先后开设"台海形势"、"做好舆论引导工作，提升城市形象"等专题，分别请专家学者主讲，深受好评。一年来，组织各级党委中心组先后就"迎接亚运会，创造新生活"、珠江三角洲地区改革发展规划纲要、党的十七届五中全会精神等多个重点专题，编印各级党委中心组理论学习专刊 12 期，向全区各单位下发各类理论学习辅导资料近 2 万册。在全区深入开展理论宣讲进社区活动，向广大社区群众宣传普及时事政治、哲学和社会科学等理论知识，深入浅出地回答干部群众普遍关注的理论和现实问题。

2. 推进学习型城区建设，营造浓厚的文化氛围

2010 年，海珠区努力拓宽学习阵地，大力推进学习型城区建设步伐。一是依托海珠宣传文化干部大学堂，提高全区宣传文化战线的文化水平和艺术修养。2010 年以来，先后开设了"鲁迅是谁"、"演讲艺术漫谈"、"倾吓粤语，叹吓文化"等多个文化艺术专题，邀请中山大学、南方日报社等高校企业的知名专家学者主讲，受众达 1000 多人次。二是依托海珠街坊讲坛，满足广大市民群众精神文化需求。全年在区图书馆共举办海珠街坊讲坛 12 期，内容涉及"声心健康"、"与孩子同步成长"、"家庭中的亲密关系"、"亚运概况与膝球知识"、"本质的关系"等与群众生活密切相关的主题，参与群众人数达 2000 多人次。三是坚持与市少年儿童图书馆合作举办"海珠少儿知识学堂"，面向少年儿童开展各类知识性讲座，全年分别围绕"篆刻艺术欣赏"、"趣味少儿科技知识"、"岭南书画欣赏"等主题举办了内容丰富、形式活泼生动的讲座，不断拓宽群众性学习渠道，前来听讲座的少年儿童先后达到 1000 多人次。此外，承办了由市委宣传部主办的"羊城学堂进社区"活动，以"新尚女性"为主题邀请专家学者在广百新一城举行广场讲座，群众反响热烈。

3. 扎实开展精神文明创建活动，提升社会文明程度

2010 年，海珠区紧紧围绕提高城区公共文明整体水平，以推进精神文明长效发展为目标，大力开展各种精神文明创建活动。一是在全区 257 个社区开展"迎亚运、看变化、议文明"千场社区论坛活动，进一步深化文明社区创建成果。二是加强未成年人思想道德建设，大力开展公共志愿服务活动，开展"雷锋日"群众文化活动，"十万红领巾，鲜花迎亚运"海珠区少先队志愿者绿色行动，"碧水绿道迎亚运，创造文明新生活"亚运城市志愿者等主题活动，以志愿服务引领社会新风尚。

（二）围绕中心，服务大局，稳步推进文化阵地建设

十香园修缮保护（二期）工程与潘鹤雕塑艺术园二期工程顺利完工。其中，十香园修缮保护（二期）工程是海珠区迎亚运重点工程之一，2009年5月启动，2010年9月26日竣工，作为第二届岭南书画艺术节开幕式的主阵地对外开放，并作为海珠区迎亚运重点工程的示范点拍摄存档，被评为第五批广州市爱国主义教育基地。十香园二期新建展馆设置"诗情画意溯流源——隔山画派及岭南画派先师纪念展"，通过"一人、一画、一史"的形式，系统地介绍岭南画派的创办及发展过程，吸引海内外十多家媒体发布了近60篇新闻报道，近万家网站转载了相关信息，进一步扩大了海珠区文化辐射面。名家不断走进十香园，如举行赵少昂画展等。潘鹤雕塑艺术园二期作为海珠区另一项迎亚运工程，2010年4月开始建设，8月底完工，占地面积15000平方米，为广大市民提供了一个近距离享受高雅艺术、共享文化建设成果的文化休闲场所。另外，粤海第一关纪念馆被广州亚运新闻宣传部列为亚运期间代表广州对外形象宣传采访线工程点之一，并先后被市委宣传部授予"广州市第五批爱国主义教育基地"称号，被广东省文化厅、广东省旅游局评为首批"广东省文化旅游示范单位"。顺利完成了邓世昌纪念馆固定展览改造，举办了"海珠区流动展览征文活动"，邓世昌纪念馆的新展览——"民族英雄邓世昌"于2010年6月12日广州市"中国文化遗产日"亮相给广州市民。可以说，2010年是海珠区文博事业大发展的一年，有不少大手笔。

积极促进基层文化阵地建设工作。新增农家书屋12家，新建可通借通还的区图书馆分馆2家。根据"创文"工作要求，在充分调研的基础上，为一些资源不足的社区文化室配置了图书。认真做好公配文化用地的接收、分配和协调工作。

加强文化市场监管，发挥文化企业在创建全国文明城市工作中的宣传阵地作用。在"创文"迎"国检"工作中，海珠区的2家网吧在中央检查组的检查中全部达到"国检"要求。这已是海珠区网吧连续两年顺利通过"创文国检组"的检查测评。

（三）繁荣创作，打造精品，为海珠文化品牌增彩

参加第九届中国艺术节。海珠区选送作品《阳光总在风雨后》获舞蹈类、

"岭南书画艺术节"获项目类共 2 项"群星奖",成为全市唯一获两项群星奖的区。舞蹈《求职》获 2010 广东省文艺三等奖,舞蹈《当代青年》、粤剧小戏《包公学法》获广州文艺奖。为积极配合第九届中国艺术节,组织了 10 场广场文艺会演,承办了以"九艺节"组委会名义主办的"珠三角咸水歌会"、"街舞雷动"专场演出、3 场全市少儿文艺会演,组团参加演交会,热情接待参演团队下基层交流,组织 4300 多名干部群众观摩精品剧目演出,群众参与活动总人数达到 11 万人次。

组织承办第二届岭南书画艺术节。9 月 26～29 日,由市委宣传部等单位共同主办,区委宣传部、区委统战部、区文广新局、区文联、岭南画派纪念馆联合承办的第二届岭南书画艺术节隆重举行。自 2010 年 4 月始,精心策划、陆续开展了广东岭南美术大展、第二届"岭南书画艺术节"开幕式及青少年书画传承活动、"新方向·新展望·大未来"岭南书画研讨会、"与大家同行——岭南书画名家进社区"、岭南书画精品专题拍卖会、第二届"岭南书画艺术节"闭幕式晚会暨"迎亚运·岭南情·雅服风"岭南书画创意服装发布会等活动,吸引了100 多名来自海内外的岭南画派书画名家及其后人参加,出席的省、市、区领导和嘉宾达 500 多人次,参与群众 2 万多人次。

为迎接亚运会,组织和参与了"爱国歌曲大家唱"暨"亚运歌曲大家唱"群众性歌咏比赛活动、亚运会倒计时 100 天文艺晚会等五场大型活动,举办 10 场广场群众文化活动。亚运会开幕式当天,成功组织了 29000 多名观众参与珠江巡游沿江群众互动活动,组织 1800 多名演员在洲头咀公园、大元帅府码头、中大北门广场 3 处参与珠江巡游群众文艺活动。在亚运城运动员村国际区开设"中文学习室",免费提供汉语、国画、书法等多个项目的民间艺术公益培训,亚运期间共接待来自全亚洲约 40 个国家的运动员、教练 4000 人次,吸引了众多媒体关注,受到广泛好评。

(四)抓住重心,服务基层,文化惠民工作成效显著

为落实《广州市加快公共文化服务体系建设实施意见》、《广东省公共服务均等化规划》、《中共广州市委、广州市人民政府关于切实解决涉及人民群众切身利益若干问题的决定》(惠民 66 条),重点打造了基层公益文化事业单位,着力保障人民群众文化权益。

一是图书馆创新服务方式，增强了文化功能，实行总服务台管理，对全馆26万册图书进行数据更新，改造后阅览面积比原来增加了10%，增加了开馆时间，初步完成与市通借通还的数据处理工作。积极开展"海珠街坊讲坛"、"公共图书馆服务宣传周咨询日"等各种学习读书活动，并在市级比赛中获奖。2010年，图书馆新办证数、进馆借阅人次、借阅册次等各项服务数据较上一年都有大幅度的增长。

二是贯彻中宣部、财政部、文化部、国家文物局有关文博展览免费开放的通知文件精神，文博单位免费开放，参观人数大幅增加。十香园二期开放两个多月的时间里，共计接待超过10万观众，平均每天达1000多人次。潘鹤雕塑艺术园全年完成省、市、区领导视察、参观等重点接待任务39批次，艺术家22批次，全年共接待游客10万人次。黄埔古港景区全年接待群众达200万人次，粤海第一关纪念馆接待游客达20万余次，其中，接待国内外团体达400余次，接待中、小学师生3万多人次。

三是区文化馆先后承办了"海珠之春"文艺欣赏会、"宣廉守廉迎亚运·风清气正遍海珠"海珠区宣廉守廉文艺精品创作比赛暨廉洁文艺精品鉴赏会、上海世博会"广东周"文艺展演等各类文艺演出80多场，电影社区行广场放映52场，各类文化活动20次，举办书法摄影展览15次。举办各类培训班220个，培训各类文化艺术学员9000多人次。

四是落实扶贫开发"双到"工作，送文化下乡。整合社会资源，联合海珠区网吧专业委员会倡议全体网吧业主参加扶贫募捐，筹得捐款近11万元。同时由图书馆投入7万元，精选了3000多册新图书，连同新购置的电脑、电脑桌、书架、阅览桌等运送到化州市同庆镇丰告村，为当地两所小学创建了集图书阅览及电脑教学于一体的图书室。此外，先后挑选两名工作人员作为驻村干部3次进入丰告村参与工作。与沙园、龙凤街道的帮扶工作在市里的检查中获评了一个较高的分数，并作为一个迎检点，较好地完成了任务。

（五）传承文脉，走向世界，非遗与文物保护工作有新突破

非物质文化遗产保护方面，制作了海珠区非遗保护区域分布图并撰写了普查报告。先后在海珠区5所小学建立了古琴艺术岭南派、广彩瓷烧制技艺、广州咸水歌传、岭南木偶戏表演艺术、岭南盆景等五个传承基地，开展了"非物质文

化遗产进校园"活动。不断加大非遗项目和传承人的申报力度，完善非遗展示厅的各项设施设备，新入选广州市市级项目传承人 3 人。6 月 12 日，在海珠博物馆举行了广州市"中国文化遗产日"活动。海珠区广州牙雕、剪纸项目应邀参加了上海世博会"广东活动周"展示，中央政治局委员、广东省委书记汪洋和中央政治局委员、上海市委书记俞正声等领导亲临展位参观，并给予了高度评价。

海珠区第三次全国文物普查田野调查工作基本结束，全区境内有已公布的全国重点文物保护单位 1 处、省级文物保护单位 4 处、市级文物保护单位 14 处。登录不可移动文物 275 处，其中复查文物 55 处，新发现 220 处，消失文物 3 处，新发现占普查总量的 80% 以上，社区覆盖率达到 100%。先后启动了潘氏家族建筑遗产保护设计规划，参与了南华西危破房改造等"三旧"改造工程中的文物保护工作，开展了第一批海珠区区级文物保护单位定级工作。征集了罗国雄各国钱币、十三行"伍宅铺一连六间"石碑等一批文物。扎实推进黄埔古港、古村历史文化保护改造项目，启动了黄埔古港粤海第一关纪念馆、黄埔古村历史陈列馆、名人纪念馆的展览陈列工作。

为加快推进文物管理体制改革步伐，经多方调研，成立了广州市海珠区文物博物管理中心，解决了海珠区对文物景点的管理缺乏统一协调的问题。至年底，文博中心的领导岗位竞聘已经完成，下一步的办公场地整饰、挂牌等相关工作正在筹备。

（六）转变模式，改进管理，文化产业发展环境不断优化

认真贯彻文化部、公安部、国家工商行政管理总局《关于进一步加强游艺娱乐场所管理的通知》以及省、市有关文件精神，制定了区游艺娱乐场所布局规划，积极引导游艺娱乐市场向规模化、品牌化方向发展。为缓解海珠区东南部地区（琶洲、南洲、华洲、官洲、江海等）文化市场发展薄弱问题，新建 3 家网吧、1 家歌舞娱乐场所及书店、报刊亭一批，满足当地群众特别是外来务工人员的精神文化需求。完成了全区网吧新实名登记系统（身份证扫描系统）安装。

指导文化企业在华洲街利用南沙港快线高架桥小洲村部分 1100 米路段桥下空间建成小洲艺术区，有力推进华洲街小洲地区文化创意产业发展。继续推进以都市创意产业为主导、总建筑面积 35 万平方米的联星文化创意产业园，其一期

工程"联星—168"已有 50 多家创意企业入驻,二期工程广东省图书批发中心宝岗市场正式营业。继续扶持环海文化传播有限公司打造洪德路动漫一条街,建设中国动画百年博物馆。落实"退二进三"策略调整,稳步推进海珠创意产业园、珠影文化创意产业园建设,广州 T. I. T 纺织服装创意园也已正式开业。

先后完成了《区旅游业"十二五"规划》、首批景区(点)入选市级旅游线路。结合生态文化旅游,积极推进岭南水乡—小洲村、黄埔古港古村落的建设。积极组织区旅游行业参加广州市旅游项目的申报工作,其中珠江啤酒博物馆和陈李济中药博物馆成为首批广东工业旅游示范单位;广州塔、琶洲国际会展中心、孙中山大元帅府、珠江啤酒博物馆、太古仓、黄埔古港等一批景区(点)首次入选"新广州游"等线路,大大地提升了海珠区在广州旅游行业的知名度。

二 2010 年海珠区文化发展存在的不足

2010 年,海珠区在加快文化基础设施建设、广泛开展文化惠民活动、努力打造"文化海珠"品牌、重视民间文化艺术的挖掘和传承、突出文物保护和文化市场监管等方面取得了积极进展。随着"十一五"规划的完成,针对海珠区"十二五"规划对文化建设的远景目标定位,给文化发展提出了更高的要求。纵观海珠区当前的文化发展状况,还存在不少问题,值得我们去认真思考。

(一)基层公共文化设施较落后

突出表现在:一是户外文化广场数量不足。根据《广州市加快公共文化服务体系建设实施意见》中"城区居民平均每千户拥有一个标准的文化活动(包括健身休闲)户外广场,每千人拥有面积不少于 150 平方米"的标准,按 134.56 万常住人口算,至 2010 年底海珠区户外文化广场有 238 个,缺口达 59 个。二是绝大部分文化室面积不达标。按《广州市加快公共文化服务体系建设实施意见》要求,"文化室的建筑面积应不少于 200 平方米"。据统计,已建 257 个社区文化室中,有 211 个没有达到建设标准,占 82.1%。三是区图书馆面积不能满足日常公益性服务需要。依据国家《公共图书馆建设用地指标》,服务人口达到 120 万的,图书馆建筑面积应达到 16000 平方米。海珠区图书馆(含 8 个图书分馆)至年底总面积仅 6200 平方米。

（二）公共文化政策保障体系尚未建立，缺乏文化项目的评审扶持办法

目前，海珠区还没有对文化建设项目扶持的条件、程序、方式等从制度上加以明确，一些文化建设项目在经费上无法得到保障，不利于引领文化事业发展方向。

三　2011 年海珠区文化发展思路

2011 年是海珠区文化事业发展"十二五"计划的开局之年，我们要认真贯彻关于文化强省、文化强市、打造世界文化名城的总体部署，认真实施《建设文化强市和世界文化名城规划纲要》，积极强化公共文化服务体系建设，加强文化资源的挖掘整合和区域特色文化品牌的宣传推广，为进一步提升海珠区文化综合竞争力、推动文化事业和文化产业的科学发展作出更大的贡献。

（一）强化政策引导，扶持文化事业、产业健康发展

认真落实中央关于"中央和地方财政对宣传文化事业的投入要随着经济的发展逐年增加，增加幅度不低于财政收入的增长幅度"和省人大决议关于"各级财政的文化事业经费，应不低于当地财政总支出的1%"的要求，确保公共文化服务经费投入，逐步实现公共文化设施免费开放。新建城市住宅小区、临街大型设施配套建设公共文化设施要严格按照有关文件规定，建设经费通过"从城市住房开发投资中提取1%"予以解决。继续实施财政"向基层倾斜"，保证街道文化站基层文化建设经费。确保重大文化活动的专项经费，并逐年增加。

贯彻落实国务院《文化产业振兴规划》、《珠江三角洲地区改革发展规划纲要（2008～2020 年)》、《广东省建设文化强省规划纲要（2011～2020 年)》、《广州市建设现代产业体系规划纲要（2009～2015 年)》、《关于加快发展广州网络游戏动漫产业的指导意见》等文件，不断完善《海珠区创意产业园区（基地）认定和扶持办法》、《海珠区扶持软件和动漫产业办法》、《海珠区扶持会展业发展的若干意见》等政策，积极为进入文化产业园区的文化企业在土地使用、人才引进等方面提供优惠政策，吸引国内外各类大型文化产业企业进驻产业园区，提

高园区品牌档次。采取有力的优惠政策和扶持措施，选择一批重大标志性文化建设项目优先发展。力争1家品牌旅行社总部落户海珠区，增强导向作用。抓紧制定旅游资源保护与开发方面的规范性文件，预留产业发展空间，保留产业发展后劲。

（二）改进规划指导，建构旅游文化产业发展新格局

海珠区"三旧"资源极为丰富，如位于滨江沿岸的太古仓、大坂仓等，位于新港中路的珠影旧厂房和广州纺织机械厂旧厂房等。抓住推进旧城改造、"退二进三"的政策契机，结合海珠区第三产业的发展定位方向，根据东、中、西片区的地理和环境资源优势，加强现代服务业、文化旅游业等行业分类规划，按照一轴驱动、两带并举、三区互补、多园发展的思路，在空间布局上引导集约发展。

1. 一轴驱动，构建岭南文化特色行政中心

广州新城市中轴线南段地区重点发展行政办公、商务观光、生态旅游、文化休闲、娱乐传媒等文化产业，吸引省内外有关行政部门和跨国大型商业机构入驻，打造具有岭南文化特色的行政中心。结合"城中村"改造和现代服务业发展，依托新电视观光塔、海珠湖、南海心沙岛等凸显广州现代城市风貌的旅游观光点和广州 T. I. T 纺织服装创意园、珠影文化创意产业园、中交集团南方总部等主题园区，打造文化旅游景观轴。

2. 两带并举，培育休闲、创意文化区

（1）着力打造环岛旅游文化休闲带。依托黄埔古港古村开发、新电视观光塔公共配套设施建设、洪德路动漫一条街开发、太古仓及大阪仓滨水文化和现代旅游服务产业基地、工业博物馆的设立等，借助珠江日游、"绿道游"等旅游项目，重点发展设计、广告、时尚消费、表演艺术、咨询等文化产业，打造具有滨江休闲特质和浓郁历史文化气息的文化休闲带。

（2）着力打造新港路创意文化带。充分利用中山大学、广州美术学院、广东轻工职业技术学院等高等院校、科研机构、文化团体的文化资源优势，加快建设广东省文化创意产业园、广州 T. I. T 纺织服装创意园、珠影文化创意产业园等，提升长江轻纺城、中大布匹现代轻纺服务中心展览与研发功能，融入文化元素，吸引国内外大品牌进驻设立总部，打造中国轻纺总部创意设计区。

3. 三区互补，统筹兼顾，差异发展各具特色的文化、旅游产业

（1）东部重点创办文化会展服务园，发展商贸文化旅游。在琶洲地区及其周边建设为主办方、参展商提供全程会展服务的专业园区，引进招展公司、策划公司、展台搭建公司、广告公司、文化传播、礼仪庆典等专业为会展主办机构和参展商提供服务的公司并使其聚集，以专业服务吸引国内外会展主办机构落户海珠区，最终打造海珠区以会展为龙头的拓展型交互发展的经济格局。充分挖掘"海上丝绸之路"的历史文化内涵，形成黄埔古港与琶洲会展中心一新一旧商贸旅游主题呼应。

（2）中部重点扶持时尚创意文化产业，发展都市观光旅游。中部文化产业发展主要指新港路创意文化带，围绕开拓引领时代潮流、促进生活多样性发展，大力发展时尚消费、影视表演、创意设计、艺术摄影等时尚创意行业，占据广州市时尚创意高端。以潘鹤雕塑艺术园为核心或依托，建设"广州原创雕塑产业园"，打造国内首个原创雕塑产业园和大型雕塑交易市场，并策划举办"中国雕塑节"，将之打造成集评奖、论坛、交易于一体的艺术产业化活动。抓紧启用海珠湖群众文化广场，突出生态休闲旅游功能的建设与公共产品特性；完成珠江—英博啤酒文化广场、沿江啤酒街、观光码头、临水啤酒屋、室外滨水步行道等项目，注重体验旅游产品设计与开发；支持 T. I. T 纺织服装创意园与珠影文化创意产业园旅游产品联合开发附加值较高的旅游服装纪念品等。

（3）西部重点建设工业旅游博览文化区，发展科技旅游。发挥海珠区作为广州市重要的老工业基地，工业类型多样、历史工业建筑资源丰富的优势，以大阪仓、太古仓等现有创意园区为重要节点，加快改造广州市第一橡胶厂、昌岗石油城、广州丝绸印染厂、五羊自行车分厂以及渣甸仓等旧厂房、旧仓库，建设工业旅游博览文化区。完成"广东动漫博物馆"、3D 动漫艺术馆等工程，创新动漫迪士尼乐园娱乐内容，进行以消费动漫主题为特色的旅游要素综合性开发，打造"骑楼街下的动漫世界"；继续完成太古仓规划后期工程，增加游乐项目开发，加大对太古仓项目的推荐力度，打造太古仓码头文化休闲特色。

4. 多园发展，形成具有示范和辐射效应的文化产业集群

按照分工协作和合理布局的原则，重点发展广州 T. I. T 纺织服装创意园、珠影文化创意产业园、联星文化（创意）产业园、太古仓创意产业园、海珠创意产业园、洪德动漫产业街、亚华影视文化产业园、潘鹤雕塑艺术园、陈李济中药博物馆、珠江—英博国际啤酒博物馆等十大园区。以产业园区和重大基地为载体，完善公共服务平台，增强产业链各环节的协作关系，提高产业集中度，加大对支柱行业和龙头企业的培育与扶持力度，建立文化创新标准和行业示范，带动文化产业的加快发展。

（三）强化品牌先导，扩大文化影响力

要在打造知名品牌上下工夫，通过大力实施精品战略，打造具有核心竞争力的文化产品和文化品牌，实施"文艺精品工程"，以繁荣全区文艺创作、提升海珠文化在广东省乃至全国的竞争力和影响力为目的，充分发挥专业技术人才及地域文化优势，整合社会资源，力争每年有更多的文艺作品参加省、市比赛和全国比赛。不断完善文艺创作激励机制，通过自我创作、专家认证、组织帮扶和艺术产品交易等方式，进行立项运作；建立《海珠区文化建设项目评审扶持办法》，不断完善《海珠区文化馆文艺创作奖励办法》，努力推动"海珠区文化创作帮扶和奖励"专项经费的建立。

要大力保护和弘扬岭南优秀传统文化，依托传统节日、重大庆典活动、传统文化资源和优势文化项目，按照"一区一品牌"和"一街一特色"总体目标，在巩固和擦亮岭南书画艺术节、珠三角咸水歌歌会、海珠街坊讲坛等既有品牌基础上，打造一批新的公共文化活动品牌，如结合广州商品交易会，打造琶洲地区商务文化活动品牌；结合珠江后航道滨水休闲商务区建设，打造一年一度的珠江文化活动周品牌；抓好流行舞基地、老年艺术团、海珠合唱团、高校合唱团建设和文化艺术培训；重点帮扶滨江街的"咸水歌"，沙园街、素社街和南华西街的"社区合唱团"，南石头街、海幢街的书画以及南华西街和官洲街的粤剧。

（四）实行惠民工程，健全公共文化服务体系

1. 完善公益性文化设施网络

积极采取措施，利用文化公建配套用地，整合地区资源，与有关企业、会所等实现文化资源共享，以继续开办图书馆分馆、文化馆分馆等方式来填补文化阵地的不足。初步建立电子图书数据库，并依托文化信息共享工程服务网络，为全区群众提供相关的电子文献推送服务。

2. 提高公共文化设施的建设管理水平

探索多样化的设施建设项目管理方式，保证公共文化设施正常开放，提高利用率。在新建住宅小区、大型建筑、旧城改造等工程中大力引进城市雕塑，提升城市形象和文化氛围。制定并推行《海珠区文化站、文化室管理工作细则》，规范基层文化工作制度，逐步解决基层文化队伍、管理和经费不到位等问题。

3. 增强公共文化事业的服务功能

加强公共藏书建设；逐步实现全区与市及其他各个区的通借通还，开通短信催还、推介等个性化服务，开通网上查询、借还、阅览等新的服务。提高图书馆技术专业水平，争取分步分区域推行以 RFID 为基础的图书馆自动化服务。

建立遍布全区的农家书屋（社区书屋）以及农民工子弟学校、部队等服务点，主动将图书送到群众家门口，定期为残障人士提供阅读服务；增设培训基地、门类和班次，部分科目实行免费或象征性收费辅导，让更多青少年和老年人能接受更好的教育；实施外来工文化服务工程，定期送戏进工厂、企业，鼓励和支持企业、工业园区建设职工书屋、俱乐部、职工之家等员工文化设施，与工厂、企业共建企业文化服务机构和服务点，选派专业干部深入企业进行文化艺术辅导，不断丰富外来务工人员的精神文化生活，提升企业文化品位。

（五）抓好人才队伍建设，启动文化发展"领军"工程

1. 健全公共文化服务机构及其主力团队

健全完善图书馆、文化馆、博物馆、文化站等公益性文化事业单位的机构设置，进一步深化文化事业单位分类改革，按照"增加投入、转化机制、增强活力、改善服务"的总要求，深化内部人事和收入分配制度改革，建立健全竞争、激励和约束机制，提高服务能力。

2. 提升文化服务、管理人才队伍素质

落实公共文化事业单位人员编制，确保街道文化站人员专职专用。不断充实、优化公共文化事业单位人才队伍，建立文化工作人才资源库，定期开展培训，提升基层文化干部的工作能力和专业水平。依托广州美院、中山大学、广东轻工学院、广州纺织学院建立文化创意产业培训基地，加强文化创意产业高端专业人才培养。积极引进懂文化、善管理、会经营的文化管理人才，鼓励优秀人才和创业团队立足海珠区从事文化创意产业。

3. 发展公共文化服务辅助队伍

探索构建文化志愿服务体系，与中学建立起长期固定的志愿者服务协议，广泛吸纳各行各业的文化志愿者，为广大市民提供高水平的艺术培训辅导、艺术演出、展览展示等公益性文化服务，使其成为基层文化工作队伍的重要基础和补充。采取政府补贴、专兼结合等办法，挑选业务能力强、经验丰富、热心公益的文化名人、能人、离退休人员，担任社区文化辅导员，提高基层开展文化活动的能力与水平。引导成立各类民间文化社团，鼓励其参与公共文化服务，协助公共文化管理。

An Analysis on the Cultural Development of 2010 in Haizhu District and Development Strategy of 2011

The Subject Team of the Publicity Department of

CPC Haizhu District，Guangzhou

Abstract：In 2010, important achievements were made in Haizhu District's efforts to quicken the construction of basic cultural facilities, organized cultural activities for the citizens, build up "Cultured Haizhu" brands, development of folk art and inheritage, etc. In the year 2011, on basis of summing up achievements and analysis of problems Haizhu District will make further study and operation in projects such as building up service system of public culture, protection of cultural heritage, planning of cultural industry, development of cultural brands of tourism and human resources for cultural development to make more and more contribution to the great development and prosperity of culture in Haizhu District.

Key Words：Haizhu District；cultural development；analysis；strategy

B.8

2010年广州开发区、萝岗区文化发展状况分析与2011年发展思路

广州经济技术开发区、中共广州萝岗区委宣传部课题组*

摘　要：2010年广州开发区、萝岗区紧抓"九艺节"和"亚运会"契机，在公共文化服务体系建设、文化精品建设、文化遗产保护、文化市场管理、文化队伍建设等方面取得了积极成效。2011年，将以《广东省建设文化强省规划纲要（2011～2020年)》为指导，坚持加强基础建设为核心，贯彻"打基础、创特色、出精品"的方针，群策群力，全面推动全区文化工作的不断发展。

关键词：开发区、萝岗区　文化发展　发展状况　思路

一　2010年文化发展状况

2010年，广州开发区、萝岗区文化工作始终坚持以邓小平理论和"三个代表"重要思想为指导，深入贯彻《珠江三角洲基本公共服务一体化规划（2009～2020年)》及《广州市公共文化服务体系实施意见》精神，以科学发展观为统领，以服务为宗旨，以惠民为目的，紧抓"九艺节"和"亚运会"的契机，拓展思路，加大力度，加强文化建设，各项工作呈现出全面发展的良好局面。

（一）公共文化服务体系建设不断完善

1. 大力推进文化基础设施建设

一是区级文化馆舍建设工作逐步推进。区新建图书馆前期工作已基本完成，

---

* 执笔人：魏云龙。

区文化馆 2010 年也已正式被列为区预备立项项目。重点跟进新区图书馆报批工作、新文化馆选址及中新广州知识城图书馆前期工作。

二是街镇文体设施建设成绩突出。萝岗文化广场已动工建设，永和街、东区街文体活动中心完成方案设计，各项工作有序进行，夏港街电影院修缮工程已竣工。

三是按照《广州市加快公共文化服务体系建设实施意见》的最新标准，制定了《关于我区 2010 年村居文化室建设的实施方案》，安排专项经费 134 万元用于村居文化室的升级改造和设备购置。至 2010 年底，萝岗区共建成达标文化室 33 个，配备了贴近民意的文化设施，并设立专项资金指导村（居）文化室开展活动。

四是狠抓重大公共文化服务工程建设，数字文化网络已全面覆盖。

2. 实施文化惠民工程，公共文化活动精彩活跃，文化精品建设喜获佳绩

一是文化活动，场场精彩。以"创文明、迎亚运、贺九艺、促和谐"为主题，举办了包括亚运主题活动在内的大型广场综艺演出 26 场、曲艺专场演出 1 场、器乐专场演出 1 场、广场图书展示活动 1 场和大型摄影比赛 1 场。广泛开展"爱国歌曲大家唱"暨"亚运歌曲大家唱"萝岗区群众歌咏比赛活动，在全社会唱响爱国歌曲、亚运歌曲的主旋律，激发萝岗区群众参与亚运的积极性，体现人人参与亚运的激情。

坚持推进"2131"工程，每月为萝岗区 58 个村居每月放映一场电影。让萝岗区群众及时分享文化发展成果，并利用这个平台及时宣传萝岗区的相关政策。

二是打造精品，星耀"九艺"。在 2010 年 5 月落幕的中国第九届艺术节上，萝岗区选送的音乐类节目《雨后彩虹》、舞蹈类节目《传》和戏剧类节目《局长家事》均入围决赛，其中，《局长家事》和《传》分获戏剧类和舞蹈类"群星奖"。《创业导报》制作 8 个版面的文化特刊全面报道了建区 5 年来萝岗区文化工作的成绩。

三是踏雪寻梅，做好"香雪"文章。12 月 18 日萝岗区第三届萝岗香雪文化旅游节在香雪公园隆重开幕。本次活动在区委、区政府的统筹下，由萝岗科室牵头举办，涉及全区数十个单位和部门，参与人数多、涉及面广、影响范围大是该届香雪文化旅游节的一大特点。根据区委、区政府致力于打造萝岗香雪这一历史文化品牌的构想，借鉴以往两届香雪节的成功经验，在本届香雪文化节的筹办方面，萝岗区开拓思路，完善方法，将该届香雪文化节办出了特色，办出了水平，为未来持续打造萝岗区的香雪文化名牌打好基础。

3. 亚运为媒，文体联姻，共促共进

一是"潮流"火炬点燃"开萝"激情。在亚组委火炬中心的统筹下，在区委、区政府的协调下，成功举办了第十六届广州亚运会火炬传递萝岗区的传递活动。组织了萝岗区不同战线的 16 名亚运火炬手以市民广场舞台为始点和终点，接力绕跑亚运篮球比赛主场馆——广州国际体育演艺中心一周。这些火炬手既有退役运动员、环卫工人、村社干部、公安干警，也有世界 500 强企业高管、科技领军人才，他们以同样的热忱与激情向市民传递亚运脚步临近的佳音。

二是国画艺术描绘亚运篮球风姿。在刚刚结束的亚运篮球赛事期间，区文化局邀请了莫各伯、黄泽森、梁培龙、孙戈、李晓白、陈挺通等省内知名画家对亚洲各国篮球明星们进行国画创作，举办了富有文化魅力、彰显国画精髓的《风姿·颂》文化活动。该次活动不仅淋漓尽致地表现了亚洲篮球运动员的风采，弘扬了中国特别是岭南地区的传统文化，更重要的是为萝岗极具现代风格的广州国际体育演艺中心增添了一份传统的艺术风韵，极大地促进了萝岗体育运动和区域文化的协调发展。

4. 积极配合中心知识城建设，切实完成业务工作

至年底，中心知识城项目中区图书馆的选址及功能配套等方面的方案已基本完善，将按照区里统筹布置，继续跟进项目建设相关工作。

（二）保护与传承并重，文化遗产保护工作扎实推进

1. 第三次全国文物普查工作进展顺利

2010 年 3 月，萝岗区第三次全国文物普查实地调查阶段工作顺利通过省验收，普查工作质量获得省专家一致好评。

2. 文物保护单位保护规划编制工作稳步推进

《广东省文物保护单位玉岩书院与萝峰寺保护规划》与《广州市文物保护单位寅堂祖祠保护规划》已基本完成，《广州市文物保护单位圣裔宗祠保护规划》完成在即。

3. 文物保护"五纳入"工作逐步落实到位

2010 年，萝岗区与市文化广电新闻出版局签订了文物保护目标责任书，区

文化局也与各街镇分别签订了文物保护目标责任书,将文物保护纳入了各级领导责任制。并将各级文物保护单位、文物普查成果纳入区域控规中,在"三旧"改造工作中落实文物保护责任。

4. 积极开展区域历史文化资源发掘和宣传工作

利用文化遗产日、香雪文化艺术节等契机,对萝岗区第三次全国文物普查工作成果和非物质文化遗产项目进行了广泛宣传。启动了萝岗历史文化八景评选工作,发动全区干部群众评选出能够代表萝岗区历史文化特点、并能开发利用的历史文化景点,逐步树立萝岗区历史文化旅游品牌。启动了《萝岗风物》的编印工作,将萝岗区重要历史文化遗产和改革开放以来的发展成就撰文出版,以此推进萝岗区文物保护工作,并加大萝岗区历史文化对外宣传力度。

5. 不断加强文化遗产保护

继续对区内重要文物单位开展白蚁防治工作,至年底已有30余处文物单位开展了白蚁防治工作。对玉岩书院进行了消防设施改造,加强了书院消防能力。利用"九艺节"、迎亚运等契机,对外展示萝岗区客家山歌、舞春牛等非物质文化遗产项目,以此带动保护传承工作的开展。

(三) 切实抓好文化市场培育管理,文化市场繁荣有序

1. 净化文化市场环境

为切实做好"创文"迎"国检"及广州亚运期间萝岗区文化市场安全保障工作,根据上级部门的安排部署,在全区范围内开展为期百日的文化市场"扫黄打非"暨"迎国检、迎亚运"专项整治行动,深入打击非法出版、复制、印刷、发行出版物的侵权盗版行为,严厉查处制黄贩黄、淫秽色情和非法出版物的违法犯罪活动,全面扫除学校周边地区的有害文化垃圾,坚决查缴含有恐怖暴力、淫秽色情、封建迷信等严重危害青少年身心健康的印刷品、音像制品和电子游戏产品。2010年,共检查文化市场507次,出动1629人次,共检查印刷复制企业58家次,音像经营单位67家次,书报刊经营单位310家次,有证网吧916家次,文化娱乐场所3家次,卫星电视接收经营单位2家次,无证照经营店、档74家次,其他文化经营单位42家次。

同时,加大对文化市场许可工作的管理(2010年区文化局共受理9项行政许可事项)和督查执法力度,严格执行文化市场各项法律法规,依法查处无证

无照经营行为，确保了萝岗区"创文"迎"国检"及亚运期间文化市场的安全。

网吧审批工作顺利完成。按照广州市下达萝岗区的 12 个单体网吧审批指标，区文化局专门制定了《萝岗区 2009 年新增网吧审批工作方案》，按照要求对提出申请的 14 家网吧进行逐一打分，最终确定了 12 个入围指标进行全区范围公示。至年底 12 家网吧已进入筹建阶段。

2. 加强版权监管

与广州市版权局共同举办了广州市企业软件正版化工作培训会议，通过培训，萝岗区企业充分认识到发挥软件资产管理的作用，对提升企业管理水平有很好的指导意义。另外，根据权利人投诉对相关企业进行了检查，维护了权利人的合法权益。积极宣传亚运版权保护工作，及时召开全区网吧工作会议，传达全国知识产权保护与执法工作会议、全省知识产权保护与执法工作会议主要精神，强调守法经营，提前给网吧打预防针，把维稳工作贯彻到文化市场管理之中。

3. 繁荣演出市场

随着广州国际演艺中心的落成和对外营业，演出市场正式起步发展。目前，广州国际演艺中心已在筹办 2011 年张学友广州演唱会、2010 ~ 2011 湖南卫视跨年演唱会等多场涉港澳台演出活动，票房情况良好，其中 2011 年张学友广州演唱会原预计演出三场，后因为票房反映热烈而要加演一场。萝岗区已在完善监管和提供服务方面加紧调研，决心把广州国际演出中心打造成为广州地区最有竞争力的演出场馆之一，确保区内演出市场的健康和繁荣。

4. 切实抓好有线电视的安全播放

按部门管理与属地管理相结合的原则，端正认识，加强领导，切实将安全播出工作的责任落到实处。注重人防与技防相结合。区文化局在全市率先为区内全部有线电视光节点安装"110"报警系统，并邀请市、区相关部门领导一同检验及演练该系统的防控应急能力，得到大家的一致认可，并在全市亚运期间治综维稳会议中推广该局此项人防及技防技术及制度。

（四）中心工作任务圆满完成，队伍建设取得新的成效

亚运期间，根据萝岗区亚运场馆指挥部统一部署，区文化局紧扣时点，明确责任，狠抓落实，全力确保亚运各项需求，抽调专人加入亚运团队保障人员需

要，借调应急物资运往亚运场馆保障物资需要，圆满完成中心工作任务。亚运期间开展的萝岗区火炬传递和《风姿·颂》活动，使区文化局团队协作意识得到进一步增强，业务能力得到进一步提高，工作水平得到进一步提升，文化队伍建设得到进一步加强。同时，该局积极开展读书活动，交流心得体会，拓宽工作视野，完善工作方法。还积极制定"香雪文艺奖"评选方案，激发萝岗区文化创作热情，从机制上对文艺创作人员给予保障。

二 2011 年文化发展思路

2011 年，萝岗区文化工作将以《广东省建设文化强省规划纲要（2011～2020 年)》为指导，紧紧围绕全局的中心工作，坚持以加强基础建设为核心，贯彻"打基础、创特色、出精品"的方针，群策群力，全面推动全区文化工作的不断发展。

（一）持续跟进重点基层公共服务设施建设进度，打造萝岗区文化品牌，提升经济强区的文化凝聚力

1. 持续加大文化基础设施建设力度

继续跟进萝岗新城文化中心建设，跟进区新图书馆、区新文化馆的相关工作；继续按照高标准要求，推进村居文化室建设，力争 28 个文化室达到 200 平方米的标准。对各村（居）文化活动室的建设情况和使用效益进行评估考核，提升村居文化室的整体建设水平。

2. 突出打造文化特色品牌

一是举办"萝岗香雪文化旅游节"，重塑"萝岗香雪"文化品牌。通过"文化搭台、经济唱戏"，全面反映全区历史文化特点和深厚的人文底蕴，增强人民群众认识萝岗、热爱萝岗的意识，将其打造为区域文化精品。二是继续举办"禾雀花旅游文化节"及"荔枝文化节"，紧抓区域特色，突出文化亮点，将萝岗区的三大特色文化节坚持举办下去，并最终发展成为极具地域特色的文化品牌。

3. 进一步创新基层文化服务模式

学习借鉴其他区建设数字电影院的经验做法，扩大农村电影"2131 工程"

的覆盖面。利用流动舞台车、流动图书馆等方式，让公共文化服务更好地覆盖基层。

4. 规范文化设施管理、利用和保护，提高文体设施使用水平和效率

一是规范现有文化设施的管理和使用。明确各个文化设施管理部门和使用单位，并落实责任人员和经费，制定文化设施管理办法和相关管理制度，保证文化设施具备开展公共文化服务的能力。二是规范公共服务功能。针对广大人民群众的文化需求，明确服务规范，创新服务方式，做到物尽其用，确保服务和产品的有效供给，为人民群众提供优质的均等化公共文化服务。

（二）加强文化遗产保护，延续萝岗区历史文脉

1. 扎实推进文物保护基础工作开展

制定并公布萝岗区文物保护管理办法，推动成立区文物保护领导协调机构，落实区内各有关部门和各街镇、村居文物保护责任。

2. 推进文物规划工作落实

积极推动玉岩书院与萝峰寺、圣裔宗祠、寅堂祖祠保护规划的落实。会同区规划局等相关部门划定萝岗区各级文物保护单位的保护范围与建设控制地带，落实保护规定。

3. 加大文物保护力度

选取寅堂祖祠等 2～3 处濒危的市、区级文物保护单位作为试点，申请区财政投资进行修缮。加强文物日常巡查与维护工作，通过发动各街道、村居组成文物巡查小分队或探索成立文物保护志愿者队伍等方式，加大文物巡查力度，对各级文物单位开展定期日常维护工作。对玉岩书院等不可移动文物进行修复并加强保管。采集玉岩书院三维数据，并形成三维影像和玉岩书院数据信息系统，探索、试点文物保护利用模式。

4. 继续推进第三次全国文物普查工作

按照上级统一部署，全面落实第三次全国文物普查工作任务，做好成果形成和转化工作，加大文物普查成果宣传。

5. 加强非物质文化遗产项目保护工作

加强对各级非物质文化遗产项目的扶持，积极开展传承工作。初步形成萝岗区非物质文化遗产项目扶持模式。

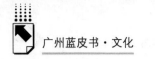

（三）加强文化市场建设和管理，加大版权保护工作力度，促进文化环境健康发展

1. 加大文化市场管理力度，构建文明合法的文化消费环境

结合 2011 年广州市"扫黄打非"行动方案的工作任务，认真组织开展"封堵政治性非法出版物专项行动"、"保护知识产权、反盗版天天行动"、"网吧市场专项整治行动"、"整治校园及周边文化环境专项行动"等行动，并始终坚持日常监管和专项整治相结合、严格执法和文明执法相结合，扎实有效地开展文化市场管理工作，使区内文化市场运作有序，违法案件逐步减少。

同时，充分发挥文管办职能作用，协调多方，为辖区居民营造安全有序的文化市场，初步确立基层重点防范工作体系。在打击侵权盗版和清缴整治低俗音像制品的工作中，对于重大案件要建立文化执法部门与公安部门相互合作、快速联动的衔接机制。

2. 加大版权保护工作力度，促进知中新知识城项目健康发展

严厉打击违法经营活动，继续加强对出版物、音像制品的监控力度，采取更积极的措施，将查缴低俗音像制品工作结合到"创文"日常工作中。通过"使用正版工作领导小组"加大行政监管力，打击软件侵权行为，力求取得实效，为日后知识城建设项目培育和发展科技含量高、附加值大、市场竞争力强的文化产品，进一步增强名牌意识，提供争创名牌、发展名牌的良好氛围。

3. 加强有线电视防控力度，保证网络传输安全无事故

为确保 2011 年各重大活动期间萝岗区辖区内安全播出无事故，切实根据中央及省、市的有关文件和省委、市委提出的防范和处理邪教分子攻击破坏广播电视安全播出的要求，结合萝岗区区情实际，继续抓好技术防范、人员驻守等方面的保卫工作，保证区内广播电视网络安全播出。

（四）加快人才队伍建设，形成强有力的公共文化服务保障体系

1. 加强组织领导

切实加强对公共文化服务体系建设的组织领导，加大人、财、物等方面的投入，精心组织，形成合力，切实将公共文化服务体系建设的各项任务落到实处。

2. 加大资金投入

加大对公益性文化事业的财政投入，重点向基层文化建设特别是社区和农村文化建设倾斜。进一步扩大投入公共文化的比例，引导和鼓励社会力量投资兴办公共文化实体、建设公共文化设施、提供公共文化服务，形成区政府投入为主、社会力量积极参与的稳定的公共文化服务投入机制。

3. 完善人才队伍

努力建立区、街（镇）、村（居）三级文艺团队体系。建立一支包括文化管理干部、文艺专业干部、群众文艺骨干和文化志愿者在内的扎根基层、服务群众的专兼职公共文化服务队伍。在发动和联合各类群众文艺骨干的基础上，打造区一级的专业文艺团体。

An Analysis on the Cultural Development of 2010 in Guangzhou Development District and Luogang District and Development Strategy of 2011

The Subject Team of Guangzhou Development District and the Publicity Department of CPC Luogang District, Guangzhou

Abstract: In the year of 2010, by making good use of the *Ninth China Art Festival* and the *16th Asian Games*, great achievements have been made in construction of public cultural service system, famous cultural programmes, protection of cultural heritage, administration of cultural business and human resources for cultural development in Guangzhou Development district and Luogang District. In 2011 we will also focus on construction of basic facilities to carry out the policy of "lay down solid foundation, form unique characters and form fine products", try every means to promote the cultural development in the whole district.

Key Words: Guangzhou Development District, Luogang District; cultural development; development situation; strategy

B.9

2010 年白云区文化发展状况分析与 2011 年发展思路

中共广州市白云区委宣传部课题组 *

摘　要： 2010 年，白云区文化工作认真贯彻落实党的十七大和十七届四中全会精神，坚持以满足广大群众日益增长的文化需要为落脚点，扎实推进公共文化服务体系建设，不断完善服务、协调和引导机制，净化文化市场，加快推进文化的传承与发展。2011 年，白云区将以贯彻落实"十二五"规划纲要为契机，积极探索科学发展新路径，进一步加快建设全覆盖的公共文化服务体系，增强公共文化服务能力，推动全区文化事业新发展，不断提升白云区文化软实力。

关键词： 白云区　文化发展　状况分析　预测

一　2010 年白云区文化发展状况分析

2010 年，白云区文化建设以科学发展观统揽全局，积极探索科学发展新路径，围绕迎亚运、创文明等中心工作，积极开展"文化惠民"等活动，着力强化基层阵地设施建设、打造群众文化品牌、培育区域文化特色，增强公共文化服务能力，推动文化事业全面发展，开创了白云区文化发展的新局面。

（一）突出惠民性，公共文化服务体系建设不断完善

1. 扎实推进"农家书屋"工程建设

针对一些社区（村）文化室设施配套不完善的现状，在上级主管部门的支

---

* 本报告执笔人：罗程渊。

持下，指导各街、镇对辖区内的社区（村）文化室进行升级改造，充实文化室内的配套设施，完善管理制度等。按照广州市委、市政府关于到 2010 年基本实现农村行政村和转制社区所有文化室均配有"农家（社区）书屋"的要求以及白云区十四届人大五次会议通过的《政府工作报告》中所提出的目标任务要求，有针对性地制定了白云区 2010 年 91 家"农家（社区）书屋"建设规划，落实建设场地和管理人员；积极申请书屋建设配套经费；组织书屋管理人员进行业务培训；向每一家书屋配送图书、音像制品等物资。

2. 实施"乡村学校少年宫"建设

白云区大力加强了对有关镇、学校的"乡村学校少年宫"的建设工作指导，及时调整下乡辅导计划，并开展相关的培训活动，不断满足了农村未成年人全面发展、健康成长的需要。自 2010 年 8 月，白云区启动了推进"乡村学校少年宫"建设的工作，钟落潭小学、人和二小、江高中心小学、太和一小在 8 月 27 日前相继举行了"乡村学校少年宫"正式挂牌仪式。白云区至年底有乡村学校 77 所，其中，有 21 所中学、56 所小学。按照"六有"（有挂牌标志、有师资队伍、有固定场地、有教学计划、有活动开展、有经费保障）标准，争取 2011 年 9 月前实现全区 60% 的乡村学校普遍建立"乡村学校少年宫"的目标。

3. 打造白云有线电视《城事观察》专栏节目品牌

结合白云有线电视实际，开设《城事观察》专栏节目。《城事观察》的定位是紧紧围绕区委、区政府的中心工作，突出重点、关注热点，开展深入报道，充分发挥电视宣传优势，创新制作手法，提高节目的收视率，树立栏目品牌，努力达到最好的宣传效果。《城事观察》宣传重点包括："三旧"改造、"双转移"工程、重点建设项目、"腾笼换鸟"工程、民科园扩园、创建全国文明城市、迎亚运环境整治以及白云区三年来各主要战线所取得的成果等。栏目从 2010 年 4 月 3 日开播，每个星期播出一期。自正式播出以来，受到了区内广大干部群众的好评。

4. 建立图书通借通还系统

根据《推进广州市公共文化服务体系建设》的要求，白云区与广州市图书馆实现了通借通还，白云区图书馆成为广州市内第一家实行通借通还的区级图书馆。该系统的建立，不仅有效地提高了区图书馆的信息服务能力，而且为最终实现全市公共图书馆之间的合作与资源共享起到了示范性的作用。这一服务项目极大地方便了区内市民，是惠及城乡的民生工程。

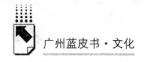

（二）坚持公益性，群众文化活动更加丰富多彩

1. 围绕"创文明城市"、迎亚运，积极开展各种文化艺术活动

2010年，白云区按照上级的部署要求，结合本区的特点，扎实开展各类精彩纷呈、寓教于乐的文艺活动，收到了良好的效果，极大地丰富了白云区群众文化活动。

一是围绕"创文明城市"和迎亚运，开展丰富多彩的文艺演出。积极开展迎亚运、"创文"和"九艺节"等各种群众文化活动，共组织文艺演出58场，观众达32多万人次。其中包括"争做好市民　当好东道主——亚运广州行志愿服务日"等"创文"系列活动；"绿色亚运　生态白云　空港门户——迎亚运生态文明教育"、"亚运歌曲大家唱"、"4·23世界读书日"和"科技活动周"等主题系列活动。举办了"白云风采——百场电影大巡映"、"百场电影进企业"等活动，共放映电影300多场。举办了空港门户白云区"创文明、迎亚运"有奖征文活动，该活动共收到应征稿件200多篇，特别邀请了广东省作协主席章以武、副主席伊始、原花城出版社总编范汉生等著名作家对参赛作品进行评奖。举办了"迎亚运、爱白云、看变化"摄影征集活动，进行专题采风和创作，共收到作品500多张，从中评选出50幅优秀作品，代表白云区参加广州市"迎亚运、爱广州、看变化"摄影大赛的最终评选等。

二是组织具有白云地方特色的寓教于乐的文艺活动。在广州市"九艺节"开幕式期间，白云区文化馆与西藏文化馆合作，在中国（广州）优秀舞台艺术演出交易会中展出了两地代表性非物质文化图片展，在白云国际会议中心广场组织了9场区内优秀节目展演。7月28日至8月1日，白云区组织了作为广州唯一动态项目的白云醒狮队，参加了以"激情亚运、绿色广东"为主题的上海世博会广东活动周活动。通过独具白云特色的醒狮表演，全面展示了"空港门户活力白云"的新形象，扩大和提升了白云区的知名度。白云区宣传文化部门积极响应中纪委、中宣部等六部委联合下发的《关于加强廉政文化建设的实施意见》的号召，组织了白云区戏曲协会，历时半年多精心打造了廉政粤剧折子戏《吴隐之怒饮贪泉》。8月11日上午，该剧在区文化活动中心影剧院召开的全区纪律教育月活动中正式上演，揭开了白云区粤剧"唱"廉精彩的一幕。这种把发生在白云区辖内的石井贪泉历史故事作为反腐倡廉题材进行深度挖掘、将古老的故事以干部群众喜闻乐见的形式鲜活地再现于现代舞台的方式，达到了廉政教育宣传形式创新、寓教于乐的效果。

三是成功举办了以提高人们艺术素养为目的的各类专场活动。11 月 20 日至 12 月 10 日，由白云区委宣传部、广东省古琴研究会主办，白云区文联承办，稼轩琴坊协办的"琴心若诉——纪念乡贤杨新伦大师暨古琴文化艺术展"作为五仙观广府文化艺术馆的开馆之展成功举办。展期举行了融合古琴、琴箫、粤曲、书法、太极同台展示的雅集，邀请了省市艺术名家、亚运会外籍志愿者、省市媒体朋友等共同分享了这一岭南古琴史上别开生面的雅集，展出了省市书画名家精心创作的古琴主题作品 60 余幅，更难得的是展出了藏家珍藏的 9 张元明清古琴及一批古琴文玩，并出版了展品画册，阵容之盛、影响之广，均系广东省空前之举，展期接待各类参观者约 6000 人次。广州市副市长贡儿珍、市文联主席李锦源等有关方面的领导、嘉宾先后参观了展览并给予好评。7 月 23 日，白云区邀请了龙江书院和南华书院创办人、国学老师冯学成，为区内部分企业家、企业负责人做了《传统文化与当今企业家的修身养性》专题讲座。同时，白云区还成功举办了白云书画研究院副院长、中央文史馆画家李晓白以及白云书画研究院画家陈训勇的个人画展；结集出版发行了一批文艺作品，包括白云区作家协会名誉主席阮志远的《晚晴集》、区作协会员黄剑丰新作《书剑飘零》、区文联副主席赵节初的《大地微观——赵节初作品集》，以及白云楹联诗词协会理事戴桂波的粤曲集《喜我白云添锦绣》和综合文选《回眸》等。

2. 力争上游，各类创作、竞赛活动屡获佳绩

白云区坚持征集、创作文艺精品，每个作品争取做到"四有"，即有创新、有生活、有提高、有进步，为群众带来新的视觉感受和更高层面的艺术体验。如讽刺某些不文明现象的哑剧《如此观众》，宣传科学垃圾分类知识的小品《红蓝黄绿分分分》，反映百花塚凄美爱情故事的情景剧《百花塚下歌女恨》等，这些作品题材广泛，形式多样，在演出中受到广大群众的热烈欢迎；组织了 68 中代表队、太和医院代表队参加了市一级"亚运歌曲大家唱"的决赛，分别获得合唱组和行业组银奖。

组队参加了第九届中国艺术节群众文化活动之"书香岭南 魅力广州"——岭南文化知识竞赛，荣获二等奖。白云区图书馆还荣获该活动及第 31 届"羊城之夏"青少年暑期系列活动优秀组织奖。

组织学生参加"2010亚洲国际青少年艺术大赛"等各类国际、全国、省、市级比赛，屡获佳绩。据统计，5人次获国际级比赛奖，175人次获全国比赛奖，37人次获省级比赛奖，221人次获市级比赛奖，并通过了"广州市青少年科技大使进校园项目"的评审。

全力组织了区内艺术家开展艺术创作活动，收获颇丰。如白云区作协沈平所著的纪实文学《塑说——唐大禧雕塑回望》、白云区青年作家黄剑丰诗集《星空下的呓语》分别获得广州文艺奖三等奖，是全市区县级单位中唯一获得个人创作奖的作者，为白云区争得了荣誉。白云书画研究院画家陈训勇的书画《万众一心》入选上海世博会中国美协主办的中国美术作品展，其国画《多彩蚁生》为第四届全国花鸟画家作品展特邀作品。在第六届文博会上，白云区艺术家王增丰的漫塑作品《政协委员》、陈训勇的布艺作品《蚂蚁之草根芭蕾》、李海的微刻作品《十大元帅》、唐朝霞的紫砂壶艺作品《卧虎藏龙》分别获得"中国工艺美术文化创意奖"金奖；彭成的作品《炕头》获得银奖；罗昭亮的红木宫灯获得铜奖。区摄影学会李枫等获评第二届广东省十大杰出青年摄影家之一，作品分别获2010年全国摄影艺术展览优秀奖、第23届广东省摄影展览优秀奖、"宝墨园·南粤苑杯"摄影大赛一等奖、2010年7月人像摄影精英赛一等奖等18个省级以上大奖。

3. 改善条件，积极建设文化培训基地

白云区注重从实际出发，合理整合利用资源，在做好现有场馆维修、保洁等后勤保障工作的同时，不断拓展文化活动和文化培训项目。区文化活动中心配合有关教育机构做好招生宣传推介工作；继续与省作协《少男少女》杂志社、启明星、铭泰公司、安德信教育机构、奇卡少儿潜能开发中心等有关单位合作，面向社会开办门类多样的培训班。1~10月，区文化活动中心影剧院共举行大型演出17场、电影39场、大型会议23场、讲座26场，利用多功能厅举办少男少女写作培训班等活动共158次，在中心展览厅举办画展3次，创造了较好的经济效益和社会效益。

继续以白云文化中心基地为依托，打造白云文化的亮点——"五大文艺基地"，培养和挖掘更多的文艺人才；举办"白云文化大讲堂"之《美与生活》讲座，为进一步提高白云区广大干部群众的艺术修养和文化品位起到了积极的作用。

举办了"白云区农家书屋及共享工程基层管理人员培训班"，来自全区18

个街镇文化站及 70 多个农家（社区）书屋的 80 多位管理人员参加了培训。通过培训，使白云区农家书屋及共享工程基层管理人员的服务意识和技术水平得到了一定的提高。

（三）保持特色性，文物普查成效显著

1. 白云区文物普查通过了省专家组验收

在第三次全国文物普查实地调查阶段，白云区普查队对 18 个街镇的 247 个居委会、118 个行政村进行了全面勘查，共调查登录不移动文物 689 处，其中核查 55 处，新发现 634 处，文物普查启动率和覆盖率均达到 100%，受到了省普查办专家组的表扬。专家组通过文档校验、实地抽查等方式，对白云区文物普查的各类登记表、纸质、电子文本填写进行了严格的对照复核，认为基本符合第三次全国文物普查颁布的标准和规范。验收结语中充分肯定了白云区政府对文物普查工作的高度重视，机构队伍健全，经费落实，组织管理工作到位及时，运作良好，成效显著，顺利通过了省级验收。

通过文物实地调查，基本摸清了白云区不可移动文物的家底，对制定白云区经济社会发展规划、文物保护利用、开发历史文化旅游资源等提供了可靠的依据，同时也为 2011 年转入文物普查资料汇总、建档立库打下了坚实基础。

2. 实施加强文物保护的新举措

在第三次全国文物普查中，白云区充分利用区的平面媒体、有线电视网络以及举办文物普查成果图片展巡展等方式，加大了对文物保护的宣传，引起了各级领导的重视，增强了人们的文物保护意识，形成了良好的社会氛围。2010 年，白云区政府进一步加大了文物保护工作的力度，印发了《关于加强白云区文物保护管理工作的通知》，增加了财政投入重新打造均和墟历史街区，资助了区内多间祠堂的修复，用于公益性群众文体活动场所。维修了省级文物保护单位石井桥及其附属建筑桥东炮楼。通过政府引导、村社扶持、民间捐资等方式，区内掀起了文物保护的热潮。2010 年以来，白云区进行重大维修的主要有：龙归周氏大宗祠、龙塘张氏大宗祠、良田陈氏大宗祠、红星宣抚使祠、鸦岗萧氏大宗祠等，投入维修资金共 1000 多万元。同时，白云区还争取了市文广新局拨款 160 万元用于西湖社学旧址的维修。

为使白云区的文物普查成果得到及时转化，保护好我们的精神家园，到

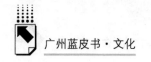

2010 年底，白云区已公布了两批区级登记文物保护单位共 162 处，并将陆续公布新的批次。在白云区"城中村"改造中，注意加强对历史文化遗产的保护，及时做好了跟踪协调工作。

（四）注重延续性，不断加大非遗申报及传承工作力度

一是经评审认定了区级第二批非物质文化遗产保护名录，并认真准备材料，积极做好市级第三批非物质文化遗产名录申报工作。

二是为了弘扬民间传统音乐文化，进一步提升民间曲艺器乐水平，组建了区级文艺团队——"白云南华音乐曲艺团"，加快推进了区内民族音乐文化的传承与发展，扩大了民乐的影响力。10 月 29 日，白云南华音乐曲艺团参加"精彩新生活·花城神韵"——广州市非物质文化遗产节目展演，作为迎接亚运会广州市群众文化广场活动，精彩的广东音乐演奏展示了白云区独特的岭南文化风采，展现了白云区人民支持亚运、参与亚运的蓬勃激情和美好祝愿。

三是组织了白云区私伙局专题调研及大赛。8 月中旬，白云区组成联合调研组，专门走访了白云区辖内 11 条街镇共 30 多个私伙局，并对作为世界非物质文化遗产粤剧在白云区的现状作了深入系统的调研，同时还举办了"粤韵唱响新白云——2010 年白云区粤剧曲艺创作作品活动"，区内作者踊跃投稿，获广州市专家评委好评，并评出一、二、三等奖。12 月 16 日晚，白云区隆重举行了"粤韵唱响活力白云"——2010 年白云区粤剧曲艺大赛颁奖晚会，以白云本土戏曲艺术的形式欢庆亚残运会在广州的举办。来自白云区各镇街的私伙局、粤剧曲艺发烧友一千多人在这里畅享一餐粤剧曲艺盛宴。参加该次演出的节目都是在粤剧曲艺大赛之中涌现出来的优秀节目。其中，《抗日将领伍观淇》、《流溪新唱》、《流溪河畔颂白云》、《吴隐之怒饮贪泉》、《帽峰山下春意浓》的创作都是选材于白云本土，白云人写白云，白云人唱白云，整台晚会充满了白云浓郁的地方特色。当天晚上，晚会的开场好戏《跃马靖胡尘》，以广东大戏粤剧的壮观气势以及热烈氛围庆祝亚运会、亚残运会在广州的举办。

（五）实行科学管理，文化市场健康有序发展

1. 认真做好日常行政审批、审核、年审工作

1～10 月，白云区共受理行政审批事项 199 项，其中网吧类 95 项，出版物类

63 项，音像类 19 项，印刷类 4 项，娱乐场所类 15 项；年审各种文化经营单位 177 家，完成音像制品经营单位审核登记换证工作，完成 2009 年文化市场统计工作。指导辖内 2 家企业进行连锁认定的申报工作，获市文化广电新闻出版局的批准，成为广州市新增的 2 家网吧连锁企业；组织广州艺洲人文化传播有限公司申报 2010 年白云区服务业重点项目；协助市局完善齐富路新开设的 4 家歌舞娱乐场所办证手续。

2. 切实抓好以"网吧"为重点的文化市场管理

在"创文"、迎亚运和"九艺节"期间，白云区全面加强文化市场管理，进一步规范文化市场经营秩序。结合"创文"工作，两次组织区网吧业户和网吧协会代表召开会议，明确网吧"创文"工作要求，进一步提高了文化市场经营业户守法经营意识，提升了网吧行业的社会形象；加快推进网吧实名登记系统的安装速度，制订严谨的工作计划，分片实施，在 6 月底前已全部安装完毕，从技术上加强了对网吧违规接纳未成年人行为的防范。在人防加技防基础上，配合群防和联防，确保网吧行业经营、管理符合"创文"工作要求，为亚运会和"九艺节"的成功举办营造了良好的文化环境。据不完全统计，1~10 月共出动 3525 人次，收缴非法音像制品 1610000 张，其中涉嫌淫秽色情音像制品 15000 张；检查书报亭、音像店等出版物零售点 1200 间次；检查娱乐场所 103 间次，取缔无证娱乐场所 9 间；检查网吧 930 间次，18 间网吧违规经营受到罚款或停业处罚；检查文物点 7 间次，对某村擅自维修市级文物的行为做停工处理；检查印刷厂 65 间，查处违规经营 1 间；取缔擅自安装境外卫星电视安装设备 35 个。

3. 做好文化市场服务、协调和引导

通过积极的引导、有效的调控，规范经营行为，调整产业结构，逐步建立起竞争有序的文化市场体系，促进了白云区文化产业的发展。一是加强网吧市场管理，引导网吧向连锁化、规模化、品牌化发展。指导辖内 2 家企业进行连锁网吧企业认定的申报工作，获上级批准，成为新增的网吧连锁企业，同时发展了 30 家连锁网吧直营门店。二是大力发展演出市场，培育市场主体，依法依规进行演出活动的审批。积极推广自助消费的量贩式歌舞娱乐场所，鼓励娱乐企业走超市化、规模化、品牌化和连锁经营之路，引导歌舞娱乐场所向商业区发展；配合打造齐富路文化商业街，协助齐富路新开设的 4 家歌舞娱乐场所完善有关手续。

同时根据广州市人民政府颁布的《广州市人民政府关于公布保留取消调整

行政审批备案事项的决定》精神，逐步建立和完善了《公共服务承诺制度》、《行政审批办理制度》、《行政审批办理程序制度》、《行政许可告知制度》、《行政许可公示制度》、《行政许可听证制度》、《行政许可监督检查制度》等7项制度，制订了《重大文化经营项目审批集体审查实施办法》，编制了《行政许可审批实务手册》。

4. 报刊摊亭综合整治、建设和管理工作取得阶段性成效

至2010年底，近260座具有岭南气息、典雅大方的新型报刊亭已亮相白云区大街小巷，开始"统一进货、统一配送、统一标志、统一经营、统一管理"，从根本上解决了原旧报刊摊亭脏乱差、管理无序和非法出版物屡禁不止等难题，在"创文迎国检"、净化出版物市场及为白云区市民提供便捷和满意的文化服务等方面发挥了重要作用。

（六）坚持正确导向，新闻广电事业卓有成效

1. 进一步加强舆论引导

结合白云区实施"双转移"、"三旧"改造的战略，制作专栏新闻13条，专题片1部，积极报道白云区转移劣质企业、改造升级提升企业的有效措施，以及取得的成果和群众得到的实惠。如西城同德鞋业基地、黄石购物广场、永泰茶山庄地块改造、太和镇的北村旧村改造等。积极进行社会面上的正面舆论宣传，1~10月共制作新闻1389条，播出8078条次；制作专题片19部，播出38条次；新制作公益广告112条，安排播出4958条次。制作"5分钟精选新闻"送城市电视频道播出共49条，上送广州市新闻频道播出新闻共242条。制作《城事观察》20期，播出64条次。

2. 加大投入，配合做好"创文"、迎"亚运"工作

一是投入大量的人力物力对全区有线电视网络的部分线路进行了线路下地迁改工程，主干线路下地总长为5000多米，投入资金超过50万元，为白云区的市容整饰工作作出了贡献。二是制定并完善了各项安全播出工作机制，积极开展安全检查工作，并在9月根据亚指办的要求，组织了2次安全播出演练，有效地消除了各种安全隐患，为迎接广州亚运会做好了充分的准备。

3. 加快网络改造工作，提高收视效果

共投入130多万元，完成了白云区黄石街、嘉禾街、均禾街等地区的有线电

视光纤网络工程，增加光节点 134 个，有效地提高了该地区 6000 多用户的有线电视收视质量，并为将来的数字电视转换工作奠定了坚实的网络基础。据统计，2010 年共巡查线路 13650 公里，进行重大抢修 340 多次，值班 1453 人次，及时处理抢修线路 156 起，迁移、铺设、架空光缆、电缆 9800 米，熔接光缆 560 处，新安装光机 178 台。

二　2011 年白云区文化发展思路

2011 年是中国共产党成立 90 周年、辛亥革命 100 周年，是"十二五"时期开局之年，是后亚运时期推进广州国家中心城市建设的关键一年，同时也是继续深入学习落实科学发展观、落实"文化惠民"工程的关键一年。因此，白云区将着重抓好以下几方面的工作。

（一）努力完善公共文化服务体系

一是在调查研究的基础上，进一步完善《白云区文化事业发展"十二五"规划》，制定白云区公共文化服务体系建设中有关人员编制、经费投入、场馆及考核验收等政策规划，为 2011 年全区文化工作会议做准备。二是实现民营科技园分馆电脑化管理及推进区馆与分馆之间的通借通还业务；启动共享工程第二、第三期的建设，完善共享工程的软、硬件建设，进一步提升白云区共享工程的服务水平和服务质量。三是完善 91 家"农家（社区）书屋"建设，落实"农家（社区）书屋"建设配套经费的使用。四是争取在 2011 年 9 月底前实现全区 60% 的乡村学校普遍建立"乡村学校少年宫"的目标。

（二）构建具有浓郁地方特色的白云文化

以广州历史博物馆、广州市城市规划展览中心、广东画院、广州画院和岭南文化演艺中心落户白云新城为契机，积极打造区域文化中心，提升区域文化形象。加快建立完备的公共文化服务设施体系，积极申建白云区博物馆。引导扶持白云区音像制品、文化创意、文化信息、文化旅游等产业加快发展，形成白云区文化中心地带，成为文化核心聚集区，增强白云区文化环境的吸引力，带动白云区公共文化基础设施和服务网络建设。

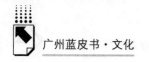
（三）以各种节庆为平台，抓好各类群众文化活动

在基层举办少儿绘本阅读推广宣传活动，组织学生开展"4·23世界读书日"和"羊城之夏"等系列活动。筹备"新年倒计时"广场晚会活动；承办元旦、春节、元宵节等传统节日庆典活动；组织策划好建党90周年、辛亥革命110周年等大型纪念活动。与广州陈小奇音乐有限公司的"云山艺术馆"合作，在文化中心展览厅举办画展。面向白云区机关干部、青少年和文化中心周边中、小学校，放映一系列爱国主义教育电影。开展下乡辅导工作，深入社区基层学校，加强对科技艺术活动的指导服务；组织学生参加第十六届全国中、小学生书画大赛，2011年白云区科技活动周航海模型竞赛暨第十二届"我爱祖国海疆"全国青少年航海模型等各类竞赛。继续开展"白云风采——百场电影送农村、送企业"活动。

（四）弘扬岭南优秀传统文化，抓好文化资源的保护和利用

一是维修一批区内红色革命旧址。包括：白云区第一个农村党支部旧址——江高镇神山聚龙村中共聚龙村支部旧址（道玉黄公祠）；白云区第一个乡村抗日民主政府——太和镇穗丰村西罗乡乡政府旧址等，作为白云区爱国主义教育基地；维修石华书院与和风社学旧址，改造为群众公益性文体活动场所；资助修复一批乡村祠堂，改造为群众公益文体活动场所。二是整理和汇总全国第三次文物普查资料，编制各级文物普查档案和《白云区第三次全国文物普查工作报告》；公布白云区不可移动文物名录；建立白云区不可移动文物信息管理和分布电子地图系统；出版白云区普查成果资料。三是根据普查成果，按照新发现的不可移动文物的价值，完成将石井街、人和、太和及钟落潭等镇新发现的不可移动文物列入区级登记保护单位的核定、公示、公布工作；对被列入名录的不可移动文物实施挂牌保护。四是继续做好升平社学（含义勇祠）旧址、西湖社学等省、市重点文物保护单位的修缮工作。

（五）净化环境，不断完善监管有力、安全有序的文化市场管理

编制《行政许可审批实务手册》；严格规范连锁网吧直营门店和游艺娱乐场所的审批工作；安装网吧网络监控平台，按照市、区2011年"扫黄打非"工作

方案的部署，继续开展文化市场整治行动，确保文化市场的和谐稳定。加强组织领导、严格工作考核，按照"扫黄打非"工作"只能加强、不能削弱"的要求，确保重大节日及"创文"、迎"国检"期间文化市场的和谐稳定。

（六）弘扬社会主义核心价值观，完善导向正确、思想健康的广播电视服务网络

继续坚持正确的舆论导向，围绕白云区委、区政府的中心工作做好宣传，充分发挥喉舌作用；做好对设备和线路的检查工作，确保 2011 年"两会"期间的播出安全；做好区委、区政府推进民生工程、惠民工程以及后亚运时期各行各业延续"创造新生活"热情，促进经济社会发展的新闻宣传；继续推进数字电视机房的建设和启动白云区有线数字电视整体转换前期工作。

（七）发挥文艺联合会的纽带作用，不断提升白云区文化软实力

继续争取区委、区政府对文联工作的支持，努力打造一个集创作、交流、展示于一体的文艺平台。在广东美术馆时代分馆（时代玫瑰园）举办一场囊括白云书画及民间艺术精品的"空港门户、锦绣白云"——白云区艺术精品展；举办一次反映白云区新貌的大型摄影采风及优秀作品摄影展；举办各类艺术培训班、文艺展览等，促进文艺创作，挖掘和培养文艺新人。同时配合各街、镇、区直有关部门共同举办以廉政粤剧《吴隐之怒饮贪泉》等曲目为主的群众喜闻乐见的送文化下乡粤曲演出活动。

（八）加强组织建设，提升文化团队整体素质

一要加强业务培训，提高全区宣传文化队伍整体素质和战斗力。通过开展在职教育培训、任职培训，提高文化队伍的综合素质。二要强化党性党纪教育，增强廉洁自律意识。坚决贯彻"立足于教育，着眼于防范"的要求，把党风廉政建设教育作为区文广局加强党风廉政建设和反腐败的治本之策，摆上重要位置，抓紧抓好。深入贯彻落实中央、省、市和区制定的《建立健全教育、制度、监督并重的惩治和预防腐败体系的实施纲要》，坚决贯彻区委制定的"四个暂行规定"，认真解决群众反映强烈的突出问题，着力堵塞腐败的各种漏洞。

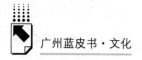

An Analysis on the Cultural Development of 2010 in Baiyun District and Development Strategy of 2011

The Subject Team of the Publicity Department of

CPC Baiyun District, Guangzhou

Abstract: In the year of 2010, in order to meet the increasing need of culture Baiyun District made effective to promote construction of public cultural service system, complete system of service, coordination and guidance to clean up the cultural market, quicken promotion of cultural inheritance development. In 2011 Baiyun District fully carry out the programmes of the *12th Five-Year Plan*, try to find new ways of development, quicken construction of whole-round public cultural service system, enhance the service ability of public culture, promote cultural development in the whole district to strengthen the soft cultural power of Baiyun District.

Key Words: Baiyun District; cultural development; analysis of situation; prediction

B.10
2010 年南沙区文化发展状况分析与
2011 年发展思路

中共广州市南沙区委宣传部课题组*

摘 要：2010 年，在南沙区委、区政府的正确领导和上级主管部门的关心支持下，全区文化系统以党的十七大和十七届五中全会精神为指针，坚持科学发展，大胆开拓创新，在加强公共文化服务体系和文化市场管理体系建设、打造文化品牌、提升文化软实力等方面取得显著成效，较好地满足了人民群众日益增长的精神文化需求。2011 年，南沙区文化工作将以学习实践科学发展观为统揽，以文化强省、文化强市、文化先进区建设为导向，以实施"十二五"文化规划为主线，按照建设广东省文化先进区的有关要求，全面提高辖区文化软实力，提升文化服务和管理水平，持续推进辖区和谐文化建设，不断满足辖区人民群众日益增长的文化需求。

关键词：南沙区 文化发展 分析 预测

一 2010 年文化发展状况分析

2010 年以来，在区委、区政府的正确领导下，在上级业务主管部门的关心支持下，区文化系统以党的十七大和十七届五中全会精神为指针，认真贯彻落实穗南办［2010］1 号《关于印发〈南沙区加快公共文化服务体系建设实施意见〉的通知》文件精神，坚持科学发展观，大胆创新，进一步加强公共文化服务体系和文化市场管理体系建设，继续打造各类文化品牌，注重突出工作重点，努力

---

* 本报告执笔人：王剑刚，公共管理硕士，现任南沙区委宣传部新闻理论科科长。

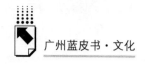

提升辖区文化软实力，较好地满足了人民群众日益增长的精神文化需求，各项工作都取得了一定的成绩。

（一）加大文化基础设施建设力度，全面构建三级公共文化基础设施网络

2010年以来，市委宣传部副巡视员麦步初、市文广新局副书记欧阳月娥及南沙区人大常委会主任曾昭甜、区委副书记袁桂扬、常委钟华英、副区长霍阳等领导先后对南沙区公共文化服务体系进行了实地检查并提出了指导意见，为全区进一步加快公共文化服务体系建设理清了路子。

1. 区图书馆建设逐步完善

一是优化调整区图书馆的功能分区。2010年1月底，经文化部批准，区图书馆正式成为国家一级图书馆。近一年来，区文广新局以此为动力，根据省、市图书馆专家的整改意见，将少儿图书室调到区图书馆一楼，并与广州少儿图书馆合作共建南沙分馆。相关工作正在积极推进中，计划在2011年3月前建成对外开放。二是完成区图书馆新书采购工作。经过努力，近9万册的新书采购工作已在11月全面完成书目数据加工和上架工作。三是创新区图书馆服务模式，在常委钟华英的关心下，通过临聘及安排大学生到馆顶岗实习等方式合理调配人手资源，确保了区图书馆一楼报刊阅览室的正常对外开放。同时，区文广新局还积极探索服务外包工作思路，并向区发改局提出立项申请，积极争取2011年专项经费的落实。

2. 积极推进南沙虎门炮台的保护及开发利用

一是以纪念鸦片战争爆发170周年为契机，在区文化局（原教育局）前期工作的基础上，完善了大角山鸦片战争英烈墓周边配套环境，并在4月初举办了隆重的鸦片战争英烈墓落成揭幕暨祭祀典礼，区长罗兆慈、区人大常委会主任曾昭甜等区有关领导及社会各界200多人出席了仪式，并为南沙虎门炮台古炮复制落成进行剪彩，进一步丰富了南沙虎门炮台爱国主义教育内涵。二是积极向省、市文化主管部门提出加快编制南沙虎门炮台保护规划的工作建议，并落实了区的配套资金和省、市资助资金。三是积极开展了南沙区爱国主义教育基地的资料搜集和申报工作。2010年5月底，南沙虎门炮台被评为广州市爱国主义教育基地。

3. 积极介入协调推进霍英东纪念馆建设工作

2010 年 6 月以来，区文广新局积极协调霍英东纪念馆建设施工单位，牵头制定了《霍英东纪念馆建设工作方案》，并严格按区的工作计划推进纪念馆建设。2010 年亚运期间，举办了霍英东先生纪念铜像落成揭幕仪式，反映霍英东先生与体育的专题临时展览也同步向社会开放。国际奥委会、国家体育总局及省市区有关领导出席了当天的活动。至年底，正在抓紧推进全面展览项目的落实，计划在 2011 年 6 月底前完成并向社会公众开放。

4. 大力推进基层文化设施建设

一是认真贯彻落实《南沙区加快公共文化服务体系建设实施意见》，积极开展了全区公共文化服务体系建设情况专项检查，全面听取了各镇、街贯彻落实情况的专题汇报，并实地检查了各镇、街文化站、农家书屋及综合文化室等文化设施的建设情况。2010 年底，曾昭甜、袁桂扬分别率区人大常委会及区委办专题视察了区公共文化服务体系建设情况。经过全区文化系统的共同努力，在 2010 年开展的全市科学发展评价指标体系目标值考核中，南沙区每万人拥有公共文化设施面积取得了全市 12 个区（县级市）中排名第三、4 个新建城区中位居第二的较好成绩。二是将每万人口公共文化设施面积数（专指辖区文化站的公共房屋建筑面积）及每个行政村（场、居）每月最少免费放映 1 场电影作为 2010 年度南沙区镇（街）科学发展评价指标体系目标值抓紧抓好。三是按市下发的建设标准，进一步引导镇（街）完善区内文化资源信息共享基层服务点、农家书屋、绿色网园、综合文化室等的建设，积极向市文广新局反映现状，争取解决部分村（居委会）缺少电脑等硬件配置等问题。

（二）大力开展丰富多彩的文化活动，全面提升居民群众的文化生活质量

2010 年适逢第九届中国艺术节、第十六届亚运会在广州举办，区文广新局紧紧抓住这两个工作中心，结合"创文"、大型节庆和传统假日，精心组织策划开展了丰富多彩的群众文化活动，搭建"永不落幕的社区文化舞台"，让更多的居民群众参与文化活动，共享文化建设成果。

1. 精品文化活动常年不断

2010 年以来，区文广新局先后举办了"传承中华文化，诵读精品名篇"诗

歌朗诵大赛活动、"我的书屋，我的家"南沙区农家（社区）书屋阅读讲演活动、南沙区"舞悦南沙、共创文明"广场舞比赛活动、第二届妈祖文化旅游节活动、"九艺节"系列广场文化活动、第31届"羊城之夏"活动、"文明知识进社区"文艺活动、"书香南沙"人文阅读系列活动、"亚运歌曲大家唱"、"迎接亚运会，创造新生活"系列广场文化活动及首届南沙区企业文艺会演等大型精品文艺活动，承办"精彩新生活·激情花城——广州市群众国标舞展演"活动，以区每月一次大型主干活动带动基层若干小活动的方式，营造了南沙区和谐热烈的城市氛围，培植和发展了南沙区文化人才队伍，为南沙群众文化生活注入了活力。在参加全市迎亚运文艺作品评选中，南沙区选送的节目取得了金奖，区文化馆荣获组织奖。

2. 引导和支持民间文化团队活跃基层文化生活

2010年9月，区文广新局主持召开了全区文艺骨干座谈会，起草《南沙区优秀文艺作品扶持奖励办法（稿）》，积极扶持和推进民间文化队伍进一步壮大。一年来，在区文广新局、区文联等的共同努力下，南沙区业余文艺工作者创作了一大批弘扬主旋律的文艺精品力作。其中，南沙俏夕阳舞蹈队在第十届艺术界全国中老年文艺大赛中获"牡丹金奖"，在全国中老年文艺展演活动中获"特别金奖"；国画《水乡夕韵》获广东省"迎亚运，岭南美术大展"铜奖，国画《岭南乡村》作为珍贵档案资料被广州市国家档案馆署名收藏；区书协主席植明入选中国百位金典艺术家；另有多人的摄影、书法、作品、美术作品在第十五届"群星奖"广州市提名展及中华"赤子杯"书法美术作品大赛获奖，等等。目前，各镇、街业余文艺爱好团体不断增多，基层文化活动也不断活跃。据不完全统计，到2010年底，全区共举办各类群众文化活动超过100场，观众达7万多人次。

3. 积极开展文化下乡活动

2010年以来，区文广新局先后举办了2010年"广州感谢您"慰问外来务工人员新春文艺演出活动、"走进基层"第九届中国艺术节艺术家演出小分队赴南沙区演出活动、"文明知识进社区"文艺晚会、广州市群众性拉丁舞广场展演等多种形式的送戏下乡文艺活动，并扎实开展农村电影"2131"工程，2010年共投入近20万元，免费放映了公益电影250多场，受益观众超过6万人次。另外，通过区文广新局的积极争取，市向南沙区拨付了6台（套）数字电影放映机和 5 台工作用车，为今后更好地开展农村电影"2131"工程打下了坚实的基础。

（三）充分挖掘文化资源，认真做好文物的发掘、保护和管理工作

2010 年以来，区文广新局以第三次全国文物普查工作为抓手，进一步加强对文物、非物质文化遗产和优秀传统文化的保护、传承、宣传及开发利用等工作，并取得了阶段性成果。

1. 文物保护工作进一步加强

一是第三次全国文物普查工作取得阶段性成果。继年初通过了由省文化厅组织的第三次全国文物普查验收组进行的第三次全国文物普查实地文物调查阶段验收工作后，区文广新局乘胜出击，充分发挥南沙虎门炮台管理所的积极性，扎实推进第三次全国文物普查的各项工作。在本次普查中，南沙区重点登记被录入《第三次全国文物普查不可移动文物登记表》的文物共 110 处，普查率达 100%，并积极将广州灯塔（金锁牌灯塔、舢板洲灯塔）和塘坑天后古庙上报省、市文物部门，推荐参评"第三次全国文物普查百大新发现"。在市 2010 年举办的第三次全国文物普查阶段性成果展览开幕式暨文物普查先进单位和先进个人表彰活动中，南沙区普查队荣获了广州市第三次全国文物普查实地调查阶段宣传奖，黄利平、廖勇两人被评为先进个人。目前，区普查队正在完善相关资料，准备迎接全国的检查验收。二是文物保护工作进一步提高。召开了全区文物保护志愿者座谈会，组织发动全社会的力量参加文物保护工作，统一制作悬挂了区内重点文物保护牌匾，并重点扶持了南沙街塘坑村和黄阁镇做好辖区文物保护工作。

2. 非物质文化遗产普查成果大放异彩

借助"九艺节"的举办，区文广新局有序推进区非物质文化遗产资源的生存和发展。在"九艺节"演交会上，举办了黄阁麒麟舞和南沙特色文化专题展览，并组织黄阁麒麟舞参加了"扶胥古庙 欢乐九艺"民俗文化艺术节目展演暨"九艺节"群众文化广场系列活动启动仪式、"九艺节"中国（广州）优秀舞台艺术演出交易会启动仪式、"九艺节"群星奖颁奖晚会及"非遗保护，人人参与"广州 2010 年中国文化遗产日广场活动等表演活动。另外，在"2010 广东省珠三角'咸水歌'歌会"中，南沙区横沥镇参赛队伍荣获优秀歌手奖及优秀组织奖，万顷沙镇参赛队伍荣获优秀组织奖及表演奖。

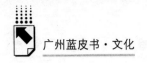

（四）加强区有线电视网络安全监管工作，有线电视管理工作进一步深化

2010年是亚运年，有线电视的建设和安全播出是工作的重点内容之一。为此，区文广新局集中精力抓好各项工作的落实和深化。

1. 积极推进区有线电视网络建设

4月中旬，区文广新局专门到广数传媒公司南沙分公司开展专题调研，听取该公司关于2010年工作重点内容的专题汇报，并就进一步建设好全区有线电视网络提出了具体的要求。全区有线电视信号全入户改造工作有望在年底完成，为全区有线电视用户实现高质量的有线电视"村村通"打下坚实基础。

2. 不断提高突发事件应急能力

2010年以来，区文广新局牵头组织了两次有线电视网络安全传输应急演练活动，达到了"熟悉预案，提高技防，锻炼队伍"的目的，为亚运期间出现的小事故的应急处理积累了经验。另外，区文广新局还认真指导做好2010年"两会"及"五一"、"十一"、亚运会等重要保障期间有线电视安全播出值班工作。

（五）始终坚持"两手抓"，确保文化市场健康发展

2010年以来，区文广新局通过严而有力的整治，有效保障了文化市场的繁荣有序，净化了未成年人学习生活环境，确保了辖区文化市场总体态势的平稳健康有序。

1. 做好审批审核工作，培育发展文化市场

一是继续做好2009年新增单体网吧申报审核工作，慎之又慎地处理审批过程中出现的相关问题，确保审批工作的顺利推进。二是切实加强了对复印、影印、打印及名片印刷（下称"三印"）行业的管理，共派发了30多份整改通知书，引导未按规定办理相关证照、擅自设立"三印"企业并从事经营活动的单位和个人尽快办理证照，以确保合法经营。在各方的共同努力下，全年共审批设立各类文化经营单位22个，进一步壮大了南沙区文化市场。

2. 扶持引导，促进文化产业的繁荣发展

一是主动与区经贸部门联系协调，积极推进南沙影视传媒、南沙数字出版园等大型文化产业经营单位的筹建工作。二是积极推进广州市文化娱乐业协会南沙办事处的建设工作，至年底已有近 20 家规模较大的文化经营业户加入了该机构，为更好地发挥行业自律作用、推进行业发展打下了坚实的基础。

3. 进一步完善文化市场监管网络

为弥补行政执法力量不足，进一步加强对网吧群众的监督，2010 年 7 月，区文广新局与区妇联密切协作，从全区妇女代表中选聘了 20 名"妈妈级"网吧义务监督员，进一步充实了"网吧义务监督员"队伍。至年底，南沙区网吧义务监督员共有 54 名，为做好南沙区网吧监管工作发挥了积极作用。另外，区文广新局还注重加强与区综治、公安、工商等部门及各镇（街）的联系和协调，不断建立和完善网吧市场专业执法队伍与社会监督队伍共同监管体系。一年中，区文广新局还组织召开了 5 次全区文化经营业主会议、开展了 3 期文化市场执法培训和 2 次文化市场管理工作座谈会，积极营造浓厚的文化市场监管氛围。

4. 齐抓共管，扎实有效地开展文化市场管理和"扫黄打非"工作

按照区委、区政府的要求，区文广新局全力配合"九艺节"、亚运会、"创文"活动的开展，及时调整了区"扫黄打非"工作小组成员单位，并积极发挥区"扫黄打非"工作小组办公室的协调作用，认真抓好文化市场管理和"扫黄打非"工作，重点抓好对娱乐市场、音像市场、书报刊市场、网吧和印刷市场的管理，先后开展了打击政治性非法出版物、清缴整治低俗音像制品、文化娱乐场所专项整治、打击"黑网吧"和印刷市场专项整治行动等严而有力的专项行动和迎亚运知识产权保护宣传等活动，维护了社会稳定，净化了未成年人学习生活环境，确保了辖区文化市场的平稳健康有序，为"创文"及迎亚运等作出了积极贡献。

2010 年以来，区文广新局共组织出动执法人员 1010 余人次，检查经营单位 980 余家次，收缴各类非法出版物 36863 件，其中，"六合彩"非法资料 593 件、盗版音像制品及电子出版物 31900 件、非法书报刊 4370 件；取缔"黑网吧"31 间，收缴黑网吧电脑 147 台；办理行政案件 1 起，罚款 1 万元，有效地维护了文化市场总体态势的平稳健康有序。

（六）全面回顾总结提高，科学编制南沙文化"十二五"发展规划

为更好地适应贯彻落实科学发展观、全面建设小康社会、率先基本实现社会主义现代化、深入推进南沙新区建设的新形势、新要求、新任务，区文广新局根

据区的要求，对"十一五"时期南沙文化事业文化产业发展现状、存在的问题进行了系统、全面的回顾和总结，并在充分比较论证的基础上，与广州市社会科学院产业与企业研究所、广州南方城市研究院签订项目研究合作协议，委托上述两个单位编制南沙文化"十二五"发展规划，确保规划的科学性。课题组由广州市社会科学院副院长朱名宏任组长，成员由梁凤莲（哲学文化所研究员、博士、一级作家）、柳立子（产业所副研究员）、李明充、陈锋（产业所助理研究员）及区文广新局、广州南沙城市发展研究院等组成。至年底，已完成了资料收集和调研等工作，正在编写相关内容。根据安排，该规划有望在 2011 年 1 月正式定稿。

（七）积极稳妥推进大部制机构改革，进一步推进文化干部队伍建设

2010 年以来，区文广新系统深入贯彻落实区大部制改革精神，积极稳妥地推进各项改革。一是通过调整合并，实现区文广新局与区委宣传部合署办公，有效整合了宣传文化资源，进一步提高了行政管理和服务水平。二是进一步转变政府职能，逐步理顺了文化行政管理部门与下属事业单位的关系，整合成立了区文化发展中心（区图书馆、区文化馆），实行政事分开、管办分离。三是进一步深化内部管理体制改革，重新修订和实施各项规章制度，努力做到"以制度管人、以制度管事"，确保了各项工作推动有力，落实有效。四是开展专题培训，进一步更新文化管理干部的知识和观念，提升政治素养和业务素质，并通过选调、公开招考等方式录用了区文广新局和南沙虎门炮台管理所各 1 名干部，为促进南沙区文化工作的发展注入了新鲜的力量。

（八）仍存在一些薄弱环节，文化工作理念有待创新发展

2010 年，南沙区的各项文化都取得了较大的发展，但工作中仍存在一些问题和薄弱环节。主要表现在：一是如何更好地围绕大局、服务中心、谋划文化事业发展的文化工作理念有待创新发展。二是公共文化服务能力和水平还不高，还不能很好地满足人民群众日益增长的精神文化需要。三是文艺精品创作仍需不懈努力，在全市、全省拿得出手、叫得响的文化品牌数量不多，质量不高。四是文化产业发展比较滞后，与南沙区经济发展程度不相适应，实力和竞争力有待提

高。五是文化人才队伍建设仍然没有突破瓶颈，专业人员数量少，文化名人队伍、名家建设还有待进一步加强。六是区文广新局至今没有一辆定编工作用车，对指导和下基层工作影响较大。七是历史遗留问题仍需加大工作力度积极推进。这些问题和薄弱环节，需要我们以科学发展观为统领，以创新的思维和扎实有效的工作逐步加以解决。

二 2011 年文化发展思路

2011 年是"十二五"规划的开局之年。南沙区文化广电新闻出版工作的总体思路是：以学习实践科学发展观为统揽，以文化强省、文化强市、文化先进区建设为导向，以实施"十二五"文化规划为主线，以促进辖区文化大发展大繁荣为目标，以庆祝建党 90 周年为契机，按照建设广东省文化先进区的有关要求，扎实开展学习实践科学发展观活动，全面提高辖区文化软实力，提升文化服务和管理水平，持续推进辖区和谐文化建设，不断满足辖区人民群众日益增长的文化需求，为促进南沙经济社会的全面和谐发展作出贡献，为建设宜业宜居现代化滨海新城区营造良好的文化环境。

（一）以科学发展观为统揽，努力实现南沙文化科学发展

1. 进一步解放思想，理清发展思路

在 2010 年广泛开展创优争先大学习、大讨论的基础上，深入扎实开展学习实践科学发展观活动，立足南沙文化发展现状，按照区的要求，找准问题、攻破难点、创新思路、改进方式，强化科学发展意识、理清科学发展思路、创新科学发展方法、突破科学发展瓶颈，努力实现南沙文化的大发展大繁荣。

2. 进一步规范管理，努力打造精干高效的文化工作者队伍

一是通过健全完善内部管理、学习培训、考核评估、行政许可、市场执法等一系列规章制度，建立各项评估考评体系和绩效评估体系，实现文化工作的目标规范、过程规范、评估规范和结果规范。二是狠抓队伍管理，不断加强学习、教育和培训，建立奖惩分明的激励机制，大力营造干事创业氛围，在全区文化系统形成心齐、气顺、风正、劲足的良好风尚，为南沙区文化事业的繁荣发展作出积极的贡献。

（二）加强阵地建设，不断提高公共文化服务能力

1. 大力推进重点文化项目建设

一是主动协调相关部门，认真做好霍英东纪念馆园林绿化、室内布展等项工作，确保在 2011 年 6 月底前建成并对外开放；二是加快完成区图书馆功能布局调整工作，推进广州少儿图书馆南沙分馆建设，进一步提高区图书馆服务水平；三是以加强爱国主义教育和弘扬优秀传统文化为目的，继续做好南沙虎门炮台修缮保护工作，努力推进南沙虎门炮台露天博物馆建设。

2. 充分发挥区图书馆、文化馆等文化阵地作用

一是以推动全民阅读、构建书香南沙为目标，积极推进区图书馆服务外包及与市内公共图书馆"通借通还"项目实施，整体提高区图书馆服务水平。二是积极在区政府办公大楼及各镇（街）行政中心设立图书服务点，大力开展"送书下乡"等便民服务。三是加强文化馆业务规范化建设，完善档案材料，积极创建国家一级文化馆。四是继续办好"书香南沙"文学艺术系列讲座，大力培养各类群众文化活动人才。

3. 继续抓好镇（街）综合文化站和村（社区）文化室建设

一是进一步夯实镇（街）综合文化站发展根基，积极协调推进珠江街综合文化站建设，指导镇（街）文化站做好新一轮评估定级各项准备工作。二是按照"改善服务、加强管理"的原则，不断健全和完善服务功能，进一步加大对现有文化设施的有效利用，切实担负起基层文化活动的阵地作用。三是认真组织开展先进文化村（社区）评选活动，发挥优秀文化村（社区）示范作用，不断满足广大居民群众的文化需求。

4. 积极提升文化信息资源共享水平

发挥区文化信息资源共享支中心龙头作用，加强与教育部门联合，以资源建设为核心，以基层服务点建设为重点，进一步加强对中小学校图书馆、农村党员干部远程教育点和文化信息资源共享工程资源点的有效整合，切实提高共享设备的利用率。

（三）围绕中心工作，积极营造有利于经济社会发展的文化氛围

1. 广泛开展特色文化活动，努力繁荣南沙区文化事业

一是策划组织好庆祝建党 90 周年系列文化活动，弘扬积极向上的文化氛围，

让群众共享文化发展成果。二是继续举办第五届广州水乡文化节活动，进一步打造"广州水乡"的知名品牌。三是做好南沙妈祖文化旅游节、滨海文化旅游节及南沙美食文化旅游节等的引导、协调、服务工作，使其进一步体现南沙的民俗特色。

2. 深入开展"送戏下乡，文化惠民"实践活动

一是整合资源，精心组织各类文化艺术团体开展进社区、进校园的演出活动，鼓励艺术团体走"文企联姻"的道路，提升送戏下乡的水平。二是继续举办企业文化周（节）等活动，积极培养"乡土艺术家"，激发基层自身文化活力，使居民群众的精神文化生活更充实、更丰富。三是以市出台《农村电影"2131"工程工作方案》为契机，进一步健全投入机制，完善配套措施，加强检查和考核，确保让农村电影"2131"工程成为惠及广大人民群众的公益文化活动。

3. 积极繁荣文艺创作

以繁荣发展南沙文化艺术和为南沙经济社会发展服务为中心，研究出台《南沙区优秀文艺作品扶持奖励办法》，鼓励艺术创作，努力打造艺术精品，大力促进南沙文化艺术更好更快地向前发展。

（四）保护和开发并举，积极推动文化遗产事业和谐发展

1. 切实做好文物保护工作

一是利用"5·18 国际博物馆日"、"6·10 世界文化遗产日"等宣传日，加强对《中华人民共和国文物保护法》的宣传，努力在全社会营造保护文物的浓厚氛围。二是加强对文物保护对象的情况监测，认真做好南沙区文物调查资料整理、汇总、数据库建设等各项工作，全面完成第三次全国文物普查工作。

2. 积极推进南沙虎门炮台露天博物馆建设

重点是争取上级文物主管部门的大力支持，认真做好南沙虎门炮台保护规划编制工作，科学引领南沙虎门炮台历史文化资源的发掘、保护和利用，继续擦亮南沙虎门炮台历史文化品牌。

3. 建立健全区、镇（街）、村（社区）三级文物保护组织

进一步完善文化遗产保护的各项管理制度，发挥文物保护志愿者作用，促进政府、主管部门、民间文物保护群体的相互交流与合作，使文物工作更好地融入

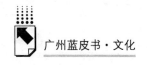
经济社会发展大局，积极推动文化遗产事业和谐发展。

4. 继续做好非物质文化遗产保护工作

结合非物质文化遗产的挖掘、申报工作，继续深入推进黄阁麒麟舞、南沙咸水歌等各种门类非物质文化遗产整理工作，做好项目传承人的评选推荐工作，传承保护好南沙区非物质文化遗产项目。

（五）加强沟通协调，认真做好有线电视建设及安全播出管理工作

1. 全面完成村村通有线电视建设及数字化整体转换工作

加大与广数传媒南沙分公司的协调力度，加快区有线电视建设步伐，确保全面完成有线电视、数字电视全覆盖的工作目标，为居民群众提供较高水平的电视收视质量。

2. 继续做好有线电视安全播出的监管工作

一是加强与有关部门联系，坚持在重大活动和节假日的值班制度，预防和打击各类破坏有线电视信号安全传输的活动。二是加强对安装卫星电视接收设施的管理工作，宣传教育广大群众拒绝非法安装卫星设施，加大打击和查处力度。

（六）坚持依法行政，推进文化市场健康有序发展

1. 依法行政，强化审批服务

一是进一步推进行政审批工作的制度化、规范化、科学化建设，做好文化市场准入工作。二是把单一的、机械的行政审批转变为引导企业做大做强的行政服务，密切关注产业走向，把握产业脉搏，积极推动产业升级转型。三是加大对一些规模大、竞争力强、产品健康的文化企业的扶持，鼓励实施品牌战略，走专业化、品牌化路子。

2. 健全机制，进一步维护文化市场的健康稳定

一是进一步落实和完善文化市场执法的各种制度，明确执法目标、责任，加强执法队伍建设，不断提升执法干部队伍的素质。二是构建文化市场长效管理机制，进一步完善与区综治、工商、公安等部门之间的协作配合，建立健全市场监控网络和举报信息的快速通道，发挥社会监督员队伍作用，实现"监督联动"。三是切实加强对文化市场的巡查和监督的力度，在管理前移、堵源截流上做文

章，在提高管理手段上做文章，在行业自律方面做文章，通过加强对文化市场法律法规的宣传，通过社会监督，使全区的文化市场健康发展。

（七）理顺创新思路，培育区域特色文化产业项目

1. 大力发展和培育文化产业

紧紧把握南沙实施《珠江三角洲发展规划纲要》所面临的机遇，认真贯彻落实《南沙文化"十二五"发展规划》，突出地域特色和创新发展，大力争取上级文化部门对南沙区文化产业发展工作的支持，积极稳妥地推进南沙影视传媒、南沙数字出版园、南沙国际美术馆主题文化园区等大型文化产业项目的落户和发展，以榜样力量带动更多文化产业健康快速发展，努力增加文化产业在全区经济结构中所占比重。

2. 做大做强水乡文化产业

以"广州水乡"为主要建设平台，科学整合、市场化配置区域文化旅游资源，以此实现资源的优势聚合和资源的品质提升，使全区文化旅游资源快速实现向资本的转变。

3. 以文化旅游带动第三产业发展

加强与区旅游部门的联合，搞好南沙虎门炮台、天后宫、霍英东纪念馆等文化旅游景点的运作、运营和经营，整合南沙区人文旅游资源，丰富景区文化内涵，广泛深入地开展"文化南沙"推介活动。

An Analysis on the Cultural Development of 2010 in Nansha District and Development Strategy of 2011

The Subject Team of the Publicity Department of
CPC Nansha District, Guangzhou

Abstract：In 2010, in Nansha District, the District government's correct leadership and the higher authorities' concern and support, the whole cultural system to the Seventeenth Party Congress and the seventeenth session of the Fifth Plenum as a guideline to adhere to scientific development, and boldly innovation in the public

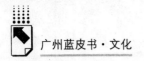
cultural service system to strengthen market management system and culture to create cultural brand, improving cultural soft power, and achieved remarkable results, to better meet people's growing spiritual and cultural needs. 2011, Nansha District will study and practice of cultural work for the general guidance of scientific development concept, to cultural province, Culture City, culture-oriented advanced zones to implement the "Twelfth Five-Year Plan" cultural planning main line, in accordance with the construction of Guangdong Province culturally advanced area of the request, and comprehensively improve the area of cultural soft power, cultural services and improve the management level, continue to promote the area a harmonious culture, and continuously meet the area's growing cultural needs of the people.

Key Words: Nansha; Culture Development; Analysis; Forecast

B.11
2010 年番禺区文化发展状况
分析与 2011 年发展思路

中共广州市番禺区委宣传部课题组

摘 要：2010 年，番禺区宣传思想战线认真贯彻"高举旗帜、围绕大局、服务人民、改革创新"的总要求，以务实的精神全面推进宣传思想文化工作，为番禺的加速发展、亚运会、亚残运会的成功举办献智出力，造势鼓劲，提供了强大的思想保证、舆论支持和文化条件。2011 年，番禺区宣传思想战线将深入学习宣传贯彻党的十七届五中全会精神，围绕中心、服务大局，把握正确导向、增强宣传效果，扎实做好各项宣传思想文化工作，不断深化群众性精神文明创建，为番禺区推动科学发展、促进社会和谐提供思想舆论支持和强大精神动力。

关键词：番禺区 宣传 思想文化 预测

2010 年，是番禺乘亚运东风加速发展、再上新台阶的一年。一年来，在市委宣传部和区委、区政府的正确领导下，全区宣传文化战线认真贯彻"高举旗帜、围绕大局、服务人民、改革创新"的总要求，继续解放思想，坚持实事求是，上下团结一致，以务实的精神全面推进宣传思想文化工作，为番禺的加速发展及亚运会、亚残运会的成功举办献智出力，造势鼓劲，提供了强大的思想保证、舆论支持和文化条件。

一 2010 年番禺区宣传思想文化工作分析

（一）出色完成迎亚运各项宣传工作，全面提升番禺城市形象

2010 年来，番禺区以举办广州亚运会为契机，按照"最先进入、最强支撑、

最浓气氛、最好口碑"的工作目标，积极统筹协调番禺区新闻宣传和媒体服务工作；统筹全区宣传城市形象、营造宣传氛围的各项工作；统筹城市文化活动和亚运文化村的筹办，营造全民支持、参与和服务亚运的良好城市人文环境。为实现亚运属地保障零投诉、零事故、零差错提供了强有力的支持，作出了积极的贡献。

1. 周密组织，最先进入

根据《广州 2010 年亚运城市行动计划暨赛时运行宣传文化工作方案》要求，番禺区于年初就制订出亚运期间新闻宣传计划，率先开展了一系列迎亚运宣传文化活动；预先编写《亚运采访线》和《亚运期间新闻应对口径》等书籍，制作播放《星海故乡，广州新城》形象宣传片，精心制作一系列展示番禺民族文化、古迹特色的画册、图书、纪念章和邮票，提高城市形象的宣传力度；加强新闻宣传队伍培训，邀请原北京奥组委宣传部部长王惠为全区 1000 多位领导干部讲课，并与暨南大学新闻学院合作，对全区 50 多名新闻负责人进行培训。

2. 精心策划，最强支撑

利用迎亚运倒计时 100 天、30 天和开、闭幕式等时间节点，从不同角度全面报道番禺区迎亚运各项工作，充分展示番禺"星海故乡，广州新城"的良好形象。据不完全统计，2010 年以来，番禺区在中央、省、市媒体共见稿 1500 多篇。其中，中央级媒体 183 篇、省市媒体 1260 篇、境外媒体 50 多篇。例如，开幕式当天，《广州日报》第二版以《大思路，大手笔，大气魄，大成效——番禺打造最美亚运会客厅》为题，大篇幅报道番禺区在推动经济社会发展和城市环境综合整治方面取得的显著成效；闭幕式后一天，《广州日报》、《羊城晚报》、《南方日报》均在主要版面以"零故障"、"零投诉"、"不负众望"等标题词语率先报道番禺区亚运期间属地保障工作，得到社会各界的高度肯定和称赞。

此外，积极协调各部门开展火炬传递、"我的亚运我的家"等大型活动的宣传报道；组织亚运志愿者进行服务媒体工作专题培训；妥善应对突发事件，成功进行了多项强拆工程的媒体应对工作；不断加强网络舆情监控，全年番禺区在各大网站上发表主题帖子 2000 多次，跟帖评论上万次，确保亚运期间网络舆情平稳。

3. 彰显特色，最浓气氛

举办了"经典番禺"全国知名作家采访活动，深入开展"十全十美看番禺"

系列活动;成功举行迎亚运"广东省书法名家百米作品展暨百米长卷捐赠活动";积极开展亚运文化村文艺展演活动。此外,番禺区还举办了"千名摄影家聚焦番禺"、"文明在亚运,满意在番禺"、"鼓舞飞扬——迎亚运倒计时 100 天活动"、"迎亚运、讲文明、树新风、促和谐"等活动,全力渲染城市亚运氛围。

4. 家喻户晓,最好口碑

积极宣传《广州市民亚运文明公约》,深入开展"当好东道主,礼迎八方客"亚运主题宣传活动,印制《致市民朋友的一封信》12 万份。与中国电信合作每周向全区 10 万电信手机用户发送一条"做文明有礼东道主"的短信;在全区中小学校开展"番禺小主人,参与亚运会"主题活动。派发 75000 份宣传《广州市民亚运文明公约》的免费回邮信封,并进行公开抽奖,赠送"亚运小礼包";号召广大网友上网参与"做文明有礼番禺人"签名寄语活动,全面掀起文明礼仪知识普及教育新高潮,市民对文明亚运建设的参与率、满意率大幅提高。

(二)认真做好经济和民生宣传,为番禺区经济建设提供精神动力和舆论支持

2010 年来,番禺区坚持以经济形势和政策宣传为抓手,积极宣传番禺区应对国际金融危机冲击采取的一系列重大举措和成效,成绩显著。

1. 认真做好经济新闻动态的宣传报道

开展有关建设现代产业基地、国家数字家庭应用示范产业基地、广州南站等重点项目的动态宣传报道。在省市级媒体共见稿近 100 篇,其中,《南方日报》、《广州日报》分别以《番禺区:争当广州建设国家中心城市排头兵》、《10 年后人均 GDP 达 13 万》为题,多版面、大篇幅地深入解读番禺区保增长、扩内需、调结构、促改革、惠民生的重大举措。

2. 结合重大经济项目,抓好重点报道

紧紧抓住大型国企落户番禺以及"腾笼换鸟"工作成为番禺经济转型升级的"新引擎"两个亮点项目,积极组织中央省市区媒体对番禺区百亿经济项目、中船产业基地建设、广汽集团自主品牌推广等重大项目进行报道。年初,《南方日报》、《广州日报》、《羊城晚报》等各大媒体相继推出了《创经济强区 迎亚运盛会》、《番禺"百亿工程"上马 39 个重点项目》、《两驾马车助番禺经济转型》等报道,进一步宣传番禺区 2010 年来经济社会取得的显著成果。另外,

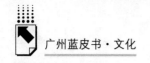

《广州日报》以《番禺转型升级 GDP 四年翻一番，借亚运打造具岭南风情会客厅》的专题报道，充分展现番禺区落实"腾笼换鸟"战略，成功推动番禺区经济快速、稳定发展的情况。

3. 积极做好品牌宣传工作，打造番禺区产业品牌知名度

积极配合区农业局、经贸局、旅游局等相关部门，开展有关番禺区农产品和旅游饮食品牌的宣传工作。以"第二届番禺区农产品博览会暨第十届中国锦鲤大赛"和"广州亚运美食文化节番禺区活动周暨第八届番禺旅游文化美食节"为契机，组织多家省市级媒体大力宣传报道番禺区农产品、旅游饮食品牌。各省市级媒体共见稿 80 篇，向社会各界大力推广了番禺产业品牌。

（三）扎实推进学习型党组织建设，积极创新理论武装工作

紧紧围绕建设学习型政党这一重大战略任务，理论武装扎实推进，用科学发展理念主导番禺科学发展成效显著。

1. 中心组学习不断深化

以各级党委中心组成员为重点对象，健全和完善中心组学习制度。区委中心组分别围绕党的十七届五中全会精神、《廉政准则》、胡锦涛总书记在中共中央政治局第二十二次集体学习时重要讲话精神，省委常委、广州市委书记张广宁在番禺区党政领导班子民主生活会上重要讲话精神等专题，召开学习报告会和研讨会近 10 次。中心组成员不仅认真参加学习、积极撰写体会文章，还主动到基层单位作辅导报告，起到了良好的示范带动作用。推出《看"十全十美"品岭南文化》、《番禺区祠堂文化》、《番禺区品牌文化研究》等一批对工作实践有指导意义、对党委政府决策有参考价值的理论成果。在龙头的带领下，基层党委（党组）中心组不断规范。全区党员干部经常使用省委宣传部主办的手机"网络学习天地"和市委宣传部主办的手机"羊城学堂"，学习热情持续高涨。

2. 形势政策宣传不断升温

一年来，围绕党的十七届五中全会精神的学习宣传贯彻、"迎接亚运会 创造新生活"等理论热点，深入开展"百课下基层"、"理论面对面"等形式多样的集中、系统、专题的宣讲活动 300 多场，参加人数近 10 万人次。中央省市媒体集中宣传番禺理论成果，《人民日报》刊登区委书记谭应华署名文章《弘扬时代精神 建设文化强区》和区委常委、宣传部部长李鹏程署名文章《推进文

建设应树立四种理念》,《南方日报》分 6 期连载番禺文化软实力文章,《羊城晚报》、《新快报》聚焦番禺"羊城新八景"大讨论活动,《广州日报》、《信息时报》等报道番禺区品牌文化研究进展。同时,以《番禺日报》(理论版)、星海故乡网"理论学习园地"、广播电视新闻等载体,推进理论武装普及。

3. 贴近群众服务不断加强

以"创先争优"活动为契机,充分利用报刊、广播、电视、网络等媒介,以灵活多样的理论宣传形式,深入浅出地回答干部群众普遍关注的问题,先后在《番禺日报》发表相关报道 350 多篇,番禺电视台、电台播出相关报道 550 多条次。此外,编辑区简报 46 期,上报信息被市采用 10 条,在全市各区之中名列前茅。"书香羊城"全民阅读系列活动深受群众欢迎,钟村镇钟村社区、市桥街康乐社区荣获广州市"书香社区"称号,钟村社区在广州市经验交流会上介绍推进全民阅读的经验做法。全区干部群众深入贯彻落实科学发展观的自觉性、坚定性不断增强,这有力地推动了广州市现代化新城区建设,提升了番禺科学发展的实力。

(四) 深化拓展文明创建工作,全面提高市民思想道德素质和城市文明程度

2010 年,番禺区全面推进新一轮创建全国文明城市工作,积极开展社会主义新农村建设,精神文明建设水平稳步发展。

1. 广泛开展现代公民道德教育活动,营造浓厚亚运人文氛围

开展"迎亚运、讲文明、树新风、促和谐"教育实践活动、"争做好市民,当好东道主"文明宣传教育系列活动和"十万八进"专题活动。开展创建进社区宣传活动 166 场,发动全区 30 万名中小学生带动 60 万家长参与"创文";微笑日、互助日、环保行动月、文明观赛月等主题活动成效显著。积极推选身边好人和道德模范,大石街孟庆文、陈彪华入选 2010 年广州市的"中国好人榜"。开展文明礼貌知识讲座、论坛、培训班等 350 多场,派发了各类文明礼貌宣传海报、手册共 43000 多份,礼貌知识学习普及率达到了 100%。

2. 深入开展"双百共建文明社区"活动,扎实推进创建全国文明城市工作

组织创建全国文明城市先进单位与 51 个社区结对共建,出台了《番禺区"双百共建文明社区"工作指引》。开展了"创文"主题月和亚运广州行、道德

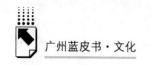

模范等宣传活动 300 多场，派发各类"创文"宣传资料 343455 份，入户走访调查 8120 户，派发调查问卷并引导居民答题 31500 份，编印"双百共建文明社区"工作简报 3 期。2010 年 1～8 月全市公共文明指数测评中，番禺区综合排名居全市各区（县级市）第 2 名。

3. 积极开展"文明大赢家"活动，大力营造文明祥和的人文环境

创新宣传方式，打造大型益智有奖电视互动游戏节目《文明大赢家》。至年底参与活动和观看节目的人数已过百万，电视录制和社区海选活动已进行了 30 多场，还在《番禺日报》开设"文明大赢家"活动宣传专版，通过别开生面、务实有效的宣传方式，倡导了文明新风，让文明理念深入人心。

4. 认真抓好农村基础建设，全面提升精神文明创建水平

2010 年以来，认真落实《关于统筹城乡经济社会发展一体化的实施意见》等政策措施，扎实推进"双百共建文明村"活动。据统计，至 2010 年 10 月底，全区共投入近 2500 多万元，区财政投入 500 万元，用于活动开展和村基础设施建设。在 2010 年广州市农村精神文明建设现场会上，番禺区农村精神文明建设工作经验被作为示范典型进行推广。

5. 全面推进爱国主义教育和国防教育，不断深化未成年思想道德建设

组织了番禺区射击队参加广州市第五届"国防教育杯"射击大赛；做好了第十个全民国防教育日的宣传活动，并对全区网吧、娱乐场所等进行了重点整治；星海青少年宫正式挂牌，成为广州市第五批爱国主义教育基地。

6. 大力推进社会志愿服务工作，不断壮大志愿者队伍

大力开展城市公共文明建设志愿服务活动，进一步提高了城市公共文明水平，促进了番禺区创建工作的深入开展。全年开展志愿服务活动项目达 1000 多场，过万人次参加了志愿活动，志愿者队伍由 5 万余人增加到 8 万余人。

（五）不断加强公共文化建设，着力打造文化软实力

2010 年以来，番禺区扎实推进各项公共文化建设工程，实施文化体制改革，向建设文化强区的目标不断迈进。

1. 加大基层基础文化设施建设，不断促进城乡文化协调发展

不断加强番禺区公共文化设施建设，及时完成对社区文化室的更新补充，逐步健全和完善文化设施全覆盖后的长效管理机制，年底前完成了 85% 文化站达

标工作，达到省一级以上的目标。

2. 着力打造星海文化品牌，不断提升番禺文化影响力

召开番禺区文学艺术界联合会第八次代表大会，选举出新一届文联领导机构和委员组织；成功举办了"第十届中国合唱节暨第二届星海国际合唱节"，50 余支中外合唱团齐聚番禺，唱响番禺；开展了形式多样、各具特色的群众文化活动，各镇街每月开展活动不少于 150 场，全年参与人数多达 80 万人次。年初，番禺区民间艺术团创作的《虎啸神州》节目参加了在首都人民大会堂举行的"百花迎春——中国文学艺术界春节大联欢"活动，艺术团还代表广东省参加了法国尼斯狂欢节。番禺星海合唱团在维也纳金色大厅参加了中国经典作品音乐会。在 2010 年第七届"广州文艺奖"活动中，番禺区报送 74 件作品，获得了 10 项大奖，占全市总奖项的十分之一，番禺区连续两年获得广州文艺奖"组织奖"。

3. 积极促进文化事业和文化产业协调发展，不断深化文化体制改革

为大力提升本地区文化创意企业的影响力，对星力动漫游戏产业园等聚集区和企业大力扶持，树立番禺文化强区的新理念；认真落实市委宣传部要求，统一规划和新建了番禺区报刊亭；积极支持区新华书店有计划按步骤地推进转企改制各项工作；计划按照省、市的要求，分步对番禺区有线电视网络进行资源整合，对番禺区广播电视机构进行改革。

（六）切实抓好文教卫体各项工作，努力开创宣传思想文化新局面

2010 年来，按照宣传思想文化事业发展的需要，番禺区重点抓好文教卫体领导干部队伍建设，积极组织干部教育培训，扎实有效地开展了各项文体活动，为番禺区经济和社会各项事业的协调、健康发展作出了积极贡献。大力推进公共文化服务体系建设，加强保护和传承番禺区非物质文化遗产，确保亚运期间文化市场安全稳定。义务教育均衡发展，创建义务教育规范化学校 191 所，创建率达到 99.5%；高考、中考成绩优异，本科上线率和专科上线率均创历史最高，并产生广东省理科高考状元。全面开展甲型 H1N1 流感疫苗的防控工作，番禺区接种率广州市排名第一；出色完成亚运医疗保障任务。围绕"迎接亚运会，创造新生活"的主题，向市民全天开放的体育设施 669 个，掀起全民健身群众活动热潮。文化艺术、广播电视出版、食品药品安全均处在全市领先地位。

一年来，番禺区宣传思想文化工作经受了亚运会、亚残运会两项大考，工作扎实，成绩辉煌。但是也遇到了诸如如何借助亚运平台宣传番禺城市新形象，如何改变"创文"模式、提高群众满意度和知晓率等难题。面对困难，我们善于创新，通过准确定位、打造平台、创新模式，不仅克服了难题，更把番禺区宣传思想文化工作推向一个新高潮。实践证明，番禺区宣传思想文化队伍是一支敢于创新、勇于吃苦、勇于奉献、敢打硬仗的队伍，更是一支值得区委、区政府和全区人民信赖和拥护的队伍。

二　2011 年番禺区宣传思想文化工作思路

2011 年是"十二五"规划的开篇之年。做好 2011 年的宣传思想文化工作，是番禺区贯彻落实党的十七届五中全会精神，实现经济社会又好又快发展、夺取全面建设小康社会新胜利的思想保障。番禺区宣传思想文化工作的总体要求是：深入学习宣传贯彻党的十七届五中全会精神，围绕中心、服务大局，把握正确导向、增强宣传效果，扎实做好各项宣传思想文化工作，不断深化群众性精神文明创建，为推动番禺区科学发展、促进社会和谐提供思想舆论支持和强大精神动力。

（一）以学习贯彻十七届五中全会精神为主线，迅速掀起新一轮理论学习高潮

加强学习，认真领会，切实把全区党员干部的思想统一到中央关于"十二五"时期经济社会发展的战略部署上来。

1. 加强领导，周密部署，切实抓好各级党委中心组的学习

认真制定学习方案，完善学习制度，创新学习方法，进一步推进学习型党组织建设。要以"回顾'十一五'　展望'十二五'"为主题，推出一批对工作实践有指导意义、对党委政府决策有参考价值的理论成果，为番禺区"十二五"时期经济社会发展提供有力的理论支撑。

2. 结合实际，多种形式，集中开展形势政策教育活动

要紧密结合番禺区经济社会发展实际，运用媒体解读、番禺论坛、知识竞赛、组织宣讲活动、"文明大赢家"互动活动等多种形式，广泛开展面向基层、

面向群众的形势政策宣传教育活动。

3. 继续开展"书香羊城——全民阅读"活动

要在总结近年开展活动经验的基础上，创新活动形式，进一步推进"书香社区"、"书香家庭"等创建活动，办好"番禺论坛"和《番禺日报》"理论园地"，充分发挥各类理论宣传平台作用。

（二）广泛深入开展舆论宣传，为推动番禺区贯彻落实全会精神提供强有力的思想舆论支持

深刻理解和掌握新时期舆论宣传工作的特点，以全会的精神为重点，广泛报道番禺区经济社会取得的新成就，为构建富裕和谐新番禺提供了强大的舆论支持。

1. 抓好十七届五中全会精神的宣传报道

深入宣传中央关于继续抓住和用好我国发展重要战略机遇期这个重大判断；宣传科学发展这一主题和加快转变经济发展方式这条主线；宣传过去五年经济社会发展取得的巨大成就和宝贵经验以及"十二五"时期发展的目标任务，使全会精神深入人心。

2. 抓好中心工作的舆论宣传

围绕区委、区政府的工作中心，大力宣传番禺区贯彻全会精神，以及在坚持保障和改善民生、坚持建设资源节约型和环境友好型社会、坚持改革开放等方面的具体举措和实际行动，大力营造番禺区抓住重要战略机遇期、推动科学发展、加快转变经济发展方式的浓厚氛围，进一步增强全区人民的信心。

3. 抓好重点工作的新闻宣传引导

继续加大创建全国文明城市工作的宣传力度，大力宣传番禺人为亚运、为"创文"作出的重大贡献，充分展示番禺人的文明素质和精神风貌，体现番禺的活力、魅力和文明程度；积极引导，加大宣传番禺区开展"创建垃圾处理文明区大讨论"活动的新闻报道。全方位、多层次、宽角度报道番禺区各项活动，为创文鼓劲。

4. 抓好领导干部的新闻培训工作

认真总结亚运新闻宣传和新闻沟通的成功经验，进一步完善新闻发布和突发公共事件新闻沟通机制，积极开展基层新闻干部队伍培训工作。

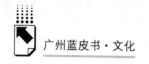

（三）全力冲刺迎接"创文"国检，全面提高精神文明建设水平

2011年是广州创建全国文明城市接受中央文明办考评总检的决战年。要发扬艰苦奋战精神，全力冲刺，确保"创文"的最后胜利。

1. 要营造文明创建的浓厚氛围

主要抓好"活动、社会、媒体、网络和入户"五个宣传平台，深入开展文明创建"进机关、进社区、进厂企、进学校、进家庭"活动。组建番禺区文明志愿宣讲团队伍，围绕《全国文明城市测评体系》和每月的"创文"主题实践活动，在党政机关事业单位、工厂企业、中小学校、交通系统中开展"创文"宣讲教育。按照新版《全国文明城市测评体系》的各项指标，高标准高质量地落实责任，确保每一项都达标。

2. 要建立和健全城市文明建设管理长效机制

在2011年"国检"前后，分别召开全区总动员大会、总结大会和建立长效机制座谈会，归纳并推广"创文"工作的成功经验，巩固发展"创文"成果，不断建立健全文明城市建设管理"人、财、物"的投入保障机制。

3. 要大力开展"文明让番禺更美丽"公民道德教育行动

围绕"文明让番禺更美丽"的活动主题，继续拓展"文明大赢家"活动的内涵，大力倡导"文明是优势"、"文明是名片"、"文明大家赢"的理念。继续抓好未成年人思想道德建设工作。进一步开展"广州市公共文明示范区"创建活动和"双百共建文明社区"活动。打造一批公共文明示范区，对文明示范区的精品样板工程进行推广，不断提高社区居民对创建全国文明城市工作的知晓率、支持率和美誉度，努力提高农村精神文明建设水平。

（四）大力推动文化事业大繁荣大发展，全面提升番禺文化软实力

按照"十二五"时期文化改革发展方向，进一步解放思想、改革创新，不断深化文化体制改革，促进文化事业和文化产业全面繁荣发展，努力提升番禺文化软实力。

1. 要发展文化产业，提升地区文化软实力

制定符合番禺区实际的文化改革发展规划纲要，合理科学规划文化产业发展。推进文化强区建设，整体提升地区形象，促进文化建设与经济、政治、社会

建设协调发展。

2. 要加快文化体制机制改革创新，完成区文化企业体制改革

进一步完善公共文化设施建设和管理工作，广泛开展"2131"工程建设及农村数字电影放映工程工作，尽快让农村群众受益。按照省市有关要求，加快区文化企业体制改革步伐。

3. 要广泛弘扬岭南文化，擦亮星海文化品牌

进一步开展文化共建活动，加强和完善区文艺家活动中心的建设。精心策划组织第七届星海艺术节，筹备出版星海文艺有关丛书，抓好文艺创作，力争多出精品。

4. 要积极开展中国共产党成立 90 周年系列宣传文化活动

要充分利用番禺区丰厚的革命文化资源，深入开展革命传统教育和群众性爱国主义教育。要围绕建党 90 周年的主题，积极开展歌颂祖国、歌颂共产党、歌颂社会主义的群众合唱活动。

（五）加强宣传文化队伍建设，不断提高综合素质，为番禺区推动科学发展、促进社会和谐作出新的贡献

在宣传文化战线扎实推进"创先争优"活动。要根据省、市委的部署和全区的统一安排，把握好"创先争优"各阶段的工作重点，继续发挥和调动宣传文化战线全体党员干部的积极性，在学习宣传和贯彻落实党的十七届五中全会精神中"创先争优"，先学一点，学深一点，以实际行动创造更优异的成绩。2011年，将继续利用各种形式，进一步加大宣传文化干部的培训力度，不断提高宣传文化队伍的综合素质。

An Analysis on the Cultural Development of 2010 in Panyu District and Development Strategy of 2011

The Subject Team of the Publicity Department of CPC Panyu District，Guangzhou

Abstract：In 2010，by following an ideology of "holding the banner up high， working proactively on the overall situation, serving the people, and making reforms and innovations", Panyu District comprehensively promoted Party ideology and cultural work with a pragmatic spirit, putting forth great effort to develop Panyu and host the Asian Games and Paralympic Asian Games. It also provided a powerful ideological guarantee, as well as public opinion support and a cultural climate. In 2011, Panyu district ideological theme will absorb and implement the spirit of the Fifth meeting of the Seventeenth Session, working across the center, striving to improve the overall situation, deciding on an appropriate direction, enhancing the effect of PR, as well as effectively conveying propaganda of ideologies and cultures, deepening the construction of a public spiritual civilization, and providing ideological support and powerful spiritual forces for Panyu's scientific development and social harmony.

Key Words: Panyu District; propaganda; ideological and cultural; forecast

B.12
2010 年花都区文化发展状况
分析与 2011 年发展思路

中共广州市花都区委宣传部课题组

摘　要：2010 年，广州市花都区文化建设紧紧围绕广州加快经济发展方式转变、举办亚运会这两大中心任务和区委区政府的中心工作，突出"迎接亚运会，创造新生活"主题，卓有成效地开展各项工作：积极推进理论武装，有力地推动了花都学习型党组织建设；大力开展新闻宣传，营造了花都科学发展的浓厚氛围；全力开展"创文"、迎亚运，进一步提高了市民思想道德素质和城市文明程度；公共文化服务体系建设取得新进展，市民精神文化生活更加丰富。2011 年的工作要以科学发展为主题，以加快转变经济发展方式为主线，以"推动科学发展，建设幸福花都"为核心，紧紧围绕区委、区政府中心工作，着力在加强理论武装、推进学习型党组织建设上取得新成效，在加强舆论引导能力、凝聚团结奋斗的精神力量上实现新突破，在开展创建全国文明城市、进一步提高市民文明素质和城市文明程度上迈上新台阶，在推进公共文化服务体系建设、不断丰富市民精神文化生活上开创新局面，为花都"十二五"开好局、起好步提供强有力的精神动力、思想保证、舆论支持和文化条件。

关键词：花都区　文化工作总结　展望

一　2010 年宣传文化工作的基本情况

2010 年是"十一五"规划的收官之年，也是广州实现城市环境面貌"到2010 年一大变"的目标之年和广州亚运年。花都区宣传文化工作坚持以邓小平理论和"三个代表"重要思想为指导，深入贯彻落实科学发展观，紧紧围绕广州加快经济发展方式转变、举办亚运会这两大中心任务和区委区政府的中心工作，突出"迎接亚运会，创造新生活"主题，各项工作整体推进、重点突出、措施得力、成效明显，为全面提升花都科学发展实力提供了强有力的思想保证、精神动力、舆论支持和文化条件。

（一）积极推进理论武装工作，有力地推动了花都学习型党组织建设

1. 协调抓好区委中心组理论学习

为全区正处级以上领导干部免费办理了借书证，并继续坚持每季度推荐赠送读一本书。按照学习安排和有关要求，协调区委中心组学习了十七届五中全会、中央经济工作会议、中纪委十七届五次全会、省委十届六次和七次全会、市委九届八次全会等会议精神，学习了胡锦涛总书记在中央政治局第二十二次集体学习时的重要讲话，省委常委、市委书记朱小丹在《关于中共广州市花都区委第十二届委员会第七次全体会议的情况报告》上的批示精神，广州市委常委会关于学习贯彻胡锦涛总书记视察深圳和在深圳经济特区成立30周年庆祝大会上的重要讲话精神以及全省和广州市宣传文化工作会议精神，学习了市委书记张广宁带队赴新加坡考察学习有关精神。联合组织了"金融危机下中国宏观经济分析与经济增长方式的转变"、"广州亚运会的机遇与挑战"等6期花都讲坛。协调组织区委中心组成员参加了市委组织的生活垃圾处理、关于中央经济工作会议精神的几点认识、转变经济发展方式推进国家中心城市建设、发展社会事业努力改善民生、做好舆论引导工作提升城市形象、反邪教斗争形势等专题学习。邀请中山大学何艳玲博士、市规划局交通规划研究所所长贺崇明、市社科院副院长朱名宏为区委中心组成员进行了"借鉴新加坡管理模式搞好花都的城市管理"、"现代城市交通规划与可持续发展"、"转变经济发展方式，调整产业结构，实施科学发展"等专题集中学习研讨。

2. 不断加强基层各级中心组的学习

印发了《中共广州市花都区委关于建设学习型党组织的实施意见》、《关于认真学习十七届五中全会精神的通知》，进一步健全了基层党组织理论学习制度，对各党（工）委落实学习工作的情况进行了检查和通报，在《今日花都》

理论专版刊发全区各党（工）委推进学习型党组织建设经验 6 篇，推进了基层党委中心组学习的规范化、制度化。

3. 深入开展群众性理论学习宣讲活动

壮大了区理论骨干队伍，组织理论骨干开展了社会转型期思想状况、企业文化和加强人文关怀共筑精神家园等专题调研活动，撰写了有针对性和工作指导性强、质量较高的 36 篇调研报告、论文和区属各单位推进学习型党组织建设经验材料，发挥了理论骨干在建设学习型党组织活动中的示范作用。广泛开展了群众性社会主义核心价值体系、十七届五中全会精神和迎亚运宣讲活动，全区宣讲65 场。举办了主题为"总部经济产业基地的探索与实践"的"羊城群众论坛"和市民喜闻乐见、积极参与的 32 期花都市民学堂。

（二）大力开展新闻宣传，营造了花都科学发展的浓厚氛围

积极争取舆论导向的主动权，及时协助向媒体通报事件发展的最新信息，为促进花都经济社会快速发展发挥了积极的作用，维护了花都区的良好形象。

1. 加大对外宣传力度

对外大力宣传了花都区支柱产业和经济社会发展取得的成就。尤其是对河涌整治、农村污水治理工作、农村卫生站免费治病等惠民工程，《南方日报》、《广州日报》等主流媒体多次进行了报道；组织媒体对第六届中国（花都）汽车论坛和第十届中国（狮岭）皮革皮具节活动进行了全方位的采访和报道。同时，加大对花都区旅游资源的宣传报道，对石头记矿物园、盘古文化节、花都乡村一日游等多个旅游项目和旅游活动进行了大篇幅推介宣传。《南方日报》、《羊城晚报》、《信息时报》等大篇幅介绍了花都区绿色山村和古村落旅游资源。制作介绍花都历史文化及群众文化艺术的 6 集电视专题片《魅力花都》，在南方电视台卫星频道播放，提高了花都的知名度。

2. 积极抓好区内宣传

利用本地媒体，对全区各单位实施"绿色发展"战略、全面提升科学发展实力进行了宣传报道。开展了建区十周年系列报道，充分展示花都区经济社会的成就。大力开展"创文"、迎亚运的宣传报道，在区广播电视台、《今日花都》开设了专栏，宣传全区参与"创文"、迎亚运的相关情况，营造了全区积极参与"创文明迎亚运"的良好氛围。还大力开展花都区十个"十"，特别是

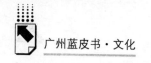

"十大惠民实事"、"十大文化品牌"的宣传以及"情满花都"教育捐款的宣传活动。

（三）全力开展"创文"、迎亚运工作，进一步提高了市民思想道德素质和城市文明程度

一年来，坚持以迎亚运为主线，有力地推动"创文"、精神文明建设等各项工作的落实。

1. "创文"工作成效逐步提升

全区各级高度重视，切实落实领导力量、资金投入、责任分工和奖惩、督查督办"四个到位"，共投入近2亿元专项资金用于"创文"的相关工程建设；针对弱项重点突破，大力抓好环境卫生、"六乱"、交通秩序、社会治安"四项整治"；多措并举开展"创文"宣传，全面提高了市民的积极性、知晓率；协调组织全区48个党政机关联系挂钩的社区（"城中村"），积极开展"六个协助"活动，形成合力；并对镇村"创文"进行考评排名，积极推动"创文"向村镇延伸，城市整体管理水平和市民文明程度都有明显的提高。2010年，花都区"创文"工作综合排名位居全市第四名，5月更是取得了全市第二名的好成绩。

2. 公民思想道德教育更加深入

认真组织每月一次的排队日、互助日等"亚运广州行"主题日群众文化活动，深入推进"迎亚运、讲文明、树新风、促和谐"全民行动，开展"迎亚运讲文明树新风"城市志愿服务全民行动，围绕九大服务内容周周有活动，营造"人人都是东道主，个个都是志愿者"的社会氛围。开展了"爱心满花都，走进残运会"助残系列活动，不仅激发广大市民迎亚运、讲文明的参与热情，而且让群众在活动过程中不断提升自身的文明素质。

3. "学习道德模范，争当道德模范"宣传教育活动影响广泛

2010年，花都区的陈国飘、卢玉霞、骆凤英、周海昌等6人先后荣登"中国好人榜"，周海昌、卢玉霞被评为第四届广州市道德模范。10月28日，花都区成功承办了由中央文明委主办的"道德传承，德馨花城"全国道德模范与身边好人现场交流活动，受到中央文明委和省文明办以及市委宣传部部长王晓玲等与会领导的高度评价。

4. 未成年人思想道德建设全面深化

开展了花都区第二届诵读中华经典美文表演赛、"传唱优秀童谣，做有道德的人"和"做文明有礼中国人"网上签名寄语活动，开展了"残运会观后感"征文和花都区首届"美德少年"评选，有力地推动了未成年人思想道德建设的深化。

5. 群众性精神文明创建活动扎实推进

召开了 2008～2009 年度精神文明建设总结暨创建全国文明城市工作再动员大会，开展了第五批广州市文明示范村、文明社区示范点等各项群众性精神文明创建活动和花都区 2010 年十大惠民实事、十大文化名片的评选。区梯面镇红山村、花东镇高溪村和新华街梅花社区被评为市文明示范村、文明社区示范点。

（四）公共文化服务体系建设取得新进展，市民精神文化生活更加丰富

坚持开展文化活动与完善文化设施并举，不断丰富市民精神文化生活。7月，花都区被评为省"实施'南粤锦绣工程'文化先进区"。

1. 全力推进文化设施建设工程

至年底，全区共完善或新建行政村（社区）文化室 228 个、农家书屋（社区书屋）223 家，村文化室和农家书屋基本实现了全覆盖。

2. 积极搞好公共文化服务

开展"九艺节"系列群众文化展演 12 场，承办了大型广场系列活动"广州地区客家山歌赛歌会"，成功举办了第二届文化欢乐节、第六届区运会暨第二届区残疾人运动会开幕式大型文体表演；举办各类广场群众文化活动 380 多场，农村公益电影放映"2131 工程"共放电影 2260 多场，完成了每月每个村放映 1 场数字电影的任务，保障了群众基本文化权益。区文化馆送戏下乡 50 场，选送的小品《守望湿地》首获"群星奖"，杨怀二成为全国最年轻的"群文之星"；区合唱团参加北京第十届中国国际合唱节比赛获得金奖，作为唯一一支区级业余合唱队参加了"九艺节"开、闭幕式演出；广东培正学院受邀参加了亚运会闭幕式演出。洪秀全纪念馆开展了为期 64 天的送展览进学校活动，把纪念五四运动图片展、太平天国历史图片展送到花都区 32 所中小学，参观师生近 9 万人次。区图书馆对馆内环境装修升级，调整优化功能布局，增设了视听室、展览厅，全

馆面貌焕然一新，送图书下乡 40 车次，举办了"你选书、我掏钱"等活动，深受群众好评。影剧院强化营销宣传手段，提高服务质量，经济效益逐步好转。区新华书店积极开展营销策划，合理整合人力资源，不断提高市场竞争能力，取得了较好的经营业绩，总销售额 4075 万元。书店还大力支持社会公益事业，邀请专家为全区学生、家长进行专题讲座，联合举办数学竞赛、暑期征文比赛和"十大好儿女"、"十大雷锋标兵"评选等活动，进一步提高了书店的社会声誉和形象。区文联不断加强队伍建设和本土文艺人才培养，新成立了区中西文化艺术交流协会等 4 个协会，有 30 人在市、省、国家级赛事中获奖，组织了 19 次文艺交流、采风、雅集活动，出版了《花都》文学期刊等 10 种刊物和作品。

3. 积极做好文物保护管理工作

文物普查工作成为广州市的示范点，且被确定为国家普查办的验收区，于 12 月代表广东接受了国家第三次全国实地普查验收。举办了"中国古村落保护与发展研讨会"，狮岭镇被评为"中国盘古王文化之乡"，炭步镇被定为"广东古村落文化保护基地"。

4. 文化市场健康有序发展

积极进行文化市场专项整治和"人屋车场"整治行动。共组织专项行动 42 次，出动执法力量 7280 人次，检查各类文化经营场所 7910 间次，取缔无证经营点档 135 个，收缴非法音像制品 5.7 万张、非法书报刊 1.7 万册（份），进一步净化了花都区文化环境。

二 2011 年宣传文化工作展望

2011 年是中国共产党成立 90 周年，是国家实施"十二五"规划的开局之年，也是贯彻区委十二届九次全会提出"统筹城乡发展，建设幸福花都"的开局之年。花都区的宣传文化工作要坚持以邓小平理论和"三个代表"重要思想为指导，深入贯彻落实科学发展观，高举旗帜、围绕大局、服务人民、改革创新，贴近生活、贴近群众、贴近实际，以科学发展为主题，以加快转变经济发展方式为主线，以"推动科学发展，建设幸福花都"为核心，紧紧围绕区委、区政府中心工作，着力在加强理论武装、推进学习型党组织建设上取得新成效，在加强舆论引导能力、凝聚团结奋斗的精神力量上实现新突破，在开展创建全国文明城市、进一步提高市民文明素质和城市文明程度上迈上新台阶，在推进公共文化服务体系建设、不断丰富市民精神文化生活上开创新局面，为花都"十二五"开好局、起好步提供强有力的精神动力、思想保证、舆论支持和文化条件。

（一）深入学习贯彻科学发展观，进一步努力为花都科学发展打下坚实的思想基础

1. 进一步推进各级中心组和领导干部的理论学习

按照上级新年度工作部署和要求，深入推进各级中心组和领导干部深入学习十七大和十七届三、四、五中全会精神，认真学习党史和建党 90 年来的辉煌成就，积极推进学习型党组织建设，认真总结推广各级党委中心组的学习经验，在进行好每月一期的花都讲坛学习的基础上，结合中心工作和大局开展专题学习，邀请知名专家和学者辅导讲课，搞好领导干部学习交流。

2. 继续开展群众性理论学习宣讲活动

充分利用花都市民学堂、文化讲堂、社区讲坛等群众性理论学习平台，广泛深入地开展以群众性社会主义核心价值体系学习教育、十七届五中全会精神、全国"两会"精神、国家"十二五"规划纲要、中央经济工作会议精神和中国共产党成立 90 年来的光辉历史和伟大成就等内容为重点的学习宣讲活动。

3. 大力开展群众性读书活动

继续坚持定期向全区处以上领导干部推荐读一本好书活动；组织开展好"书香花都"全民阅读系列活动，继续开展"十佳书香校园"、"十佳读书少年"评选，推动了花都学习型领导、学习型组织和学习型社会建设。

4. 积极开展思想政治工作调研和研讨，努力在理论研究上出新成果

认真研究花都区新形势下思想政治工作的特点、规律、内容、途径、方法、机制，整合研究力量，确定研究课题，形成研究合力。加强对研究工作的指导和管理，采取有效措施，承担起组织、协调、指导和管理的职责，鼓励和支持出精品、出力作。重点研究如何积极推进理论武装和理论创新，不断巩固、提高马克思主义在意识形态领域指导地位的能力；研究如何坚持科学发展观，建设和谐花都；研究思想政治工作如何做到"三贴近"，不断提高创新思想工作的能力；研究未成年人思想道德建设和大学生思想政治教育、群体事件和重大突发事件中的思想政治工作；结合人们思想日趋活跃、对精神文化的需求迅速增长的特点，研

究如何加强基层的思想政治工作，不断拓展新领域，扩大覆盖面，增强思想政治工作的针对性和实效性；研究有效开展新型经济组织中的思想政治工作的途径和方法，不断探索新型经济组织思想政治工作的规律和特点；围绕改革的不断深入，进一步加强对基层干部职工和市民思想状况、政工机构和政工队伍状况的调查研究，发现新情况、新问题，提出解决问题的思路和对策。

（二）统筹开展新闻宣传工作，为花都发展稳定营造优良的舆论环境

一要继续主动争取媒体支持和舆情信息导向，加大花都区的对外宣传力度。重点宣传花都区"十二五"规划的发展方向和思路，为花都区的经济和社会各项事业发展营造良好的舆论氛围。二要进一步加强"创文"宣传，利用区内外各种媒体对花都区"创文"工作的优秀经验和成果等亮点进行宣传报道。三要加强和完善网络舆情信息工作，建立舆情判研机制，安排专门的网评员做好网上回应工作，及时处理和上报舆情。四要继续加大对新闻发言人、新闻联系人和网络评论员等队伍的培训，适时制定网络发言人制度，有针对性地加强花都区网络发言人队伍的建设。

（三）紧紧围绕创建全国文明城市的目标，扎实推进精神文明建设再上新台阶

1. 全力抓好创建全国文明城市工作

一是进一步加强"创文"宣传教育，让共建共享的理念更加深入人心。继续加大宣传力度，丰富宣传内容和宣传形式，统筹和利用各类宣传资源，全面提高市民对创建工作的知晓率、支持率。广泛开展各类教育劝导活动，组织志愿者积极开展好公共环境、公共秩序、人际互助等志愿服务。二是进一步提高工作标准，建立长效机制，保持创建的规范化、精细化和常态化。充分调动各机关企事业单位、社区（村）及社会各界在"创文"工作中的主观能动性，使城市市容和环境卫生管理工作逐步走上规范化、科学化、经常化轨道，加大对社区基础设施改造配套和"城中村"环境卫生、"六乱"等重点难点问题的解决，反复抓、抓反复，力求把"创文"工作做细做实。三是进一步理清工作思路，全力推动"创文"工作再上一个新台阶。继续按照"抓重点、攻难点、树亮点、全覆盖"

的思路，提高"创文"工作的针对性。抓重点，在社区建设上下工夫，积极发挥民政局和街道等职能部门的作用，加强社区管理、完善社区服务、推进社区文明、确保社区安定；攻难点，在"六乱"、交通秩序、"城中村"的整治上下工夫，进一步增强服务意识，加强志愿者队伍、文明督导员队伍建设，加大对问题的整改力度，解决好制约花都区"创文"工作的乱摆卖、乱停放、乱穿马路、乱丢乱吐、"城中村"乱堆放、公共设施破损和问卷调查群众满意率不高等问题；树亮点，在典型示范上下工夫，全面推动文明示范镇、城中村示范片区、文明示范窗口等建设，广泛开展"十个十"等的评先创优活动，不断提高城市的整体文明程度；全覆盖，继续推进"创文"工作向镇村延伸，解决镇村环境卫生不够好、公共基础设施不够完善、文明程度不够高等突出问题，切实把花都区的"创文"工作推向新高潮。四是进一步大力做好迎接国家和市创建办的考评工作。围绕市创建办新年度"一月一考，一季一评"的考评方法，按照《全国文明城市测评标准》，继续加大城市基础设施建设和城市日常管理的力度，特别要注重在如何提高问卷调查群众满意度上有新突破，充分调动各级职能部门、各社区居委的积极性，把"宜居惠民"、"政务惠民"、"文化惠民"、"平安惠民"四大工程落到实处，真正把"创文"工作作为一项造福市民的"民心工程"，最大限度地赢得广大市民的支持、参与和认可。迎检工作要在抓落实上实现"六个转变"：即从平面到立面的转变、从突击到长效的转变、从硬件到软硬件一起抓的转变、从应付检查到经得起检查的转变、从经得起检查到市民满意的转变、从中游状态到上游状态的转变，把"创文"工作提高到一个新的水平。

2. 继续推进各类群众活动

深入开展"讲文明、树新风"各类群众性活动，在全社会倡导健康生活方式，形成文明和谐社会风尚。深入开展创文明城市主题月系列活动，组织开展"千名党员志愿者进乡村"和"千名机关志愿者进社区"的"双千双进"志愿服务活动，深入动员、广泛发动，号召全体党员干部和市民积极加入志愿者行列，为花都区文明建设添砖加瓦。

3. 深入开展市民文明素质教育实践活动

以建设社会主义核心价值体系为根本，创新活动载体，进一步深化社会公德、职业道德、家庭美德、个人品德和社会主义荣辱观、爱国主义教育以及理想信念、形势政策教育。实施"市民素质教育工程"。精心策划"我们的节日——

春节、清明、端午、中秋"等主题实践活动，深入开展实践"兼容、创新、厚德、奋发"的新花都人精神活动，大力宣扬见义勇为、扶危济困、纳贤爱才、尊老爱幼、爱岗敬业、富而崇德、诚实守信、勤政为民、开拓创新、拥军爱民等方面的先进典型，认真组织开展好"我评议、我推荐"身边好人和"身边的感动"文化活动，树立践行新花都人精神的时代标杆，促进市民文明素质和花都文明水平的进一步提升。

4. 扎实开展未成年人思想教育

要把社会主义核心价值体系学习教育融入学校教学，深化道德实践，着力培养未成年人高尚思想品质和良好道德情操。切实抓好网络、手机媒体、网吧、荧屏声频、校园周边环境等重点领域和环节，着力形成有利于未成年人身心健康的良好社会文化环境。组织开展"做一个有道德的人"、传唱优秀童谣、诵读经典美文和"美德少年"评选等主题活动，着力丰富未成年人精神文化生活。进一步完善学校、家庭、社会"三结合"教育网络，积极推进家长学校达标建设，健全督查考评制度，落实各职能部门在未成年人思想教育中的责任，着力实现未成年人思想道德建设工作科学化、制度化、规范化。

5. 进一步广泛开展群众性精神文明创建活动

继续深入开展文明单位、文明村镇、文明社区、文明窗口、文明家庭等各项群众性精神文明创建活动，开展科教、文体、法律、卫生"四进社区"和文化、科技、卫生"三下乡"活动，突出抓好文明示范村和文明社区示范点的创建工作，争创第六批广州市文明示范村和文明社区示范点，树立典型，以点带面，促进城乡精神文明建设协调发展。

（四）大力加强公共文化服务体系建设，努力保障人民群众基本文化权益

1. 努力构建普惠型公共文化服务体系

一是进一步完善公共文化设施网络。区文化馆争取 2011 年达到国家一级馆的标准；区图书馆要在全区增加图书分馆，尽快实现通借通还，加快建设数字图书馆；全区 7 镇 1 街文化站 2011 年要全部达到省一级以上标准，村（社区）文化室、农家书屋、文化信息共享工程服务网点实现全覆盖、全开放；提高农村放映"2131 工程"服务质量，广播电视"村村通"进入 5 户以上散居户，尚无影

剧院的镇要尽快建设规模相应的影剧院，实现城区"十分钟文化圈"和农村"十里文化圈"。二是积极推进重点文化设施建设工程。抓好区文化艺术中心、广州民俗博物馆和洪秀全故居纪念馆以及"雕塑让花都更美好"雕塑工程，力争世界国花雕塑公园首期工程在一年内竣工并对外开放，三年内完成区文化艺术中心建设、2012 年广州民俗博物馆基本建成，将现在的洪秀全纪念馆改造为花都博物馆。三是实施重点文化惠民工程。送文化下乡活动做到制度化、常态化，在城乡营造积极向上的文化氛围；开展好"文化花都"系列活动，举办好第二届合唱节、新年音乐会等活动，办好盘古王民俗文化节、皮革皮具节、汽车论坛、珠宝名人夜等品牌文化活动，塑造花都的文化名片；积极培育特色文化活动，努力形成"一镇一特色"的群众文化活动氛围；继续广泛开展广场文化、公园文化、企业文化、社区文化、乡村文化、校园文化活动。四是繁荣文学艺术、实施文化精品战略。尽快设立文艺创作专项资金，扶持打造文艺精品佳作；争取每两年举办一次全区性的文学艺术作品评选，对优秀作品给予奖励和宣传。五是增强公共文化产品和服务供给能力。三年内，实现人均拥有 1.5 册以上公共藏书、每季度观赏 1 场以上文艺演出和参与 1 次群众文化活动、每半年参观 1 个以上文化展览的目标。六是实施文化遗产保护工程。健全文物管理机构和网络，增加文物维修经费和文物征集经费，提升文物保护单位的级别，大力开展文化遗产研究，加大对重点非遗项目的保护和传承，提高文博单位的展览水平，积极推进对外文化交流。

2. 大力推动文化产业集聚发展

进一步明确文化产业发展定位，把花都区建设成为广州西北部文化产业发展中心和广州发展工业设计、文化旅游业以及会展业的重要基地。坚持文化产业发展重点，以开发古村落旅游为突破口，大力发展会展业以及相关文化服务业，做强做大皮具会展业和设计业、汽车研发设计业、珠宝玉石首饰设计业和珠宝文化旅游业。进一步加大文化产业的扶持力度，制订指导目录，引导文化产业发展；尽快设立专项资金，加大财政对重点文化产业的扶持力度。

3. 不断深化文化体制改革

改革文化宏观管理体制，从单纯的管理向增强管理和服务双重能力转变；创新文化单位运行机制，深化人事、分配和社会保障制度；按照上级要求继续积极推进区新华书店、电影公司、影剧院等经营性文化事业单位转企改制工作，确保

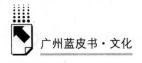
改制单位员工的思想稳定。

4. 制订好文化发展长远规划

谋划花都文化建设的总体要求、发展目标、具体措施和组织政策保障，研究制订《花都区建设文化强区规划》和《花都区创建全国文化先进区实施意见》，并把它作为花都"十二五"规划的重要内容，为创建全国文化先进区、建设文化强区确定宏观战略框架。

5. 大力加强文化人才建设

积极解决制约文化事业发展的人才瓶颈问题，努力争取适当增加现有公益性文化事业单位的专业技术职称职数，招聘、引进紧缺的高素质文化人才。加强对基层文化干部的培训，每年对文化室（农家书屋、绿色网园）管理员、文化辅导员、文艺骨干、文化站干部等都需要进行专业培训，提高专业技能和综合素质。进一步建立健全人才激励机制，鼓励多出人才、多出精品，以政府奖励为导向、用人单位和社会力量奖励相结合，对为文化发展、文艺创作作出重大贡献和成果者进行奖励，营造积极的富有吸引力、竞争力和创造力的文化创作环境。

An Analysis on the Cultural Development of 2010 in Huadu District and Development Strategy of 2011

The Subject Team of the Publicity Department of CPC Huadu District, Guangzhou

Abstract: In 2010, the cultural construction in Huadu District, Guangzhou City closely around the changing of the pattern of economic growth, hosting the Asian Games and central work of District Government. By highlighting the theme of "Welcome the Asian Games, to create new Life", each work has reach results: Promote theoretical armed effectively, strongly impetus the establishment of the learning party organizations in Huadu; vigorously carry out public information, creat a strong atmosphere of the scientific development of Huadu; utmost to welcome the Asian Games, further enhance the ideological and moral quality of the public and urban civilization; public cultural service system has made new progress, the public cultural life become richer. In 2011, work will carry out with the theme of scientific development, to accelerate the transformation of economic development as the main line, to "promote the scientific development and build happy Huadu" as the core, closely around the central work of District Government, make effort to achieve new results in strengthening theory studying and promoting the learning party organizations establishment; struggle to achieve new breakthroughs in strengthening the guding capacity of public opinion and uniting the unity spirit, in the efforts to develop the establishment of national civilized city, to further improve the quality of public culture and urban civilization on a new level, create a new situation in promoting the construction of public cultural service system and enriching the spiritual and cultural life continuously. To provide a strong spiritual power, an ideological guarantee, public opinion support and cultural conditions for the good beginning of "Twelfth Five-Year Plan" of Huadu District.

Key Words: Huadu District; Cultural Work Summary; Prospect

B.13
2010 年增城市文化发展状况
分析与 2011 年发展思路

中共增城市委宣传部课题组*

摘　要： 2010 年，增城市宣传思想文化工作按照"高举旗帜、围绕大局、服务人民、改革创新"的总要求，紧紧围绕广州亚运会、亚残运会和加快转变经济发展方式这两大中心任务，突出"迎接亚运会，创造新生活"主题，思想宣传文化工作取得了积极成效。2011 年，将继续在营造社会和谐良好氛围、推进学习型党组织建设、社会主义核心价值体系建设、创建全国文明城市、深化文化体制改革等方面取得新进展，为建设"幸福增城"提供强大的思想保证、精神动力、舆论支持和文化条件。

关键词： 增城市　宣传思想文化工作　发展状况　发展思路

一　2010 年宣传思想文化工作发展状况

2010 年，增城市宣传思想文化工作坚持以邓小平理论和"三个代表"重要思想为指导，深入贯彻落实科学发展观，按照"高举旗帜、围绕大局、服务人民、改革创新"的总要求，紧紧围绕广州亚运会、亚残运会和加快转变经济发展方式这两大中心任务，突出"迎接亚运会，创造新生活"主题，成功打赢了一系列重大宣传文化战役，进一步提高宣传思想工作的水平和实效，为增城市加快建设现代产业新区、生态宜居新城提供了强大的思想保证、精神动力、舆论支持和文化条件。

---

* 本报告执笔人：吴琨。

（一）新闻宣传有力有序，为"迎接亚运会，创造新生活"营造良好的舆论环境

1. 积极开展主题宣传策划

做好市委全会、市"两会"、"民营经济会议"的宣传报道和集中采访，开展增城荔枝文化旅游节、增城经济技术开发区挂牌仪式、北汽集团华南基地项目合作签字仪式、2010 世界旅游日全球主会场庆典暨中国广东国际旅游文化节、第十六届亚运会增城赛区等重大专题新闻策划，组织协调新华社、中央电视台、《人民日报》、《经济日报》等国家级媒体，广东省、广州州主流媒体，国内知名网络媒体及有较大影响力的境外媒体，采用新闻特稿、消息发布、深度报道、专题推介等形式，一年来共刊播各类正面报道 1000 多篇次，如《增城经济技术开发区晋升"国家队"》、《增城：一个县级市造出两台整车》、《最美荔乡增城迎来世界级旅游狂欢节》、《亚运圣火增城传递"潮流"点燃荔乡激情》等报道，为招商引资、打造城市品牌、推动经济社会建设等营造了良好的软环境，形成了加快建设"现代产业新区"和"生态宜居新城"的舆论强势。

2. 不断加强舆论引导

重点做好一系列社会热点敏感问题和重大突发事件的舆论引导。指导协调增城日报社、市广播电视台等市属媒体，围绕市不同时期的重点工作，开辟"创建全国文明城市"、"创先争优"、"民营经济大家谈"、"水环境治理"、"三旧改造"、"拆除违法建筑"、"新塘百日整治行动"等专题专栏，以集中报道、系列专访、动态跟踪、公益宣传等形式，及时引导社会舆论；积极主动做好增城市热点问题和突发事件舆情研判工作，研究制定《增城市突发事件新闻报道应急处理办法（试行）》、《增城市亚运会、亚残运会突发事件新闻应急处理工作方案》以及《广州市亚运会、亚残运会增城赛区热点敏感问题备答参考》，进一步健全完善《增城舆情信息》每天汇总汇报制度、《增城市新闻发言人制度》等；主动掌握舆情信息，收集媒体报道内容，编辑印制《焦点增城 2010》。加强互联网宣传管理，做好各种突发事件的互联网舆情监控工作；市"两台一报"进一步强化责任意识，做好民生新闻，开设社会新闻专版，创办《今日》等栏目，着力打好"地域牌"和"亲情牌"，同时，完善拓展数字报、手机报、《增城之窗》网站，加快推进有线模拟电视向数字电视整体转换，强化和发挥当地主流媒体的

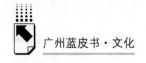

导向作用。

3. 积极拓宽外宣渠道

结合市的重大主题宣传活动，先后邀请凤凰卫视、香港文汇报等境外知名媒体进行采访。围绕亚运宣传，制作反映增城整体概况、生态环境、经济发展等专题宣传片100张，《媒体指南》600多份；制作《激情亚运　魅力增城》亚运特刊5万份；组织摄制《美丽新城》、《科学发展创未来》、《南粤新区　生态增城》等多部城市外宣片和城市形象片；组织开展"喜迎亚运，见证城变"南都50名读者"市民巡城团"探访增城、《信息时报》"广州街道共同睇"、《新快报》"羊城新八景评选"系列采访等活动；大力推进亚运采访线工程建设，做好境内外媒体的接待服务工作。

（二）理论武装扎实推进，为"迎接亚运会，创造新生活"提供扎实的思想基础

1. 认真做好市委中心组集中学习服务工作

努力提高市委中心学习组服务水平，围绕党的十七届五中全会、转变经济发展方式、社会主义文化大发展大繁荣、省和广州市"两会"精神等内容，及时报送选题、准备学习资料，充分发挥市委理论学习中心组学理论、议大事、转观念、出思路、促发展的作用；市委中心组成员积极参加各种系列讲座、专题辅导、外出参观考察等学习活动，截至12月30日，全年共组织了16次市委中心组扩大学习会议。

2. 深入开展学习型党组织建设工作

以"科学发展大学堂"系列讲座为载体，全力推进学习型党组织建设。2010年，共举办13场"科学发展大学堂"系列讲座，先后邀请省市各级领导和国内知名专家围绕"突发事件与媒体应对"、"党员干部的理论素养和学习能力"、"低碳经济与增城可持续发展"、"宏观经济与区域经济发展战略"等专题作辅导报告，参加学习的领导干部及群众达16000人次；抓好各类学习资料的提供，共发放《荔乡论丛（六）》、《党员学习资料》、《亚运知识读本》等学习资料9000余册，根据形势政策要求，定期为党员干部推荐《社会主义法治理念读本》、《加快经济发展方式转变辅导读本》、《〈中共中央关于制定国民经济和社会发展第十二个五年规划的建议〉辅导读本》、《党的十七届五中全会文件汇编》

等优秀学习书目；充分运用好各级各类媒体和互联网、手机等新兴媒体，积极组织接收省、广州市的"广东学习天地"和"羊城手机学堂"，为各单位开展党员教育和理论学习工作提供服务。2010 年，中央、省、广州市先后到增城市调研学习型党组织建设情况，并在省、广州市刊发学习型党组织简报数篇。

3. 不断推进理论宣传和研究工作

充实理论教育讲师团队伍，广泛组织开展十七届五中全会、"迎接亚运会、创造新生活"等宣讲活动；围绕贯彻落实《珠三角地区改革发展规划纲要》实施细则，成功承办"羊城群众论坛"活动；加强对市出台的重大决策的理论研究，策划举办"创建全国科学发展示范市"理论研讨会，编辑出版《荔乡论丛（七）》；与有关单位联合开展对征地拆迁、民营经济发展等难点热点问题的调研，充分发挥理论研究为党委、政府科学决策服务的作用；认真做好 2010 年度全市政工专业资格申报评审各项工作，不断加强增城市思想政治工作队伍建设。

（三）深化创建文明城市工作，彰显了"迎接亚运会，创造新生活"的城市文明魅力

1. 扎实推进创建全国文明城市工作

不断加强城区卫生环境、交通秩序等综合整治，通过实施问责、绩效监察、应急培训等推动"创文"工作常态化、精细化开展；以每月开展的公共文明指数测评和专项测评为抓手，及时了解群众诉求；以营造良好宣传环境、健全公共设施、加强执法管理和建设公共文明志愿者队伍为标准，实施公共文明示范区建设工程，带动城市公共文明建设；加大责任追究力度，加强群众投诉问题整改情况的实地巡查督办，研究解决了一批重点难点问题；注重加强统筹协调职能，实行每月召开至少一次迎检协调会议、通报一次公共文明指数测评情况、研究解决一个带普遍性的创建工作难点问题、通报一次各单位整改落实创建工作督办问题情况的"四个一"工作制度，2010 年增城市共召开创建全国文明城市专题会议等各类会议近 50 次，召开"创文"培训班 10 余次。制定并实施《增城市创建全国文明城市工作奖罚办法》，建立了测评、督查、问责、奖罚"四位一体"的创建工作机制。2010 年，市创建办督促整改巡查发现问题、办复群众信访和网上投诉 1000 余件，在 2010 年全市开展的 8 次公共文明指数测评中，增城市成绩稳步上升。

2. 群众性精神文明创建活动蓬勃开展

大力开展"争做好市民，当好东道主——亚运广州行"市民素质提升教育系列活动。做好亚运会、亚残运会文明观众组织工作，举办文明观众观赛礼仪培训班，全面落实文明观众组织的各项工作。2010年以来，增城市共开展各类主题日群众文化活动以及创建文明城市主题月活动60余场，参与市民达12万人次；深入开展创建公共文明示范区（点）、文明社区、文明村镇、文明单位、文明行业等活动，沿江社区被评为广州市"书香社区"；继续抓好文明示范村创建活动，2010年4月，广州市农村精神文明建设现场会在增城市成功召开，同步启动第三、第四批文明示范村结对共建工作，中国银行广东省分行、广州北环高速公路有限公司、广州花园酒店、广州王老吉药业股份有限公司、广州市科学技术协会，分别与西南村、慈岭村、莲塘村、塘美村、东境村结对共建，文明创建工作基础更加牢固；大力开展亚运志愿服务活动，倡导"我志愿，我快乐"精神，深入开展"我文明、我很棒——大拇指行动"、"空巢老人关爱志愿服务"活动，培育志愿服务文化，增强全民志愿服务意识。

3. 思想道德建设不断深化

深入开展"爱国、守法、诚信、知礼"现代公民教育；组织发动参与第四届广州市道德模范评选、广州市道德模范巡回演讲报告会（增城专场）活动，得到了群众的热烈响应和支持；继续开展"我推荐、我评议身边好人"活动，上半年累计报送身边好人14名（全市各镇街累计报送35名），其中，石滩镇的刘映惠入选"中国好人榜"；组织诵读中华经典美文表演大赛、"传唱优秀童谣，做有道德的人"网上签名寄语等活动；联合有关部门开展"社区院线"露天免费电影放映活动、"现代公民教育电影百日行"活动和推进"工友和谐家园"、"工友流动家园"（数字流动影院）建设，丰富社区居民、外来务工人员精神文化生活。

（四）文化建设创新发展，构建了"迎接亚运会，创造新生活"的良好文化条件

1. 加大文化体制改革工作推进力度

按照《增城市文化体制改革试点工作方案》的部署要求，做好公益性文化事业单位的岗位设置管理工作，重点做好新华书店经营性事业单位的转企改制，

坚持积极稳妥、分步实施、有序推进的原则，确保新华书店转制工作的顺利完成，至年底此项工作积极稳步推进。

2. 推动群众文化活动多样化开展

以迎新春、"亚运广州行"、"庆五一，迎九艺"等活动为契机，精心组织开展各类群众文化活动，其中富有特色的"迎九艺"文艺展演 10 场，迎亚运广场群众文艺晚会 30 场，同时协助举办荔枝文化旅游节、何仙姑旅游文化节等，全年共举办群众文化活动 380 多场，其中特色文化活动 80 多场。成功承办了"九艺节"群星奖广场舞比赛和 2010 世界旅游日全球主会场庆典暨中国广东国际旅游文化节开幕式晚会。增城市精心创作、排练的参赛节目《领潮争先》代表广东省参加比赛，获得全国群文最高奖项"群星奖"。抓好各类艺术专题展览，广场展览厅上半年举办"增城罗岗书画联展"、"增城收藏品展"、"社会主义新农村摄影作品展"、"广州增城老干书画联展"、"艺海游踪——李长风国画展"等 15 期专题展览，参观人数达 10 多万人次。

3. 实施公共文化服务体系建设工程

认真开展基层文化建设调研，了解增城市基层文化的发展现状，尤其是北部镇村文化基础设施建设，着力解决存在问题，加快推进农村文化基础设施建设；全面完成农家书屋工程建设任务，建设 91 条行政村（社区）（其中行政村 73 条、社区 18 条），每间书屋配送 1600 册书籍、1 台电脑、2 个书柜、2 张阅读台和 1 张办公台，从而实现全市 302 个村（居）文化室的全覆盖。

4. 加强文化市场规范管理

推动文化市场的健康、有序发展，全年共出动 3000 多人次开展各种专项整治行动，共检查音像店、书报刊店、电子出版物、网吧、游艺机室等文化经营单位 3970 家次，收缴盗版音像制品 8.6 万多张、各类盗版书籍 1.51 万册、六合彩报 2100 份，处罚违规经营网吧 6 家、经营游艺室 3 家，吊销涉毒娱乐场所经营许可证 1 家、书报刊经营单位的出版物经营许可证 1 家。至 5 月底，全面完成 39 家无证经营的卡拉 OK 经营场所、无证游戏机室的清理整治工作。通过加大执法力度，确保文化市场管理达到了"创文"和迎亚运的要求。

二　2011 年宣传思想文化工作思路

按照全国、全省和广州市宣传思想工作会议的部署，2011 年增城市宣传思想文化工作的总要求是：深入学习贯彻党的十七届五中全会、省委十届八次全会、广州市委九届十次全会精神，以邓小平理论和"三个代表"重要思想为指导，深入贯彻落实科学发展观，按照高举旗帜、围绕大局、服务人民、改革创新的总要求，坚持贴近实际、贴近生活、贴近群众，紧紧围绕科学发展这个主题和加快转变经济发展方式这条主线，着力在服务全市中心工作、营造推动科学发展、促进社会和谐良好氛围方面作出新贡献；在推进学习型党组织建设、夯实全市人民坚持科学发展的思想基础上取得新成效；在统筹城市形象宣传、提高传播能力上迈出新步伐；在加强社会主义核心价值体系建设、创建全国文明城市上取得新突破；在深化文化体制改革、促进文化事业又好又快发展上取得新进展，为"十二五"时期发展开好局、起好步，为增城市加快建设广州东部综合门户功能区，建设经济繁荣、环境优美、社会和谐的幸福增城提供强大的思想保证、精神动力、舆论支持和文化条件。

（一）着力加强形势政策宣传，统筹推进经济社会宣传，为实现"十二五"良好开局提供强大精神动力和舆论支持

1. 突出做好党的十七届五中全会精神宣传

学习宣传贯彻好党的十七届五中全会精神是 2011 年工作的重中之重。做好"十二五"发展宣传是一篇大文章。我们要深入开展以学习贯彻党的十七届五中全会精神为主要内容的形势政策宣传教育活动，把全市人民的思想和行动统一到中央和省市委精神上来，把智慧和力量凝聚到实现"十二五"规划的奋斗目标上来。要把握宣传重点和效果，全面准确深入宣传我国经济社会发展取得的巨大成就和重要经验，宣传中央关于国际国内形势的科学判断，宣传科学发展这个主题和加快转变经济发展方式这条主线，宣传国家、广东省、广州市及增城市在"十二五"时期经济社会发展的目标任务和重大举措，宣传各镇街、各单位、各部门深入贯彻十七届五中全会精神，精心谋划发展思路，科学规划未来发展的实际行动。

2. 深入做好当前经济形势宣传

一是要客观展示成就。总结回顾过去一年增城市"调结构、转方式"的阶段性成果，深刻揭示取得成就的根本原因、战胜挑战的精神动力、赢得主动的思想保障。二是要正确解读政策。大力宣传中央、省委、广州市委和增城市的重大

决策部署以及关于经济工作的总体要求、重要原则、主要任务。精心组织"把握发展机遇，建设幸福增城"主题宣传，抓好对"开发区带动"和"主体功能区深化"两大战略的宣传，深入宣传市委市政府着力调结构、惠民生、抓落实，打造广州东部综合门户功能区的主导方向，广泛宣传增城市贯彻中央经济工作会议精神的具体措施和创新做法，不断推动增城市形成新的经济增长极和发展载体。

3. 加强社会民生宣传

一是要突出惠民政策这个重点。做好市委、市政府 2011 年十件民生实事的宣传，特别是加强对扶贫帮困工作的宣传，从政策力度、延续性和落实情况等，多层面多角度展示市委市政府保障和改善民生的理念、决心与成效。二是要在主题宣传上形成亮点。配合中心工作需要，加大对北部山区发展、完善社会保障体系工作，创建全国文明城市、全面推进社会事业发展、巩固城市环境面貌成果等主题宣传力度，不但在宣传分量上要做足做到位，而且在宣传成效上要做好作出彩。

（二）着力加强学习型党组织建设，统筹理论学习、理论研究、理论宣传工作，打牢全市人民推动科学发展、创造美好生活的思想基础

1. 围绕科学发展主题，深化党委中心组理论学习

以党的十七届五中全会及省委、广州市委、增城市委全会精神为重点，结合增城市加快建设广州东部综合门户功能区、全面提升科学发展实力的生动实践，继续深化科学发展观的学习。以集中学习会、辅导报告会、读书交流会、课题调研等形式为主要抓手，认真做好市委中心组理论学习服务工作；进一步完善全市各级党委（党组）中心组理论学习制度，制订印发《2011 年度全市各级党委（党组）中心组理论学习安排意见》，明确学习任务，建立考核制度，加强对全市各级党委中心组理论学习的服务和指导，促进各级党委（党组）中心组学习的规范化、制度化；做好广州市对增城市 2009～2010 年度市委中心组学习检查考核的各项准备工作。

2. 切实加强学习型党组织建设

建设学习型党组织是加强党的思想理论建设的重要平台。我们要深刻理解这项工作在提升党员干部思想政治素养、增强党组织创造力凝聚力战斗力上的战略性；深刻理解这项工作在深化理论武装、为科学发展提供思想理论保证上的全局

性；深刻理解这项工作在解决党员队伍突出问题、有效应对风险考验上的紧迫性，进一步加大贯彻落实《关于推进全市学习型党组织建设的实施意见》力度。要充分发挥各级领导干部在学习型党组织建设中的示范引领作用，针对不同领域、不同层次党员干部的实际情况，寻找富有吸引力的学习载体，构建多层次、全方位、立体化的学习网络平台；要依托"学习实践科学发展观培训基地"、"增城科学发展大学堂"系列讲座、"教育名家增城论坛"、"手机学堂"、"QQ学堂"、农村现代远程教育网络等学习平台，营造全民学习氛围，提高干部群众文化素质；健全党员干部培训、基层党员轮训、读书活动、主题教育等制度，推动党员学习由"软任务"向"硬约束"转变、由"集中学习"向"常态学习"转变，在全社会营造重视学习、崇尚学习、终身学习的浓厚氛围。

3. 加强思想理论研究和理论宣传

围绕广州东部综合门户功能区建设、广东省统筹城乡综合配套改革示范区建设中的重大理论和现实问题，推出一批全局性、战略性、前瞻性强，对实践有指导意义、对党委政府决策有参考价值的应用研究成果。围绕中国共产党成立90周年，组织"纪念建党90周年"理论研讨会，推进中国特色社会主义理论体系研究和宣传普及，编辑出版《荔乡论丛（八）》；发挥市委理论教育宣讲团在干部理论教育中的作用，结合"十二五"规划、中国共产党成立90周年等宣传重点，广泛深入开展面向基层、面向社会的学习宣讲活动；以强化对企业职工和外来务工人员的人文关怀为重点，着力做好市思想政治工作研究会和增城企业文化协会工作，不断加强和改进基层思想政治工作；进一步健全政评工作机制，组织做好全市思想政治工作人员职称申报评定工作，调动广大思想政治工作者的积极性。

（三）着力加强传播能力建设，统筹市内外媒体、传统和新兴媒体资源，为广州改革发展稳定营造良好的舆论氛围

1. 推进新闻宣传机制建设

以亚运为新起点，全方位提升新闻协调、新闻宣传、新闻管理特别是突发事件新闻应对的水准，强化"善待媒体、善用媒体、善管媒体"理念，健全重大舆情的监测研判制度、新闻发布制度、重大突发事件舆情汇报制度，加强新闻发言人的学习培训，不断提升增城市舆论引导水平，完善舆情监测体系，积极主动做好舆情研判工作；制定《增城市突发事件新闻报道应急处理办法（试行）》，

做好《增城舆情信息》的"每天一报"工作；加强与上级媒体的联系沟通，提高新闻应对和处置的能力；加强互联网建设和管理，使积极健康的网络文化占据网上主导地位，形成宣传增城的正面舆论强势；按照上级的要求，做好党报党刊发行工作。

2. 推进城市形象对内对外宣传

围绕市委十一届十二次全会提出的"把握发展机遇，建设幸福增城"核心和增城市"建设现代产业新区、生态宜居新城"目标，发挥"两台一报"和《增城之窗》主流媒体作用，为增城市改革发展营造良好的内部氛围；制作城市形象宣传片，设计城市形象外宣品，全面打造外宣品牌；充分发挥招商引资活动、对外联谊交流以及牛仔服装节、荔枝文化节、菜心美食节等平台，借助中央、省、市和海外主流媒体以及新兴媒体，大力宣传增城加快发展、改善民生、建好城市、促进和谐的举措和成效，不断提高城市的知名度和美誉度，努力为增城市经济社会又好又快发展营造良好的外部环境。

（四）着力创建全国文明城市，统筹推进社会主义核心价值体系建设，建设增城人民共有的文明幸福家园

1. 举全市之力迎接全国文明城市评比

按照 2011 年版全国文明城市测评体系要求，修订、调整增城市创建文明城市工作责任分工，明确职责任务，召开增城市创建全国文明城市动员大会；组织开展全国文明城市模拟测评和创建工作专项督查，充分发挥市创建工作协调小组的统筹协调职能，切实执行创建工作问责制、奖罚制；充分发挥市民文明督导团和志愿者组织的作用，强化第三方监督机制；深入开展创建主题活动，精心组织"微笑服务月"等创建文明城市主题实践活动；大力开展城乡整治行动，充分发挥公共文明示范区的创建示范作用，不断扩大活动的覆盖面，推动城市公共文明建设上新台阶；丰富创建宣传手段，广泛开展社会宣传，精心策划主题新闻，不断发掘平面媒体、3G 手机等新媒体的功能，组织"创文"红段子征集评选活动；要坚持把文明创建和改善民生紧密结合起来，调动全社会力量参与创建，推动创建工作常态化、规范化、精细化，共建文明和谐家园。

2. 进一步推进思想道德建设

以纪念中国共产党成立 90 周年为契机，广泛开展唱读"红色经典"主题活

动，组织开展"爱国歌曲大家唱"活动；以倡导阅读红色经典为重点，深入开展"书香羊城"全民阅读活动，深入推进"书香机关"、"书香校园"、"书香社区"、"书香家庭"创建，大兴读书学习之风；继续深化"做文明有礼的增城人"宣传实践活动，坚持开展"文明礼让你很棒——大拇指"行动；继续实施文明交通行动计划，扎实推进文明示范路口、路段创建，开展"排队"、"让座"、"互助"等主题推动日活动和"争做文明使者"活动；加强爱国主义教育基地和国防教育基地建设，激发市民爱国热情，强化城市认同感和归宿感；广泛开展道德模范学习宣传活动，继续开展"我推荐、我评议身边好人"、道德模范基层巡讲、道德模范与市民互动交流和"全国道德模范故事汇"等活动，营造良好的社会风尚。

3. 扎实开展群众性精神文明创建活动

农村精神文明建设是社会主义精神文明建设的重要组成部分，是社会主义新农村建设的重要内容，围绕提升农村文明水平，抓好文明农户、文明集市、农村文化、乡风文明建设，坚持以城带乡、城乡共建，大力推进城乡共建文明示范村工作，积极参与评选广州市第六批市级文明示范村，着力培育新农民、倡导新风尚、发展新文化，着力提高农民思想道德文化素质和农村社会文明程度，推动农村精神文明建设迈上新台阶；深入开展文明社区创建活动，大力开展科教、文体、法律、卫生"四进社区"活动，广泛组织邻里节、社区文化节、家庭文化节等多种形式的邻里互助、社区联谊活动，积极推动科普社区、绿色社区、书香社区等主题创建；参与评选第三批"广州地区文明优质服务示范窗口"，做好向广州市文明办推荐文明单位工作；广泛组织党员、学生、职工、青年、妇女开展各类主题志愿服务活动，不断壮大志愿服务队伍，重点打造义工服务品牌；认真组织实施文化环保工程，扎实推进"绿色网园"等未成年人教育阵地建设，广泛开展"做一个有道德的人"主题活动，不断完善未成年人心理辅导服务网络，进一步提高未成年人思想道德建设水平。

（五）着力深化文化体制改革，统筹推进公共文化服务体系建设，迈出增城文化事业和文化产业又好又快发展的新步伐

1. 着力完善公共文化服务体系

扎实推进增城歌剧院、增城科技文化博物馆、崔与之文化民俗村等重大公共文化标志性工程的建设；继续健全镇村公共文化设施网络，加强乡镇和农村文化

基础设施建设，结合旅游开发、乡村发展的需要，高起点规划好文化基础设施，做好镇街文化馆（站）的评估达标工作，确保全市 9 个镇街文化站全部达到省一级站标准；加快数字电视整体转换，以交互式数字电视作为家庭信息化的主通道，发展基于数字电视的各种信息应用，推动形成信息电视、商务电视、娱乐电视，打造"数字增城"；加强历史文化资源保护、利用和开发，推进非物质文化遗产保护工作，进一步发挥博物馆的社会服务功能，积极开展爱国主义教育题材和历史文物展览下基层活动。

2. 继续理顺文化发展体制机制

进一步深化文化体制，做好人员安置和资金筹措工作，在全面完成市新华书店转企改制的基础上，推进其他文化事业单位的改革，提升增城市文化事业人员的实力和活力，为全国县级文化体制改革发挥示范作用。

3. 大力繁荣文化艺术体育事业

全面活跃群众文化，适应乡村群众文化需求，开展送戏、送书、送电影和送展览"四下乡活动"；组织举办广场系列文化活动、"乐湖"曲艺会演、增城青少年才艺大赛、增城曲艺大赛、广州百歌颂中华歌咏比赛、羊城之夏青少年暑期系列活动等；举办"建设学习型社会、创建智慧型城市"之民间故事会、名人大讲堂、全民捐书等系列活动；在增城广场等举办摄影、书法、绘画、科技等专题展览，全面活跃群众文化，营造健康向上的社会文化环境；完善市级和基层体育设施场地建设，推进广州水上运动训练基地建设项目，推动群体活动广泛深入开展，创建县级文化艺术中心区和全国一流的运动城，推动城乡公共文化体育服务均等化发展。

An Analysis on the Cultural Development of 2010 in Zengcheng and Development Strategy of 2011

The Subject Team of the Publicity Department of CPC Zengcheng

Abstract: In 2010 the work of publicity, ideology and culture was carried out according to the general requirement of "highly raise the flag, centered on the overall

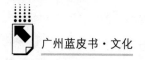

situation, serving the people, innovation and reform", centered on the two main tasks of the 16th Asian Games Guangzhou and the quick change of economic development patterns. With emphasis of "Greeting the Asian Games, Creating a New Life", active achievements were made in the work of publicity, ideology and culture. In 2011 we will continue to our efforts to create a harmonious and friendly atmosphere, promote the construction of study-party, system of the core value system of socialism, construction of national civilized city, furthering the reform of cultural system to ensure new progress, and to provide a strong guarantee for ideology, spiritual power, support of public opinion and cultural premises.

Key Words: Zengcheng; the work of publicity; ideology and culture; situation of development; strategy of development

文化产业篇

Cultural Industry Studies

. 14

广州市文化产业发展现状及对策研究

梅声洪*

摘 要：本文通过认真总结近几年来广州市文化产业的发展现状，对广州市文化产业的发展特征进行了分析，剖析了广州市加快文化产业发展的有利因素和不利因素。在此基础上，从发展路径与策略、产业优势和特色、体制改革创新、产业发展载体、保障措施等五个方面，对加快广州市文化产业发展提出了具体的对策。

关键词：广州 文化产业 对策研究

一 广州市文化产业发展的现状与特征

文化产业是为社会公众提供精神产品和服务的经济与文化相融合的活动。

梅声洪，中共广州市委宣传部研究室副主任，经济学博士后。

"十一五"期间，广州通过深化文化体制改革，创新文化发展体制机制，文化产业取得了长足发展，整体实力和竞争力显著增强，在全市生产总值中的比重和对城市经济增长的贡献度明显提升，在国内各大城市处于相对领先地位。目前，广州文化产业在产业规模、产业结构、产业环境、市场培育、自主创新能力等方面均已形成良好的基础，呈现出以下几个方面的基本特征。

（一）文化产业发展迅速，成为全市国民经济的重要支柱

近年来，广州文化产业发展势头迅猛，文化产业增加值连年保持两位数的速度增长，在全市国民经济中的支柱地位日益增强，成为全市经济的重要增长点，对广州经济增长的贡献度进一步提升。产业规模的壮大有力地推动了文化建设和社会发展，实现了社会效益和经济效益双丰收。表1是近年来广州文化产业增加值的相关情况。

表1　近年来广州市文化及相关产业增加值情况

年　份	文化及相关产业增加值（亿元）	占 GDP 的比重（%）
2006	428.44	7.04
2007	516.49	7.23
2008	640.02	7.72
2009	719.35	7.87
2010	843.45	8.00

数据来源：广州市统计局根据广东省统计局文化产业标准（包括教育业）计算的文化及相关产业增加值。

（二）传统优势产业与新兴产业齐头并进，文化产业发展呈现出"双轮驱动"的发展格局

随着广州文化产业的持续快速发展，产业发展所涉及的门类更加齐全、范围更加广泛，基本覆盖核心层、外围层和相关层的各个领域，提供的产品和服务涵盖文化产业各个子行业和领域。其中，文化用品设备生产与销售、出版发行与版权服务、休闲娱乐、文化旅游、广告、会展等传统优势行业对文化产业发展的贡献率持续保持领先地位，成为全市文化产业发展最重要的组成部分。网游动漫、创意设计、新媒体等新兴产业发展迅速，成为全市文化产业发展的重要增

长点。全市文化产业呈现出传统优势产业与新兴产业齐头并进、双轮驱动的发展格局。

（三）文化产业投资渠道来源广泛，投资主体日益呈现出多元化特征

广州地处改革开放前沿，市场经济发育较早，不少民营企业和个人投资者积极投身文化产业领域，成为文化产业投资的重要主力军；同时广州作为吸引外资较多的国内城市，外资进入文化产业的比重不断增大，文化产业投资渠道日益多元化。表2是2009年全市文化产业领域的国有企业、有限责任公司、私营企业、港澳台商投资企业和外商投资企业中，法人单位占全市文化及相关产业法人单位数的比重、从业人员占全市文化及相关产业从业人员的比重、营业收入占全市文化及相关产业全年营业收入的比重的情况。全市文化产业呈现出以私营为主要力量，国有、股份制、私营、外资等多种所有制形式共同发展的格局。

表2 2009年各类投资主体的数量、从业人员和营业收入占比情况

单位：%

	法人单位占全市文化及相关产业法人单位数的比重	从业人员占全市文化及相关产业从业人员的比重	营业收入占全市文化及相关产业全年营业收入的比重
国有企业	4.83	10.12	12.10
有限责任公司	5.56	10.29	19.37
私营企业	80.86	41.22	34.73
港澳台商投资企业	2.70	24.05	14.87
外商投资企业	1.71	7.42	14.85

数据来源：广州市统计局相关资料。

（四）各类市场快速发展，文化市场体系日臻完善

经过近年来的快速发展，广州在文化产业领域的资本、人才、信息、技术等要素市场逐步建立起来，成为华南地区最重要的文化要素集散地，在资源配置方面为促进全省文化产业快速发展起到了重要推动作用。与此同时，图书报刊、音像制品、演出娱乐、影视剧、艺术品拍卖等文化产品消费市场迅速发展，连锁经营、物流配送、电子商务、电影院线等现代流通组织形式广泛应用，文化经纪、

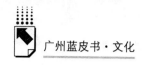

代理、评估、鉴定、推介、咨询、拍卖等中介机构逐步壮大,文化市场机制与法规不断完善,初步构建起相对合理完善的文化市场体系。

(五) 产业优势和特色逐步显现,核心竞争力不断提升

通过多年的政府支持和市场培育,广州文化产业逐渐形成了自己的优势和特色。

1. 产业群集聚发展格局初见雏形

据不完全统计,至 2010 年底广州市主要文化产业基地和园区、特色街有 30 多个,其中国家级动漫产业基地、长隆国家级文化产业示范基地已成为广州文化产业基地的品牌;荔湾创意产业集聚区、T. I. T 纺织服装创意园、黄花岗信息园、越秀区创意大道、从化动漫产业园、1850 创意产业园等成为重要的文化产业园;文德路字画一条街、西关古玩一条街、天河 IT 贸易街等成为广州重要的特色街区。这些产业基地、园区和特色街区均呈现聚集发展的态势,仅天河区 IT 街就已聚集了 1000 多个文化产业单位。

2. 形成一批在全国有影响力的龙头企业或集团

以广州日报报业集团、广东原创动力文化传播有限公司、广州漫友文化科技发展有限公司、广州奥飞文化传播有限公司、广州毅昌科技股份有限公司等为代表的一批龙头企业,实力强、影响大、效益高,对全市文化产业起到了一定的带动作用。其中,广州日报报业集团主报日发行量超过 180 万份,广告营业额连续 14 年位居全国平面媒体之首,纳税额居全国平面媒体之首,品牌价值名列全国平面媒体前三位;广东奥飞动漫文化股份有限公司成为国内第一家动漫上市企业。

3. 知名品牌逐步崛起

随着文化产业的发展壮大,在报业、网游、动漫、影视制作、广告、产业设计等方面涌现了一批知名品牌,对推动产业发展起到了积极的带动效应。其中《漫友》成为全球发行量最大的华语动漫期刊;动画片《喜羊羊与灰太狼》风靡全国,吸引了千百万少年儿童,《喜洋洋与灰太狼之牛气冲天》荣获中宣部"五个一工程"奖和中国电影最高荣誉华表奖等荣誉。

(六) 大型文体节庆活动接连不断,成为助推文化产业加快发展的重要动力

近些年来,广州通过成功举办各种国际性、全国性高层次的文化艺术、会展

活动和重大国际体育比赛项目，以及办好中国音乐金钟奖、星海国际合唱节、羊城国际粤剧节、广州国际艺术博览会、中国（广州）国际纪录片大会、广州国际设计周、中国国际漫画节等重大文化节会活动，每年吸引了成千上万的外地游客和文化爱好者，为广大文化企业创造了巨大的商机，在培育文化消费市场、搭建文化产业供需平台方面发挥了重要作用，也为推动文化产业发展创造了良好的产业生态。

（七）优化资源配置、加快文化产业与其他产业之间的融合，成为推动文化产业发展的重要途径

广州作为华南地区教育、科技中心，拥有众多的高等院校和科研机构，形成了较为完善的基础教育、职业教育、成人教育和高等教育体系，学科门类较为齐全、优势明显，科技力量雄厚，科研手段先进，集中了占全省大部分的自然科学与技术研发机构和绝大部分国家级重点试验室，对于促进科技、文化与经济的融合，加快文化产业发展提供了丰富的科技、智力资源。同时，广州高新技术产业的快速发展，形成了信息技术研发与制造的显著优势，为推动文化产业改造与升级、发展以信息技术为手段和载体的创意设计、动漫游戏、数字内容等新兴文化产业提供了技术支撑。特别是，广州是一座有着2200多年历史的文化名城，又是区域性文化中心，拥有作为"四地"的文化背景，历史文化资源丰富，各类文化人才荟萃；自古以来，广州就"因商而兴"成为中国重要的对外通商口岸，经历了"后工业化"时期的现代城市建设，积淀了非常深厚的商业文化和现代城市文化，具有发展文化产业的丰厚文化积淀。目前，随着部门之间和行业之间界限的逐步打破，文化资源与其他资源之间交互配置，文化产业与其他产业之间相互融合，已经成为不可逆转的发展趋势，新的文化产业形态不断产生，新的文化产品和服务不断涌现。特别是现代信息产业、高科技产业与现代文化产业的日益融合，在增量领域出现了文化产业由传统部门向新兴部门的开拓和发展，由"离线"产业向"在线"产业的发展，由思维创造力向实践创新力的发展，呈现出以新型"创意产业"为龙头的发展新格局。

二 广州市发展文化产业的基础条件分析

随着国际经济与金融形势的发展，以及我国《关于国民经济与社会发展第

十二个五年规划纲要》的全面启动实施，广州文化产业发展所处的国际国内环境也发生了深刻变化。当前，广州加快文化产业发展既有许多有利的积极因素，也存在一些发展障碍。

（一）广州市加快文化产业发展的有利因素

1. 国家对发展文化产业的日益高度重视，各个层面文化产业支持政策的纷纷出台，为广州加快发展文化产业提供了难得的机遇

党中央关于文化产业的理念及政策十分明确，对发展文化产业的紧迫性和重要性有清醒的认识。2008 年以来，国务院颁布实施的《珠江三角洲地区改革发展规划纲要（2008 ~ 2020 年)》和《文化产业振兴规划》、央行等九部委联合颁发的《关于金融支持文化产业振兴和发展繁荣的指导意见》（银发［2010］94号)、省委十届七次全会通过的《广东省建设文化强省规划纲要（2011 ~ 2020年)》等重要文件，对文化产业发展提出了多方面、多层面的支持政策，为广州发展文化产业创造了良好的宏观政策环境。近年来，广州市委市政府先后出台的《广州建设文化强市培育世界文化名城规划纲要（2011 ~ 2020)》、《广州市国民经济和社会发展第十二个五年规划纲要》、《关于继续解放思想，深化文化体制改革，推动文化事业和文化产业加快发展的决定》等一系列重要文件，又为广州发展文化产业明确了发展目标、发展方向和保障措施；同时，市里正在着手研究制定其他方面促进文化产业发展的专项支持政策。特别是市委九届十次全会明确提出，要"以全面建设国家中心城市为目标，以建设国际商贸中心和世界文化名城为战略重点"，这一贯彻落实国家战略部署的新举措对发展文化产业提出了新的更高要求和更高期待，也给广州文化产业发展带来十分难得的发展机遇。为了适应城市发展战略新要求，广州文化产业发展要有跳出广州、跳出广东、跳出全国的视野，将其放在全球城市发展的坐标体系之中，放在国家战略层面上，以世界眼光和战略思维来谋划、来审视，在发展方向、产业结构、空间布局以及支持政策环境等方面作出新部署，在产业实力规模、核心竞争力和辐射带动力等方面取得新突破。中央和省、市的政策措施，为广州加快文化产业发展提供了前所未有的政策机遇。

2. 广大城乡居民日益增长的精神文化需求，为广州加快发展文化产业提供了巨大的市场机遇

我们正处于 21 世纪头 20 年难得的发展机遇期。经济的发展，全国总体上实现了基本小康，为文化产业的发展创造了前置条件和巨大的市场需求。根据国外的经验，人均 GDP 超过 1000 美元，社会消费结构将向发展型、享受型升级，带来服务业层次的提升和社会文化消费需求总量的增加。随着人民群众收入水平的普遍提高，文化消费的潜力将更多地积蓄和更大地释放出来。从需求结构调整的角度看，根据国际经验，当人均 GDP 超过 3000 美元时，居民消费将由生存型、温饱型向小康型、享受型转变。按此标准，我国文化消费支出总量应该达到 4 万亿元以上，而目前尚不足 1 万亿元，居民文化消费的潜力还远未得到释放。据市统计局初步统计数据，2010 年，广州市地区生产总值突破 1 万亿元大关，人均生产总值约 1.4 万美元，城市居民人均可支配收入达 30658 元，全市城乡居民恩格尔系数为 33% 左右，农村居民恩格尔系数为 43% 左右，城乡居民消费正处于快步升级阶段；珠三角城市群中部分城市人均生产总值也超过了 1 万美元，有的正向 1 万美元的大关迈进。广州及周边城市广大城乡居民的精神文化消费日益呈现出多样化、多层次、多方面的特征，假日经济的市场潜力大，各类文化产品和服务的需求规模迅速增长；特别是当前国际金融危机的负面影响尚未消除，人们的文化消费和心理抚慰需求仍在不断增长，各类文化消费呈现出持续加快发展的态势，文化消费市场迅速扩展，为广州文化产品和服务创造了广阔的市场空间。

3. "十二五"时期经济发展"加快转型升级"步伐加快，为广州文化产业的发展提供了广阔空间

"十二五"时期，广州乃至全省都将坚持以转变经济发展方式为主线，以加快转型升级为重要核心，着力提升制造业的核心竞争力，大力发展战略性新兴产业。而推动产业结构转型升级，迫切需要文化产业的支持和服务，特别是需要以创意设计为核心的高端文化产业的支撑，以推动"广州制造"向"广州创造"转型，提高产业核心竞争力。文化产业具有资源消耗低、环境污染小的鲜明特征，是典型的绿色经济、低碳产业，而且文化产业所满足的文化消费又是一种可持续的消费，因此发展文化产业本身就是广州"十二五"时期实现经济发展"转型升级"目标的一个重要途径。同时，随着"转型升级"步伐的不断加快，广州地区在新数字技术、"三网融合"、创意设计、3G 和 Web3.0 业务等方面得到快速发展，网络广播影视、手机广播电视等新兴文化业态方兴未艾，新的文化产品和服务不断涌现，新的文化产业形态不断催生，将开辟出一个前所未有的巨大新市场，给广州文化产业提供了更加广阔的发展空间。

4. 文化体制改革取得丰硕成果，焕发出生机活力，为广州加快发展文化产业创造了良好的体制条件

"十一五"期间，广州加快深化文化体制改革步伐，完成实施涉及 70 个单位、14800 多人的 31 套改革方案。其中，26 家经营性文化事业单位和 8 家文艺院团全部完成转企改制，市三大新闻单位完成宣传、经营业务"两分开"和制播分离，成功组建广州新华出版发行集团、广州珠江数码集团、广州影视传媒有限公司、广州传媒控股有限公司、广州广电传媒集团有限公司等大型文化企业集团，并大部分完成股份制改造，各项改革措施顺利推进。2009 年，广州被中宣部、文化部、国家广电总局、新闻出版总署联合授予"全国文化体制改革先进地区"称号。通过深化文化体制改革，全市逐步建立起新的符合科学发展的体制机制，为经营性文化领域进一步拉开市场化步伐、推动文化产业发展奠定了体制基础。

5. 广州加快发展文化产业具有良好的经济条件和区位优势

改革开放以来，我国经济上实现持续快速协调发展，经济实力比较雄厚，为加快文化产业发展奠定了良好的经济基础。2010 年，广州市地区生产总值增长 13.0%，三次产业结构为 1.8∶37.2∶61.0。其中一、二、三产业分别完成增加值 189.05 亿元、3950.64 亿元和 6464.79 亿元，分别增长 3.2%、13.0% 和 13.2%；来源于广州地区的财政一般预算收入突破 3000 亿元，进出口总值突破 1000 亿美元，各项经济指标在国内各大城市居于前列。雄厚的经济实力为广州发展文化产业提供了坚实的物质基础。目前，广州财政实力雄厚，金融各业发达，民营经济活跃，对外开放程度较高，政府、企业、私人和外资等各类资金非常充裕，文化产业发展资金来源渠道宽裕，对文化产业增加资金投入的潜在空间很大。同时，广州位于珠江三角洲的中心地带，在东西北三个方向都有很深的文化产业发展的经济腹地。特别是广州自古以来就是中国南方最重要的交通枢纽，也是重要的对外开放和港口城市、区域性中心城市，聚集了大量的人流、物流、商流、资金流、信息流，对于发挥文化辐射力起到重要作用，为大力发展文化产业提供了良好的外部环境。特别是，广州在地缘上毗邻我国港澳台地区和新加坡等东南亚国家，可以便捷地利用这些新兴市场经济体的文化产业发展优势（如香港是世界公认的设计之都、时尚之都、会展之都），通过加强合作，引进文化创意人才和资金，通过扩大对外开放推动文化产业良性发展。

（二）广州市加快文化产业发展的不利因素

1. 产业发展水平不够高

目前，广州文化产业规模在全国各大城市排名虽然靠前，但是企业数量多而不强，文化企业总体上以中小企业为主，大型企业集团和知名企业在数量、实力、规模方面与国内先进城市相比仍显不足，著名品牌不够多，产业链有待完善，自主创新能力有待增强；产业发展的体制性障碍尚未消除，产业结构不尽合理，外围层产业相对较强，核心层产业发展相对薄弱，新兴产业竞争实力还不够强，创意设计等高端业务发展不够充分；产业园区和基地有一定数量，但规模、质量仍有待提高；文化市场体系、投融资体系、中介服务体系等不够健全；文化市场有所发展，但文化消费能力仍显不足；在整体上还没有形成强大的产业核心竞争力和辐射带动力。文化产业的这种发展现状，与广州建设国家中心城市的目标要求不相适应，与广州在全国的政治经济地位不相匹配。

2. 文化资源整合不充分

广州有丰富的历史文化资源和现代科学文化资源。但是由于体制和历史等方面原因，许多方面的文化资源都处于分散割裂状态，缺乏有效的资源整合，难以通过市场化形成文化产业的规模效应。如对全市文化旅游景点的开发利用缺乏"全市一盘棋"的考虑、对部分文化设施提供公益性服务与周边设施进行市场化开发利用之间缺乏统筹安排、一些国有文化企业巨大的文化产品供给能力与广大文化群体的强大消费需求之间缺乏有效对接、科研院所文化资源与社会文化资源缺乏有效整合等等。这些丰厚的文化资源，亟须采取措施，加强整合，以便放大经济功能，形成发展文化产业的强大动力。

3. 产业政策环境有待完善

主要表现在：由于条块分割、多头管理以及主管部门不明确，导致职责不清、统筹协调乏力，容易出现政出多门、口径不一；由于缺乏区域协调，容易导致无序竞争，重复建设，资源浪费；由于缺乏科学的产业规划，导致广州文化产业的目标定位、产业方向、路径选择、制度安排、支撑体系等重大问题不明确；由于在政策指引、扶持资金、重点企业和园区认定办法等方面缺乏有针对性的支持政策，引导和激励社会资本进入的政策不健全，导致产业发展环境对文化企业

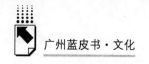

缺乏吸引力和凝聚力；由于人才政策不完善，容易导致文化人才激励机制的有效性、导向性不高，人才聚集效应难以形成，懂文化、善经营的高端文化产业人才比较缺乏；由于缺乏行业自律，中介服务不足，信息资源匮乏，部分文化企业知识产权观念淡薄，导致市场环境不理想。

4. 产业发展意识不够强

部分单位和领导干部对发展文化产业的认识仍显不足，对发展文化产业的重要性认识不充分，"重经济、轻文化"、"重文化的事业属性、轻文化的产业属性"、"重文化设施建设、轻文化市场开发"等思想观念在一些部门和单位的干部群众中不同程度地存在，思想解放不够，发展理念不清，导致对发展文化产业的干劲不足、措施滞后。

5. 产业竞争的压力加大

从国外来看，从20世纪90年代开始，由于文化产业具有对人们思想意识的影响作用，可以成为无形的征服工具，更具有高知识性、高附加值、低能源原材料消耗和环境保护性，被称为高经济成长性、高就业产业，成为各国特别是西方发达国家高度重视并大力扶持发展的新兴产业。英国、美国、日本等国家以及中国港澳台地区先行一步，纷纷提出自己的文化产业发展战略，率先加快发展文化产业，以避免在新一轮全球产业竞争中被抛在后面。在此背景下，境外文化产品和服务不断涌入国内文化市场，占据了广州等各大城市文化市场相当一部分的市场份额。从国内来看，近年来北京、上海、深圳、长沙、杭州等城市为了适应世界文化产业竞争的新形势，迎接我国进入全面建设小康社会带来的消费结构升级、经济结构调整的新趋势，纷纷加快了发展文化产业的实践步伐，推出了各自的文化产业发展战略和措施，不断完善发展政策、优化发展环境，争夺资金、人才、技术和市场等。因此，广州发展文化产业面临日益激烈的国内外城市竞争，既要应对来自国外文化产业巨擘的挑战，也将受到国内先进城市文化产业迅速崛起的强大竞争压力。

三 广州市加快文化产业发展的政策选择和建议

随着中央和省、市各个层面加快文化产业发展的政策和措施的逐步到位，以及近几年经济的快速发展和居民收入的不断增长，广州市文化产业已经具备了加快发展的软硬条件。必须把握好这一前所未有的发展机遇，切实采取有效措施，促进广州市文化产业实现跨越式发展。

（一）以实现科学发展为指导，选择正确的产业发展路径与策略

现阶段加快文化产业发展，必须把握好产业发展路径和策略。

1. 时序性推进与跨越式发展相结合

文化产业要在原有发展基础上，突出重点，整体兼顾，循序推进，不搞一哄而起。广州市加快文化产业发展的举措虽然比国内外先进城市要稍迟一些，但却可以利用后发优势，进行科学规划，精心选择合理路径，实现跨越发展。

2. 保护性策略与开发性战略并重

一方面，一些文化资源可以依托产业化的途径得到保护，并进行新的开发，对此，要积极探索走在有效保护的前提下进行市场化开发的路子。另一方面，经营性文化资源的市场化开发，也需要公益性文化事业的蓬勃发展来支持。

3. 集团型扩张与基地型集聚并进

一方面，要加快文化产业园区和基地建设，促进文化企业集聚发展，打造若干个具有核心竞争力的文化产业基地。另一方面，也要做大做强文化产业"旗舰型"企业，打造大型文化企业集团，形成若干个产值达百亿元的大型文化产业集团（公司）。

4. 传统优势产业和新兴产业并重

既要重点加快发展创意设计、网游动漫、数字内容与新媒体等新兴文化产业，又要巩固提升新闻出版、文化会展、文化旅游、文化用品制销、演艺娱乐、影视音像等传统优势文化产业。

（二）优化产业结构，造成鲜明的产业优势和产业特色

加快发展文化产业，必须立足现有基础，抓住文化产业发展趋势，着力打造重点行业，优化产业结构，形成特色产业、优势产业。

1. 明确产业发展重点

要以"新兴产业、优势产业、传统产业"为优先次序，把加快发展创意设计、网游动漫、数字内容与新媒体等新兴文化产业，以及新闻出版、文化会展、文化旅游、文化用品制销、演艺娱乐、影视音像等传统优势文化产业作为重点。

2. 构建以高端文化产业为主导的产业体系

要以产业价值链中前端和后端价值增值环节为核心，以高端文化产业为主导，作为产业结构调整的主攻方向，构建以新兴文化产业为先导、传统优势行业为支撑，文化产业和其他相关产业融合互动、协调发展的具有国际竞争力的现代文化产业体系。要以增强自主创新能力为主线，推动新媒体、数字内容等新兴文化产业实现跨越式发展，成为全省高端文化产业发展的策源地和核心区。推动传统优势文化产业转型升级并实现高端化发展。

3. 以推动产品原创彰显产业特色

以注入岭南传统文化元素、丰富文化产品的原创内容作为重要途径，不断增厚文化产品的传统内涵和本土气息，提升文化产品竞争力。充分整合广州作为"四地"的历史文化资源，广泛挖掘传统特色文化资源，延伸特色文化产业链条。

（三）大力推动改革创新，增强文化产业发展后劲

1. 继续深化文化体制改革

按照政企分开、政资分开、政事分开、管办分开、政府与市场中介组织分开的要求，加快行政审批制度改革。建立健全国有经营性文化资产运行和管理机制。巩固和发展全市经营性文化事业单位转企改制成果。加快国有文化企业产权制度改革，实现投资主体多元化，建立完善的公司法人治理结构。扶持优势文化品牌发展，依法严厉打击侵犯知识产权的各种行为，强化对文化企业原创知识产权的保护。做好文化产业知识产权的立法工作，支持建立和完善知识产权公共信息平台，做好文化产业园区重点企业和重点产品的知识产权管理指导工作。

2. 创新文化人才激励制度

引导广州地区高校加快文化产业相关学科的建设，根据市场需求增设文化产业及相关专业，培养急需人才。鼓励科研院所和社会培训机构发展文化产业职业教育，培养文化产业亟须的实用性人才。灵活运用社保、入户、住房、配偶就业、子女入学、创业支持等多种优惠政策，建立健全文化产业人才、智力和项目相结合的柔性引进机制，建立国际性的文化产业人才库。建立健全与市场经济体制相适应，符合人才专业和岗位特征、注重工作业绩、鼓励创新创造的利益分配机制。充分利用广州高层次人才发展专项资金，为文化产业高端人才的引进培养、创业扶持、奖励和学习培训等方面提供资助。

（四） 加快载体建设，增强文化产业的发展动力

1. 着力打造产业大平台

建设动漫衍生产品交易中心、文化遗产与文物艺术品创意体验综合功能区、文化产品贸易集散地。办好"中国（广州）优秀舞台艺术演出交易会"，设立广州文化产品交易会和文化版权交易中心，加快广州文化产权交易所建设。通过实施研发计划对文化产业共性技术进行研发，推动共性技术和关键技术实现跨越式突破。推动统计部门开展和完善广州市文化产业统计制度，建立健全文化产业发展的监测、预警、预测、统计信息定期发布制度。

2. 实施重点项目带动战略

围绕推动文化产业向高端化发展的方向，着力建设一批基础性、功能性、具有重大示范效应和产业拉动作用的文化产业重大项目，着力推进一批投资规模大、科技含量高、市场前景好、链条长、具有自主知识产权的文化产业重点项目。按照"储备一批、规划一批、建设一批"的滚动发展原则，建立广州文化产业重点项目库。开辟重点项目审批绿色通道，实行特事特办。加强对重点项目的跟踪管理，引导金融机构加大对重点项目的信贷支持，解决融资瓶颈问题。

（五） 强化保障措施，优化文化产业政策环境

1. 加强组织领导

各级党委和政府要把发展文化产业纳入经济社会发展总体规划。有关部门要组织制定并实施发展文化产业各重点领域中长期行动计划和相关政策。要加强督查，确保区（县级市）参照市的做法，做到领导、机构、人员、责任、经费、规划、制度、措施等方面的落实，形成上下两级联动的推进机制。文化产业发展的各项工作目标和发展项目要层层分解，落实到具体部门和单位，并列入干部任期目标。加大文化市场综合执法力度，加强各有关部门的联合执法，严厉打击侵犯、破坏文化建设的行为。

2. 完善政策保障

降低投资准入门槛，积极吸收社会资本和外资进入政策允许的文化产业领域，坚持"非禁即入"原则，进一步放宽市场准入条件和领域。落实国家和省市的税费优惠政策。

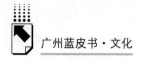
3. 落实资金保障

支持各类投资主体进入文化产业，构建多元投资主体。采取灵活方式，创新金融产品，引导金融机构为文化企业提供便利的融资服务。每年从市宣传文化发展专项资金和文化同步增长资金中安排文化产业发展专项资金。设立广州市文化产业发展专项资金支持项目专家论证制度，加强对市文化产业发展专项资金、市软件和动漫产业发展专项资金、市现代服务业发展引导专项资金的统筹协调。

A Study on the Development of Cultural Industry of Guangzhou and Corresponding Strategy

Mei Shenghong

Abstract：This article sums up the development situation of Guangzhou of the past few years and makes an analysis of the development characters of the cultural industry of Guangzhou. Also it makes an evaluation of the advantages and disadvantages for quickening the development of Guangzhou's cultural industry, and puts forward ways and 5 detailed strategy and suggestions including ways and patterns, industrial advantages and characters, system reform and innovation, industrial development media and measures of insurance.

Key Words：Guangzhou; cultural industry; study of strategy

B.15
关于广州体育产业和文化产业
融合发展的对策研究

彭 澎 范修宁 黄梦霞*

摘 要：本文以广州市文体产业的发展为典型，基于广州文化产业和体育产业的发展状况，指出不断完善的产业政策、坚实的产业融合基础和良好的市场环境支持是其体育产业和文化产业融合发展的机遇，并进一步提出促进其体育产业和文化产业全方位融合发展的对策。

关键词：体育产业 文化产业 产业融合 广州

一 广州体育产业和文化产业的提升与转型

2003 年以来，广州体育产业和文化产业保持了较快的增长，整体的产业水平也得到了较快的提升。作为改革开放的前沿，广州体育产业和文化产业的发展依托珠三角较为成熟的市场经济背景，开拓了两个产业市场导向性较强的产业发展路径，从而使得广州体育产业和文化产业逐步走上了产业发展的市场化道路，产业的整体水平也都得到了较快的提升，最终为两个产业的融合发展奠定了良好的基础。同时，随着近年来国家、省市各级政府部门出台了一系列加快体育产业和文化产业发展的政策文件，产业发展的政策环境不断完善，广州市体育产业和文化产业的机遇也是巨大的。当然，整体产业发展状况的向好并不能掩盖广州体育产业和文化产业发展当中面临的一些问题和挑战。如何迎接挑战，加快体育产业和文化产业的提升与转型，从而促进

---

* 彭澎，管理学博士，广州社会科学院政治学研究员，主要研究公共管理、政府创新等问题；范修宁、黄梦霞，华南理工大学行政管理专业研究生。

产业融合创新是未来广州体育产业和文化产业发展过程中需要进一步着手解决的问题。

（一）广州体育产业和文化产业发展概况比较

1. 广州体育产业的发展状况

广州体育产业的发展起步于 20 世纪 90 年代初期，而早在 1995 年原广州市体委就通过与广州太阳神集团合股组建职业化竞技体育俱乐部的方式推进竞技体育的职业化。市属的体育场馆也先后从公益型向经营型转变，除保留一部分公益性的场馆外，还通过采取市场化的经营方式盘活存量的场馆资源，取得了良好的经济效益和社会效益。而在 2001 年广州市为举办第九届全国运动会新建场馆的运营管理上，广州采取产权多元化、管理企业化的形式，由广州市政府和珠江实业集团提供投资修建，场馆经营管理上则交由珠江实业集团承担。可以看出，广州体育产业的发展一直是沿着市场化的发展道路前进的，以市场为导向，把市场经营的理念和先进经验引入到体育产业的发展当中，逐步把广州体育产业引向市场化的发展模式。这也是广州体育产业从早期发展到后来的快速提升所积累下来的宝贵经验。目前，广州初步形成以体育服务业和体育用品业为主要内容的体育产业框架体系，体育竞赛表演、健身服务、彩票销售、无形资产、体育用品、中介人才等六大市场初步形成。

如果从 2001 年广州举办第九届全国运动会算起，近十年间，广州体育产业的发展完成了从体育事业到体育产业的转变，产业的整体规模和经济效益得到了较快的提升。应该说，广州市体育产业无论是在广东省内还是与全国体育产业的整体水平相比较，都是走在前列的。2002 年，我国体育产业的增加值为 696.64 亿元，占当年全国 GDP 的 0.67%，而据广东省 2003 年体育产业的调查数据，广东省 2002 年体育产业总产值 250.13 亿元，增加值 67.9 亿元，占全省 GDP 0.57%，同期广州市的体育产业增加为 26 亿元，占当年 GDP 的比重则达到了 0.87%。可见广州体育产业的整体发展水平要高于全国和广东省的发展水平。

表 1　2002 年广州市体育产业增加值比较

指　标	全　国	广东省	广州市
体育产业增加值（亿元）	696.64	250.13	26.00
增加值占 GDP 比重（%）	0.67	0.57	0.87

从历年来广州市体育产业增加值的比较上，也可以看出广州市体育产业近年来的快速发展。从表2可以看出，2002年广州市的体育产业增加值为26亿元，占GDP的比重为0.87%；而2008年广州市体育产业的增加值达到了122.36亿，占GDP的比重上升到1.48%，6年间广州市体育产业的增长速度不断加快，体育产业对拉动国民经济发展的作用越来越明显。图1反映出了广州市体育产业增加值占全市GDP比重的变化情况，整体上升的趋势非常明显，显示出了体育产业对于地区经济增长的贡献不断增大。另外，从产业总产值的比较上看，2004年广州市体育及相关产业的总产值为85亿元，2007年则达到了264.71亿元，增长了2倍多，而在2009年广州市体育产业的总产值则超过了300亿元，可见，产业整体的规模随着近年来的快速发展也在不断扩大。

表2 2002～2008年广州市体育产业增加值比较

年份	体育产业增加值（亿元）	体育产业增加值占GDP比重（%）
2002	26.00	0.87
2004	41.00	1.00
2005	54.00	1.10
2006	60.00	1.10
2007	106.41	1.30
2008	122.36	1.48

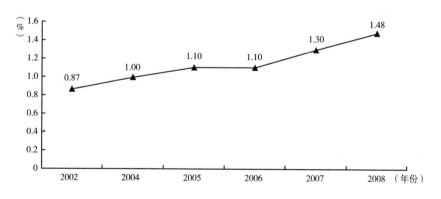

图1 2002～2008年广州市体育产业增加值占GDP比重的变化情况

作为体育产业发展的一个重要组成部分，广州市体育彩票销售情况和群众体育、体育竞赛表演业的发展情况也表现出了良好的态势。从图2中可以看出，

2006 年广州市体育彩票的销售额为 6.07 亿元，而 2009 年则增加到了 15.44 亿元，2006～2009 年间广州市体育彩票的销售额增长了 1.5 倍，体彩销售保持了旺盛的势头。其中，2009 年，广州体育彩票的销售增幅更是达到了 52.6%，创造了历年来广州市体育彩票年销售额增幅的最高纪录，继续位居全国省会和副省级城市第一位。

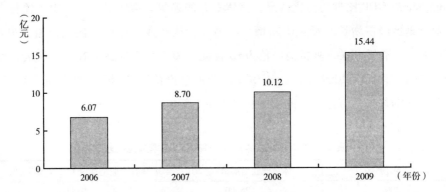

图 2　2006～2009 年广州市体育彩票销售情况

表 3　2005～2007 年广州群众体育和体育竞赛发展情况

年份	参加市区两级全民 健身活动人数(万人次)	举办国际、国内单项 比赛次数(次)
2005	116.19	17
2006	293.53	22
2007	383.97	42

数据来源：广州市统计年鉴。

　　同样，广州市群众体育和体育竞赛表演也保持了蓬勃发展的势头。广州市体育产业的发展一个重要的基础就是广州有着良好的群众体育氛围，正如广州近年来的一句流行语"请人吃饭，不如请人流汗"，即反映出了广州市民对于体育锻炼越来越重视，也说明了广州一直以来所保持的良好的群众体育氛围。从产业发展的角度上讲，良好的群众体育基础也意味着体育市场需求非常广阔，有消费需求的产业自然有着强大的发展后劲。群众体育的发展为广州体育产业的发展提供了坚实的基础，而近年来随着一系列体育赛事的举办，也体现了广州体育竞赛表演业的快速发展势头。从 2001 年九运会到 2010 年的亚运会，十年间，越来越多的体育赛事在广州举办，既促进了广州城市体育设施的改善，也为赛事相关产业的发展创造了巨大的发展机遇。2001年广州承办了第九届全国运动会，2010年广州举办了第十六届亚运会，十年间，两次体育盛会也是对广州体育产业发展的最好阐释。

2. 广州文化产业的发展概况

广州文化产业的发育较早，发展较快，早在2000年广州就已基本形成了文化娱乐市场、书报刊市场、音像制品市场和文物字画、工艺美术品市场等具有相当规模、品种较为齐全的文化市场，初步形成了以国家办文化为主导、社会办文化为基础的文化产业发展局面。广州文化产业的发展有着独特的优势，也蕴涵着强大的发展潜力，特别是在当前广州正处在产业结构调整和升级的关口，文化产业对于拉动经济转型具有积极的意义。据统计，2002年全市共有文化产业单位2992个，从业人员7.7万人，营业收入155亿多元，占全市GDP的5.2%。

2000年广州文化产业增加值占GDP的比重约为2%，而2009年广州市文化产业增加值达到717亿元，占到全市GDP比重的7.87%，可见广州文化产业的发展势头是比较快的。2009年广东省文化产业增加值占全省GDP的比重为6.4%，广州市的文化产业所占GDP比重要高于广东全省的水平，这也显示出了广州文化产业发展水平要好于广东全省的整体水平。文化产业增加值比重的提升说明了文化产业已经逐步显示出对广州经济发展的支柱性作用。从统计数据来看，一方面广州文化产业的发展水平整体是比较好的，广州文化产业的市场前景比较广阔；另一方面也显示出了广州文化产业在结构上的一些变化，例如传统的出版业比重在下降，新兴的文化产业形态则显示出了更加强劲的发展势头。文化产业发展结构上的变化，也预示着广州文化产业在今后发展过程中所面临的结构调整和产业形态的一些变化。

表4和图3反映的是1998~2007年广州市报纸、图书和杂志期刊的出版情况。可以看出，1998~2007年间，广州市报纸、图书和杂志期刊作为传统的文化产业类型，表现出了不同的发展趋势：一方面报纸、杂志等时效性比较强的产业在发行量上整体处于上升的态势，而另一方面图书出版量整体上在下降。随着文化体制改革的深化，传统的文化出版业实质上面临着重新的结构调整。在传统的出版服务业当中，图书出版业的整体比重在下降，而报纸的出版份额则相对地有所提升，杂志期刊的发行情况也有一个上升的趋势。

表4 1998～2007年广州市报纸、杂志和图书出版情况

年份	全年出版报纸(万份)	全年出版图书(万册)	全年出版杂志刊物(万册)
1998	190571	32343	21127
1999	213760	29866	22359
2000	233782	26426	22505
2003	287285	26008	19105
2004	285990	27849	18550
2005	285198	22078	16196
2006	308067	26486	18256
2007	294121	22653	21209

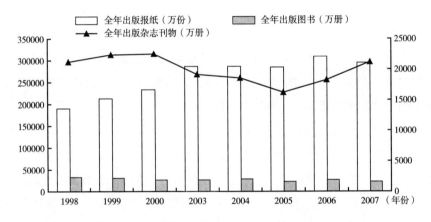

图3 1998～2007年广州市报纸、杂志和图书出版情况

图4反映的则是广州市文艺演出和群众文化活动的情况，从中可以看出，广州市艺术表演团体演出场次在1998～2003年间，处于一个下降的趋势，而2003～2007年间整体的发展趋势则相对平稳；群众文化活动方面，1998～2007年整体趋势稳中有升，显示出广州群众文化活动在近年来得到了较好的发展，这也是广州文化产业发展的一个突出特点，文化产业的发展有了更广阔的群众基础。因此，在广州文化产业的发展上，群众文化服务行业的发展状况处于较好的水平。

总体上看，随着广州市不断深化文化体制改革、营造城市文化氛围、构建公共文化服务体系、繁荣文艺创作、保护历史文化遗产、发展文化产业、壮大新闻出版与广播电视业、加强文化市场管理，广州文化产业的发展不仅显示了产业本身的水平有所提升、产业的整体发展状况向好，也反映出了广州文化产业发展过

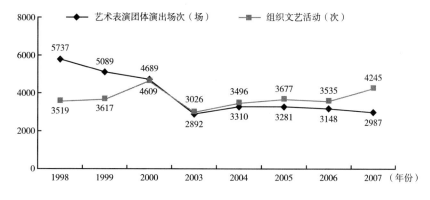

图 4　1998 ～ 2007 年广州市文艺演出和群众文化活动情况

程当中的结构转型。近年来，深化文化体制改革也是广州推进文化产业加快发展的一项重要措施。广州拥有庞大的国有文化产业资产，其中的主导产业主要包括广播电视业、新闻出版印刷业、音像业、文化旅游业和艺术培训业等方面。广州通过加快文化体制改革，进一步盘活存量文化产业资源，促进文化产业的市场转型，加快文化事业单位的转企改制，例如组建广州新华出版发行集团、广州珠江数码集团、广州影视传媒有限公司等大型文化企业集团并完成股份制改造。进一步加强对文化产业的引导与服务，推进文化产业基地和区域性文化产业集群发展，鼓励、引导民营文化企业走集约化、规模化经营道路，广州市至 2010 年底共有 61 个文化产业园区，其中 2007 年广州长隆集团、TCL 文化发展公司被列为国家文化产业发展基地，海珠区"文化星城"被列为广东省首批文化产业园区。

目前，广州市正在研究和制订《广州市文化产业发展规划》，计划用 5 年时间基本形成完善的文化产业市场体系及文化产业发展配套政策和管理机制，重点培养一批骨干企业，以市场机制推动文化产业做强、做大，促进与高新技术相结合的新文化业态长足发展，形成差异发展、互为支撑、布局合理的文化产业集群。为加快广州文化产业的发展，未来广州将重点打造 20 家左右文化产业人才培养基地，吸引一批业内领军人才和创业团队，实现每年 5% 的产值增长速度，到 2015 年，文化产业增加值占地区生产总值比重达到 10% 以上。为此，今后广州文化产业将重点突破报纸出版、网游动漫、创业设计、广播影视及演艺娱乐等五大产业。

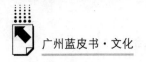

（二）广州体育产业和文化产业融合发展的机遇

从上述对广州体育产业和文化产业发展状况的阐述中，可以看出，两个产业的发展具有一定的共性特征：一是广州市体育产业和文化产业在近年来都保持了较好的发展势头，产业总体规模不断扩大，产业对地区经济发展的促进作用明显，其中 2008 年广州体育产业增加值占全市 GDP 的比重达到 1.48%，而 2009 年广州市文化产业增加值所占 GDP 比重则达到 7.87%；二是广州体育产业和文化产业的发展基础越来越坚实，两个产业的市场需求和群众基础都非常好，群众参与度较高，显示了产业未来发展的广阔前景；三是广州体育产业和文化产业在发展路径上都有着非常明确的市场导向，市场化的方向是两个产业发展的重要方式，也一直是广州体育产业和文化产业得以持续创新的重要动力；四是跨行业复合经营，集群化、规模化发展都是广州体育产业和文化产业未来推进产业融合创新的主要方向，近年来两个产业都在不断加快产业基地和园区建设的步伐。

当前，广州体育产业和文化产业融合发展面临着新的机遇：一是产业共同特质和发展共性。体育产业和文化产业本身的产业特质是两个产业融合发展的前提所在，而广州体育产业和文化产业发展上的共性和发展趋势也构成了产业融合发展的机遇。二是两个产业融合发展的政策环境不断改善。国家、省市出台了一系列加快体育产业和文化产业发展的政策措施，推动产业融合的政策扶持力度不断加大。三是良好的产业基础。广州体育产业和文化产业经过近年来的发展，产业规模和产业发展水平得到了较大的提升，两个产业融合发展的总体趋势逐步显现。四是相对完善的市场环境。广州体育产业和文化产业目前已经基本形成了比较符合自身发展的市场环境。

推进广州体育产业和文化产业的复合经营与融合发展，是未来加快广州体育产业及文化产业发展的有效途径，也是两个产业发展的大趋势。当前，广州市体育产业和文化产业融合发展处于机遇期，两个产业在前面的发展基础上，已经积攒了产业融合创新的产业基础。而随着今后广州在产业升级和结构调整上步伐的加快，体育产业和文化产业以其独特的产业特质和发展优势，将成为未来广州产业升级的一个重要方向。

1. 不断完善的产业政策

首先，国家扶持体育产业和文化产业发展的政策不断完善。随着《文化及相关产业分类》（2004）、《国务院关于深化文化体制改革的若干意见》（2005）、《体育及相关产业分类（试行）》（2008）、《文化部关于加快文化产业发展的指导意见》（2009）、《文化产业振兴规划》（2009）和《国务院办公厅关于加快发展体育产业的指导意见》（2010）等政策文件的出台，使得加快体育产业和文化产业发展的宏观政策环境得到了较好的改善。其次，省市政策的出台是提供产业融合发展的有力支持。《中共广东省委、广东省人民政府关于深化文化体制改革加快文化事业和文化产业发展的决定》（2006）、《广东省文化产业发展"十一五"规划》（2007）和《广东省建设文化强省规划纲要（2011～2020年）》（2010）等都提出了加快广东文化产业发展的要求。

近年来，广州市为落实国家和广东省有关体育产业和文化产业的政策文件精神，促进广州体育产业和文化产业的发展，出台了《中共广州市委、广州市人民政府关于继续解放思想、深化文化体制改革、推动文化事业和文化产业加快发展的决定》（2008）和《中共广州市委、广州市人民政府关于进一步加快我市体育产业发展的意见（稿）》（2009），进一步明确广州市今后文化产业和体育产业的发展方向和政策措施，将为广州体育产业发展提供良好的政策保障。

2. 坚实的产业融合基础

首先，2009年广州的经济总量达到9112.76亿元，经济总量和规模位居国内大中城市第三，随着珠三角地区的区域发展速度加快，地区联动带来的经济总量的增长将会更加明显，这为广州体育产业和文化产业的融合发展、复合经营提供坚实的经济基础。其次，近年来，广州市体育产业和文化产业的增加值一直排在全国和广东省的前列，两个产业发展的速度不断加快，产业规模和产业发展水平得到了较大的提升。广州体育产业和文化产业经过近年来的快速发展，2007年全市体育及体育相关产业总产出达264.71亿元，实现增加值106.41亿元，增加值占广州地区生产总值的1.30%，2008年广州市体育产业的增加值占GDP比重上升为1.48%；而2009年广州市文化产业增加值占GDP比重则达到了7.87%，对于地区经济发展的支撑作用明显。

另外，广州市拥有庞大的人口规模，据测算2010年广州常住人口达到1400万，并且随着城市化的速度加快和人们体育消费观念的形成，意味着广州体育产业和文化产业的消费需求非常巨大。广州有着较高的综合配套能力和初具规模的产业市场体系，为体育产业和文化产业的持续发展奠定了雄厚的基础，而相对完善的体育基础设施网络和文化产业基础设施，则为两个产业的融合发展提供了强有力的物质保障。

3. 良好的市场环境支持

广州作为改革开放的前沿，经过三十多年的改革发展，已经基本建立了相对完善的市场经济体系，市场经济环境不断改善，市场经济理念得到了广泛的认可。从 20 世纪 90 年代开始，广州市体育产业和文化产业的发展也一直沿着市场经济的改革路径不断推进，随着改革的深化，两个产业的市场体系和市场机制逐步建立。因此，目前广州所具有的相对完善的市场体系和良好的市场经济环境，为体育产业和文化产业的复合经营打下了坚实的体制基础。

广州经济的快速发展和不断加快的产业结构转型，意味着广州体育产业和文化产业在经济发展中的作用日趋明显，两个产业的融合创新将成为新一轮产业转型升级的重要举措。另外，广州作为华南的中心城市以及毗邻港澳的地理区位，是广州相对于其他城市具备的区位优势，体育产业和文化产业的发展可以借助珠三角地区和粤港澳的深化合作，形成优势互补和相互促进的发展态势。通过加快珠三角地区的一体化进程，推动粤港澳的深化合作，进一步扩大广州体育产业和文化产业的区域合作和对外交流，从而提升产业的融合发展水平。此外，广州近年来全民健身活动和群众文化活动活跃，体育和文化消费需求旺盛，据调查结果显示，广州市体育人口比例基本保持在 58% ~ 60% 之间，达到中等发达国家水平，产业的市场需求空间比较大。而随着 2010 年广州亚运会和亚残运会等一系列重大赛事的举办，赛会经济也构成了广州体育产业和文化产业加快融合发展的机遇所在。

当然，机遇与挑战并存是当前广州体育产业和文化产业发展的整体形势。广州体育产业和文化产业在发展上所体现出的共性特征，恰好说明两个产业融合的巨大机遇，此外，产业融合发展的政策环境、产业基础、市场环境也是构成广州体育产业和文化产业融合发展的机遇所在。机遇之外则是广州体育产业和文化产业融合发展面临的挑战，例如体制机制束缚、产业协同不足、复合经营型人才缺乏、市场体系不完善等等。加快广州体育产业和文化产业的融合发展，需要广州在把握机遇的基础上，深化产业发展的体制机制创新，完善产业融合的政策措施，推动广州体育产业和文化产业的复合经营和集约化、规模化发展。

二　广州体育产业和文化产业融合发展的主要对策

体育产业和文化产业作为新兴的产业，被认为是未来最具增长潜力的产业之一，其对拉动地区经济增长的贡献率是衡量一个国家或地区经济发展潜力的重要指标。从国内外现代体育产业和文化产业发展比较上可以看出，体育产业和文化产业的融合趋势随着产业的演进不断加强，以复合经营为代表的新的产业形态不断出现，新兴的融合性行业正逐步成为拉动体育产业和文化产业发展的新动力。

产业融合是产业发展到一定程度后必然会经历的过程，也是产业发展水平提升的一个方式，因此，加快体育产业和文化产业的融合发展既是现代体育产业和文化产业发展的趋势所在，也是提升产业发展水平的重要途径。

体育产业和文化产业在产业特质和产业发展上所体现的共性特征是两个产业融合发展的前提，而产业发展水平和市场发育程度是两个产业发展的基础。广州体育产业和文化产业经过近年来的快速发展，已经形成了产业融合发展的良好基础，并且随着今后广州在产业升级上步伐的加快，体育产业和文化产业融合发展的政策环境和市场环境进一步改善，加快产业的融合创新成为今后广州体育产业和文化产业需要解决的一个重要问题。因此，加快广州体育产业和文化产业的融合发展需要做好以下几个方面的工作：①探索建立产业融合发展的创新机制；②深化市场体系建设，推进产业复合经营；③完善促进产业融合发展的政策扶持；④加快融合性新兴市场的培育和监管；⑤推动产业的集团化和集群化发展；⑥促进产业的结构调整和协调发展；⑦加强专业性人才的引进和培育；⑧鼓励产业技术的创新及应用。

（一）探索建立产业融合发展的创新机制

尽管广州体育产业和文化产业经过近年来的快速发展，在产业规模和产业发展水平上都有了较大的提升，但是产业融合发展仍面临着一些体制机制上的束缚。由于在体育产业和文化产业的经营上仍然存在着观念意识上的不到位，因此在传统的体育事业和文化事业发展模式下，产业化和市场化的经营机制和管理体制仍需要进一步改革和完善。例如在产业管理上的部门分割、职能交叉、多头管理，在经营体制上政企不分、政事不分等等，不仅束缚产业本身的发展，更导致了产业融合上的困局，使产业融合创新的动力不足。改革开放以来，广州体育、文化体制的改革在探索中逐步前进，但总的来说，广州体育产业和文化产业融合发展的体制改革明显滞后于物质生产领域，与上海、北京等先进省市相比也明显落后。

加快广州体育产业和文化产业发展的机制创新，一方面在推进体育和文化体制改革的过程当中，要进一步深化体育和文化事业及经营单位的管理体制，加快"政企、政事、政资"的分开，充分发挥市场的基础拉动和政府宏观政策引导作用；另一个方面是在产业融合发展的市场机制上，进一步创新市场机制，不断推进产业经营机制和管理体制的创新，着重建立促进产业融合发展的创新机制。加快体育产业和文化产业融合发展既要突破传统体制的束缚，也要突出对产业融合发展的新机制探索，在政府管理机制、产业经营机制、产业创新机制上，逐步探索建立加快产业融合发展的新机制。

（二）深化市场体系建设，推进产业复合经营

目前，虽然广州体育产业和文化产业已经初步建立了产业发展的各类市场，但是随着体育产业和文化产业的发展，市场体系不完善直接限制产业本身的进一步成长，也导致了在市场监管上的各种问题。特别是在相关产业的复合经营上，市场体系的缺失成为产业融合的瓶颈之一。促进广州体育产业和文化产业的融合发展需要进一步的市场体系建设，通过完善市场体系推动体育产业和文化产业的复合经营，推动新的产业形态发展。深化市场体系建设，推进体育产业和文化产业复合经营，促进产业的集聚发展、融合发展，既可以充分发挥体育产业和文化产业对周边产业的带动作用，又能够延伸产业的价值链，形成产业间相互融合、共同发展的模式。

一方面是要完善体育产业和文化产业各类专业市场的建设，尽快建立健全两个产业的市场平台，在保证体育和文化产品社会效益的同时提升产业经营的市场效益，鼓励各类专业性的市场主体参与到市场体系的建设当中来，促进多种业态的共同发展；另一方面，在金融、信息、技术等与体育产业和文化产业密切相关的市场建设上，完善体系建设，充分发挥其对体育产业和文化产业融合发展在资金、信息、技术上的支持作用；最后，在体育产业和文化产业的上下游产业链上，加快两个产业深化合作的市场体系建设，例如加强两者在信息传递、赛事推广、商业服务等方面的市场建设。

（三） 完善促进产业融合发展的政策扶持

与传统的产业相比较，体育产业和文化产业还属于新兴的产业领域，从广州的发展情况看，两个产业的整体规模和水平还有待进一步提升。同时，随着产业结构调整和升级，体育产业和文化产业被认为是未来具有较大潜力的两个产业，产业对经济的拉动作用也逐步增加。虽然国家、省市都出台了一系列的促进产业发展的政策措施，但是在推进体育产业和文化产业上，广州仍需要进一步完善产业融合发展的政策扶持措施，落实国家和广东省加快体育产业和文化产业的政策措施，进一步完善扶持产业发展的配套措施。

一方面放松产业发展的政府规制。目前，体育产业和文化产业的发展还存在较多的政府规制，过多的政府规制限制了体育产业和文化产业在产品、技术、市场等多个方面的融合，限制了人才、资金、技术上跨行业流动，不利于体育产业和文化产业在发展过程中的融合创新。放宽体育产业发展的政府规制，是促进体育产业和文化产业融合发展的必要条件。另一方面，进一步完善投融资、税费等方面的政策优惠。为鼓励非公有制资本进入体育产业和文化产业，在投融资领域应完善优惠扶持措施，加大产业发展的税费优惠扶持，特别是对与体育产业和文化产业的融合性相关的新兴产业，要加大政策的扶持力度，为产业的复合经营创造更大的发展空间。在税收、价格、土地使用等方面采取有力的优惠措施，推动体育产业和文化产业的融合发展。此外，还应规划广州体育产业和文化产业创新融合的孵化基地建设，通过园区孵化等方式扶持体育产业和文化产业的复合经营。

（四） 加快融合性新兴市场的培育和监管

随着广州经济发展和人们物质生活条件的改善，体育和文化消费的观念正越来越多地得到普遍认可。近年来广州群众性体育活动和全民健身活动的蓬勃发展，为广州体育产业和文化产业的兴起提供了很好的群众基础，也带来了广阔的市场前景。与其相适应的则是广州体育产业和文化产业总产值的不断增长，这也预示了产业市场的巨大潜力。人们的消费观念在不断变化的同时，消费需求也在变化，对体育和文化产品及服务的消费层次、消费结构不断提升，对于体育和文化的融合性消费需求在增加，这是市场利好的方面；但是，也需要看到，广州体

育产业和文化产业的市场本身规模还比较小，特别是对两个产业融合的新产品和新服务，在消费观念和消费市场上仍需要进一步做好培育。只有在融合性产品和服务消费需求上形成规模化的市场，才能够推动体育产业和文化产业的融合创新，促成产业融合的持续动力。

此外，作为新兴的市场，加强监管以规范市场行为，也是促进广州体育产业和文化产业健康发展的重要举措。需要进一步完善体育产业和文化产业的市场监管体系，健全政策法规，加强市场主体规范发展的观念意识。从而一方面维护新兴市场的秩序，另一方面加快体育产业和文化产业融合性新兴市场的培育，为产业的融合创新提供良好的市场平台。

（五）推动产业融合的集团化和集群化发展

体育产业和文化产业作为现代服务业的一部分，产业的关联度比较高，产业链较长，涉及的产业部门也比较多，因此，在产业融合过程中需要通过集约化、规模化发展以降低产业内部的交易成本。从现代体育产业和文化产业的发展比较中可以看出，体育产业和文化产业在走向产业融合的过程中，也出现了以大集团和大企业为代表的集团化发展态势，同时随着融合程度的提升出现了以园区化发展为代表的产业集群。当前，加快广州体育产业和文化产业的融合创新，要在推进两个产业集团化和集群化发展上有所作为。广州正在加快体育产业和文化产业园区的建设，因此，可以在单一产业园区建设的基础上加快培育体育产业和文化产业复合经营的产业园区，推进多种业态的复合经营。

在推进体育产业和文化产业复合经营的产业园区建设的同时，还可以加快推进大型的体育产业集团以及体育产业和文化产业跨业经营的产业集团建设，扶持若干个进行跨地域、跨行业、跨媒体的多元化经营的大型体育产业集团建设，从而加快体育产业和文化产业的资源整合。此外，还应当积极推动企业制度创新，促使体育产业和文化产业在集团化、集群化发展的同时，保持企业持续创新的动力。

（六）促进产业内部的结构调整和协调发展

由于广州体育产业和文化产业在内部结构上不合理，产业传统意义的行业构成占的比例还比较大，导致两个产业在产业内部以及产业之间的联系不足，体育产业和文化产业的融合度不高。一方面体育产业和文化产业各自的产业结构本身还需要进一步优化升级，另一方面由于产业本身结构上的不协调，也限制了产业间的融合。随着新技术特别是现代信息技术在体育产业和文化产业当中的运用，技术因素为两个产业的进一步融合发展创造了更多的机会，但是，产业结构调整的滞后却使得产业融合步伐并没有随着新技术的运用而得到较大的提升。因此，无论是从产业发展的长远考虑还是从短期内提升产业的发展水平出发，广州在体育产业和文化产业的结构调整上都应当有所作为。

首先，从体育产业和文化产业的内部结构上，应当做产业政策的引导，加强产业内部结构的互动，促进产业内部结构的协调。体育产业和文化产业的发展都应当坚持社会效益和市场效益兼顾的原则，保持产业结构的合理布局，注重培育具有市场竞争力的支柱行业，引导企业在产业发展上合理布局。其次，促进体育产业和文化产业的相互联系和产业间的协调发展，特别注重培育扶持具有市场前景的新兴融合性行业发展，鼓励体育产业和文化产业的复合经营和多种融合业态的发展。

（七）加强专业性人才的引进和培育

人才是产业创新发展的关键所在，无论是产品、技术还是市场的开发最终都需要高端的专业性人才来完成。同样，体育产业和文化产业的融合发展也需要有大量的专业人才。广州体育产业和文化产业的发展整体规模和水平还有待提升，很大程度上也是受制于专业人才的匮乏，主要表现为既有体育专业知识和管理知识，又熟悉市场经济运行方式和法律的专门人才严重短缺。一方面，由于人才流动机制的不完善、不健全，限制了各类专业人才的跨行业、跨部门流动，从而限制了体育产业和文化产业在人才优势上的互补；另一方面，在体育产业和文化产业融合发展的趋势下，急需要大批具备两个产业经营管理知识背景的复合型人才，但是目前这类专业人才还是比较匮乏的。人才、技术、资金是构成一个产业持续发展的基本要素，而人才要素优势是最为核心的要素，也是目前广州体育产业和文化产业融合创新的瓶颈所在。

首先是要完善体育产业和文化产业的人才交流机制，鼓励产业间的人才交流和合作。所谓"文体不分家"，体育产业和文化产业在经营管理人才的需求上是有许多契合点的，加强两个产业间的人才交流既可以促进产业间的深化合作又能

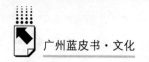
够为产业的创新发展提供更多机会。其次，加强体育产业和文化产业的复合型专业人才培养，探索和实践体育产业和文化产业复合型人才的新培养路径，建立复合型专业人才的创新培养模式。再次，加强复合型专业人才的引进，完善体育产业和文化产业高端专业人才引进的优惠扶持政策，吸引两个产业的高层次复合型专业人才落户广州。

主要参考文献

周登嵩等：《首都体育现代化综合研究总课题研究报告》，2009。

鲍明晓：《中国体育产业发展报告》，人民体育出版社，2006。

李敦厚：《我国体育产业发展的现状及思考》，《体育文史》1999 年第 5 期。

陈忱：《中外文化产业比较研究》，《中国经贸导刊》2004 年第 12 期。

吴亚娟：《论西安体育产业发展模式——与文化产业协同发展的到 U 型发展模式探讨》，《首都体育学院学报》2010 年第 3 期。

詹新寰等：《产业融合机制下体育产业发展研究》，《首都体育学院学报》2008 年第 6 期。

余守文、金秀英：《体育产业的产业融合与产业发展研究》，《体育科学》2006 年第 12 期。

祁述裕：《我国文化产业发展的几个重要特点》，《山东社会科学》2009 年第 2 期。

詹新寰等：《产业融合机制下体育产业发展研究》，《首都体育学院学报》2008 年第 6 期。

李萱：《产业融合：文化产业创新的强大动力》，《郑州大学学报》2008 年第 4 期。

胡燕妮：《广州体育产业的现状分析和对策研究》，《广州体育学院学报》2003 年第 6 期。

广州文化产业发展专题调研组：《广州文化产业发展研究》，《开放时代》2000 年第 6 期。

数据根据《体育蓝皮书：中国体育产业发展报告》及有关新闻报道收集。

A Study of Comparison of the Development of Sports Industry and Cultural Industry in Guangzhou

Pengpeng   Fan Xiuning   Huang Mengxia

Abstract：Based on the development of cultural and sports industries，this report takes the development of the two industries as an example, points out that more and more complete industrial policies, solid industrial basis and well-managed environment means the good chance for development of cultural and sports industries; it further proposes strategy for promoting all-round development of cultural and sports industries.

Key Words: sports industry; cultural industry; merging of industries; Guangzhou

B.16
广州开发区文化创意产业
发展现状评价及对策研究

魏云龙*

摘　要： 广州开发区近年来大力推动文化创意产业的发展，对全区加快产业转型升级、保持经济又好又快发展提供了有力支持。本文通过研究分析该区文化创意产业发展的优势、发展规划、政策措施以及发展中存在的问题，从而对如何进一步加快发展创意产业提出了若干建议。

关键词： 广州开发区　文化创意产业　优势　对策

广州开发区经济发展之所以能够在金融危机之下保持又好又快的发展势头，其中一个重要原因就是该区近年来致力于转变经济发展方式，通过"提升开发区制造、推动开发区创造、拓展开发区服务"来推动产业转型升级。其中，作为大力发展现代服务业的重要举措，是致力于推动文化创意产业的发展，依托广州市以及广州开发区在产业、人才等方面的优势，高标准规划建设创意产业园，并相继出台了一系列支持文化创意产业发展的政策。至2010年底，开发区创意产业园区中创意企业达到300多家，其中，已经吸引了马莎罗动漫城、毅昌科技、百事高创意中心等一批重点创意项目，聚集了TCL文化产业园、新飞仕、达力集团、泛亚太等一批国内知名动漫创意企业。其中，马莎罗动漫城是广州开发区与中国世贸集团、日本马莎罗株式会社合作的重点项目，总投资超过100亿元，是全国迄今为止最大规模的外资动漫创意产业园；毅昌科技2008年被中国工业设计协会授予"中国工业设计产业的先行者和排头兵"称号，是我国家电

---

* 魏云龙，广州开发区宣传部副主任科员。

和汽车领域最大的工业设计企业。目前，广州开发区已被认定为"国家网络游戏动漫产业发展基地"、"国家动画产业基地"、"广东省版权兴业示范基地"、"广州开发区软件和动漫人才培养培训基地"。创意产业企业总收入近70亿元，从业人员超过4000人，成为广州市乃至广东省创意产业发展最蓬勃的地区之一。

一 广州开发区创意产业发展的优势

（一）基础优势

1. 经济实力雄厚

广州开发区经过26年的发展，各项经济指标居于国家级开发区先进水平，聚集了一大批实力雄厚的制造企业，电子信息、生物医药、新材料等高科技行业蓬勃发展，为广州开发区发展创意产业奠定了坚实的经济基础。

2. 国际化程度高

至2010年底，广州开发区共吸引了60多个国家和地区的客商投资设厂，外商投资项目2600多个，其中，世界500强跨国公司投资项目105个，国际化程度较高，为创意产业实现规模化奠定了坚实的基础，有利于创意产业与国际接轨，实现创意产业国际化和本土化的交流和转换。

3. 集聚和辐射能力强

广州开发区是广州市高新技术研发和产业化的核心区，技术、人才等创新创业要素集聚，辐射带动明显，这不仅有利于提高创意人才、创意企业加速向广州区集聚，更加有利于创意产业依托技术创新的土壤成长壮大，并带动周边地区和相关产业的发展。

（二）产业优势

1. 工业研发设计优势突出

科技研发可为创意产业特别是工业设计的发展提供良好的科研基础。目前，广州开发区聚集了一大批国家级和国际知名研发机构，造就了广州开发区强大的研发优势。百事高工业设计中心、毅昌科技等一批国内外知名设计机构的落户，将有效聚集更多工业设计资源，强化广州开发区工业设计优势。

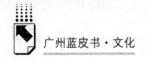

2. 建筑设计蓬勃发展

随着开发区开发建设的大力推进，工业高度发达，高新技术产业突飞猛进，为建筑设计产业的发展提供了广阔的空间。城市规划设计、市政专项设计、大型基础设施设计、室内空间设计、展场设计、庭园设计、景观设计、装饰设计等产业迅速崛起。广州建筑设计研究院、广州电力设计研究院等一批建筑设计机构的进驻，将进一步促进广州开发区建筑设计产业的发展，把开发区打造成为建筑设计产业集聚地。

3. 电子信息与创意产业有机融合

创意产业是高科技和文化创意结合的产物，与电子信息产业的发展关联性强。广州开发区聚集了上千家电子信息特别是软件开发企业，其中不乏像英特尔数据安全管理中心、广州 IBM 软件创新中心、速达软件、金鹏集团、方欣科技、华智科技这样的行业领头雁。一方面，电子信息产业的软件开发、芯片设计等是创意产业的一个重要类别；另一方面，电子信息和软件企业的集聚，可降低动漫、网游、新媒体开发、手机增值服务等新型行业的研发制作成本，为广州开发区创意产业的发展提供了良好的产业基础和广阔的空间。

二　开发区创意产业发展规划

（一）创意产业发展的重点与方向

开发区创意产业发展总的思路是：依托广州开发区科技研发和工业设计的领先优势，结合广州开发区雄厚的高新技术和制造业基础，重点发展工业研发设计、建筑设计、动漫、软件项目等具有比较优势的创意产业。延伸创意产业链，培育未来广州开发区新型产业和特色产业，促进产业结构优化升级。重点发展以下几个领域。

1. 工业研发设计

主要指与工业生产领域相关的研发与设计活动，作为广州开发区创意产业发展的核心部分。包括产品研发设计、工业设计、工艺美术品设计、包装设计、专利商标设计、广告设计、平面设计、室内设计、展览设计等。

2. 建筑设计

重点发展工程勘察、城市规划、建筑装饰、城市绿化、市政专项、大型基础设施、庭园、景观等设计，建设具有国内影响力的国家建筑设计创新基地。

3. 动漫游戏

重点发展基于现代信息传播技术手段的动漫、游戏新品种，包括与动漫、游戏直接产品的开发、生产、出版、播出、演出和销售有关的关键技术和运营模式，以及与动漫、游戏形象有关的服装、玩具、电子游戏等衍生产品的设计开发。

4. 软件开发

包括网络游戏、手机游戏的创意、设计和制作；游戏制作软件、视频和音频等硬件产品的研制开发；游戏软件的策划、设计和制作等；数字内容和集成电路、芯片设计等。

5. 数字媒体

重点发展内容制作技术及平台、影视频内容搜索技术、数字版权管理技术、数字媒体人机交互与终端技术、数字媒体资源管理平台与服务、数字媒体产品交易平台，形成内容创建、内容管理、内容发行、应用开发、运营接入、价值集成的产业链条。

（二）空间规划布局

按照"一个核心园区，多个分园区"的发展模式，以广州开发区创意产业大厦作为核心园区，以孵化器、科技企业加速器、总部经济区、广东软件园等为分园区，并吸聚区内外、国内外创新资源，形成区内创新资源集群网络，以合作共建、产业联盟等方式加强区内创意产业园与国内外各种协会、组织的联系和交流，从而实现从物理园区拓展成为一个以企业为主体、市场为导向、官产学研相结合、涉及国内外的多层次、宽范畴的逻辑创意产业园区。

广州开发区2010年9月中旬正式向国家工信部申报建设国家级工业设计产业化示范基地。至年底，已聚集了以广州毅昌科技股份有限公司、广东省电力设计研究院为代表的一批工业设计企业，以海格通信、威创日新等为代表的工业设计与产业融合发展企业，初步形成了工业设计产业聚集区，构建了完善的工业设计上下游产业链，以及从设计研发到新型材料制造、高光模具、精密注塑等完整的工业设计产业体系。可以说,开发区建设工业设计产业化示范基地基础扎实,优势十分明显。开发区的目标是到 2012 年聚集 100 家具有行业影响力的国际国内工业设计企业、跨国公司设计机构,实现工业设计带动产值 200 亿元,建成工业设计谷、汽车设计中心、模具设计中心、家电设计制造中心,筹建工业设计研究院和装备制造业研究设计中心。

此外,广州开发区正在积极建设的中新"知识城"项目,将重点吸引研发服务、创意产业、教育培训、生命健康、信息技术、生物技术、先进制造等八大重点产业,形成以知识密集型服务业为主导、高附加值制造业为支撑、宜居产业为配套的产业结构。广州开发区将充分发挥广州及珠三角地区创意产业基础、科技人才和区位优势,创造良好的体制机制政策环境,加速人才集聚,加强载体建设,积极承接国内外产业转移,努力将知识城建设成为国内居领先地位、在国际上具有影响力的创意产业基地。

三 开发区推动创意产业发展的政策及措施

(一) 高标准建设创意产业园核心区

开发区设立 12 万平方米的广州开发区创意产业大厦,作为广州开发区创意产业园的核心区,大力发展软件、动漫、工业设计、产品研发设计、建筑设计、策划咨询等创意产业。自 2008 年正式投入使用后,逾百个项目进驻园区,其中包括达力集团、凹凸动漫、广而告之传媒、数字研究院、方欣、玛勃创意服饰、大展软件、迈达威集团等诸多实力强劲的创意项目。

(二) 构建完善的产业政策

开发区 2008、2009 年共安排 23.2 亿元用于促进自主创新,重点支持科技研发、创意设计等创新活动。其中,安排 4.5 亿元科技发展专项资金,用于支持企业开展技术创新。专门设立了创意产业专项资金,制定了《广州开发区关于加快推进重点创意产业发展的若干措施》,对区内重点创意企业给予入区一次性奖励、办公场地补贴、贷款贴息、配套奖励和资助;支持创意产业技术人员参与国外培训;鼓励使用国家、省、市级公共实验室、公共技术服务平台和区内公共技术平台；鼓励参加国际主要创意展览，全面推动广州开发区创意产业的快速发展。

（三）搭建公共服务技术平台

以广州开发区创意产业园为载体，联合高校、科研院所和企业建立公共技术研发平台，已建设广州开发区工业设计公共服务平台、广州开发区动漫和网络游戏研发以及影视后期制作平台，并与其他院校及企业已有的专业技术平台建立战略联盟，构建公共研发平台，扶持创意类中小企业进行原创开发，降低企业的运营成本。

（四）建立投融资服务平台

一方面积极引入风险投资、创业投资和贷款担保等各类投融资机构，推动金融资本和创意企业的结合，建立更广阔的融资渠道，培育企业上市融资。安排12.5亿元创业投资专项资金，设立种子基金和创业投资引导资金，扶持创业项目成长；投入科技担保公司3亿元，解决中小企业融资难问题。另一方面，推广贷款贴息政策，推出担保制度，成立科技投资公司，设立"种子基金"、"引导基金"和"产业基金"。针对创意企业发展的特殊性和所处的不同阶段，建立涵盖技术产权交易、风险投资、民营资本、金融担保、银行贷款在内的投融资服务平台，为创意企业提供多种形式和渠道的融资服务。

（五）建设人才培养培训基地

安排3亿元引进创新领军人才专项资金，引进创业领军人才，打造人才高地。2008年，通过广州市发改委认定的广州开发区软件和动漫人才培养培训基地，定位于软件及动漫人才的技能培训，侧重于中高级人才培养，支持培训认证，兼顾基础培训和公共培训。基地积极筹备和开展课程体系、师资结构和项目培训的建设，开展对外合作，引进整合优秀培训资源，以培育和建设好广州开发区软件和动漫人才培养培训基地。在3~5年时间内，基地将逐步建立全方位的软件和动漫人才培养体系，成长为广州最大的培训基地之一。与中大、华工、广工、广大、广美等建立合作关系，旨在为区内的创意企业提供合适的人才。

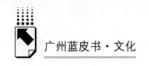

四 创意产业发展存在的问题

(一) 创意人才资源仍缺乏

总体来说，广州目前仍短缺创意产业人才，其中高层次创意人才更是缺乏。首先，广州集聚创意人才的整体人文、产业环境不及北京、上海等城市；其次，广州各大专院校培养的创意人才不能完全满足产业需求，已开设的与创意产业有关的学科分类覆盖面较小，应届毕业生专业应用能力不够强，进入企业之后还需长时间的培训才能达到专业要求。

(二) 产业链函待进一步完善

将创意转化为产业，核心是要构筑创意产业链，即把创意、设计、产品和市场有机链接起来。当创意转化为现代文化资本，同时注入高含量的科技手段，并与消费者的现实需求和潜在需求有机结合起来形成产业链条时，创意产业巨大的经济能量才能释放出来。但由于创意产业链条覆盖面广、较为分散，创意产业链结构的不完善，制约了广州开发区创意产业的发展。因此，需要进一步抓好涉及创意产业链中的内容创意、内容创意复制，为内容创意输入和复制提供设备和市场营销等各个环节的服务。

五 加快发展创意产业的建议

(一) 进一步加强广州创意产业人才的引进和培养

一是采取特殊的优惠政策和措施，吸引各地人才特别是海外归国创业人才和国内精英人才到广州来发展创意产业，加强开发后资源的集聚和"链式"效应。

二是进一步引进中高等技能型人才，调整人才教育结构，立足广美、中大、广大等高等院校，培养自己的创意人才。

三是积极举办大型设计艺术展览，打造设计师之间互相交流碰撞的平台，推动设计师与国内、国际设计界进行广泛的对话与交流。

四是以创意产业人力资本的现状、基本特点、市场需求、体系建构、管理模式、人文环境等为重点，开展深入调研，制订和完善文化创意产业人才引进培养规划和年度执行计划，向社会不定期发布广州创意产业人才资讯，促成创意人才与企业的高效率对接。

（二） 促进整合广州地区创意产业链

一是促进创意产业的集聚。依据分工和合作关系，聚集相互关联的创意企业、专业供应商、服务供应商和相关机构等。在集聚过程中，必须充分发挥各创意企业的互惠共生性、知识资源互补性、竞争协同性等优势，降低交易成本，实现规模经济，从而提升区域竞争优势，实现产业价值链的增值。

二是促进不同创意企业之间的分工协作，并整合不同企业的能力和资源，实现优势互补。

（三） 创新创意产业融资方式

一是拓宽民间投资领域。吸引更多的社会资金参与政府鼓励和扶持的创意项目建设。

二是鼓励商业银行调整信贷结构。加大对文化创意企业的信贷支持。改善信贷管理，扩展服务领域，开发适应创意企业发展的金融产品，调整信贷结构，为创意企业提供信贷、结算、财务咨询、投资管理等方面的服务。

三是推进创意企业信用制度建设。建立信用信息征集与评价体系，实现文化创意企业信用信息查询、交流和共享的社会化。推进和组织建立文化创意企业信用担保体系，推动对文化创意企业的信用担保，为文化创意企业融资创造条件。

四是建立公共融资工具。形成政府投入与金融资本市场的对接机制，及时向金融部门发布和推介政府鼓励和扶持的创意产业项目。

（四） 加强知识产权保护力度

建议有关部门加大知识产权执法力度，不定期检查创意产品市场，杜绝假冒伪劣创意产品，以保障创意开发者的利益，保证创意产品市场的产品品质。对违法者的违法行为加大处罚力度，提高违法者的违法成本，并建立行政法规与部门规章相结合、专项治理与长效管理相结合、行政执法与刑事司法相结合的知识产

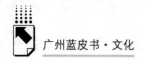
权保护模式，形成知识产权主管部门与工商、文化、公安、法院等齐抓共管的局面，创造良好的知识产权保护环境和保障体系。

An Appraisal of the Development of Cultural Industry in Guangzhou Development District and the Corresponding Strategy

Wei Yunlong

Abstract：In recent years Guangzhou Development District made important measures to promote the cultural creation industry, and provided a strong support for the upgrading the industry structure and keep the good and quick development of the economy in the whole district. This report makes an analysis of the advantages for development of cultural industry, development plan, policy and measures as well as problems and puts forward some proposals of how to quicken the further development of cultural industry.

Key Words：Guangzhou Development District; cultural creating industry; advantages; strategy

B.17
广州与国内中心城市及深圳、
苏州文化产业比较研究

广州市统计局综合处 *

摘　要：本报告通过七城市目前文化产业的发展状况及其文化产业发展
特点的比较与分析，针对广州文化产业竞争力有待提高、文化产业发展速度
有待加快等问题，提出了完善广州文化产业规划建设、加快文化产业结构调
整、加大人才培养和引进、完善文化产业市场体系等措施。

关键词：广州　中心城市　文化产业　比较研究

近年来，广州市认真贯彻落实党的十七大和省、市关于加快文化产业发展的
精神，紧紧围绕"打造文化名城、建设文化强市"的战略部署，大力推进文化
产业的发展，文化产业逐渐成为广州推动产业升级、提高经济综合竞争力和促进
经济社会发展的重要战略主题。本文使用 2009 年数据，选择国内中心城市及深
圳、苏州共 6 个城市与广州文化产业发展进行比较分析研究，使之更好地展示广
州市文化产业发展的现状，进一步明确广州市文化产业发展的前景和目标。

一　七城市文化产业发展的基本情况比较

（一）北京文化产业综合实力居首

从行业增加值看，七城市中，北京凭借着丰富的科技、文化、人才、信息等

---

* 本报告执笔人：莫德杰。

创意资源优势，文化创意产业综合实力位居第 1 位。2009 年，北京实现文化创意产业①增加值 1489.9 亿元，遥遥领先上海（847.3 亿元）、广州（719.4 亿元）、深圳（518.7 亿元）、天津（约 255 亿元）、苏州（约 250 亿元）和重庆（188.1 亿元）。

从企业营业收入看，2009 年，北京文化产业实现企业营业收入 5985.7 亿元，高于上海（3555.7 亿元）和广州（2080.4 亿元），七城市中排名第 1 位。上海和广州分别位居第 2 位和第 3 位。

从行业从业人员数量上看，北京是七城市中唯一一个文化产业从业人员突破百万的城市。2009 年，北京文化创意产业从业人员达到 114.9 万人，远远高于上海（约 63 万人）、广州（48.4 万人）、深圳（44.9 万人）、重庆（36.4 万人）、苏州（约 27 万人）和天津（约 19 万人）。上海和广州排名第 2 位和第 3 位。

（二）京、津、沪、穗、渝、苏文化产业发展增速高于 GDP 增速

文化产业作为潜力巨大、发展速度较快的优势产业，已显现出成为未来国家经济发展主导角色的趋势。近年来，各市文化产业延续了较好的发展势头，保持了较快的增长速度。2009 年，七城市中，除深圳外，各市文化产业增加值增长速度均高于 GDP 的增长速度。重庆、天津和苏州由于基数较低等原因，文化产业增加值增长速度高于 GDP 10 个百分点以上（见表 1）。

表 1　2009 年七城市文化产业发展速度和 GDP 增速

城市	文化产业增速（%）	GDP 增速（%）
广州	14.2	11.7
上海	9.5	8.2
北京	10.7	10.2
重庆	28.4	14.9
天津	预计 30.0	16.5
苏州	预计 25.0	11.5
深圳	2.8	10.7

---

① 本文所指的北京文化产业为北京文化创意产业口径，比国家标准的文化及相关产业统计范围大；其他六城市的文化产业划分均按照国家标准。

（三）广州、上海形成以外围层为主体，核心层和相关层协同发展的产业结构

依据国家统计局制定的《文化及相关产业分类》和《国民经济行业分类》（GB/T 4754 – 2002）标准，文化产业包括文化服务和相关文化服务两大部分、三个层次。其中，核心层包含新闻、出版、广播电视、文化艺术服务等传统文化产业；外围层包括网络、广告、会展等新兴产业类型；相关层主要从事文化用品、设备及相关文化产品的生产和销售活动。

七城市中（除北京外①），广州与上海的文化产业内部结构最为近似，均呈现出以外围层为主体，核心层和相关层协同发展的产业结构。2009 年，广州与上海的文化及相关产业增加值中，核心层、外围层和相关层比例分别为21.5∶56.5∶22.0 和 15.5∶49.3∶35.2，充分体现了以文化服务业为主导的特点。而深圳和天津则以相关层为主体（深圳和天津文化产业相关层分别占文化产业增加值的67.0% 和约56.7%），重庆则是核心层（核心层占文化产业增加值的43.4%）占据优势。

（四）京、穗、深、沪文化产业增加值占GDP 比重超5%

依照国际标准，一个产业增加值占 GDP 的比重超过5% 就可以算是经济体的支柱。2009 年，七城市中文化产业增加值占 GDP 比重超过5% 的包括北京、广州、深圳和上海，分别为12.26% 、7.87% 、6.32% 和 5.63% ，天津、苏州和重庆均未超过4% 。

（五）广州教育文化娱乐服务支出最高

随着居民经济收入的增长和生活水平的提高，各市群众文化消费逐渐升温，购书、各种技能培训、旅游、娱乐等教育文化娱乐服务类消费支出逐年增多，消费层次日趋提高。

在城市文化消费方面，2009 年，七市城市居民教育文化娱乐服务支出占消

---

① 鉴于北京文化创意产业的划分标准与国家标准存在差异，本文中我们暂不把北京文化创意产业与其他六市文化产业内部结构进行比较。

费性支出比例均超过11%。其中，广州城市居民教育文化娱乐服务支出4137元，占消费性支出的18.1%。消费金额和占比均排在第1位；在农村文化消费方面，七城市中，苏州农村居民文教娱乐用品及服务支出最高。2009年，苏州农村居民文教娱乐用品及服务支出为1696元，高于北京（959元）、上海（943元）和广州（888元）。苏州农村居民文教娱乐用品及服务支出占生活消费支出比例高达18.1%，高于广州（11.5%）、北京（10.5%）、重庆（9.7%）、上海（9.6%）和天津（5.5%）。各市城乡居民消费性支出中用于文化教育的比重逐年增长，为我国文化产业和文化消费市场的崛起奠定了重要的物质基础（见表2）。

表2 2009年七城市文化消费情况

城市	城市居民		农村居民	
	教育文化娱乐服务（元）	教育文化娱乐服务占消费性支出比重(%)	农村居民文教娱乐用品及服务支出(元)	文教娱乐用品及服务支出占生活消费支出比例(%)
北京	2655	14.8	959	10.5
上海	3139	14.9	943	9.6
广州	4137	18.1	888	11.5
深圳	2662	12.4	—	—
天津	1741	11.8	270	5.5
重庆	1620	11.9	237	9.7
苏州	2400	14.6	1696	18.1

（六）七城市文化产业核心层发展状况比较

根据现有的资料和数据，我们着重对七城市文化产业核心层发展状况进行比较。

1. 广州文化艺术业发展优于天津，落后于上海和北京

2009年，广州有艺术表演团体17个，高于天津（15个）和苏州（15个），低于上海（77个）和北京（35个）；艺术表演团体演出3289场，高于天津（2774场），低于苏州（15790场）、上海（15763场）和北京（14061场）；艺术表演团体演出观众为377万人次，高于苏州（270万人次）和天津（213万人次），低于上海（1012万人次）和北京（791万人次）。

2. 广州公共图书事业优于天津，落后于上海、北京和深圳

2009年，广州公共图书馆图书藏量为1479万册，高于天津（1192万册）、

重庆（988 万册）和苏州（714 万册），低于上海（6593 万册）、北京（2492 万册）和深圳（1495 万册）；公共图书馆有阅览室座位 14490 个，高于重庆（10308 个）、天津（9486 个）和苏州（5983 个），低于北京（19488 个）和上海（16839 个）；公共图书馆总流通为 1076 万人次，高于重庆（588 万人次）、上海（556 万人次）、苏州（324 万人次）和天津（252 万人次），低于深圳（1523 万人次）和北京（1344 万人次）。

3. 广州书、报、刊出版种数高于天津，低于北京和上海

2009 年，广州图书出版种数为 5228 种，高于天津（4310 种），低于北京（144211 种）和上海（18873 种）；报纸出版种数为 76 种，高于天津（43 种），低于北京（260 种）和上海（100 种）；杂志出版种数为 285 种，高于天津（247 种），低于北京（3030 种）和上海（621 种）。

4. 广州广播电视业发展较好，与北京、上海和天津差距不大

2009 年，广州有广播节目 16 套，低于重庆（26 套）、上海（21 套）、天津（21 套）和北京（18 套）；有电视节目 28 套，低于重庆（45 套）、天津（31 套），高于北京（26 套）和上海（25 套）。

二 七城市文化产业发展的共同点

自改革开放以来，上海、北京、广州、深圳、天津、苏州和重庆的综合经济实力迅速增长，为文化产业的发展提供了坚实的基础和广阔的上升空间。2009 年，除重庆外，其他六城市的人均 GDP 均突破 10000 美元，按照世界银行的衡量标准，六城市均达到高收入发展中国家水平。

（一）城市经济的发展和消费阶层的形成是文化产业赖以发展的根本前提

城市经济的发达和居民消费阶层的形成，既是文化产业赖以发展的根本前提，也是文化产业可持续发展的物质基础和社会基础。文化产业的发展水平与城市发展水平紧密相关，全国名列前茅的人均 GDP 和收入消费水平，催生了七城市在全国名列前茅的文化产业。

从经济发展情况看，近年来，七城市竞相发展，经济实力不断增强。2009

年，上海、北京、广州、深圳、苏州、天津和重庆的 GDP 分别达 15046.45 亿元、12153.0 亿元、9138.21 亿元、8201.32 亿元、7740.20 亿元、7521.85 亿元和 6530.01 亿元，经济综合实力排名全国大中城市前七名。除天津、重庆外，其他各市第三产业的增长率均高于第一和第二产业，已基本完成都市化转型。北京、广州、上海、深圳第三产业增加值占 GDP 的比重均超过 50%，分别达到 75.5%、60.9%、59.4% 和 53.2%。天津、苏州和重庆也分别达到 45.3%、39.4% 和 37.9%。

从收入和消费情况来看，七城市在全国大中城市中同样名列前茅。2009 年，上海、北京、广州、深圳、苏州、天津和重庆的城镇居民可支配收入分别达 28838 元、26738 元、27610 元、29245 元、26320 元、21402 元和 17191 元。

（二）政策保障是文化产业发展的助推器

七城市在促进当地文化产业发展道路上，注意结合各自城市的特点，都确立了发展文化产业的方式和长期战略目标，制定了一系列的法规和文件。政府的"第一推动力"发挥了巨大的推动作用，激励和支持了各城市在文化产业体制和发展思路等方面的创新和发展。

如北京的"十一五"规划将文化产业和信息产业一并列为两大支柱产业，优先发展，确定了文化产业在北京产业结构调整中的战略地位；2009 年，上海制定出台了《关于加快上海市文化产业发展的若干意见》；广州根据《珠江三角洲地区改革发展规划纲要（2008~2020 年)》的定位和要求，明确提出要强化广州"区域文化教育中心地位"、"打造全国性的公共文化建设示范城市"、"增强文化软实力"，并制定出台了《广州建设文化强市和世界文化名城规划纲要（2011~2020 年)》；深圳最近几年来大力实施"文化立市"战略，紧紧围绕《深圳市文化产业规划纲要（2007~2020 年)》的相关要求引导和加快文化产业的发展，文化产业实力得到快速提高；为打好文化大发展大繁荣攻坚战，2010 年，天津出台了《天津市文化产业振兴规划》；为了建立支持文化产业发展的金融体系，加大对文化产业发展的信贷投入，苏州市 2010 年制定出台了《苏州市金融支持文化产业发展的实施意见》和《苏州市文化产业担保基金管理办法》。

（三）文化产业体系初步形成

近年来，七城市文化产业在发展过程中不断拓宽新领域，初步形成了文化服务、文化用品制造和贸易两大门类，由新闻服务、出版发行和版权服务、广电服务、文化艺术服务、网络文化服务、文化娱乐休闲服务、文化产品制造等行业组成的功能比较齐全的文化产业体系。

三 六城市文化产业发展的优势和亮点

（一）北京

生产要素的优势成为北京文化产业发展最重要的优势，这是国内其他城市所无法比拟的。在文化资源的积淀上，北京建城 3000 年，建都 800 年，在漫长悠久的历史进程中，积淀了丰富璀璨的文化遗产；在吸引培养人才方面，首都各大高校及北京文化创意产业的总部型经济特征，为北京文化创意产业的发展输送和吸引了大量的高级创造人才、策划人才、管理人才和投资经纪人。

（二）上海

作为全国的贸易中心、科技中心和重要的金融中心，强大的经济实力使上海培育了一个具有极大文化消费需求的文化产业市场。而 2010 年上海世博会则为带动并加快推进上海文化创意产业发展提供了难得的历史机遇。一方面，世博会的举办大大推进了上海的广告、建筑设计、影视广播、出版、演艺、计算机软件服务业等相关文化创意产业的发展；另一方面，世博会通过世界各国科技与文化的交流、碰撞和融合，大大激发了人们的创新、创意思维，加强了文化艺术多向交流与合作。其影响力将以不同的程度和方式辐射到全球各个角落，极大地促进了上海乃至中国的经济创意、科技创意和文化创意的繁荣。

（三）广州

广州市文化产业门类齐全，区位优势明显。音像业、动漫游戏业、报刊业、出版业、文化设备生产和会展业等文化产业行业位于全国前列。广州是有着2000 多年历史的古老文化名城，有着深厚的文化历史积淀。近年来，广州高度重视对岭南优秀传统文化的发掘、保护和利用，以及对人类非物质文化遗产的保护、传承与发展。特别是第十六届亚运会在广州召开，广州借举办亚运会的契机，通过多种途径展示岭南文化，为亚运会营造了浓厚的文化氛围，向亚洲和世界推介了广州文化，推动广州文化"走出去"。此外，此次亚运文化活动期间，国外一流演出团体云集广州，大大促进了中外文化交流。广州文化与外来文化的交流，使得广州在以后的文化建设工作中，将以更高的视野来规划广州文化建设。

（四）深圳

和广州同为珠三角的文化产业强市，但作为一个年轻的城市，深圳由于历史包袱比较轻，在文化产业发展上轻装上阵，走出了一条与广州不同的路子——"文化＋技术"的发展模式。观念上，深圳以改革开放排头兵的优势，逐步培育了多元、包容的城市文化，发展出了各种新观念、新精神。这些无形中构成了深圳文化产业发展的观念优势；科技方面，深圳以信息技术为代表的高新技术产业具有比较优势，这对文化科技、数字内容等方面的发展起到了很好的支撑作用；区位上，由于毗邻港澳，深圳文化产业发展具有其他城市所不具有的区位优势。深圳不仅可以直接面向国际、国内两个市场，而且可以直接接受香港的观念、人才、信息等优势的辐射，开展与香港深层次的合作。

（五）天津

近年来，在加大对丰富历史遗存、人文景观等文化资源进行科学规划、整合、开发和利用，大力发展资源依托型文化产业的同时，天津充分利用滨海新区综合配套改革试验区的优势，明确提出重点发展文化创意、立体影视、新兴媒体、数字出版、动漫游戏、高新技术印刷复制等战略性新兴文化产业。

（六）重庆

近年来，重庆围绕着"构建西部文化高地、长江上游文化中心"的目标，不断加大推动文化产业发展的力度。特别是 2009 年，重庆市委三届五次全会通过了《关于推动文化大发展大繁荣的决定》，明确以改革为动力推动文化产业发展。随即，全市上下迅速启动，40 个区县相继出台区县文化产业发展规划，为重庆的文化产业发展提供了全面的支持和保障。

（七）苏州

2010 年，苏州就建立支持文化产业发展的金融体系、加大对文化产业发展的信贷投入，特别制定了《苏州市金融支持文化产业发展的实施意见》和《苏州市文化产业担保基金管理办法》，确实解决文化产业目前遇到的融资难问题。工行苏州分行更是给予苏州文化产业 100 亿元的信贷额度，支持苏州文化产业的发展。

四 广州文化产业的不足

（一）文化产业发展的总体水平与文化名城的地位仍有差距，实力和竞争力有待提高

近年来，广州文化产业虽然取得了较快的发展，整体实力不断壮大，但与全国其他地区一样，广州文化产业的发展是在特定的时代背景和历史条件约束下起步的，在总体上还处于初级阶段。文化产业的发展不仅远远落后于世界上的发达国家和地区，而且在很多方面也落后于国内如北京、上海等城市。2009 年，广州实现文化及相关产业增加值 719.35 亿元，与北京（1489.9 亿元）和上海（847.3 亿元）仍有不小差距。

（二）文化产业结构不尽合理

从产业内容上看，文化创意产业应当是文化产业中大力发展的重点，体现在文化产业的三个层次上，就是外围层的发展。2009 年，广州文化产业外围层（包括网络文化服务、文化休闲娱乐服务和其他文化服务）法人单位数占文化产业法人单位数的 47.52%，但从业人数、企业全年营业收入和企业主营业务收入仅占 24.57%、36.91% 和 37.07%。从文化产业本身的发展现状来看，创意创作要素的空间积聚效应尚显不够，重点创作生产单位、拔尖创作人才和文化精品项目缺乏，因而以提高内容创意和生产能力为核心的内容产业竞争力不强。此外，属于文化产业相关层的文化用品、设备及相关文化产品的生产和经营业在产品的设计研发和销售上也存在一定的不足，附加值低，资源没有得到充分的利用与整合。

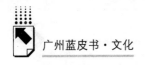

（三）高素质人才缺乏，文化产业科技含量不高

文化产业由于其自身创造性、知识化等特点，决定了对其在经营、创作、管理等方面的从业人员的要求也高于其他产业。在文化产业从业人员构成方面，总体来说，广州市存在两少两多的现象：一是高学历人员少，低学历人员多；二是专业人员少，工勤人员多，因而目前的人才数量和结构尚难以适应广州市文化产业发展的要求。高素质的经营、创作、管理人才的缺乏，导致广州市文化产业经营管理水平相对较低，文化产业的技术发展和创新能力不足，文化企业数量虽多，但总体质量不高，文化产业名牌、品牌不多，这些与广州市丰富的文化资源极不相称。

（四）地缘优势利用不足，文化市场体系尚不健全

近年来，广州市开展了一系列文化设施建设，对保护、开发各类文化遗产、推进岭南特色文化产业的发展作出了重要贡献。然而，由于文化体制机制自身的种种问题，导致文化产业市场化程度还较低，广州市丰厚的历史文化资源尚未得到充分的开发和利用。广州作为岭南文化的发源地，其独具特色的岭南文化以及语言、地方戏曲、民俗风情和民间艺术品等丰富多彩的艺术形式都有着与其他省市无法比拟的优势，加之广州是我国较早实现沿海对外开放的城市之一，毗邻港澳，区位优势非常优越。在发展广州市文化产业道路上，充分利用地缘和文化资源优势，实现市场化和产业化运作，创造出更加丰富优秀的文化艺术产品，对于扩大广州市的文化消费、促进广州市文化产业的发展有重要意义。

五 广州文化产业发展展望

从国际上看，从20世纪90年代开始，尤其是21世纪以来，许多国家都意识到，单纯靠传统制造业的发展模式具有较大的局限性。于是各国都在寻找新的经济增长点，逐步由传统制造型向文化创意和服务型转变。许多发达国家纷纷制定文化产业扶持政策，甚至将文化产业发展提到国家发展战略的高度。例如，在日本，近20年来，历届日本政府都把发展文化产业作为一项基本国策；在韩国，1998年金大中任总统后，确立新的发展策略，认定文化产业是21世纪最重要的

产业；澳大利亚则早在1994年就以"创意的国度"（Creative Nation）为目标，公布澳大利亚第一份文化政策报告；英国则为了大力推动国内文化产业的发展，制定了目前国际上产业架构最为完整的文化产业政策。除世界公认的纽约、伦敦、东京、巴黎这些全球性大都市外，还有一些区域性的大都市如新加坡、首尔等，在过去的十几年中，为吸引各种投资而相互竞争，文化竞争就是其中的核心部分。

从国内来看，为推进文化创新，增强文化发展活力，解放和发展文化生产力，党的十七大指出"大力发展文化产业，实施重大文化产业项目带动战略，加快文化产业基地和区域性特色文化产业群建设，培育文化产业骨干企业和战略投资者，繁荣文化市场，增强国际竞争力"。2009年，国家更是出台了《文化产业振兴规划》，这标志着发展文化产业已上升到国家战略层面，并进入实施阶段。

从广州市来看，根据《珠江三角洲地区改革发展规划纲要（2008～2020年）》的定位和要求，广州市政府提出要强化广州"区域文化教育中心地位"、"打造全国性的公共文化建设示范城市"、"增强文化软实力"。近年来，广州市不断加强文化基础设施建设，营造良好的文化产业发展环境。特别是在筹备第十六届亚运会过程中，广州新建落成了广州歌剧院、广东省博物馆、广州市图书馆、广州塔、广州市第二少年宫等多个地区标志性文化建筑，大大提升了广州文化硬实力水平。此外，提前步入小康社会的广州市民文化需求迅速增长，对加快发展文化提出了更高的要求，成为文化发展的巨大原动力。

在国内外文化产业大发展大繁荣的浪潮中，我们有理由相信，借势于加快推进建设国家现代化中心城市和建设文化强市、世界文化名城的进程，广州必将为文化产业的发展搭建更好的载体平台、科技平台和资本平台，推动广州文化产业实现跨越式大发展。

六　推动广州市文化产业发展建议

（一）完善文化产业规划建设

加快推进《广州建设文化强市和世界文化名城规划纲要（2011～2020年）》

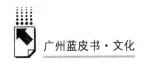

和《广州市文化产业振兴规划（2010～2015年)》等一系列规范引导文化产业发展的相关文件的编制工作。加大全市各门类文化产业发展统筹，优化文化产业发展布局。

（二）加快文化产业结构调整

一方面充分利用广州市丰富的文化资源，强化传统优势，另一方面积极吸收、聚集国内外的文化资本和文化资源，创造新的亮点，加快推动广州市文化产业结构调整和优化。通过培植若干规模效益好、产业贡献率高的支柱产业和若干个具有核心竞争力的文化企业集团，增强文化产业的竞争实力。加强与长三角、珠三角、京津冀和港澳台等地区的文化产业联动，对区域总体文化产业布局、区域内部的文化产业分工、区域文化艺术交流、区域重大文化项目合作投资等要加强交流和合作，提高文化经济协作水平。

（三）加大人才培养和引进

文化创意产业，文化是基本要素，创意是核心，产业是落脚点。加大文化创意产业人才的培养和引进，是支撑文化产业健康、快速、持续发展的重要保证。第一，要制订专项培训计划，加大对现有文化产业管理经营领域的在职人员进行技能培训；第二，依托广州地区高校设立文化产业经营管理专业和相关学术机构培养一批门类齐全、结构合理、素质优良的文化专业人才队伍；第三，鼓励和支持文化企业采取高薪聘用、客座制等多种形式，面向国内外，引进一批高层次的既懂文化、创意策划，又懂经济的复合型的文化经营管理人才。

（四）不断完善文化产业市场体系

发挥市场在文化资源配置中的基础作用，建立维护好广州市开放、竞争、有序的文化市场体系。要加快推进和深化文化体制改革，扩大市场准入，逐步放宽民间资本和外资进入文化产业的限制，提高广电业、出版业等文化产业核心层的市场化程度；正确引导居民文化消费，培育新的文化消费热点；加强国内外文化产业区域互动，深化对外交流，形成传统文化与现代文明交相辉映，具有高度包容性、多元化的文化产业市场体系。

（五）借助亚运东风，打好广州文化牌

第十六届亚运会的举办大大推进了广州的广告、建筑设计、时尚设计、影视广播、出版、演艺、音乐、计算机软件服务业等相关文化创意产业的发展。在后亚运时代，广州要适应亚运光环迅速消退、广州品牌继续升温的惯性，巩固在亚运筹办过程中建立的文化品牌和营销通道。在亚运期间取得业绩的文化企业，此时要在国内、国际市场打好广州文化牌，强化核心产业，发展相关产业，推出换代产品或增值服务，用优质的产品和服务不断拓宽国内外文化产业市场。

A Study on the Cultural Industry of Guangzhou
and that of Other National Core Cities as well as
Shenzhen and Suzhou

The General Affair Division of the Statistic Bureau of Guangzhou

Abstract： This report makes a comparison of the cultural industry of seven cities, studies and analyses the characters of the cultural industry of the seven cities. On the basis he suggests measures of how to upgrade the competing ability of Guangzhou's cultural industry, promote the development of cultural industry, complete the plan of cultural industry, quicken adjustment of structure of the cultural industry, training of human resources as well as to complete the market system of cultural industry.

Key Words： Guangzhou; core city; cultural industry; study of comparison

文化事业篇

Culture Undertakings Studies

$\mathbb{B}$.18

2010 年广州文化广电新闻出版
工作分析与 2011 年展望

广州市文化广电新闻出版局课题组*

摘　要：2010 年，广州市各级文化广电新闻出版部门坚持以科学发展观为统领，以迎贺亚运会、创建文明城、举办"九艺节"为契机，进一步加强文化设施建设、繁荣文艺创作、打造文化品牌、规范文化市场、发展文化产业、完善公共文化服务体系，文化广电新闻出版事业取得积极进展。2011 年，将认真贯彻关于建设文化强省、文化强市和世界文化名城的总体部署，制定"十二五"文化发展规划实施意见，分解落实各项任务，为实现"十二五"发展目标开好局、迈好步。

关键词：广州　文化广电新闻出版　工作分析　展望

2010 年，广州市各级文化广电新闻出版部门坚持以科学发展观为统领，紧

---

* 本报告执笔人：温朝晖。

紧围绕市委、市政府中心工作，以迎贺亚运会、创建文明城、举办"九艺节"为契机，进一步加强文化设施建设、繁荣文艺创作、打造文化品牌、规范文化市场、发展文化产业、完善公共文化服务体系，较好地完成市委、市政府交给的各项工作任务，为建设文化强市和世界文化名城、推动广州文化建设全面进入科学发展轨道打下坚实的基础。

一 2010 年广州市文化广电新闻出版工作分析

（一）积极创新，全情投入，圆满完成第九届中国艺术节承办任务

由文化部、广东省政府主办，广州市政府承办，广州市文广新局具体执行的第九届中国艺术节（以下简称"九艺节"），于 2010 年 5 月 10～25 日在主会场广州和分会场深圳、佛山、东莞、中山市举办。经过精心策划、扎实工作，"九艺节"取得圆满成功，受到各级领导和社会各界的广泛好评。

1. 组织工作严密细致，文化活动精彩纷呈

"九艺节"期间，组委会共接待国内外各级领导、嘉宾、演员约 3.5 万人次；65 台来自全国各地的精品剧目参加"文华奖"评奖演出，15 台国内优秀剧目参加祝贺演出，参评和参演剧目为历届艺术节之最；在组织好全国文艺精品演出的同时，组委会还引进了意大利、德国、韩国、波兰等国家和我国港澳台地区的 8 台演出剧目，大大增强了"九艺节"的国际性；26 场"群星奖"决赛与150 多场群众文化活动交相辉映；由参赛团队知名艺术家组成的小分队，到社区、学校、企事业单位、部队送戏共 31 场；"中国风格·时代丹青——全国优秀美术作品展"等 50 多个展览与"九艺节"同期举行，接待观众约 28 万多人；开幕式《中国盛典》集萃各门类艺术精品，采用多种艺术表现手法，充分展现历史文明、当代繁荣和光辉未来，得到领导、专家和观众的充分赞扬。

2. 搭建艺术交易平台，首创"演交会"成交活跃

由广州首创，在"九艺节"期间举办的"中国（广州）艺术节优秀舞台艺术演出交易会"（简称"演交会"）以搭建舞台艺术交易平台、推动中华文化走出去为宗旨，共设展览面积 12216 平方米，吸引了 506 家中外演艺机构和国内众多优秀剧目参展，达成交易项目 66 个，成交额达 1.77 亿元，是目前国内规模最

大、规格最高、参展剧目最多的"演交会"。"演交会"期间，举办了专家论坛等系列活动，还成立了"广州舞台表演艺术交流中心暨珠三角演艺联盟"。5月15日，中共中央政治局常委李长春视察"演交会"时指出，"演交会"是文化产品走向市场的重大创新，是市场在文化资源配置中发挥作用的成功尝试，希望广州不断丰富发展，打造机制化、规范化的交易平台。

3. 精心打造艺术精品，艺术院团载誉而归

65台来自全国各地的精品剧目参加第十届"文华奖"评奖演出。经过激烈角逐，10台剧目获得文华大奖、20台剧目获得文华大奖特别奖、30台剧目获得文华优秀剧目奖。其中，广州市4台剧目载誉而归，芭蕾舞剧《风雪夜归人》获文华大奖，粤剧《刑场上的婚礼》、人偶剧《八层半》获文华大奖特别奖，话剧《春雪润之》获文华优秀剧目奖。

（二）全面动员，精心组织，为广州亚运营造热烈和谐的文化氛围

根据全市统一部署，广州市文广新局在完成"九艺节"工作任务后，即投入到"迎亚运"工作当中，在按要求抽调50多人到亚组委各部门工作的同时，还承担了亚运文化活动部的工作任务。为此，局专门成立工作机构，制订方案，明确分工，落实责任，全力备战亚运。作为亚运惠民措施的实施单位之一，广州市文广新局还组织向市民赠送文艺演出门票15万张，电影票15万张，展览展示门票15万张，受到市民的普遍欢迎。

1. 亚运文艺演出备受追捧

从国内外20个国家和地区引进38台剧目2000多名艺术家参加本届亚运会、亚残运会文艺演出。自11月8日至12月19日，在星海音乐厅、白云国际会议中心、黄花岗剧院、友谊剧院等全市17个演出场馆演出317场，演出剧目（节目）分为"祝福亚洲"、"魅力亚洲"、"美丽中华"、"艺术岭南"和"广州旅游剧场演出"五个篇章。截至11月27日，共有12万多人次观众走进剧场观看演出，其中超过10万人次属于获得惠民演出门票的观众。《梦回吴哥窟》、《神魅地中海》、《印度洋上的千年古乐》等剧目引起观众强烈反响，获得高度评价。俄罗斯国家歌舞团演出的大型歌舞晚会《祝福亚运》连演15场，场场爆满，甚至出现一票难求的局面。中央政治局委员、广东省委书记汪洋在看过《祝福亚运》后指出，广州亚运大礼包送得好，既惠了民，又加强了文化建设。此外，

亚运会、亚残运会期间，还有来自国内外的 1500 多名演员带来 400 个节目，在亚运官员、运动员和新闻记者工作生活的区域开展演出。

2. 珠江巡游岸上文艺演出圆满成功

珠江巡游岸上文艺演出活动作为亚运会开幕式的重要组成部分，经全面筹备、多次演练，于 11 月 12 日晚正式演出。演出包括 6 个主题即"海上丝路"、"西关风情"、"广府华彩"、"花城锦绣"、"羊城画卷"、"共庆亚运"，通过歌舞、武术、木偶、时装、粤剧、书法以及体现广州民俗风情的文艺表演等，打造了"以珠江为舞台、以城市为背景"的珠江两岸风景画，直观地呈现广州的历史文化和现代风情，同时达到"一江欢歌"的效果，参与演员、群众和观众达 10 万人之多。

3. 群众文化活动高潮迭起

亚运群众文化活动自 6 月开始，历时 5 个多月。主要包括亚运歌曲大家唱、大型广场演出、精品展演、非遗精品展、街道社区文化活动等，总场次达 500 多场，参与团队达 900 多个。其中，"亚运歌曲大家唱"活动在全市范围内广泛开展，直接参与群众 8 万多人次，观众约 45 万人次；非遗节目展演、群众国标舞拉丁舞大赛、广场集体舞展演、群众歌会等 5 场大型演出以"精彩新生活"为主题，向世界展示了花城独特的岭南文化艺术和广州群众对亚运的热情与支持；"亚运会歌你来猜"活动吸引了 470 万人通过网络、手机投票，亚运会歌《重逢》即为网民和公众投票产生。

4. 展览展示特色鲜明

亚运会、亚残运会期间，共安排 79 个展览展示活动，供各国来宾和广大市民参观，展览内容包括出土文物、工艺美术、建筑、家具、陶瓷、书画、摄影、医药、美容化妆等，这些展览分不同的主题，分别达到体现亚运元素、展示中外文化交流成果、突显岭南文化特色的效果。亚运会期间，市属、区县和行业博物馆共接待观众近 77 万人次，其中免费开放观众 38 万人次，为亚运会营造了浓郁的文化艺术氛围。为更加充分地展示岭南文化，还专门在广州塔开设了"岭南风格——广州传统工艺美术精品展"。

同时，积极开展亚运惠民送电影活动，11 月，市属 10 家电影院共放映惠民电影 300 多场，已有 8 万多人次观众凭票免费观看电影。

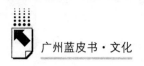

（三）加强建设，规范管理，逐步完善公共文化服务体系

面向基层，大力实施文化惠民工程，不断健全公共文化服务网络，提升服务质量和水平。

1. 加强公共文化基础设施建设

认真贯彻落实《广州市加快公共文化服务体系建设实施意见》。完成全市的两馆一站、社区（行政村）文化室的资料统计工作，着手制定《广州市文化站管理暂行办法》和《广州市社区（村）文化室管理暂行办法》。完成24小时自助图书馆系统整体方案。继续推进"农家书屋"建设工作。迎接国家新闻出版总署组织的全国"农家书屋"工程建设督查组检查广州市"农家书屋"建设使用情况。至2010年底，全市已建设"农家书屋"1228家，2011年将完成新建387家的任务，全市"农家书屋"将达到1615家。举办"我的书屋，我的家"——广州市"农家（社区）书屋"阅读讲演优秀节目会演，开展全民阅读活动。积极推进农村数字电影放映工程，每15个村配备一套流动数字电影放映设备。

2. 开展丰富多彩的群文活动

除为"九艺节"、亚运会专门举办的群文活动外，在春节、清明节、端午节、中秋节等传统节日，还开展"我们的节日"系列主题活动，举办第六届广州民俗文化节、2010年广州乞巧文化节、第二届岭南书画艺术节、第31届"羊城之夏"读书活动及"4·23"读书日活动等。积极开展送展览到农村、社区、学校的工作，全市各博物馆共策划组织32个巡回展览，送到社区、学校、农村和厂区130次，参观人次共95.3万。

3. 推进重点文化设施建设

以承办"九艺节"和"迎亚运"为契机，大力推进广州市大型文化设施项目建设。广州大剧院于"九艺节"前隆重开张运营，成为全国三大剧院之一，得到了国内外专业人士的普遍好评，开业以来，前来参观、演出的络绎不绝。南越王博物馆整治一期工程已全部完成，新陈列改造工程顺利完工，已接待数批亚运宾客的参观。南越王宫博物馆建馆工程按计划进行，亚运会期间已实行部分对外开放。辛亥革命纪念馆建设项目、广州文化中心项目、广州文化创意中心项目、广州图书馆新馆项目、广州沙河顶艺术苑综合楼、广州博物馆新馆项目等正按计划推进。一批演出场馆"九艺节"前顺利完成改造任务，广州市文化演出场馆整体水平上了一个新台阶。

（四）突出重点，加强监管，营造良好的文化市场和产业发展环境

围绕维护社会政治稳定、促进未成年人身心健康、保护知识产权等中心工作，开展集中行动，组织专项治理，加强日常监管。据统计，截至 10 月 30 日，全市共检查各类文化经营场所 3.7 万家次，办理各类案件 673 宗（其中行政案件 601 宗，刑事立案 72 宗），收缴侵权、盗版图书和音像制品 523.5 万张（册），取缔"黑网吧"147 家，巡查网站 7747 家次，关闭违规网站 63 家。

1. 依法行使行政审批职责

2010 年 1～10 月，共完成网吧经营场所立项审核 130 家，审批各类演出（备案）326 宗，审批（变更）娱乐场所 89 家，设立、变更电影院 16 家，审批新设立包装装潢印刷企业 69 家、其他印刷品印刷企业 20 家，审批新设立图书批发经营单位 27 家，审读境外来（进）料加工印件样品 11316 种（册），审核《国外及港、澳、台出版物来（进）料加工印件审批表》423 份，其中核发准印证 363 份，严把文化市场准入关，认真审核材料、查看场地，没有出现违规审批情况。

2. 扎实开展专项整治行动

召开全市"扫黄打非"工作会议，部署任务提出要求。制定各个阶段整治行动方案，积极协调公安、工商、城管、电信、知识产权和文化执法等部门，组织开展元旦、春节及"两会"期间文化市场专项整治行动，打击手机网络传播淫秽色情信息专项行动，迎世博"扫黄打非"专项行动，"九艺节"专项行动、"迎国检、亚运"百日专项整治行动，迎亚运"扫黄打非"专项行动等，全面检查图书、音像、网吧、网站、印刷、复制及演出娱乐场所。集中清理网络视听节目服务网站、手机 WAP 网站传播淫秽色情及低俗信息，坚持上网巡查，防止各类有害信息在网上及线下传播。加强对地面卫星电视接收设施的监管，严防境外有害反动节目落地。坚决查处各类重大案件源头，先后在天河区、白云区、从化市等地查获 4 个非法音像制品加工窝点、1 个非法出版物批销窝点，公安机关现场抓获 22 名涉案嫌疑人。积极引导网吧业主守法经营，在全市有证网吧安装二代身份证扫描系统，全面推行网吧实名登记制度。开发"疑似黑网吧排查系

统"，对涉嫌"黑网吧"进行监管，竭力为青少年健康成长提供绿色的社会文化环境。

3. 不断完善版权保护手段

开展以迎亚运为主题的"4·26"世界知识产权日版权宣传系列活动，推进版权教育进校园，共命名12所学校为"广州市版权教育示范学校"，制定并实施《广州市作品著作权登记政府资助办法》，完成年度作品著作权登记3518件。持续推进企业使用正版软件工作，6家企业被国家版权局、工信部、财政部等9部门评为"全国软件正版化工作示范单位"。组织软件价格洽谈，帮助企业降低成本。全面开展亚运会版权保护行动，打击侵权行为。认真做好广交会版权保护工作，结案率达100%。查处了4宗台商投诉版权侵权案件，结束了广交会台湾参展商版权投诉不能立案查处的历史。

加快"广州北岸文化码头"文化创意产业园区的开发和建设。建立项目建设领导小组，形成统一指挥、统筹协调的工作机制。协调建设及管理主体单位市城投集团按计划推进相关工作，并积极向文化部申报该园区为国家文化产业发展示范基地。

（五）积极探索，深入挖掘，保护利用历史文化遗产

1. 完善文物保护工作体系

全面开展全国第三次文物普查工作，共调查登记不可移动文物4700处，新发现文物3820处。加强对普查新发现的保护，下拨经费竖立保护牌，为市规划局、"三旧"改造办等单位提供普查资料，共享普查成果，提高保护和建设的预见性。因成绩显著，广州市在7月召开的全省第三次全国文物普查工作会议上作先进发言，并被省确定为12月迎接国家普查办验收的实地复核市。在亚运立面整饰过程中，加强对历史文化街区、老城区历史文物建筑的保护工作，并对部分重要文物进行修缮。指导大元帅府、六榕寺、陈家祠、大佛寺、五仙观及岭南第一楼等文物保护单位编制保护规划。组织专家监督指导大佛寺、黄埔村古建筑群、广州古城墙、沙面建筑群等文物保护单位修缮工作。对文物保护单位进行检查，及时制止影响文物保护工作的工程。与文物保护单位签订《文物保护管理责任书》，强化文物层级管理网络。做好文物保护单位"四有档案"的完善工作。

2. 提升博物馆服务水平

以迎亚运为契机，大幅提高博物馆、纪念馆的开放服务水平。对无障碍设施进行全面改造，增加安全保卫设施，提升展览档次，加大宣传力度。举办"2010广州'5·18'国际博物馆日、中国文化遗产日"系列活动。开展"贺九艺、迎亚运、创文明——广州市属博物馆志愿者讲解比赛"、广州博物馆盲人教育馆开通等活动。积极落实博物馆免费开放政策，已有十多家博物馆和纪念馆实现全年免费对外开放。深入挖掘文物展品的丰富内涵，举办了一批主题突出、个性鲜明的展览，受到广大观众的欢迎。2010 年，各博物馆举办专题展览总数 150 多个，总参观人数 350 万人次。积极推进南越王宫博物馆一期建馆的遗址展示和陈列展览项目，至年底已局部对外开放。辛亥革命纪念馆陈列展览提纲通过终审，文物正在征集当中。

（六）积极引导，加强服务，确保新闻出版和媒体宣传导向

1. 推进广播影视数字化

广州市有线数字电视整体转换工作进展顺利，已有 120 多万用户用上了数字电视。顺利完成组建广州市广播电视台、广州市电视台英语频道更名申报等工作。指导珠江数码集团向省广电局申办广数传媒 DRA 经典音乐频道。协助亚组委开展建设亚运会有线电视专网互动系统工作。配合市科信局做好 3D 电视亚运赛事转播相关工作。会同市物价局完善广州市有线数字电视服务收费政策。

2. 确保广播电视安全播出

召开全市广播电视安全播出工作会议，加强广播电视安全播出管理。在全市范围内开展"三电"专项斗争，对无证经营网上视听节目的网站开展专项清理整顿。组织市属各级广播电视播出机构清理整治涉性广播电视节目，加强对医疗药品广告监管，加强对群众参与的有奖竞猜类节目、境外引进电影播放以及其他类别电视节目的监管等。做好重要节假日、重大敏感时期的广播电视节目安全播出检查。加强监听监看工作。积极推进农村广播电视节目无线覆盖工程建设。

3. 加大新闻出版管理力度

制定广州市新闻出版业"十二五"发展规划。开展市属报刊 2009 年发行量统计和新闻出版产业调查、2009 年度公开报刊年度核验、2009 年度驻穗记者站

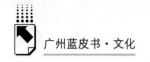

核验等工作。按照新闻出版总署规定的十项内容开展审读。开展省委托和下放内部资料审批工作。

（七）积极培育，打造品牌，增强广州文化辐射力

积极策划组织各项大型文化活动，打造广州文化品牌，为广州建设世界文化名城奠定基础。

1. 第三届中国国际漫画节

第三届中国国际漫画节于9月30日至10月9日在广州锦汉展览中心和广州大剧院、东方宾馆等6个分会场举办，由动漫版权交易会、漫画家大会、金龙奖大赛、ACG穗港澳动漫游戏展、中国大学生动漫作品大赛和开闭幕式等7项主体活动组成。120多家来自中国大陆、香港、澳门、台湾的动漫企业（机构）参加了动漫版权交易会，交易额达26.9亿元；金龙奖大赛征集到了来自中国、马来西亚、韩国、日本等世界各地的投稿6825份，比上届增加36%；穗港澳动漫游戏展参展企业近300家，首次实现市场盈利；全国大学生动漫作品大赛涵盖中国大陆、台湾、香港的109所高校，参与学生超过6000人次。

2. 2010中国（广州）国际纪录片大会

2010中国（广州）国际纪录片大会于12月6~10日在广州举行。该届大会继续组织国际纪录片公众展播、优秀纪录片评优、纪录片方案预售培训、国际制作人面对面、纪录片学术论坛、纪录片商店等专业系列活动。还有大会开闭幕式、颁奖礼、各国影展首映礼等公共活动。有58个国家576部影片参加评优和展播。

3. 第15届广州国际艺术博览会

该届艺博会于12月9~13日在广州白云国际会议中心举办，由广州市政府和中国美术家协会主办，广州市文广新局承办，广东亿时代文化传播公司承办执行。本届艺博会以"艺术岭南、艺术生活"为主题，有17个国家多个参展机构参展，办展规模翻了一番，办展水平又上了一个新台阶。据统计，该届艺博会成交额过亿元，吸引了20万人次入场参观，均远超往届和国内同类博览会。

（八）推进改革，落实任务，为事业产业发展打下坚实基础

2009年10月，根据市委、市政府印发的机构改革方案，撤销原市文化局和

原市新广局，组建广州市文化广电新闻出版局（挂市版权局牌子），并于 2009 年 11 月 23 日挂牌成立。2010 年 3 月，市政府办公厅下发了广州市文广新局"三定"方案，将原市文化局、原市新广局的职责整合划入市文化广电新闻出版局，内设处室由原来两局一共 21 个缩减为 18 个，行政编制由 126 名缩减为 106 名（外加军转干部增编 2 名，实有公务员 110 名，实际超编 2 名）。为落实市委、市政府有关政府机构改革文件精神，执行"三定"规定。在"九艺节"结束后，即落实局机构改革人员定岗工作，通过谈话、召开会议等形式，很快确定了机关处室人员调整安排。2010 年 7 月 9 日，召开局机关干部大会，宣布机关干部人事安排，动员全体干部统一思想，明确职责，扎实推进各项工作，高标准、高质量地履行市委、市政府赋予的工作职能。

二 2011 年广州市文化广电新闻出版工作展望

2011 年是"十二五"的开局之年，全市文化广电新闻出版部门将认真贯彻关于建设文化强省、文化强市和世界文化名城的总体部署，制定"十二五"文化发展规划实施意见，分解落实各项任务，为实现"十二五"发展目标开好局、迈好步。

（一）大力发展文化产业

一是理顺和优化文化产业统一归口管理体制机制，完善文化产业发展的政策体系。制定出台《广州市文化产业统一管理实施意见》、《广州市文化企业认定扶持办法》、《广州市文化产业园区认定促进办法》和《广州市文化产业专项资金使用管理办法》。召开全市文化产业发展工作会议，进一步落实市委、市政府关于广州市文化产业发展的有关精神，着力提出广州市文化产业的发展方向。二是加大重点产业的扶持力度，形成相关产业联动发展的文化产业结构，逐步走向产业企业化、企业集团化的道路。做大做强动漫创意产业，培育具有较强自主创新能力的动漫企业；继续促进出版发行产业的稳步发展，加大对数字出版产业的扶持力度；促进版权产业快速发展，大力开展版权交易、贸易，实施版权保护工程；全方位促进和发展演艺产业，鼓励创作各类演出作品，打造精品；广泛开展专业性和群众性并举的各类文化演出活动，繁荣演出市场；建立专业性的演出产品交易平台，开展国内外广泛合作；整合资源，合理规划布局，继续打造艺术品特色街区。三是打造文化品牌。继续举办好中国音乐金钟奖大赛、广州国际艺术博览会、中国（广州）国际纪录片大会、中国国际漫画节、广州民俗文化艺术节等大型文化活动，扩大广州文化影响力和辐射力。

（二）完善公共文化服务体系

一是加强图书馆（站、室）的建设管理工作。推动广州新图书馆的建设和开放工作，力争使每万人口公共文化设施面积达到1027.4平方米。抓好文化室建设，制定《广州市文化室评估暂行办法》、《广州市文化站管理暂行办法》和《广州市社区（村）文化室管理暂行办法》。对全市文化室管理员进行分期分批培训。完成区图书馆与市图书馆的通借通还工程，提高图书馆服务质量。二是开展丰富多彩的群众文化活动。结合建党90周年和纪念辛亥革命100周年，积极开展公益性文化活动。如"都市热浪"、"羊城之夏"、"广州市公益文化春风行"、"广州民俗文化节"、"岭南书画节"、"乞巧节"等全市示范性公益文化品牌活动。以送戏下乡（进社区）、举办讲座等多种方式开展"文化进社区"和"文化下乡"活动。扶持群众业余文化活动。加强对业余人员的指导和管理，巩固文化辅导员进社区制度，增加社区文化辅导员数量。支持一区一品牌建设。"岭南书画节"、"广州民俗文化艺术节暨黄埔'波罗诞'千年庙会"等活动继续开展。继续扶持群文创作，力求多出精品。三是推进文物保护、遗产利用工作。积极推荐省级以上非遗项目，完善普查工作，推进展示交流。四是加快重点文化设施建设。主要包括辛亥革命纪念馆、广州新图书馆、广州文化创意中心、沙河顶艺术苑和广州文化中心（太古汇）等。并加强各区、县级市文化设施建设，巩固和提高基层文化站、文化室管理水平。

（三）规范文化市场秩序

围绕维护社会政治稳定、促进未成年人身心健康、保护知识产权、争创全国文明城市等中心任务，继续开展集中行动、组织专项治理、查办大案要案、加强日常监管和干部队伍建设，重点在严格责任、形成合力、群防群治、狠抓落实、技术防控等五个方面下工夫。按照属地管理和谁主管谁负责的原则，严格落实责任制和责任追究制。建立健全行政执法监督检查各项制度，推进依法行政考核体系建设。创新普法宣传教育形式，推进"扫黄打非"法治文化建设。组织开展各项专项行动，督办大案要案。继续推进"扫黄打非"信息管理系统建设，提高"扫黄打非"工作信息化水平。

（四）加大行业管理力度

一是加强文化市场管理。通过年度核验、换证等工作进一步规范对印刷、发行和音像单位的管理。通过诚信企业、示范单位评比活动及各种形式的法律法规培训，规范企业经营行为。严把审批审核关，从源头上遏制非法经营。加强服务观念，多为企业、基层办实事，促进行业的健康发展。二是提高舆论引导水平。改进报刊审读和广播电视监听监看工作，加强审读员队伍和监听监看队伍建设，开展与媒体之间的业务交流，加大互联网出版监督力度，确保舆论导向正确。推进数字出版产业调研，修改完成《广州市数字出版产业发展规划纲要》。继续加强对新闻出版队伍的培训，提高从业人员素质。做好书报刊、内部资料出版、记者站、互联网出版的日常管理。三是提升版权保护水平。积极创建申报全国版权示范城市，抓好以文化产品为重点的版权保护工作，推进以政府部门为重点的软件正版化工作，组织开展打击侵权盗版行动，调解版权纠纷，做好以广交会为重点的展会版权保护工作，完成年度版权产业统计，大力开展版权宣传教育活动。

（五）进一步加强文博工作

一是继续做好文物普查和保护工作。全面完成第三次全国文物普查工作，整理并汇总文物普查资料，编制文物普查档案，公布不可移动文物名录，建立文物编码系统，出版《广州市不可移动文物普查新发现汇编》。积极做好老城区改造过程中历史文化街区、历史文物建筑的保护工作。协调各区（县级市）成立文物保护专门机构，签订《文物保护管理责任书》，落实属地管理职责。对已公布文物保护单位的"四有"工作进行检查，完善档案。组织制定有关文物保护单位的保护和利用规划。二是加强博物馆建设，提高博物馆工作影响力。全力推进南越王博物馆整治（二期）工程和南越王宫博物馆（一期）建馆项目，以及辛亥革命纪念馆建设、广州博物馆新馆筹建相关工作。推进部分博物馆下放区管理改革，建立健全博物馆内部运行机制。继续推进博物馆、纪念馆免费开放相关工作，改善博物馆服务设施，创造良好的人文环境。拓展博物馆社会服务功能，提升博物馆陈列展览水平，加强为公众服务功能，扩大社会影响。举办一批有特色、反映广州地方历史的精品展。举办"广州5·18国际博物馆日"活动、文化遗产日活动，多种形式开展宣传工作。做好送展览到农村、社区、学校的工作，打造巡展活动品牌。举办文博讲坛和专业培训班，营造良好的学术氛围。全面推进广州海上丝绸之路申报世界遗产工作。扩大宣传途径，加大博物馆社会宣传力度，扩大影响。

An Analysis on the Development of Culture, Broadcasting, TV, News and Publication of Guangzhou 2010 and Prospect of 2011

The Subject Team of the Guangzhou Administration of Culture, Broadcasting, TV, News and Publication

Abstract: In 2010 with the general guidance of "the concept of scientific development", all levels of the Guangzhou Administration of Culture, Broadcasting, TV, News and Publication made a good use of the chance of welcoming the 16th Asian Games, creating the National Civilized City and hosting the Ninth China Art Festival, further enhanced the construction of cultural facilities, promoted literary and creation, built cultural brands, standardized the cultural market, developed cultural industry and completed the public cultural service system. Active progresses were made in the cause of culture, broadcasting, TV, news and publication. In the year 2011 all levels of the Guangzhou Administration of Culture, Broadcasting, TV, News and Publication will make detailed schedules focusing on the general plan of construction of powerful cultural province, powerful city and world-distinguished city, for the fulfillment of the a plan of cultural development in order to ensure a good beginning for achieving the goals of the *12th Five-Year Plan*.

Key Words: Guangzhou; culture, broadcasting, TV, news and publication; analysis of work; prospect

B.19

广州市社区（村）文化室建设
覆盖情况调研报告

广州市基层公共文化建设调研组

摘　要：根据《广州市加快公共文化服务体系建设实施意见》的要求，2009 年广州市的社区（村）文化室的建设一直在大力推进，现已基本实现城乡公共文化基础设施全覆盖。课题组在深入调查了广州市社区（村）文化室建设情况的基础上，总结了取得的主要经验，分析了存在的不足，并从政策完善、资金筹措、人才队伍建设等多个方面提出了下一步工作重点和建议。

关键词：广州　社区（村）文化室　问题　建议

文化室建设是公共文化服务体系中数量众多、分布最广的建设项目，在整个公共文化服务设施网络中居于基底的重要地位。按照《广州市加快公共文化服务体系建设实施意见》要求，到 2009 年全市须完成尚未建有文化室的社区（村）文化室建设任务，实现城乡公共文化基础设施全覆盖。为全面了解广州市社区（村）文化室建设全覆盖任务完成情况，掌握推进过程中存在的问题，明确下一步工作思路，市委常委、宣传部部长王晓玲要求市委宣传部、市文广新局组成检查调研组，到各区、县级市开展专题检查调研活动，并于 2009 年 12 月 24 日亲自带队前往花都检查调研。随后 2010 年 1 月，市委宣传部、市文广新局分管领导，带领检查调研组对全市各区（县级市）社区（村）文化室建设全覆盖情况进行了一轮全面的检查和调研。2011 年 2 月中下旬至 3 月上中旬，王部长再次带队对以社区（村）文化室建设为重心的全市各区（县级市）基层公共文化建设情况进行了新一轮的全面检查和调研。

一 社区（村）文化室建设全覆盖的基本情况

（一）基本情况

2009 年，广州市出台了《广州市加快公共文化服务体系建设实施意见》，并随即就公共文化服务体系建设进行部署，各项文化惠民工程迅速得到落实。在基本完成图书馆、文化馆、文化站建设的背景下，全市文化建设重心下移，将尽快从根本上改变全市范围内文化室零散缺失和缺乏统一指导要求的状态列入了各级党委、政府的工作计划。为此，全市各级党委、政府紧紧抓住社区（村）公共文化设施全覆盖这个关键和难点，强化重点突破，按照优先填补空白的原则，重点推进文化室建设工程，切实改变城乡之间文化资源不平衡状态。市委宣传部从宣传文化资金中专门安排专项资金 1826 万元，投入建设 586 个社区（村）文化室，各区参照市的投入标准落实配套资金投入农村文化室全覆盖建设工作。经过全市上下各级共同努力，仅 2009 年一年，全市就新建文化室 329 个，改造文化室 145 个，改造祠堂文化室 95 个。到 2009 年底，广州市已基本实现了全覆盖工作，全市 2585 个社区和行政村全部建有文化室（含部分在建），已建社区（村）文化室基本实现信息资源共享工程基层服务点全覆盖，城市"十分钟文化圈"、农村"十里文化圈"基本建成，人民群众的基本文化权益得到较好的实现、维护和发展。2010 年来，在 2009 年底实现目标的基础上作了进一步的巩固、提升和完善工作，文化室配置不断充实，功能不断健全。到 2010 年底，市社区文化室建有文化信息资源共享工程服务点已经达到 1416 个，覆盖率为 97.7%；行政村文化信息资源共享工程服务点 1116 个，覆盖率都达到 98.3%。2010 年 12 月，市委宣传部、市财政局向各区（县级市）下拨社区（行政村）文化室管理工作经费共 1382.7 万元，并要求各区（县级市）按照每个文化室管理人员聘用经费为 1 万元的标准规定（穗宣通 ［2010］ 86 号）落实配套资金，解决了文化室"无人管事"的问题，对用好基层文化阵地起到了重要作用。与此同时，市委宣传部、市文广新局研究共同出资分两年逐步补齐全市农村（社区）文化室基本设备配置缺口，确保实现全市所有行政村（有条件的可延伸到自然村）、社区文化室配套建成农家（社区）书屋和绿色网园并全部达标。据统计，2008～2010

年市区两级财政共投入与文化室配套的农家书屋经费5783.5万元，绿色网园经费556万元，建成1615家农家书屋、759家绿色网园，配送图书252万册、报刊12970份、音像制品25281张，为管理员配送管理专用电脑1615台，实现每家书屋都有1台管理专用电脑。2010年，为"绿色网园"更换新电脑400台，实现每家绿色网园都有4台新电脑。广州市的"农家书屋"工程不仅建设时间短，而且建设标准高，每间书屋都按照1600册书配送。此外，还举办了农家（社区）书屋管理员初级培训班、提高班，研发出广州市农家（社区）书屋公共服务电子系统平台。在国家新闻出版总署组织的全国农家书屋工程建设督查组的检查中，广州市顺利通过。

（二）主要做法

1. 领导重视，加大投入

在2009年5月20日召开的广州市公共文化服务体系建设现场会上，各区（县级市）与市签订了"全覆盖"任务责任书。2010年4月23日召开了广州市公共文化服务体系建设座谈会，专题听取各区（县级市）和市文广新局关于2009年公共文化服务体系建设情况的总结汇报，研究部署2010年公共文化服务体系建设任务。这两次会议统一了思想、凝聚了力量、鼓舞了士气，有力地推动了各区（县级市）高度重视此项工作，群策群力、查漏补缺、攻坚克难，切实做到"五纳入"：把公共文化服务体系建设纳入经济和社会发展的总体规划；纳入党委政府的重要议事日程；纳入各级各部门目标管理责任制；纳入各级财政预算；纳入城乡建设的整体规划。多数区都成立了社区（村）文化室建设领导小组，制定了具体贯彻实施方案，召开了动员会（加温会），并通过联系走访、每月报表等多种形式，切实做到加强领导，落实责任。按照市、区（县级市）各投入每个文化室3万元建设经费的标准，各区（县级市）全部安排落实配套资金，并及时拨付到位。多个区还超过了市区1:1的标准增加配套资金，并推动镇（街）和所在社区（村）多方积极筹资，较好地保障了文化室建设的资金投入。其中，萝岗区加大财政投入，建区5年来累计投入近30亿元用于文化建设，2008年率先完成文化室全覆盖，2009年来继续投入进行文化室升级改造，并设专项资金指导文化室开展活动。越秀区借创建"全国文化先进单位"的契机，不断加大投入，近三年来共投入2133.5万元用于社区文化建设，确保完成全覆盖任务。番禺区在完成全区 333 个社区（村）文化室（含配套农家书屋）建设任务的基础上，2010 年新增 20 个，实现社区（村）文化室（含配套农家书屋）覆盖率达 104%。2007～2010 年，番禺区财政共投入 1800 万元建设"农家书屋"和"绿色网园"。南沙 2009 年在建设完成文化室全覆盖的同时，提前一年在全市率先完成了农家书屋的全覆盖。

2. 抓好统筹，分类指导

各区（县级市）在资金到位以后，主要的矛盾是落实场地的问题。在同一区县不同地区发展差异也很大，因此在推进步骤上，各区（县级市）按照"点面结合、示范带动、软硬齐抓、重在实效、健全机制、规范管理"的原则，从实际出发，突出重点，抓好典型，加强交流，相互促进，加强监督，跟踪落实。坚持向文化室建设底子薄的社区（村）倾斜，选点注重在全社区中心地段、交通便利地方或小学附近等因素，便于最大效用发挥文化室的功能。采取多种形式解决新建场地难题：如改造旧祠堂、旧书院、利用旧的麻雀学校的空置校舍等，或者在有条件的地方建设独立的新文化室馆舍，或者与村民（居民）委员会同时规划建设，或者接收新楼盘的公用配套用房，还有的与企业共建文化室。例如，作为老城区的荔湾区，结合全区"五区一街"建设，统筹规划建设社区文化室；番禺区市桥街在完成全部社区文化室建设任务后，针对市桥街人口密集、寸土寸金的老城区特点，将市桥街分为四大片，增建四个面积较大、文化设施齐全、档次较高的综合文化活动室。萝岗区根据区情，将全区社区（村）文化室建设分为农民新村文化室建设、标准示范社区（村）文化室建设和企业员工文化室建设三种建设模式。

3. 整合资源，共建共享

各地在文化室建设中都非常注重实效，坚持"五结合"，即与农家（社区）书屋相结合，与"祠堂文化"相结合，与日常农村文化活动相结合，与传统文化传承相结合，与文化教育阵地相结合。考虑到行政村（社区）的人力、财力和用地有限，各地根据实际情况，统合利用文化室与村（居）委、农家书屋、绿色网园、党员远程教育站、科普宣传室、星光老人之家、人口文化中心、居民健身场所等公共服务资源共建共享。如白云区积极探索多元化投入机制，引导企业、民间资本参与公共文化建设，在街道、社区试行"政府主导、民间运作、社工义工联动"的社区工作模式，由区供销社组建面向社会提供多元化、综合性服务的民办非企业——恒福社会工作服务社。该服务社集社区文化中心、社区志愿服务、社区青少年教育、社区老年人服务等功能于一体，满足基层包括公共文化需求在内的多样化需求。萝岗区针对外资企业密集、外来工相对集中、企业文化十分活跃的特点，把文化室项目纳入各个企业员工居住区域进行配套建设，配合区内企业不断完善图书阅览室、职工网吧等基础文化设施。尤其在探索建设"旧祠堂新文化"方面，几乎每个区（县级市）都有非常成功的典型，以从化、增城、番禺、花都、南沙等地数量较多，仅从化市就对辖区内 200 多间祠堂进行了摸底，维修改造 73 间祠堂作为文化室，在修建的过程中，既按照文化室的要求对各间祠堂进行了修建，同时注意有效保护祠堂的文物价值，对当地的历史人文资源、宗族繁衍等资料加以挖掘，尽量在改造过程中彰显每间祠堂的文化特色，得到群众积极捐资支持，有效弥补了场地和建设资金的不足。

4. 创新思路，形成品牌

各区（县级市）根据阵地面积和所处地域的实际情况，发挥各自优势，积极采取措施塑造文化室特色，涌现出一批颇具地方特色的文化室。将文化室办成合唱、舞蹈培训基地，或者办成曲艺中心、舞龙舞狮场所，有的文化室打造成书画、美术等艺术交流平台，有的还附设小型农具家具展览等，形式非常多样，也都取得了很好的效果，受到群众的热烈支持。越秀区利用"广府文化源地、千年商都核心"的区域优势集中力量打造 35 个特色精品文化社区，天河区因地制宜打造乞巧等专题特色文化室和书屋。海珠区探索在文化室设立儿童图书角、青年地带。黄埔区以区图书馆为中心、流动图书车为纽带、各街道文化站和社区图书室为终端的辐射状图书借阅网络，开展"送书到家门"的尝试。番禺区在文化室建设中配套建设数字电影室，为此购置了 149 套电影放映设备，同时还为有条件的社区（村）购置一批开展广场活动的舞台灯光音响设备。南沙区在认真做好流动电影放映工作的同时，决定在人口密集特别是外来务工人员众多的地区规划建设固定的电影放映点。经反复比较和论证，投入 80 多万元，确定在南沙街 4 个村文化室中配套建设 4 套独具特色的"太空数字电影院"，各村每个月只需支付 1200 元的电影播放版权费，就能在自家门口每个月观看至少 20 部国内二级院线同步上映的数字影片。从建成三年以来的实际运行效果来看，"太空数字电影院"以其公益性、便利性、新颖性深受居民群众和外来务工人员的喜爱，《南方日报》、《南方都市报》、《羊城晚报》、《广州日报》、南方电视台等媒体对

此有过专题报道。

5. 抓好辅导，重视长效机制

各区加强了对社区（村）文化室的管理，制订了切实可行的管理制度。海珠区制定了文化辅导员包片制度，充分发挥区图书馆、文化馆的专业优势，对农家书屋的设施设置、书籍管理、借阅手续、图书更新给予指导，对社区文化室的活动开展给予帮助，对群众业余文化队伍的排练给予辅导。越秀区充分利用辖区内文化资源富集的优势，组建了由 1420 人组成的文化辅导员队伍，做到每个社区平均有 5 名文化辅导员。增城市开展"农家书屋"管理员业务培训班。从化市制定文化室管理办法，建立文化专管员队伍，印发文化管理员工作手册，举办镇街文化站负责人和社区文化专管员培训班。这些制度确保了文化室的正常开放和文化活动的正常开展，形成了文化室建设的长效机制。

二　目前存在的主要问题

2009 年来，广州市在社区（村）文化室建设方面做了大量的实践与探索，取得了显著成绩。但是，仍存在一些亟待解决的问题和困难。

（一）社区（村）文化室设施设备的后续维护经费没有固定来源渠道

虽然近年来各级党委、政府高度重视文化设施建设，市、区（县级市）对公共文化基础设施建设的财政投入逐年增加，但对基层公共文化基础设施尤其是社区（村）文化室（书屋）、文化信息共享工程基层服务点、绿色网园等设施和设备的后续运行维护经费来源上困难较大。如场地的需求、管理人员的工资、网络使用费用和电脑维修更新费用等，资金明显匮乏。尽管一些地方也探索利用社会力量参与文化建设，但毕竟所占比重较小，还没有形成多元化的资金投入机制。就连经济比较发达的地区都有数量较大的文化室建成后的后续日常管理维护经费缺乏，难以维持正常的开放和对居民进行正常的服务。

（二）基层文化工作队伍很难保障

目前，镇街文化站普遍存在编制不落实、人员不到位、在岗不在行等问题，缺乏稳定性、积极性，很难发挥好其对文化室开展对口业务指导和辅导的职责。加上在机构改革时，文化站并入社区服务中心，专职管理人员更难真正专职。社区（村）文化室（书屋）则更是普遍没有聘用专职管理人员，多由村（居）委会干部兼任，这些人员大多身兼数职，平时大部分时间被抽调到其他岗位从事经济、管理工作，文化服务活动难以正常进行，加上大部分文化站和文化室（书屋）工作人员少有机会参加新知识新技能的学习培训，人员素质普遍偏低，力量比较单薄，致使已建成文化设施的功用未能充分发挥。

（三）村（居）文化室的建筑面积缺口较大

按照《实施意见》要求，文化室的建筑面积应不少于 200 平方米。但实际上，各地落实符合上述标准的场地难度非常大。老城区人口密度大，可利用空间少，土地资源稀缺，可谓"寸土寸金"，用房紧张，很多文化室只能设在社区居委会，严重影响文化室作用的发挥，部分社区连几十平方米的居委会用房都很难保证。新城区也面临规划用地严格控制的问题。据统计，全市面积达 200 平方米标准的文化室为 611 个，仅约占 24%。面积在 100～199 平方米的文化室为 539 个，约占 21%。有超过一半的文化室面积在 100 平方米以下。如越秀区 267 个社区文化室中 200 平方米以上面积的文化室仅 31 个，达标率仅为 12%；天河区 195 个社区文化室中达到或超过 200 平方米的只有 34 个；就连新城区萝岗区 59 个社区（村）文化室中 200 平方米以上面积的文化室也只有 31 个。

（四）新建小区公共文化配套设施移交难以落实

《广州市居住小区配套设施建设的暂行规定》（穗府〔1988〕13 号）规定，城市规划管理部门规划兴建居住小区时，必须按照居住小区公共服务设施的配套标准，预留配套的公共文化体育设施，但由谁去接收、是否为无偿移交并没有明确规定。新近出台的《广州市房地产开发项目配套公共服务设施建设移交管理规定》（穗府〔2010〕15 号）也未涉及公建配套的文化用地部分，没有说明文化公建配套的移交问题，造成开发商以产权不明、已缴纳文化公建配套土地差价等种种理由拖延移交或不愿移交。文化行政部门特别是基层文化单位对辖区内文化公建配套规划要点情况掌握不明，对房地产开发商也没有任何制约手段，往往导致工作被动、束手无策。这样，造成一方面基层文化用地紧缺，另一方面许多文化公建配套用地闲置或流失的现象。目前，除了海珠区文化行政部门在明确有文化公建配套设施需接收的情况下，通过依靠与国资管理、国土管理、城市规划及建设部门的沟通与合作，按《海珠区居住小区公建配套物业接收办法》一起参与公建文化配套用地的接收之外，其他区（县级市）基本上都没有落实。新建小区普遍严重存在公建配套文化设施"拒交、缓交和少交"现象。以天河区为例，仅公建配套文化用地就有57处至今未移交。

（五）文化室内的基本设施面临补充更新和维修维护的问题

农家（社区）书屋的图书报刊要不断补充更新书籍，文化室中所配建的文化信息共享工程基层服务点、绿色网园的电脑比较陈旧，部分电脑甚至不能使用，而且网速较慢，信息更新不够迅速、信息内容不够丰富，影响了服务功能的正常发挥。

三 下一步工作重点和建议

（一）完善政策法规，建立制度保障机制

在基本完成社区（村）文化室全覆盖任务后，下一步我们要把工作重心转到完善运行机制和保障规范管理上来。我们将认真按照国家和省颁布的三馆一站一室（书屋）等公共文化基础设施标准，并抓紧研究出台《广州市文化站、文化室管理办法》，贯彻落实已经出台的《广州市"农家书屋"管理暂行办法》，大力推动实施《广州市居住区（社区）公共服务设施设置标准》，研究制定绿色网园和信息资源共享工程电脑及网络设施管理办法，规范基层文化工作制度。规定工作责任、工作程序和工作标准，从制度上保障对基层文化设施尤其是文化室建设的投入，逐步解决基层文化队伍、管理和经费不到位等问题。完善考评办法和奖惩制度，健全督促检查机制和经常性的督查通报制度，对基层文化工作人员完成工作任务情况进行量化考核，确保文化室的正常开放和作用的正常发挥，强化服务功能，建立基层文化设施的长效管理机制，保障人民群众日益增长的文化需求。

（二）多渠道解决经费困难问题

一是建议在广州市文化站、文化室管理办法还未能正式出台之前，继续在我

部"两金"中安排文化室管理人员补贴经费下发到各区、县级市，方便各区（县级市）向本级财政申请配套经费。二是鼓励部分社区文化室开展低价收费、补偿服务的探索。在目前财政还不能完全保证足额投入的情况下，建议协调物价部门办理事业性收费手续，对一些居民经济基础较好的地区，尝试开展社区文化室服务以远低于市场价的成本价收费的探索，有利于达到社区文化活动的目的，也有利于筹集部分文化室管理人员经费。做好试点工作，取得成效后再铺开，同时做好规范管理工作，确保坚持文化室的公益属性。三是形成以政府投入为主、社会力量积极参与的公共文化服务投入机制，充分发挥财政主导作用，切实落实省关于"财政安排的文化事业经费不低于当地财政总支出的1%"的要求。明确规定由市、区（县级市）、街镇共同投入机制，建立公共文化服务设施和设备后续运行维护长效的投入机制。鼓励社会力量投资兴办公共文化实体、建设设施、提供服务、资助项目。四是制定出台从城市住房开发投资中提取1%用于社区公共文化设施建设的实施办法。

（三）建立基层文化人才保障机制，培育公共文化人才队伍

落实文化室管理人员，每室落实一名高中以上程度的专职管理员或以管理文化室为主的兼职管理员。加强基层群众文化人才队伍建设，采取"请进来，走出去"的培训方式，定期开办基层文化专题讲座，形成基层文化人才队伍辅导、培训机制，进一步提高基层文化工作者的素质和能力，逐步形成一支专兼职结合、长年活跃于基层的相对稳定的公共文化人才队伍。做好引导镇基层公共文化工作人员的职称申报和评定工作。

（四）创造条件，升级面积较小、设施单一的文化室

目前，虽然广州市已基本完成社区（村）文化室建设全覆盖的任务，但还要继续统一思想，以此作为新的起点，继续巩固全覆盖的成果，千方百计创造条件，升级一些面积较小、设施单一的文化室，更好地满足广大市民群众的精神文化需求。建议根据实际情况予以区别标准，社区文化室建筑面积应逐步达到100平方米，农村文化室建筑面积应逐步达到200平方米。采取"保存量、扩增量"的办法，抓住创建文明城市、建设农家（社区）书屋、旧城改造、合并麻雀学校等各种有利时机，因地制宜而又积极主动地扩大文化室面积，增加设施，完善

功能，努力使文化室不仅仅成为一个借书看书的场所，更成为一个有书看、有报读、有网上，集讲座、影视、演出、展览、娱乐、健身等多功能于一体的综合性活动场所。同时，要积极协调规划部门、国土房管部门和建设部门，及早解决新建住宅小区公益性配套文化设施的规划、接收、管理和利用问题。

A Report of the All-round Construction of Community (Village) Cultural Rooms in Guangzhou

The Study Team of the Public Cultural Facility in Basic Levels of Communities of Guangzhou

Abstract: According to the Execution Opinions of Promoting the Construction of the Publicity Cultural Service System of Guangzhou, Guangzhou has been striving for promotion of the construction of community (village) cultural room since 2009. Now a full-coverage system of the urban and rural public cultural facility has been basically completed. On basis of a thorough survey of the programme, the subject team sums up its main experience, makes an analysis of the deficiencies, points out the key jobs and suggest some measures in the next phase such as that of completeness of policies, collection of capital and construction of human resources.

Key Words: Guangzhou; community (village) cultural rooms; problems; suggestions

Ⓑ.20

建设微型博物馆群，打造广府文化博览区

——越秀区博物馆建设管理模式的创新与实践

刘 梅*

摘　要：2010 年，越秀区以丰富的历史文化资源和浓厚的人文氛围为依托，区内的博物馆由此揭开了神秘面纱，展示了全新的"亲民"形象，在市民群众中掀起了一股"微博"热潮。作为公共文化建设的重要举措，打造微型博物馆群既满足公众的精神文化需求，又传承越秀的历史文脉，体现了以"文"化"人"、以"文"惠"民"的理念，成为扩大城区文化影响力、提升城区文化品位和核心竞争力的新载体。

关键词：微博　博物馆　文化　越秀区

博物馆是一个国家、地区经济社会发展水平和文明程度的重要标志，从博物馆的数量和质量可以看出一个地方的文化含量。越秀区作为历史文化名城广州的中心城区，33.8 平方公里的土地上已有各种类型博物馆（纪念馆）31家，博物馆的密度位居全国前列。近年来，越秀区坚持以"文"化"人"、以"文"惠"民"，依托丰富的历史文化资源和浓厚的人文氛围，充分利用迎亚运环境综合整治的契机，积极探索以政府为主体、社会广泛参与的博物馆建设管理新模式，一批主题博物馆、行业博物馆、艺术博物馆、社区博物馆等微型博物馆在亚运之前应运而生，博物馆开始揭开神秘的面纱，走下"文化圣坛"，以全新的"亲民"形象走进社区，走近群众，讲述着他们身边的历史和

* 刘梅，中共广州市越秀区委常委、宣传部部长。

故事，受到市民的追捧。据不完全统计，亚运期间，越秀区的微型博物馆日均游客访问量过万，成为惠及居民文化生活、提升城区文化品位和区域形象的新载体。

一　坚持文化引领，推进文化惠民

广州是广府文化的核心区域，越秀区作为传统的中心城区，被誉为"广府文化源地，千年商都核心"。2200多年的历史积淀，在33.8平方公里的城区内遗存了大量原汁原味的富有广府特色的文化景观，繁衍着古城文化、商贸文化、近现代革命历史文化、宗教文化、书院文化、戏剧文化、建筑文化和饮食文化等历史人文资源，汇集了全国重点文物保护单位12个（15处）、省级重点文物保护单位18个、市级重点文物保护单位57个，以及一大批登记文物保护单位、未定级的文物保护单位和文物点。如何保护好、利用好如此丰富的历史文化资源，实现文化惠民、文化强区的目标，已成为越秀文化建设乃至城区经济社会发展的新课题。为此，越秀区委、区政府高度重视，在广泛调研、充分听取专家和各方意见的基础上，形成了以公共文化引领城区经济社会科学发展的共识，并确立了"政府主导、社会参与、保护为主、合理利用"的保护和传承城区历史文脉的新思路。进一步强化文化引领意识，将微型博物馆建设作为公共文化建设的试点项目，加大政策支持和资金扶持，带头整合资源建设新型博物馆，并鼓励部门、街道和民间力量进行各种尝试，先后打造出东濠涌河涌博物馆、东平大押典当博物馆、北京路考试博物馆、光塔街民族博物馆等16个各具广府文化特色的微型博物馆。这些藏身在社区内的微型博物馆，"螺蛳壳里做道场"，麻雀虽小，五脏俱全，以一种亲民的面孔迅速吸引了社区内的群众，唤起了他们的城市记忆，带来了一股"微博"风，继而引起了文化学者的注意，探索出一条历史文化资源"保护—开发—利用—发展—保护"的良性循环发展之路。

二　改革投入机制，突破资金"瓶颈"

长期以来，博物馆都是以"公"字的形象出现在人们的视野中，尤其是历史文化遗产的保护和利用，往往单靠"吃皇粮"。受限于地方财政压力，博物馆的建设和管理常常遭遇资金"瓶颈"。越秀区大胆探索，由过去一元化的政府投入转变为政府和社会互动的多元化投入，较好地破解了资金难题。

一是将博物馆建设纳入城市更新和环境综合整治的项目配套，加大政府投入。在 2010 年迎亚运水环境综合治理过程中，越秀区本着保护文化遗产的理念，把东濠涌边纳入拆迁的两座民国时期红砖小楼当做"宝贝"保留下来，并将其纳入东濠涌治水总体工程，争取资金将其打造成国内首家以河涌为主题的博物馆，展示广州千年河涌风情，并免费向公众开放。东濠涌博物馆建设资金来自政府，但运作走的是"平民路线"，馆内的许多藏品都来自街坊"献宝"，开馆以来深受市民欢迎，平均每天人流量达 2000 多人次。正在推进整治工程的区家祠、青云书院也采取了政府先期投入的模式。

二是积极搭建平台吸纳社会资本，调动社会力量的积极性，使有热情、有实力的企业和个人参与到博物馆建设和管理中来。2008 年，越秀区以清代老当铺东平大押为试点，采取公开邀标方式引入社会力量保护和利用文物，在全市率先实现了国有文物资产社会化运作的突破。在区文化部门的指导和支持下，广州新衡盛典当有限公司于 2010 年将其打造成为我国大陆首家典当行业的博物馆，并免费对公众开放，受到专家的认可和群众的欢迎。

三是鼓励街道自主创新，整合社区资源，打造老百姓身边的微型博物馆。越秀区作为老广州的所在地，几乎每条街巷都有一段故事，历史底蕴深厚，人文气息浓厚。为此，越秀区每年安排专项资金扶持建设精品文化社区，鼓励基层挖掘、展示特色文化，为社区微型博物馆的相继出现打下了好的基础。如 2009 年，越秀区将清代建筑庐江书院交由北京街使用管理，区街共投入 100 多万元进行综合整治，针对其藏身于古书院群的特点，将其打造成为"考试博物馆"，成为展示广府厚重文化底蕴的特色平台。六榕街旧南海社区的历史文化展示室"聚文阁"、光塔街杏花巷社区的民族博物馆、广卫街都府社区的"广府文化会馆"、梅花村街共和社区的铁路文化展示厅、黄花岗街的军事科普文化展览室、建设街榕树头文化艺术中心等社区微型博物馆，"从社区里来，到社区里去"，展现了各区域各具特色的历史文化，为所在社区居民保存生活记忆、传承广府文化精神提供了平台，增强了社区居民的文化认同感和归属感。

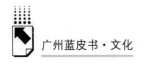

三 转变管理机制，形成多方共赢

伴随着投入机制的改革，越秀区同步进行了博物馆建设管理机制的转变。即合理界定业主单位、投资单位与日常管理单位、文化监管部门的权利和义务，将原来文化部门的单一建设管理，转变为多元化、社会化的建设管理，充分调动参与各方的积极性，实现了多方共赢，促进了微型博物馆的迅速发展。

16个已建成的微型博物馆中，业主单位有区建设水务局、区国土房管分局、区文化局等职能部门，也有相关的街道办事处；而投资建设单位、日常管理单位也各不相同，有的是政府下属单位，有的是社会企业或民间团体；而博物馆业务则都接受区文化部门的监管。如2009年，越秀区接收广州市下放到区管理的市级文物保护单位万木草堂后，通过公开邀标的方式，与文德文化商会签约合作管理万木草堂。万木草堂原为康有为先生宣传维新变法思想的讲堂，现在仍以弘扬康梁文化为主旨，拟逐步打造成为在国内外具有一定影响力的康梁文化研究、展示和交流平台，成为集文化展示、宣讲、交流等功能于一体的文化场馆。目前，万木草堂读书沙龙会、万木草堂国学教育中心、康梁文化研究基地、"万木开讲"国学讲坛等已入驻万木草堂，各种主题文化活动开展得十分活跃。

四 完善监管机制，确保公益方向

越秀区引入社会力量参与建设和运营的微型博物馆多为历史建筑，其中有些还是文物单位。为保护好、利用好历史文化资源，越秀区注重把原则性和灵活性相结合，在保护文化遗产的基础上，实现对文化遗产合理的开发利用。重点要把好"三道关"。

一是在引入社会力量前把好准入关。对计划引入社会力量参与建设的场馆先进行项目定位，明确建设要求。如：对被列为文物的场馆明确社会参与方必须遵循文物法；根据场馆不同的性质和内涵对其建设定位提出要求，尤其是对具有特定历史意义的场馆要求保持其特质；社会参与方每年上缴一定数额的场馆保护和管理费，用于对场馆进行维护维修等，从源头上确保历史建筑（文物）的安全。

二是在引入社会力量过程中把好评价关。政府通过公开邀标的形式，向全社会征集合作管理单位，在坚持项目文化定位不变的前提下，寻找有热情、有实力、有理念的单位参与建设和管理，并签订合作管理协议。

三是在引入社会力量后把好监督关。政府和参与建设方共同研究确定场馆利用思路，支持参与方开展工作，并对博物馆的管理运作进行监督，确保按照合作管理协议使用场馆。

严把"三道关"，使越秀区探索多元化建设管理微型博物馆取得了较好的成效，一批历史建筑得到充分保护和合理利用，其历史价值得到充分彰显，其承载的历史文化信息得到充分释放，更加充分地实现了公共文化设施为社会公众服务的目标。

五　构建发展机制，扩大惠民效果

越秀区在实践过程中探索微型博物馆建设主体多元化、社会效益最大化、运行发展产业化的发展机制，为促进公共文化的健康成长、不断扩大惠民效果闯出了一条新路。

一是促进文物保护开发社会化与惠民效果最大化的统一。博物馆始终要把社会公益性放在第一位，努力使其惠民效果最大化。这不仅仅是因为博物馆是一个城市历史文化的缩影，更重要的是它所带来的巨大的社会效益和深刻的精神影响。越秀区在探索博物馆多元化建设管理新模式的同时，始终把优化公共文化服务摆在首位，通过社会化运作进一步拓宽公共文化的供给，遍布全区的各类博物馆满足了公众多方面、多层次、多样化的精神文化需求，使文化成果更加便捷、优质地惠民，成为老百姓家门口的"民心工程"。越秀区引入社会力量参与建设的博物馆全部免费对公众开放，还经常开展各种免费的主题文化活动，宣扬优秀文化，如万木草堂定期举办"国学讲坛"，"陈树人艺术中心"和"高剑父纪念馆艺术中心"定期举办艺术展览、艺术收藏鉴赏及艺术创作学术研讨会，各社区博物馆不定期开展文化培训等。

二是促进博物馆展示和营运功能的融合。越秀区在明确不同博物馆不同定位的基础上，鼓励、扶持参与建设方将博物馆的展示功能与营运功能良好融合，实现社会效益与经济效益的双赢。如嘉德文化艺术中心、陈树人纪念馆和高剑父纪念馆，既能够使公众免费欣赏艺术品，也实现了拍卖、展销等功能。同时，越秀区鼓励各博物馆深入挖掘自身内涵，研发特色文化产品，满足观众"将博物馆带回家"的愿望。如万木草堂不断研发康梁文化丛书、高品位文化用品等。成功的博物馆文化产品开发进一步增强了博物馆的吸引力，博物馆的繁荣也必将促进其文化产品开发与经营的产业化。

三是促进博物馆与旅游的融合。越秀区立足文化资源丰富的优势，致力于打造文化旅游品牌，将博物馆资源纳入文化旅游线路之中，使各具特色的博物馆成为新的旅游景点，在促进旅游产业发展的同时，也带动博物馆的产业化发展。如重点打造北京路广府文化商贸旅游区，将千年古道、南越王宫署博物馆、万木草堂、中山文献馆等历史文化资源进行有效整合和推广。积极向社会推荐"微博"一日游，将东濠涌博物馆、东平大押典当行业博物馆、万木草堂、五仙观等微型博物馆整合推广，受到各界青睐。

微博热的催生，反映了群众实实在在的精神需求。如今，遍布全区的微型博物馆群如一扇扇窗口，展示着越秀区深厚的文化底蕴，也成为越秀区广大群众的精神家园，为扩大区域文化影响力、提升城区核心竞争力带来了积极的作用。

Building up Series of Micro Museums to Form the Museum Area of Guang-Fu Culture

—The Innovation and Practice of Museum Construction and Management Pattern of Yuexiu District

Liu Mei

Abstract：In 2010, relying on the rich historical and strong cultural resources and rich human atmosphere, the secret veils of all the museums in Yuexiu District were revealed to the public to show a brand new image of loving the people, thus a vigorous mass upsurge of micro-museums was started among the citizens. It is a very important way to build up series of micro museums as part of construction of public cultural facilities. It can not only meet the citizens'cultural, but also can inherit the culture and history of *Yuexiu*. Demonstrate the idea of cultivating and benefiting the citizens with culture. It is a new medium to promote the cultural influence of urban area, upgrade its cultural quality and core competing ability.

Key Words：micro museum；museum；culture；*Yuexiu* district

B.21
新世纪广州水利工程建设中的
水文化应用与成功案例研究

黄石鼎　宁超乔*

摘　要： 广州在筹办亚运会期间，广州水务、水利部门逐渐转变观念，在充分挖掘广州水文化资源的基础上，因地制宜地打造了一批具有代表性、高品位的现代水利工程。本文对新世纪以来广州水文化建设的发展历程作了一简要回顾，对其总体情况作了概括和总结，并指出了其未来的发展趋势。在此基础上，通过若干各具特色的城市水利工程中水文化建设的案例，描绘了广州水文化建设的未来发展前景。

关键词： 广州　水利工程建设　水文化

新世纪，在广州市委、市政府的领导下，水务、水利部门逐步转变观念，开始注重文化在水利工程建设中的重要作用。在充分挖掘广州市水文化资源的基础上，因地制宜地打造了一批具有代表性的、高品位的现代水利工程。广州市水文化建设呈现一派欣欣向荣的景象。

一　广州水文化建设的发展历程和总体情况

新世纪，广州市政府对水文化的建设逐渐重视。2003 年，根据广东省委、省政府提出的要把广州建设成为"经济中心、文化名城、山水之都"的要求，广州市委、市政府全力推进水利工程和水生态环境建设。"文化名城"与"山水之都"

---

* 黄石鼎，广州市社会科学院城市管理研究所所长，副研究员；宁超乔，广州市社会科学院城市管理研究所助理研究员。

的并列提出为人们思考水文化提出了铺垫。2003 年，广东省委、省政府提出实施水利防灾减灾工程，作为"十项民心工程"之一。这就引发人们开始从技术的角度讨论水文化。为贯彻落实省委、省政府的方针政策，广州市委、市政府迅速决定全面启动和实施"青山绿地、蓝天碧水"工程。2004 年，政府启动"青山绿地"和"蓝天碧水"工程，将"利用水文化打造自然生态的水环境"放到了很重要的位置。2005 年，市政府成立以市长张广宁为总指挥的水系建设指挥部，编制通过了水系建设规划。市、区两级政府和有关职能部门按照张广宁市长提出的"坚持以人为本"的执政理念，将河涌治理与两岸环境建设紧密结合起来，在综合整治中充分体现"人与自然的和谐，努力将其打造成亮丽的城市景观带，为市民提供更多休闲旅游的好去处"的要求，进一步提升了水文化的思想境界。近几年来，有关方面提出水利工程建设的新要求，即以确保水安全为前提，力求实现水景观、水环境、水生态和水文化的有机结合。其中，水文化在水利工程建设中的作用日益重要。

广州的水文化建设，已经从观念重视阶段，经过实践的缓慢探索而有所突破，进入逐步深化阶段。从整个城区范围来说，人们根据广州不同的水环境类型，尝试建立不同的水文化建设模式，如在北部山区，将水库的建设、自然生态保护和水文化旅游结合起来；在中心城区，在对河涌整治和堤岸建设的基础上，进行文化保护和景观建设，为人们打造一个优美的滨水空间；在中部果树氧吧区，将自然生态区、古村落的保护与水环境的建设结合起来；在南部滨海区，将沙田环境的保护、岭南水乡文化的建设融为一体。

近年来，广州在城市水利工程建设中逐渐融入水文化的理念。2008 年底，广州市水务局成立，将原有的市园林局的职能与水利局的职能融合起来，在人员建设上组建了以工科为主、文科为辅的队伍。这改善了以往水利工程建设人员文化知识欠缺的境况，使工程既具有科学性和实用性，又体现出人文性和艺术性。

广州的水利工程日益散发出水文化的光芒，彰显着城市水利工程独特的审美价值和文化品位。比如，在乌涌的整治中，针对乌涌地处科学城、位置比较偏远、自然环境保存较好的特点，将生态系统的概念引入河涌治理，形成了自然、生态的人文景观；白云湖的建设则将引水补水、河涌治理、景观建设同文化建设结合起来；在大冲口涌的整治中，将遗产保护与河涌治理结合起来，通过改造河涌带动了对古桥、周边大片古村落等的整治和重新开发等。这些都是十年前的水利工程建设中不曾有过的现象，也是新世纪水文化建设的业绩和成果。

二 广州水利工程建设中的水文化发展与趋势

1. 水文化的应用从局部建设走向整体

20 世纪 90 年代，人们开始提到"水文化"，认为"水文化"即是在水利工程中建一个仿古水闸、添一处人工瀑布。其实，这是非常局限、非常片面的认识。随着人们对水文化理念的深入理解，广州市水利工作人员的观念已经发生较大的转变。在新世纪的水利工程建设中，广州市政府十分注重对"水文化"内涵的扩展，其中一个重要方面就是将水文化的应用从局部走向整体建设，让水文化渗透到各个水利工程，并全局性地把握各个工程之间的相互关联，创造出水与周边环境、景观、人文遗产相和谐的一种特有的文化符号。

在水利工程建设中，广州市政府整治河涌湖泊，建造喷泉瀑布，还打造了亲水平台、水幕电影、人工湿地等。这些水景本身并不具备文化特征，但是，广州市政府在设置这些水景时借助了文化思想的内涵或者某种文化范畴的概念，使得这些自然水景或人造水景构成了广州城市的文化。广州市水文化的应用价值更体现在一种人与自然的对话中，是天人合一的，是人与水的情感合一。这渗透在对无数细节环境的处理上，比如乌涌、大沙河亲水环境中对水的流通、自我净化的处理，大学城堤防工程中堤与岸的处理，赤岗涌岸坡度的防滑处理。这些工程建筑物的墙角基脚和水的连接、与草坪的连接，还有周边形成的假山、流水及动感样式，互相渗透，互相映衬，构成了完整的水文化建设，这也是广州市水文化应用从局部走向整体的最好体现。可以看出，广州市在水文化的建设中力争做实每个水文化的要素，把风格做淳，把建筑做到位，从局部文化应用到整体文化中来。

2. 将水文化建设作为水务工作者素质建设的一个重要方面

以往的观念认为，水文化与工程建设人员毫不相关，只是文化人讨论的范畴，也仅仅被一些学者和文化人所提及。然而，广州市政府逐渐意识到，要使工程有文化，首先要使建造工程的人员拥有文化意识。

近年来，广州市政府通过总结重点工程的建设经验，逐步传输水文化意识，以提高人们的素质。"白鹅潭亲水社区"、"白云湖"的建设，小洲村雨污分流和水环境的整治工程中，人们充分挖掘其内在的文化内涵，力求使工程有美感、有品位。工程完成后，人们总结经验，希望在新的工程中实现更高的突破。广州市水务局进行《广州水文化》等人文性课题的研究，为水利工程的建设打下人文基础。

正是这些成功地将"水文化"理念灌输到水利工程的案例，渐渐地将"水文化"这一理念潜移默化地融入水务工作者的意识当中，促使广州水务工作者树立治水的新理念和良好的思想道德风尚，引导新一代的广州水利人接受最先进的水利思想、紧跟时代潮流。现在，"水文化"这一词语已经逐渐被广州市水利工程人员所提及、熟知，并作为其工作的一个重要部分，成为他们在工程建设中的重要工具。先进的"水文化"理念在广州水利人心中大量普及，也使得广州的水利队伍形成了更强大的核心凝聚力和文化认同感，大大提高了现代化管理水平，促进了广州水利事业持续健康的发展。

3. 将水文化的建设从工程硬件建设推广到软环境建设上来

新世纪，广州市在水利工程的建设中，打破了传统水利工程粗、大、灰、冷、单纯追求安全性的建设模式，这种仅仅从工程硬件上来开展的水文化建设已经不能再适应当今时代和社会的需求了。

广州市通过打造和谐的滨水文化空间，塑造和谐的景观和配备便利的亲水设施，营造了一个人水和谐的软环境，这也正是现代水文化的核心价值。同时，将"水"的包容、天然、和谐等思想融合于景观建设和工程建设中，突出了整体的文化气息。比如，广州市在河涌整治中，注重防洪的同时又保护修缮了文化古迹，不仅弘扬了历史文化，而且增加了人们对防洪工程的亲近感；适当扩大了城市防洪土堤的断面，在堤顶布设雕塑、观景亭台等，与堤坡、草地、湿地一起，构成城市绿色防洪生态区；在钢筋混凝土垂直防洪墙面，用垂挂的爬藤植物加以绿化和美化；在迎水坡设置台阶和人行道，弥补了防洪高墙阻断人们亲近河滩的缺陷；河岸的防护也首选生物措施或天然材质，以利于水生动植物，特别是水底栖生动物的生长，便于人们走近河道、接近大自然。工程所在地的文化历史的传承也逐渐被重视。比如东濠涌的改造过程注重对濠涌周边历史风貌的恢复，并试图通过博物馆中平面、多媒体、实物等多种媒介方式重塑濠涌周边生活方式。

由此可见，广州市对水利工程的建设，已经不再是一个单纯考虑建筑需求的问题，而扩大到考虑"人"的需求问题上来，以实现人水和谐的目标。也就是说，如今广州的水文化建设越来越考虑到"人"这个要素的需求，突出文化性、艺术性和亲水性。

三　广州水利工程中水文化建设案例

（一）因地制宜的生态系统——乌涌

在乌涌的建设中，对水文化的建设，重点突出的是因地制宜的生态系统的建设。乌涌河岸两旁的绿化与人行道本来宽 6 米。为了保持原河道的蜿蜒曲折性，使河涌形成主流、支流、河湾、沼泽、急流和浅滩等丰富多样的生态环境，拓宽绿化和人行区至 20 米宽。通过对乌涌的现状条件以及历史文化的深入调查分析，确定整治的目标，即在满足城市引水、排水功能的前提下，充分开发乌涌水域生态、景观、娱乐、文化、艺术、旅游、休闲的综合功能。其设计理念考虑了景观的实用性、多样性、延续性以及滨水景观与当地文化的结合性，这便是乌涌水文化最重要的体现。

根据乌涌的特点，乌涌沿线从北到南依次形成了自然生态景观区（广园路以北段）、文化健身区（广园路以南至大沙东路段）、大沙地中央休闲商务区（大沙东路至黄埔东路段）和景观休闲区（黄埔东路至珠江口）四大组团。其中，生态景观区靠近厂区和居住区，临近科学城，以"飘进城市绿带"为主题，把沿河现有的水塘连成一个水系，运用现代的生态学和景观技术，在适当位置巧妙地设置了平台、构架、亭、廊，以满足不同人群的需求，最终形成一个城市居民休闲活动公园。

在文化健身区的河流两岸分布着黄埔区图书馆、黄埔区体育馆等，文体资源极为丰富，印证了文脉的走廊景区设计，使其能够将乌涌乃至岭南的历史和文化科学地展示出来，同时将全民健身的理念融入景观设计中。

大沙东路到黄埔东路段以"艺术风情沙龙"为主题打造中央休闲商务区。这一区主要分为文化区、饮食区、生态区、休闲区和商业街中心，是唯一集休闲、观光、旅游于一体的水上景观风情廊道。

珠江出水口段以"天人和谐家园"为主题打造了景观休闲区。在黄埔，赛龙舟有几百年的历史，所以在乌涌的这一段两岸专门设计了龙舟观景台。另外，这一区的红叶广场也是一大特色，造景园林、观景平台、休闲步道穿插其中，既满足了市民的休闲活动，又成为乌涌两岸一道亮丽的风景线。

图1　乌涌大沙地中央休闲商务区（大沙东路至黄埔东路段）效果图

图2　乌涌景观休闲区（黄埔东路至珠江口）效果图

现在，市民可以在乌涌沿岸畅游"自然生态景观区"，流连于"文化健身区"和"中央休闲商务区"，漫步"景观休闲区"，享受优美的环境。整治后的乌涌是一个流动的生态系统，将河涌形态和周边用地的多样性统一起来，形成了沿路"城中林，林中韵"的独特景观。

（二）水秀花香的都市型河流景观工程——大沙河

位于芳村花卉博览园内的大沙河整治工程，是广州市都市型河流景观工程建设的重点项目。大沙河综合整治建设工程由水利工程和绿化景观两大部分组成，打破了过去水利工程与景观绿化工程不和谐、功能单一、设计呆板、缺乏观赏性的做法，融入了符合"两个适宜"的现代化城市水利设计的新理念，是一个将河涌整治与城市总体发展相统一、水利工程与城市建设相融合、防洪排涝工程与城市园林景观相协调的都市型、生态型、景观型、休闲旅游型的综合工程。

过去由于受到过境水道污染等影响，曾经美丽的大沙河变成了一条"臭水沟"。近年来，广州市将大沙河列入重点整治河涌。为了整治大沙河，政府关闭了年产值3000万元的鹤洞水泥厂。在大沙河治理工程中，改造了原有的供排水系统，利用水生植物芦苇对污水进行吸附，达到净化水质的效果，使大沙河常态地保持三类水质。为更有效地解决花卉博览园的排涝和水质问题，水利部门还重新建设了两条排涝渠，新建和改造了四座水闸、两座泵站，通过调控景观水位，既保证了花卉生产需要和景观对水位高程的要求，又可达到防洪排涝的目的。整个大沙河绿化景观整治工程，紧紧围绕具有芳村特色的"水秀花香"为主题进行设计、规划和施工，通过"花影飘舞"、"花溪流香"和"花雨缤纷"等景观来体现，并采取各种不同风格的树种、花草进行有效地搭配，使整段河岸形成既有不同特色，又相互协调的变化多样的视觉效果。

图3 整治后的大沙河

经过绿化景观建设和水利综合治理的大沙河，水清、岸绿、景美，是一个具有生态观赏性、休闲旅游特色的都市型河流景观工程，现已成为广大市民节假日出游的好去处，也是广州花卉博览园内一道亮丽的风景线。

（三）完美体现生态性和科学性的河涌典范——赤岗涌

每天"接纳"4300多吨生活污水的赤岗涌，是原广州市水利局（现广州水务局）整治水环境的第一个河涌。赤岗涌北接珠江前航道，南接黄埔涌，属感潮河流。赤岗涌的综合整治按照"建设多自然河流、充分体现生态及科学性"的理念进行设计，包括河涌截污、清淤工程、堤岸建设、景观工程。因此，对赤岗涌水文化的挖掘，不难发现主要表现为"生态性"和"科学性"。

图4 整治后的赤岗涌

首先，赤岗涌采用了生态型缓坡复式断面，使堤岸迎水坡坡度呈现有节奏的变化。过去，堤岸建设采用桩柱、混凝土、大麻石等，不但不美观，而且影响河涌周边的自然环境。现在，堤岸护脚采用木桩加抛石的方式，护坡采用生态型无砂混凝土覆土与植物护坡相结合的方式。采取"种草养水"的方法种植百喜草，这种科学方法的运用，有利于涌内生物生长，也有利于河涌在截污整治后实现自我"调节"。因为这些百喜草在水中通过光合作用等不但化解油脂，还能吸收或分解铜、汞等重金属，达到去除有害元素、净化水质的效果，而且还能吸收二氧化碳、释放氧气，有利于鱼虾类等水生动物的生长。另外，在临水处还营造了亲水空间，设置亲水步道，并在局部设置了戏水台阶。在水陆交接处保留或营造了岸边浅水湿地，以净化水质和改善滨水生态环境。这种自然式的堤岸，恢复了田园风貌，其间的人工湿地野趣十足，为市民提供了休闲娱乐的场所。同步进行的绿化堤岸工程景观设计着重体现了"岭南水乡"的特色，达到防洪排涝、农业观光与生态旅游相结合的目的，为广大市民提供了休闲、娱乐的场所。

（四）水环境治理与遗产保护和利用完美结合的典范——大冲口涌

位于芳村大道的大冲口涌整治工程，是将河涌治理与文物保护、继承和发展，以及现代社区人文环境建设完美结合的典范工程之一。由于在历史上濒临交通要道，是商业、人文密集之地，大冲口涌周边遗留了不少历史古迹：涌面上横跨有200多年历史的"毓灵桥"，周边有民国初期规划整齐的聚龙村古村落、中国最早的机械厂"协同机械厂"，河涌两岸还保留了不少古树。除历史古迹外，由于城市的发展，不同年代的社区也散布周边。因此在大冲口涌周边，形成了一个古迹与人居、自然与非自然人文因素复杂交错的城市环境，而大冲口涌则成为联系该地区大部分历史文化、自然景观和城市景观的中轴线和主要风景带。

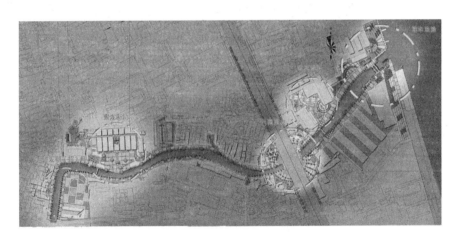

图5 大冲口涌整治节点示意图

对大冲口涌的整治，不仅仅是工程建设的问题，还必须将水文化的建设理念引入其中。2008年以来，广州市政府开始逐步对大冲口涌进行整治，整治工程分为一期和二期，其中，一期工程已经整治完毕。整治的基本工作是解决河涌的防洪排涝、保洁清淤，恢复河涌水质清澈程度。整条河涌对水文化的挖掘，归纳

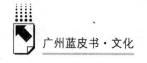

为四个文化节点。

其中，在一期工程内的文化节点为两个：第一个节点为"珠水沧浪"，该节点是河涌连接珠江的入口。在具体的改造中，重点表现为珠江沿岸聚落的变迁，从小渔村经历沧海桑田的历史过程，将工业厂房、码头、船坞等要素保留改造，并与木桩、礁石、芦苇等景观元素相结合，建立滨水休闲广场、码头区等功能设施。

由入口经河涌向里走的第二个节点为"毓灵流芳"，这一节点聚集了毓灵桥、中国第一台柴油机生产地协同机械厂、古树等不少文化资源。在河涌整治的过程中，节点设计主要营造硬地景观和植物景观，在灵巧的古桥和刚健的工业建筑之间取得平衡，同时在地面雕刻等小尺度塑像的设计中，融合河涌沿线的历史事件、历史名人，为河岸景观塑造增添地域色彩，使之成为河涌沿线居民认同的根源之地。在河岸古树四周，塑造小型活动广场，周边配以历史名人路等装饰，打造一个生动活泼、具有生命力，同时又具有历史厚重感的公共滨水空间。

在这个节点改造中，古树的保护尤其值得一提。在大冲口涌最初的施工方案中，河涌堤岸为直线设计，照此方案，两岸的十余棵古树都得迁移或者被砍掉。看着这些根深叶茂的古树，荔湾区水利局的专家一致决定：修改施工方案，把大树都留下来，哪怕堤岸弯一点也不算什么。当他们把这一想法跟上级报告时，同样重视本土文化保护的政府相关领导立马答应了。这种因地制宜的方案结果是，大树被保留下来了，而弯曲的堤岸设计，同时也给河涌增添了一份自然的曲线美。

至年底，第二期整治工程已经在进行。在第二期的河涌整治中，同样将打造水文化节点的理念引入工程建设之中，充分将各节点周边的文化遗产资源和水环境特点引入工程建设，提高工程的文化品位。如大冲口涌与芳村大道交汇处设计为"八面灵龙"节点，在道路与河涌的交汇处设置为四个系列广场，与东西节点相呼应，节点布置"团龙壁"、"腾龙柱"等景观小品，并通过景观步道的设计与各相邻节点在景观上取得联系。"游龙朝晖"节点利用涌边宗祠为设计重点，通过建筑整饰、外部环境整治、增加绿化景观的方式，配合河涌的整治，将这一节点打造为承载民风民俗的重要载体。"聚龙新韵"节点则更是将清代历史建筑群的保护、改造与河涌景观整治工程结合起来，重点对古村落进行环境整治，通过建筑功能的置换，引导居民迁离文物建筑，并通过景观改造，提升古村落环境品质，吸引资金进入，对古村落进行改造和更新。

图6　聚龙村俯瞰图

因此，大冲口涌治理工程已不仅仅是河涌治理的技术问题，而是一个将文物保护、土地利用开发、景观建设、文化传承、园林绿化、社区环境规划等多方面内容融为一体的综合性整体。如今，改造后的大冲口涌，小桥流水，古树婆娑，逐步显现昔日的岭南水乡风情和人文美景。

（五）时尚、现代的城市水文化名片——白鹅潭酒吧街亲水景观

白鹅潭珠江河段在广州的起点，具有广州得天独厚的人文气息。数座跨江大桥灯饰分明、音韵悠扬的美景一直为人们所称道。而白鹅潭风情酒吧街位于荔湾区芳村花地街长堤路，东起芳村下市涌，西至花地河口。作为体现广州特色休闲娱乐的地方之一，白鹅潭不单彰显了广州时尚新潮的一面，也浓缩了广州城深厚的历史人文气息。而作为"广州市十大特色街"之一，有人把它和北京三里屯、上海新天地相媲美，白鹅潭酒吧街在广州、珠江三角洲乃至港澳地区都享有很高的品牌知名度。

在21世纪前，珠水西岸原芳村长堤路沿江地段仍然被各式各样凌乱的民居、厂房占据，残旧而破败，与身旁秀美的白鹅潭畔、富有异国情调的沙面显得格格

图7　白鹅潭风情酒吧街

不入。正是在这样的背景下，广州市政府启动了白鹅潭酒吧街项目的建设。1999年，由广州市政府统一领导的广州市城市建设管理"三年一中变"工程珠江两岸环境景观整治正式启动，原芳村长堤路段珠江堤岸整治工程是其重要的组成部分。之后，为了凸显文化内涵，体现沿江堤岸的亲水性，市政府又加快了珠江沿岸现有场地设施的立面整饰，调整原有工业、仓储用地的规划，对原芳村沿江的部分旧厂房实施功能置换，将旧厂房、工厂改造为公共绿地或者高档商务写字楼，使珠江沿线逐步转型，重点突出文化、旅游和商贸的功能。目前，白鹅潭酒吧街根据不同地域的实际情况，共划分了四个功能区，两个区主要经营酒吧及餐饮业，另两个区则进驻了多家创意工作室。不得不说，白鹅潭风情酒吧街是一处独特的亲水景观，不仅完成了环境整治，还成就了商业开发，一举两得。

　　白鹅潭酒吧街亲水景观，整体营造出浓厚的江畔异域风情，成为广州城市水文化的名片，折射出广州市的另一番风味。共享珠江八景之一——白鹅潭江面，这里三江汇流，水域开阔，历史文化底蕴深厚，原有的古建筑文化、优良的滨江水岸线资源以及酒吧街风情十足的时尚感，对市民散发出诱人魅力，是难得的黄金滨水地段。

图8　白鹅潭风情酒吧街夜景

（六）现代高雅水文化社区——二沙岛社区亲水走廊

二沙岛是珠江中的一个沙洲，珠水环岛而过，是最具有广州现代风情的宝地之一。新中国成立以来这里一直是广东省的体育训练基地，先后培养出不少世界冠军，现在已建设成为以"绿、静、美"为特色的高雅文化艺术、体育娱乐中心和高尚住宅区。

图9　二沙岛亲水长廊和星海音乐厅

广州市政府在二沙岛社区亲水走廊的打造中，形成了环岛滨江休闲带，这是一个连续的公共休闲亲水绿带。二沙岛社区的整体风格体现了时代感以及广州地域特色的文化内涵，同时与二沙岛独有的人文环境相协调，使得二沙岛成为一个现代高雅的水文化社区。亲水走廊的打造，带给人们更加开阔的观景视线，成为

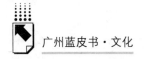

一个能够尽情欣赏珠江两岸美景的绝佳位置。

改造后的二沙岛上，星海音乐厅、广东美术馆、一片片高尚的生活住宅小区和体育训练基地一起掩映在广阔的绿地中，各种艺术雕塑散布周围，文化艺术氛围扑面而来，是一处心灵的回归地。市民和外来游客在欣赏星海音乐厅的高雅音乐或广东美术馆的前卫艺术作品的同时，也在不经意之间欣赏到高品位的岭南水文化特色。

（七）生态人文的岛屿堤岸建设典范——大学城生态绿堤

在人们的印象中，堤坝总是在海边河畔高高筑起的一道屏障。在滨海大都市的广州，堤防工程除了达到高标准防洪排涝这个首要任务外，还要"以人为本"，尽可能让市民能看到广阔美丽的海景。广州大学城，采用开放式绿地堤岸结构，在防洪和生态两方面都达到了国内的最高水平。

广州大学城坐落于番禺区新造镇小谷围岛及其南岸地区，西邻洛溪岛、北望生物岛、东接长洲岛，与琶洲岛瀛洲生态公园隔江相望，总体规划面积为43平方公里，堤防总长26.33公里。小谷围岛四面环珠江，具有天然的相对独立性，地貌为低丘陵冲积平原，岛上风景如画，文物古迹众多。以前长期没有路桥与广州市区相连，必须通过轮渡才能到达，但也正是如此，成全了小谷围岛原汁原味的乡土气息，民风淳朴、生态良好、环境优美。

图10 广州大学城鸟瞰图

过去小谷围岛的堤岸大多是建于20世纪五六十年代的土堤，虽经历年加固，但堤防约为10~20年一遇的偏低标准，堤身受蟹、虫害（洞）破坏严重。广州市是国家首批重点防洪城市之一，沿珠江两岸必须修建防御两百年一遇洪水的堤闸体系。因此，小谷围在规划中后部堤身高达3.3米，大大高于2.7米这个两百年一遇洪水标准，是目前国内堤围设计的最高标准。堤岸工程在剖面设计上有意识地采用滨水广场绿地做法，突出共享与亲水性、塑造滨水区特色与品质，以体现"人文、江岸、生态、水利"。在堤岸线的布置上，力求各堤段平顺相接，不使景观视觉上有过大的落差，并且尽可能保留原有自然山体和古树。同时经过筛选比较，最终选用耐淹而且叶附泥较少的香根草作堤岸护坡的绿化。针对飞翼快船和大型货船经过附近江面时，会对堤身、堤脚产生淘蚀、冲刷，因此在江岸结合部有规划地分段种植水生灌木、芦苇科植物和水杉、竹林等，起到消浪的作用，尽可能减少风浪爬高，同时也形成一道道漂亮的风景线。最令人叫绝的是水岸下藏着一列沉箱堤防，箱外还有低一级的垒石围堤，沉箱盛泥，上面种植大量的水草作为岸边的缓冲。中午涨潮时，水平面恰到好处地漫到草皮边缘，掩盖了沉箱，堤围"消失"了。这种生态自然型的设计藏起了人工构建的痕迹，在保证人堤安全的同时，回归了河岸的原始面貌，甚至能吸引鱼类的聚集，如此十几公里的设计，在珠江河段还是第一次使用。

如今，漫步在大学城河岸与蜿蜒的步道之间，随处可见大片的阔叶草坪和高

图11　整治后的大学城堤防

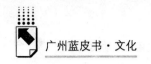

大的树群、河岸斜坡以三维网固定的草皮，人们可以在岸边直接玩水。局部地区采用阶梯式堤岸，人们可以席坐在宽阔的阶梯上，体验珠江涨潮时逐级漫到脚上的感觉。

总之，小谷围岛环岛堤岸结合"生态绿堤"的理念，在缓坡上布置了园林绿化景观，在风浪大时也可以起到消浪的作用。堤岸的设计在确保防洪安全、经济环保的前提下，贯彻穿插人文、生态、亲水的理念，强调地域性、现代性、文化性，淡化了工程痕迹。新堤不但能抵御两百年一遇的洪水，而且堤岸形式结合了大学城的功能要求，根据地形、地貌确定，做到多样化，体现亲水性，这也是广州珠江的第一道生态型堤岸。

（八）集调蓄、生态、景观于一体的多功能水利工程——白云湖

位于白云区石井镇的白云湖工程既是一个集防灾减灾、调蓄雨洪等多功能于一体的水利工程，又是一项生态工程、景观工程，其丰富的水文化内涵是广州市补水引水工程中的典范。

作为2010年前广州市治水任务的四大调水补水系统工程之一，白云湖的破土动工，标志着西航道引水工程进入全面建设阶段。它既是一个防灾减灾的水利工程，可调蓄雨洪，提高水安全标准；也是一个生态工程，建成后可引水入涌，补充下游河涌景观用水，实现石井河流域水体循环，改善广州水环境；同时还是一个景观工程，规划总面积2.07平方公里，水面面积1.05平方公里，大于市区现有四个人工湖的总和，是未来广州的第一大湖，这里将建设滨水景观带，为广大市民提供一个新的休闲、游览场所。未来的白云湖将形成一个集水安全、水生态、水景观于一体的综合性水利工程，对改善广州北部城乡水环境和建设生态广州都有着深远的意义。

白云湖工程共分两期实施，从近期来看，首先满足引水和调蓄等水利功能，并形成基本生态格局。白云湖地块大部分由原有水塘、河网与农田构成，地势平坦、水源丰富。但现在河网、水塘水质很差，需大力整治。建成后的白云湖首要功能就是调蓄雨洪、防止水淹。广州是全国重点防洪城市，洪涝灾害一直是城市发展的心腹大患。如果不解决排涝问题，一遇强降雨，常常受水淹。白云湖的工程设计控制集雨面积近10平方公里，库容200万立方米，其中防洪调蓄库容51万立方米。2011年，白云湖将实现自身通水和向石井河补水，具体做法是，与

北江大堤"两涌一河"构成一个完整的引水系统，利用白云湖经白坭河引入的北江水，经左干渠引入的流溪河水以及汇集石井河流域的天然降水，补充给下游河涌，从根本上改善石井河流域的水环境。

从远期考虑，主要是完善白云湖的景观功能、休闲功能。在区内中部与东北角分布着几座丘陵，林木丰茂，是景区的重要景观资源；同时还有丰富的地理历史信息的遗留，纵横交错的堤塘、曲折弯绕的河涌、繁盛藏密的树林、农田阡陌、野生鸟类等，都是几千年来的人文积淀。所以在打造中，广州市充分挖掘了这些资源文化。在不远的将来，白云湖将呈现"一轴一链两湖八景"的布局结构，成为一个开放性的滨水公园。新建的这个2平方公里的湖区，相当于增加城市湿地2平方公里，广州市区水面率也因此提高到2%，沿湖地区的生态环境、局部气候因水而得到改善。值得一提的是，以水文化、水景观、水生态为主题的城市滨水风景区和8.6公里滨水景观带，不仅为广大市民提供了一个新的文化观光场所，而且还以独特的水景观带动北部城区的开发建设。

乘着游艇欣赏白云湖美景，看着北江清流汩汩注入珠江……广大市民期盼的这一美好景象，不久将变成现实。

（九）将人文景观建设与水利工程的建设融为一体——黄埔涌水闸

黄埔涌水闸是广州市截污治污工程中的代表。黄埔涌是广州少有的两端都连接珠江，且经过众多景点的河涌。7.8公里长的黄埔涌连接珠江前后航道，呈西北—东南走向，途经广州新地标电视塔、现代高尚住宅珠江帝景、人文景点赤岗塔、会展中心、磨碟沙公园、广州南肺万亩果园等，地理位置非常难得。

"泛舟迎碧波，临江赏赤影"是黄埔涌的设计主题。黄埔涌的综合整治因地制宜，强调生态自然，注重河涌治理与周边环境的融合，紧紧围绕结合地方文化展示、自然风光展示、城市水利功能协调等几个方面，突出岭南水乡的特色，构造和谐、自然、原生态的人居环境。目前，黄埔涌的综合整治工程全部完成，黄埔涌已成为"堤固、岸绿、水秀、景美"的景观带。黄埔涌水环境综合整治主要由堤岸整治、景观绿化、截污工程和建闸蓄水保持景观水位四部分组成。

公园、住宅等人文景观的建设带来该地环境的改善，提升黄埔涌商都古水道的生态、景观、休闲等设施，反映了水文化建设所带来的高附加值效应。

图 12　黄埔涌景观

（十）滨海沙田湿地水文化的挖掘和建设——万顷沙沿海湿地生态系统

万顷沙湿地是广州最后一片大面积湿地，有不可多得的生态功能，每年入冬都会飞来成千上万的珍稀候鸟。万顷沙有着人工围垦而成的 21 涌，每隔一公里就有一条涌，这 21 涌方方正正排列整齐，呈现出独特的沙田水乡自然风貌。

图 13　万顷沙湿地实景图

对万顷沙湿地工程水文化的挖掘中，可以发现三个亮点。全国首个湿地公园的建成即是第一个亮点。2004 年，广州市政府经过两年多的反复论证，提出在万顷沙 18 涌以南地区不再安排建设项目，并在 19 涌万顷沙湿地建设一个"广州湿地森林公园"，这是广东省乃至全国首个以湿地为主题的公园。占地约 3000 亩，属于河口湿地，被围垦的堤岸围起来，有闸口与珠江连接。东面是隔着珠江已初具规模的南沙港，北面是正在建设中的珠江钢厂，西南方是一个热闹的渔码头，南面向着水天一色的珠江出海口。湿地的主体为约半米深的水体，这片滩涂没有任何污染，自然生长了一些鱼、虾、水草等候鸟食物。

为了保护万顷沙自然风貌而兴建的生态廊也十分有特色。在万顷沙的五大工业组团之间，由三个生态廊道隔离开来，包括东部的蕉门水道水域生态廊道、中部的农田生态廊道、西部的洪奇沥水道水域生态廊道。针对东部的蕉门水道水域生态廊道和西部的洪奇沥水道水域生态廊道，在水道两边沿岸种植百米绿化带并建设海滨公园，沿岸滩涂种植红树林，以保护水道水域的生态环境。而中部的农田生态廊道，种植岭南名优水果、优质蔬菜和发展咸淡水养殖，其中在 6 涌至 8 涌之间，还建有一个两公里宽的现代农业示范区，面积约两万亩。这是第二个亮点。

第三个亮点便是工业防护湿地林区的建立，这充分体现了广州市政府持续关注湿地保护的战略发展思想。为了保护南沙珍贵的湿地资源，2007 年广州市政府决定在位于万顷沙的湿地公园旁边建设一个面积达 1.3 万多亩的工业防护湿地林区，这也是广州市青山绿地工程二期的重要组成部分。这块湿地林区北部以 15 涌下为界，南部以 19 涌上为界，东部以红奇沥水道为界，西部以蕉门河为界。其中 19 围西 4500 多亩面积建成具有旅游观光功能的湿地林区，成为南沙的第二个湿地公园。湿地林区内以乔木为主，沿水面种植不同类型的湿地植物，在湿地内营造出不同深度的水域，以吸引不同生活习性的鸟类和其他生物。而 21 围将成为一个核心生态保护区，根据影响和功能侧重的不同分为抗污减污林和湿地景观林两个功能区。其中抗污减污林区由靠近工业基地的地块整合而成，在靠近工业基地的沿线设置不少于两百米的防护林带，在树种选择上以抗风抗污染、耐盐碱、耐水湿树种为主；而湿地景观林区与旁边的湿地公园相结合，打造具有岭南水乡特色的景观。

如今，"世外桃源"、"鸟类天堂"都是人们对万顷沙湿地公园的赞誉。每逢周末，市民纷至沓来，驾一叶扁舟，轻轻划入红树林深处，绿树葱茏，波光潋滟，仿佛置身江南水乡一般。这种人与自然和谐之美正是生态湿地工程中水文化的最有力体现。

（十一）内陆自然湿地水文化的挖掘和保护——万亩果园果树保护区湿地生态系统

海珠区果园果树保护区又称"万亩果林"，由珠江和海潮共同冲积而成，原本属自然湿地的范畴。随着社会的进步、自然的变迁，果树保护区具有生产功能和经济效益。保护区内河网水系发达，蜿蜒曲折，尤其在东南部区域，水面率更高达33.1%，呈现出典型的河流湿地特征。同时，也承担着调节气候、净化空气、防洪调蓄、保持水土、涵养水源、净化水体、保护传统水果品种和生物多样性、改善生态环境等众多作用，被誉为广州的"南肺"、"市肾"、"氧吧"。但是近年来由于经济发展带来的水质污染、土壤污染，导致果林生态系统遭到破坏。病虫害严重，部分果树死亡，产量降低，果树品种单一，使得果林生产、生态的功能衰减，"南肺"的功能减弱。区内文化资源丰富，有珠江三角洲地区唯一风貌保存完整的果林型岭南水乡，有广州地区最具岭南水乡特色的古村——小洲村，已被列为广州市首批14个历史文化保护区之一，并被评为广东省生态示范村。还有梁氏大宗祠、陈氏大宗祠、简氏大宗祠和西溪祖祠、民居古码头和渡口等古迹，有庙宇、古牌坊、古书院等。

图14 果树保护区城市湿地平面分区图

由此可见，对"万亩果林"的整治，仅仅解决截污排淤等工程问题是远远不够的，而必须将水文化的建设理念引入其中，而这一区最重要的水文化则体现在"生态"和"人文"。新世纪，广州市政府以建设水流顺畅、碧水萦绕、绿荫环抱、果树飘香、人与自然和谐的城市生态绿心为目标，通过综合治理及行之有效的管理，实现果树保护区城市湿地的可持续发展。在规划中，通过对自然条件、地域特征、人文景观、市政建设、城市规划等因素的综合分析，最终划分为城市湿地核心区、岭南水乡风貌区、果树生态园区三个功能区。三个功能区相对独立、又相互联系，凸显果树保护区的城市湿地系统，发挥城市湿地综合功能。

图15　广州"南肺"——万亩果林

改造后的"万亩果林"最大的特色可以归纳为两个方面。首先，"万亩果林"是自然湿地与人工类湿地的有机组合。果树保护区灌、排渠系统完善，自然的潮灌潮排构成果林—潮道生态系统，发挥了自然河流湿地与人工湿地的生态功能，使得广州"南肺"的美誉失而复得。另外，还形成了具有以生态保护、科普教育、游览观赏为主要内容的自然景观和人文资源区。区内水道随潮起潮落而枯盈，独特的潮成风貌具有重要的观赏价值和科学考察价值；果树成片，果园品种繁多，形成由果园和珠江水系的滘涌河网等组成的自然景观；岭南水乡民居风情融于其中，古桥蚝屋、流水人家，富蕴岭南水乡和广府民俗风情。

（十二）古村落的保护与水环境整治案例——小洲村

小洲位于广州市海珠区东南端，南临珠江南河道，隔江与番禺相望，东临牌坊河，峙对官洲岛和仑头，西北与土华村相接。小洲是珠江几千年来冲积形成的，面积达6013.8亩，境内河涌长达十公里。

图16　小洲村的"小桥流水人家"

　　小洲村四面环水，形似小岛，故称"小洲"，始建于元末明初，是具有1000多年悠久历史的古村寨。得益于在改造中对古文化的保护，如今的小洲村，并没有被现代化的洪流所淹没，传统的东西仍然得到传承。在村落里，河涌蜿蜒交错，造型各异的小桥枕溪流之上，庄重的祠堂规整有序，古老的宫庙朴实淡雅，传统的民居参差错落，在绿树婆娑的掩映下，像一幅绘有小溪、绿树、灰垣、素瓦等具有岭南水乡特点的水墨画。区内的小洲古村是广州地区最具岭南水乡特色的古村，保存了历史悠久的岭南水乡文化。在城市湿地建设的同时，对岭南水乡文化加以保护和弘扬，将人水和谐、人同自然和谐理念与岭南水文化融为一体，进一步提升广州城市形象。

　　在小洲村水文化资源的保护中，临水特色街道的保护是其重点。划定的历史文化保护区面积为5.1公顷，保护区建设控制地带面积为9.2公顷，环境协调区面积为15.9公顷。重点保护的小洲村街巷为"街—河—街"、"街—河—屋"、"屋—河—屋"三种临水空间特色的街道，其中包括拱北大街、登瀛大街、登瀛外街、细桥大街、新路大街等。针对小洲村自身丰富的水网格局，规划着重保护西江涌水系及沿岸的原生水网形态，保护河涌与两岸的自然生态格局，以此形成围合的环状、通畅水网，保持保护区内河涌的水位。

（十三）城市历史的重现案例——东濠涌

东濠涌，发源自白云山的甘溪、文溪，止于今天的法政路附近，涌宽水深，可以通船。"东濠涌"在广州城市的历史上非常重要，不仅是广州仅存的旧城护城河，也是广州城东的交通要道，其水质良好，是当时广州居民的主要供水渠之一和最主要的排水渠道。因其重要的地理位置，在河涌周边密布着大量的水文化资源和古遗迹，如当铺、贡院、古桥等，记录着这个水城的历史和当时人们的生活情况。东濠涌民国时期修筑海珠路时改为暗渠，后被开挖，改革开放后修建高架桥，原有的河涌风貌被破坏殆尽，加之整治前河涌污染严重，东濠涌沿线居民低收入家庭和住房困难群众多，人居环境较差。

东濠涌整治工程涉及八大工程。一是调水补水工程。在珠江前航道江湾桥西侧新建补水泵站，抽取珠江水对东濠涌进行补水，东濠涌南段水体实现了良性循环。二是景观、堤岸工程。改造和加固堤岸、修建桥梁、建设"绿道"等。三是两岸建筑物立面整饰工程。四是配套停车场工程，进一步缓解了该区域停车难问题。五是机电安装工程。对环市路到沿江路 3.19 公里的河涌进行光亮工程和视频监控工程施工。六是高架桥体涂装工程。七是水质净化工程。在越秀桥附近建设净水厂，日处理能力约 10 万吨。八是东濠涌管理中心和博物馆建设工程。将越秀北路和豪贤路交界处、紧临越秀桥和东濠涌两栋民国时期的旧别墅改造为东濠涌管理中心和博物馆，记录和展示河涌历史文化和整治成果。

改造后的东濠涌，绿色生态全面恢复，净水技术使河涌水标准达到可以亲水戏水的标准，这在城市中心区是非常难得的。

在景观建设方面，按照"修旧如旧"的原则，运用现代建筑工艺，恢复东濠涌越秀桥、小东门桥、筑横沙桥、东华桥等 6 座历史名桥原貌，新建 4 座现代小桥，还沿水脉设置越秀桥叠水瀑布、越秀广场治水主题雕塑、荷花池、景观石、水堰、凉亭、驿站等景观 10 处。

在水文化的利用上，在整治中把文化建设贯穿河涌治理全过程，挖掘水文化、桥文化、石文化、广府文化、名人文化等人文历史内涵，进一步擦亮"广府文化源地、千年商都核心"品牌，提升城市文化品质。河涌边设立的东濠涌博物馆是广州市第一座以河涌为主题的博物馆，展示河涌沿线历史文化遗存及古今治理河涌史实，以高科技的手段再现了东濠涌历史和现代的生活景象。

改造后通过河涌连接了周边的鲁迅故居、宋庆龄故居等名人名居景点，塑造浓郁细腻的水系概念。在糙米栏桥附近和永曜北小学墙壁各设置人物雕塑2组、壁画4幅，重塑民国时期广州普通百姓人家生活场景，栩栩如生地反映老广州的风俗人情。

如今，东濠涌，这一条城市内部的河涌已成为与城市居民生活、娱乐、休闲密切相关的一部分，也成为体验城市历史和文化的重要场所，这不能不说是一种成功。

图17-1　（左）东濠涌现状　（右）东濠涌博物馆再现东濠涌历史风貌

图17-2　（左）东濠涌水质清澈见底　（右）东濠涌街心公园

（十四）水景与民俗风情的完美结合案例——荔枝湾涌

荔枝湾涌严格来说不是一条孤立的河流，而是原广州城西，现今的荔湾路、中山八路、黄沙大道（北段）、多宝路（西段）、龙津西路一带的江畔湿地中纵横交错的水系的总称，这里就是旧时的老西关，原本水系蜿蜒，水网如织，是人们游玩的好地方，素有"小秦淮"之称。到了20世纪40年代，随着广州城区的扩展，城市人口逐渐增加，荔枝湾河溪两面成为菜农、贫民聚居之地，居民为建房屋砍掉了荔枝树，再加上 40 年代末期荔枝湾附近成为广州市近代工业的基地，造成了河涌污染，水质持续恶化，再也难以适应荔枝树的生长。

1958 年，建立了荔湾湖公园，保留了部分湖泊和水道，河道仍能北通逢源桥，南至多宝桥，但水系的各条支流被填平变成街道；随着周围的工厂建立和人口聚居，荔枝湾水系已经沦为大污水池，1985 年前后，荔湾湖至多宝桥的水道被覆盖；1992 年，随着泮溪酒家至逢源桥的最后一段水道被覆盖，荔湾涌的名称彻底成为历史。

1999 年，荔湾区政协提出了关于"复建荔枝湾故道"的提案，并在 2009 年正式实施，1992 年填埋的最后一段河道重见天日。2010 年 10 月 16 日凌晨，荔湾湖的湖水被引入河涌，曾经的荔枝湾涌迎来新生，曾经的荔枝湾从历史变成现实。在荔枝湾涌的改造中，政府把暗涌打开，重新整治周边环境，还荔枝湾"两岸荔枝红"的无限风光。

改造后，富有老广州特色的花艇于河涌之上来回穿梭，结合文塔、仁威庙、古桥、古树等老建筑，复原了原旧西关的繁华风貌。周边的建筑改造富有西关古建筑的特点，并与历史街区的改造融合起来。最有特点的是，河涌周边的西关大屋，演唱粤曲表演，老字号和广府饮食等商号的设置，将河涌游与街巷游结合起来，使该地富有浓厚的人文气息，人流如织的景象仿佛回到旧西关的繁华盛地。

图 18－1　荔枝湾涌的改造注意建筑传统风格的打造

图 18 - 2　充分整合水文化资源是荔枝湾涌改造的一大特色

A Study of the Successful Use of Hydraulic Culture in the Construction of Hydraulic Facilities of Guangzhou in the 21st Century

Huang Shiding　Ning Chaoqiao

Abstract： In making preparation for the 16th Asian Games, administrations of the hydraulic affairs and hydraulic facilities changed the traditional ideas. On basis of taking full use of the under-water resources of Guangzhou, they built up sets of typical and high-quality hydraulic projects. The article summarizes the development course and general situation of the construction of hydraulic culture and the development trend. By showing up several construction cases this article provide a view of the new appearance of the construction of hydraulic culture.

Key Words： Guangzhou; Hydraulic Engineering Construction; Water Culture

广州开发区的文化构成与萝岗香雪文化

——萝岗区文化资源综述

魏云龙

摘　要：萝岗区是 2005 年依托广州开发区成立的，具有其独特的文化气质。本文将萝岗区各种具有鲜明特色的文化资源进行介绍并加以梳理分类，力图形成一幅详细介绍萝岗区现有文化资源的完整图景。

关键词：开发区　萝岗区　文化资源　香雪文化

一　独具特色的广州开发区、萝岗区文化生成土壤

广州开发区成立于 1984 年，是首批国家级经济技术开发区之一。实行广州经济技术开发、广州高新技术产业开发、广州保税区、广州出口加工区"四区合一"的新型管理模式，经国务院批准的规划总面积为 78.92 平方公里。其中：广州经济技术开发区成立于 1984 年，面积 37.18 平方公里；广州高新技术产业开发区成立于 1991 年，面积 37.34 平方公里，实行"一区多园"管理体制，包括广州科学城、天河区天河科技园、越秀区黄花岗科技园、白云区民营科技园、南沙区南沙资讯园。广州保税区成立于 1992 年，面积 1.4 平方公里。广州出口加工区成立于 2000 年，面积 3 平方公里。此外，广州市政府还将位于海珠区的广州国际生物岛（1.8 平方公里）委托广州开发区管委会进行开发建设管理。

作为全国引进跨国企业最多、投资回报率最高的开发区之一，至 2010 年底，全区已引进外商投资项目 2751 个，其中世界 500 强企业投资项目 105 个。广州开发区的投资密度达到每平方米 500 美元以上，每平方公里出让土地实现地区生

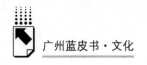
产总值、工业总产值、财税总收入均位居全国开发区之冠。

广州开发区已经成为全国集约发展和经济效益最好的开发区之一，已先后被评为国家生物产业基地、国家电子信息产业基地、国家火炬计划环保新材料产业基地、国家网络游戏动漫产业发展基地、国家海外高层次人才创业基地、国家新型工业化产业示范基地（工业设计）、国家循环经济示范试点园区、中国服务外包基地城市广州示范区、首批国家级创新型科技园区、国家生态工业示范试点园区共十大国家产业基地。2009 年以及 2010 年上半年，广州开发区的地区生产总值、财政收入、税收收入、工业增加值、工业利润、涉外税收收入 6 项经济总量和经济效益指标在全国 54 个国家级开发区中排名第一，经济效益继续领跑全国开发区。

2005 年 4 月，广州市实行行政区划调整，依托广州开发区成立萝岗区，辖夏港、东区、萝岗、联和、永和 5 个街道和九龙镇，面积 393.22 平方公里，总人口 37 万人。萝岗区自然资源和人文资源丰富：自然生态具有典型的岭南山水城市风貌，全区山林面积达 30.1 万亩，森林覆盖率达 51.6%，拥有 280 个水库山塘，主要河流约 125 公里；现有广州市"东肺"之称的天鹿湖森林公园、曾为"羊城八景"之一的萝岗香雪公园、白兰花生态公园、丹水坑风景区、玉岩书院、钟氏祠堂、华峰寺、法雨寺、水西古村等众多名胜古迹，是广州市民休闲出游的热点地区。

二 沐浴改革开放春风的开发区文化气质

（一）开发区人精神

1. 创业精神

敢为人先、务实进取，是广州这座历史文化名城和英雄城市的优良传统和宝贵品质，同时也正是广州开发区、萝岗区创业精神的核心内涵。20 世纪 80 年代初，开发区的首批创业者凭着 2 万元开办费、10 张办公桌在这片当时号称"广州西伯利亚"的荒滩地上起家，他们在"开天辟地"的同时也播种下了敢为人先、务实进取的创业精神。之后开发区改革开放的每一步历程，都使这种创业精神不断生根发芽、开花结果。从开辟西区、东区，到开发永和经济区；从与高新技术产业开发区、出口加工区和保税区实行整合，率先实现"四区合一"，到托管周边兄弟区的一些村镇和国有农场，再到依托开发区设立萝岗区，与新加坡联手建设中新广州知识城。26 年的创业史，既是广州开发区在地域上、事业上不断开拓、屡创辉煌的历史，也是一批又一批创业者在思想上、观念上、体制上、作风上不断展现与弘扬敢为人先、务实进取创业精神的历史。这种创业精神，是 26 年创业历史留给我们最宝贵的精神财富，更是我们面对新形势、解决新问题、推进新创业、再创新辉煌最重要的精神动力。

2. 十字区风

建立一个区域风气，提倡一种精神风尚，广州开发区是全国最早的。在 20 世纪 80 年代中期就已经提出了"开拓、求实、效率、文明、廉洁"十字区风。

（二）特有的开发区机关文化

1. 在全国率先推行"四区合一"、"两区统筹"管理模式

在广州东部的这片土地上，既有广州经济技术开发区、广州高新技术产业开发区、广州保税区、广州出口加工区这四个国家级功能区，又有四套班子俱全的萝岗行政区，为处理好这五区之间的关系，广州开发区、萝岗区创造性地实施"四区合一"、"两区统筹"的管理模式。

首先，在四个国家级经济功能区实施"四区合一"管理模式，广州开发区管委会统一管理四区事务，行使市一级管理权限，在全国 54 个国家级开发区中形成独一无二的管理体制。其次，在处理国家级经济功能区与广州行政区的关系中，又探索出"两区统筹"的模式，即实行"统一领导、各有侧重、优势互补、协调发展"的管理体制。开发区党工委、管委会与萝岗区委、区政府的主要领导实行交叉任职，两区职能相近或相同的职能部门实行两块牌子、一套人马、合署办公。

具体来讲，就是在确保两区实行党委统一领导的前提下，着重强化开发区管委会的招商引资、规划建设、产业发展、科技创新、企业服务、经济调控等经济发展职能；着重强化萝岗区的社会事业、公共安全、社会保障、城市管理、农村建设、市场监管等社会发展职能。充分发挥并不断强化开发区对萝岗区的经济辐射和带动作用；充分发挥并不断延伸萝岗区对开发区的社会管理和公共服务职能，努力探索开发区与行政区共同实现科学发展、构建和谐社会的长效机制。广州开发区、萝岗区的功能定位也由原来单纯的工业园区转向综合经济区，由单纯的经济技术开发转向经济技术开发与城市化建设并重，由单纯的经济管理转向经济管理与社会管理并重。广州开发区、萝岗区精简高效的管理体制及有效运行取得的成效，得到中央领导同志和国家主管部门的高度肯定。

2. "大部门制"

早在17年前，即1993年，广州开发区就已进行机构改革，将区党委管委会21个工作部门整合为8个，编制由368名调整为241名，在全市乃至全国率先建立起大部门管理体制。

即使在2005年依托开发区成立萝岗区、社会管理职能突增的情况下，萝岗区仍然高效地推行"两块牌子、一套人马、合署办公"，实行经济功能区与行政区合一管理。至2010年底，开发区、萝岗区党政工作部门20个，相比其他行政区平均数少约1/3，行政编制383名（含人大、政协、群团组织），相比其他行政区平均数少约40%。据统计，近年机构改革后，萝岗区行政人员公用经费占财政支出比例下降近30%。

3. 行政机关和行政事业单位全面导入 ISO 9001 质量管理认证体系

2003年，广州开发区管委会的行政质量管理体系，通过了国际权威认证机构——BSI 英国标准协会以及德国莱茵技术监督协会的 ISO 9001 认证，使萝岗区成为当时全国唯一通过两家国际权威认证机构 ISO 9001 认证的开发区。从此，萝岗区在行政机关和行政事业单位全面导入 ISO 9001 质量管理认证体系，至2010年底已覆盖全区60个行政事业单位、200多个处（科）室、近2000个岗位、600多项政务工作规范，基本实现了"横向到边、纵向到底"的行政服务质量管理格局，区内筹建企业和居民对管委会、区政府行政管理服务工作的综合满意率分别达98.3%和87.5%。

（三）独特的多元企业文化

1. 基本形成四种跨国企业文化

一是以宝洁、百事可乐等为代表的欧美型企业文化。表现为以人为本的价值观，充分调动员工的积极性，从而树立一流的产品形象和企业形象。宝洁（中国）认为，企业文化对于实现"更伟大的中国梦"具有基础性作用。宝洁中国的企业文化，特别强调三个方面："关爱他人"——为别人着想，事业的茁壮成长正是因为互相关爱而不是漠视他人；"杰出的行动"——强调简化的流程、高效而负责任的运作；"创新是灵魂"——创新是应对变化的心理准备，宝洁公司更注重基于知识的点子，而不是论资排辈、等级森严。

二是以本田、松下为代表的日本型企业文化。表现为追求"人和"、"至善"，强调"献身"、"报恩"的精神，严格遵守等级秩序，极力提倡约束个人、服从大局的理念。刚从本田（中国）总务部部长职务退休下来的王永生对此深有感触。他认为，本田（中国）公司的基本理念是"自立、平等、信赖"。所谓"自立"，就是不拘泥于已有的概念，自由地思维，根据自己的信念产生主体性的行动，并对其结果负责；"平等"，就是互相承认并尊重个人的差异，对有干劲的人，无论个人的国籍、性别、学历等，一律给予机会；"信赖"，即员工之间取长补短，共享信息，诚心诚意发挥自己的作用。管理者给员工强调的永远不是"公司能给你什么"，而是"你能为这个团队再做点什么"。

三是以韩国等东南亚国家企业为代表的借鉴型企业文化。表现为吸收东西方经济发展和企业管理的特点，充分强调原生态文化与本地文化的融合，具有较强的"亲和力"。LG化学工程塑料有限公司原总经理裴元鹏认为，LG（中国）制定了三个方面的销售策略，一是灵敏的策略和运作，二是超值服务取悦消费者，三是回馈社会做优秀企业。LG等韩国企业都非常注重本土化，从经验的角度来说，这样做的好处是，要在这里成功，就要使用对这个地方更了解的人。曾在多家外企工作过的LG化工人事总务部经理李海燕感触很深的一点是，韩国企业绝对信任自己的员工，但是，后辈无论能力多么突出，都必须谦虚向前辈学习。

四是以本土民营科技企业为代表的创新型企业文化。表现为借鉴吸收欧美型、日本型和借鉴型企业文化精髓，具有引进、吸收、再创新的特点。广东威创日新电子有限公司是广州开发区一家由留学归国人员创办的IT公司。威创日新市场部经理谭安琳介绍说，目前公司运作得益于对日本型和欧美型等各种企业文化的借鉴。例如，公司在供应链上采用了日本模式，而在企业氛围的营造上，则借鉴了欧美等相对轻松、开明的氛围，比如，公司允许研发人员的上班时间可以是弹性的，"那样做刚好适应了他们'夜猫子'的特性"。谭安琳认为："在广州开发区，因为周边都是松下、本田、微软这样的跨国企业，同在IT行业供职，经常有正式和非正式的交流，跨国公司的企业文化潜移默化地影响着中国公司企业文化的形成和丰满。"

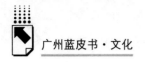

2. 两年一届的跨国企业文化节

于开发区投资设厂的众多跨国企业，在带来资金、技术和管理的同时，随之带来异彩纷呈的各国文化和不同的价值观、经营理念，这些风格各异的文化与本土的岭南文化、创新文化深度融合、和谐共生，成为广州开发区文化建设的重要力量和最大特色。基于这样的背景，萝岗区早在 2007 年就最先倡导主办首届跨国企业文化节（广州），文化节每两年举办一届，为跨国企业构筑一个全面展示交流先进企业文化的平台，努力打造成为萝岗区乃至广州市别具特色的文化品牌。

第一届：2007 年，以"展示"为主题的首届跨国企业文化节（广州）正式开幕。8 月 5 日举行了第六届"中信银行杯"跨国公司精英高尔夫球邀请赛。9 月 24 日，跨国企业文化论坛在广州举行，国家发改委、商务部、国家税务总局的领导，广州市、萝岗区有关领导，世界知名跨国公司高层，广州本地知名企业老总，权威经济学家和企业文化专家，以"新形势、新思维、新发展——文化·创新·竞争力"为主题展开了思维碰撞。论坛上，百事（中国）总裁时大鲲、广州宝洁有限公司副总裁柯林斯等世界知名跨国公司高层与各界人士，就跨国公司的企业文化、企业创新和企业核心竞争力三者关系进行了互动交流。12 月 13～21 日，"透过文化看世界——世界 500 强驻穗企业文化形象展"在广州艺术博物院开幕。该展览作为"第七届广州企业文化节暨首届跨国企业文化（广州）"的重头戏，参展的 50 家企业均是各行业具有代表性的驻穗世界 500 强企业，其中 30 多家来自萝岗区，包括 IBM、微软、宝洁、西门子、家乐福、DHL 等知名跨国公司。该展览集中展示参展企业的企业文化、企业形象、企业品牌和企业领袖。展览开辟 4 个综合展区，展示世界 500 强企业领袖治理企业的格言、企业经典故事、社会责任等内容。

第二届：2009 年，萝岗区认真总结和汲取 2007 年首届跨国企业文化节（广州）成功经验，以"融合"为主题，坚持"凝聚、整合、共赢"的思路，精心设计营销载体和亮点特色，从营造国际化深层次投资环境的高度将第二届跨国企业文化节（广州）办出高规格、高品质、深层次。文化节主要活动有：①第二届跨国企业文化节（广州）开幕式暨跨国企业环（科学）城自行车赛；②举办中外生物医药高端论坛暨跨国企业精英文化对话；③与凤凰卫视《南粤纪事》栏目合作推出一期跨国企业文化专题节目；④发行跨国企业纪念邮资封及大全册；⑤开展面向外来打工一族的系列文体活动。其中，11 月 28 日与广州亚组委宣传部联合主办的跨国企业环（科学）城自行车赛既是第二届跨国企业文化节的启动仪式，也是亚组委宣传部 2010 年"争做好市民，当好东道主"——"亚运广州行"的重要活动之一，通过组织宝洁、安利、本田、LG 等 50 多家跨国企业 CEO、高管和亚运天使、市民代表等骑游广州科学城，美轮美奂的科学城让跨国企业 CEO 和社会各界代表乐不思蜀，流连忘返，留下了"广州科学城代表广东的未来"的深刻印象，进一步增强他们对广州开发区的归属感和认同感，大力营造广州跨国企业支持亚运、参与"创文"的浓厚氛围；12 月 10 日举办的中外生物医药高端论坛暨跨国企业精英文化对话，由凤凰卫视主持人胡一虎主持，邀请 2006 年诺贝尔生理学或医学奖得主美国克雷格·梅洛教授、中国工程院院士钟南山等中外生物医药领域权威顶尖专家学者，宝洁、本田、箭牌等跨国企业高层代表，华南新药创制中心等生物医药企业高层代表，共同探讨全球生物医药产业发展的趋势和面临的挑战、金融危机背景下跨国企业文化建设与创新、民营科技企业如何借鉴世界 500 强企业成功经验高起点建构自身企业文化的新思维，加快了萝岗区产业竞争力和自主创新能力"双提升"，构建政府—学研—企业协同互动创新模式，建设现代产业体系先导区步伐。

3."三自管理"的外来工文化

产生背景：萝岗区作为多功能综合产业园区，企业多，外来务工人员多，他们为区经济社会作出巨大贡献，是萝岗区经济社会发展的主力军。外来务工人员背井离乡，远离亲人，他们也需要精神文化生活的滋润。萝岗区历来关爱外来务工人员，不断创造条件，构筑外来务工人员的精神家园，满足外来务工人员精神上的需求，增强他们的归属感、幸福感，让他们在萝岗区开心过日子。至 2010 年底，萝岗区已逐渐形成了以"三自管理"为特征的外来工文化。

"三自管理"的目标：就是致力于把员工公寓建设成外来务工人员"居住生活的家，教育学习的园地，文化娱乐的舞台，锻炼成才的学校"。

"三自管理"的内涵：就是通过建立健全金雁工会联合会、金雁党支部、金雁团委，大力发展读书俱乐部、青年志愿者服务队、金雁文学社、艺术团、广播台、金雁乐队、电影义务放映队等社团组织，搭建职工展现自我的文体活动平台，引导外来务工人员"自我管理、自我教育、自我服务"。至 2010 年底，萝岗区已在各大员工楼设立了宣传栏、读书角，建立了职工书屋、工友和谐家园、流动影院，完善了文体设施，引进了教育培训机构，对外来务工人员进行学历教育、技能培训与情趣培养，广大外来务工人员足不出户有书读、有电影看、有文化娱乐。各大员工楼还定期举行游园活动、读书会、才艺展示、歌唱比赛、体育赛事以及志愿服务等活动，丰富职工文化生活。每年春节，举行外来务工人员迎新活动，市区领导与外来务工人员同吃团年饭，共庆新春。

"三自管理"的成效：区总工会探索出的外来务工人员"自我管理、自我教育、自我服务"管理模式，打造了以"今天广州建设者，明日家乡创业人"为口号的金雁文化，已成为具有广州开发区鲜明特色的外来工文化。萝岗区金雁文学社在全国经济技术开发区中率先公开出版发行《金雁报》；金雁乐队公开发行全国首张外来务工人员原创歌曲专辑——《永远的骄傲》；广州开发区金雁团委先后被评为"广东省五四红旗团委"、"全国五四红旗团委"、"全国进城务工青年工作先进集体"。不少曾经在员工大厦担任团干部、工会干部的外来工，已成长为家乡创业人，或开发区企业的中层管理者。萝岗区员工公寓作为外来务工人员精神文明的窗口，多次接待上级领导的考察和兄弟单位来访交流。1996年11月，时任中华全国总工会副主席薛昭鋆参观员工公寓后说："没有想到在广州市场经济运作这么浓厚的地方，开发区领导这么关心外来务工人员，在这里我看到了党和人民群众的血肉联系。"2001年6月，时任团中央第一书记周强考察员工大厦时，赞赏地说："这里环境优美，外来工朝气蓬勃，体现了党、政、工、团对外来工的关心，为全国的工会、团组织提供了很好的经验。"2002年1月，团中央在广州召开全国进城务工青年工作现场会，推广"三自"管理模式，中华全国总工会副主席孙宝树欣然为区总工会和员工大厦题词"突出工会特色，办好员工之家"。广州开发区外来工"三自管理"已成为全国外来工管理服务的一个品牌。

三　立体烂漫的萝岗香雪文化

（一）公共文化服务体系

党的十七大明确把"覆盖全社会的公共文化服务体系基本建立"作为全面建设小康社会的目标要求。萝岗区把建立比较完备、覆盖全社会的公共文化服务体系，作为争当实践科学发展观排头兵的迫切需要，作为完善公共文化服务、实现群众基本文化权益的惠民基础工程，同时也作为提高市民文化素养、改善城市人文环境、提升文化软实力的重要途径。

1. 投入 20 亿元建一流硬件设施

萝岗区成立后，依托开发区 20 多年积累的雄厚经济基础，加强文化设施建设，努力打造良好的硬件环境。强力推进城乡联动、纵横辐射的区、街镇、村居三级公共文化服务网络建设，确保文化政策和文化设施建设向基层、向农村倾斜，区财政与基层组织在公共文化事业建设上按 4∶6 的比例投入，3 年累计在公共文化服务体系建设上投入将近 20 亿元。

萝岗区以萝岗新城建设为契机，高水平建设了一批文化设施，如广州国际体育演艺中心、国际网球中心、国际羽毛球中心、青少年宫（科技馆）、萝岗文化广场等，同时还将文教园打造成为以教育、文化和休闲观光为主题的新型城市社区和新文化孕育区。

2. 紧抓四项工作，升级公共文化服务体系

萝岗区主要做了以下工作：一是区级文化馆舍建设强力推进。文化馆达到了国家二级标准，区图书馆顺利通过国家一级图书馆评估。二是推动街镇文化站升级改造工作。萝岗区近年投入近 300 万元对五街一镇的文化站进行改造和设备购置，改造后，联合街、夏港街文化站成为特级文化站；萝岗街、东区街文化站为省一级；永和街、九龙镇文化站为省二级。三是村居文化室实现全覆盖。2008年底，全区 58 个村居全部拥有文化室和农家书屋，实现公共文化设施全覆盖，得到广州市委常委、宣传部部长王晓玲的高度赞扬。2009 年，按照《广州市加快公共文化服务体系建设实施意见》的最新标准，制定了《关于我区 2009 年村居文化室建设的实施方案》。安排专项经费 200 万元用于村居文化室的升级改造和设备购置，综合利用村（居）文化室与村（居）委会、党员远程教育站、科普宣传室、老年人服务站点、人口文化中心、居民健身场所等共建共享，通过新建、改建和资源共享方式，新建文化室 3 个，重点改造、扶持文化室 9 个，资源共享 4 个，2009 年建设达标文化室共 11 个。四是在广州市率先实现全区有线电视"户户通"。2006～2010 年，萝岗区共投入 360 万元对全区的有线电视网络进行建设、改造，在 2008 年底萝岗区实现了有线电视"村村通"、"户户通"。

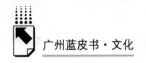

3. 不断提升公共文化服务品质

过去一年里，萝岗区共主办（承办）各类文艺演出90场，书画、摄影展览8次，惠及群众近30万人次。如：积极参加了省、市、区"祖国在我心中"及第九届"百歌颂中华"歌咏活动，香雪女声合唱团获金奖。2009萝岗区"红色经典万家唱"群众歌咏活动在萝岗区遍地开花。举办了"祖国在我心中"——2009年庆祝新中国成立60周年萝岗区美术书法摄影作品展。举办了"云髻山杯"村（居）男子篮球赛，全区共有58个村（居）组队参加。成功组织开发区25周年区庆文艺演出，得到区领导的表扬。成功举办了广州开发区·萝岗区2009年运动会。组织筹划、承办WTA赛事，取得圆满成功。2010年，萝岗区继续全面启动"送戏下基层"文艺演出，不断提升公共文化服务品质。努力形成基层文化"天天有活动、周周有演出、月月有高潮、处处有亮点"的生动局面。积极组织参与市级文体赛事，并结合迎亚运的大主题和重大节日庆典，组织举办一系列内容丰富、形式多样的文体活动。

文艺作品多次在省、市获奖，不断提升新区文化品位。2009年，区文化馆组织系列文艺节目参加省市级比赛荣获5个金奖、2个优秀示范团队奖、2个银奖、3个铜奖、1个"我最喜爱四进社区精品节目奖"、1个最佳组织奖。2010年，萝岗区安排用最好的舞美、最好的演员、最好的作品向广州承办的全国第九届艺术节输送"开萝"文艺精品，区小品《局长家事》、舞蹈《传》荣获全国"九艺节"群星奖。

继续推进"2131"电影放映工程。从2007年率先在全市实施"2131"工程以来，萝岗区一直坚持推进"2131"工程。2010年为全区的村居、企业专场每月放映1场电影，并在元旦及农历新年期间，加播300场，共计996场。

4. 打造公共文化的特色品牌

积极培育文化精品。一是通过举办跨国企业文化节（广州），打造萝岗区的跨国文化品牌。二是以改造天鹿湖国家森林公园、香雪公园、荔枝公园、玉兰公园等为切入点，举办禾雀花文化旅游节、香雪文化艺术节、荔枝文化节等特色节庆活动。

推进玉岩书院申报国保工作。玉岩书院（含玉岩墓群、钟氏大宗祠建筑群）2009年通过了省级文物保护单位评估验收，由省政府公布为第五批广东省文物保护单位。同时启动了将玉岩书院（含玉岩墓群、钟氏大宗祠建筑群）申报为全国重点文物保护单位的工作。

积极申报省、市级非物质文化遗产项目。萝岗区"貔貅舞"等7个项目被市非物质文化遗产保护中心定为市级非物质文化遗产项目,"萝岗香雪"等3个项目被推荐为省级非物质文化遗产项目。编印了《萝岗香雪》、《龙纹鞭影藏古韵》和《延续,我们从不曾远离》。

(二)生态文化

1. "春戏禾雀"与禾雀花旅游文化节

位于萝岗区东北部的素有"广州东肺"美称的广州天鹿湖森林公园,拥有广州市区唯一一片大规模禾雀花原生态景观。禾雀花又名百花油藤,雀儿花。它花开四瓣,花托似禾雀头,两旁各有一粒似眼睛的小黑点,正中一瓣弯弯似雀背,花内有一撮细长略弯的花蕊,则是其"内脏"。每年二月底三月初,漫山的禾雀花次第开放,粗圆如巨蟒,柔细如腰带的藤蔓攀岩走壁,匍地而过,绕树而上,如千秋、似荡绳,飞挂于大树之间,交织于林冠之上,花朵串串挂在藤蔓上,每串二三十朵不等,远看就像一群群禾雀栖息,或嬉闹于密林之中,可谓"一藤成景、千藤闹春、百鸟归巢、万鸟栖枝"。禾雀花花期有一个多月,花色嫩绿鹅黄,摘下两三个小时后遂变为褐色,更似禾雀,如损伤花瓣,便有红色汁液流出来,就像受伤的禾雀流出了血,更为神奇。天鹿湖千亩禾雀花每年三月迎春怒放,每天均吸引上万游客慕名观赏、尽兴而归。

从2008年开始,萝岗区融生态旅游与工业旅游、民俗与时尚于一体,每年在花开时节精心打造历时一个月左右的禾雀花旅游文化节。2009年文化节期间,第一个周末两天就接待全国各地游客近5万人次,创历史新高,树立起"开萝"禾雀花原生态旅游品牌。

2. "夏啖荔枝"与香雪荔枝文化节

萝岗区种植荔枝的历史超过千年。全区保留荔枝种植面积近4万亩,其中树龄100年以上的古荔枝树近3万亩,是全省最大的古荔枝群落聚集地之一,在玉岩书院旁还有一棵"千年古荔"。全区品种共有20多种,分为早、中、迟熟三大类。萝岗区先后形成了萝岗桂味、笔岗糯米糍、萝岗糯米糍、贤江双肩朱砂红糯米糍、镇龙新树挂绿等名优荔枝品种,其中萝岗桂味、笔岗糯米糍与增城挂绿并称"荔枝三杰"。清代乾隆年间的《番禺县志》记载:"粤之品荔者,曰增城

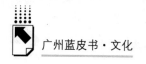
挂绿，曰新兴香荔，而萝岗桂味，清甜、香爽，尤为绝胜。"

每年夏天，荔枝成熟期间，萝岗区均举办"香雪荔枝文化节"，并努力将其打造成为萝岗品牌推介盛会和文化旅游盛会，弘扬区域文化品牌，并帮助农民增收，该文化节至2010年已成功举办七届。

3. "秋品甜橙"

萝岗区特产萝岗甜橙，以暗柳橙著名，是全国十大良种之一，以其历史久远，丰产稳产，外形美观，色泽鲜艳，果味芳香，糖分高，味道清甜，即所谓形、色、香、味兼备而远近知名，是重要的出口果品之一。它成名于20世纪70年代，当时广州还没有什么进口水果，如要探亲访友或要办事，带上几斤"萝岗橙"，也算是一种得体的时尚。但20世纪90年代中后期，由于受到被称为柑橘癌症的黄龙病的侵害，造成万亩柑橙树严重衰弱、枯死，到了2000年，萝岗橙基本上在市场上已难寻踪迹。为挽救萝岗甜橙，2002年，萝岗区农业部门与广东省农科院果树研究所合作，利用果树所已通过省科技成果鉴定的"柑橘良种无病毒繁殖体系的建立及开发利用"的最新科研成果，开始建立萝岗甜橙无病毒繁殖体系并繁殖无病毒苗木。有专家指出，随着新一代"萝岗橙"的推广种植，萝岗甜橙重现昔日辉煌指日可待，广州柑橙市场甚至可能出现萝岗甜橙与美国"新奇士橙"一较高下的局面。

4. "冬赏香雪"与香雪文化旅游节

"萝岗香雪"，就是萝岗地区"十里梅林"开花时节的美丽景观。据史料记载，萝岗地区种植青梅源于宋代，因其独特的自然环境，常梅开二度。及至20世纪50年代，梅园绵亘数十里，俗称"十里梅林"。每年冬至前后，遍地梅花怒放，洁白晶莹，芬芳盈溢，风拽花舞，不是飞雪胜似飞雪，弥补了广州冬无雪景的遗憾。郭沫若题诗："岭南无雪何称雪，雪本无香也说香。十里梅花浑似雪，萝岗香雪映朝阳。"20世纪60年代初至80年代末，萝岗香雪进入鼎盛时期，蜚声海内外。1962年被广州市民评为"羊城八景"之一，尼泊尔国王比兰德拉、扎伊尔总统蒙博托和夫人、安哥拉总统多斯桑托斯等，均参观过萝岗香雪；1983年1月7日，著名文化人士秦牧、关山月、卢获等40余人，专程到萝岗踏梅赏雪，吟咏萝岗香雪。2005年萝岗区成立后，区政府对萝岗香雪公园进行了恢复和重建，几年来公园内增种了梅花1万多株，终于在时隔20年后为广州市民重现了"萝岗香雪"的美景。

2009 年 12 月，萝岗区举办了第二届萝岗香雪文化旅游节，共接待游客 100.8 万人次，其中人流最高峰出现在元旦，当日接待就达到 20 万人次。

（三）文物古迹

1. 华峰寺

位于萝岗区永和街禾丰村华峰山的中国名寺——华峰寺（亦名海门禅院），既是佛教圣地，又是革命根据地，也是旅游胜地。清康熙二十一年（1682 年）建，原属历史上著名的岭南佛教古刹，曾被《中国寺志》作为名寺收录（广东省仅有光孝寺和华丰寺被收录），是中国著名佛教名寺之一。据历史记载，该寺鼎盛时期占地 4 万多平方米，总建筑面积 5600 多平方米，建筑宏伟壮观，风景优美，有"童话仙境"之称，香火鼎盛，游客不断。华峰寺不仅在华南地区是屈指可数的佛教名刹，同时也是抗日战争时期东江纵队在禾丰一带建立的活动据点。当地上了年纪的群众十分清楚，在日本鬼子多次围剿中，游击队和革命群众都利用华峰寺做掩护避过危难。在著名的黄旗山战役中，日寇受到重创便迁怒于华峰寺，将有几百年历史的古寺珍宝、经文、资料抢掠一空，驱散僧人，烧毁寺院。知情老人回忆道，当时全寺周围几十间古建筑和景观足足烧了几天几夜，华峰寺遭到彻底毁灭；在华峰寺活动过的游击队员大多也在后来的战斗中牺牲。华峰寺现仅余藏经阁和一些残垣短壁，门楼上有一匾刻"海门禅院"四字，东侧有一藏经阁，保持完好。遗址被当地群众和珠三角一带地区信徒视做佛教圣地。

现华峰寺重建工程正在进行中。为纪念阵亡的东江游击队烈士，弘扬华峰寺的革命历史功绩，在寺院重建规划设计中，计划同时建造一个东江纵队纪念碑休憩亭。这不但可告慰烈士在天之灵，也为当地青少年提供了一个革命历史教育的阵地。

2. 玉岩书院

位于萝岗区的玉岩书院，是广州历史最早的书院之一，它东接萝峰寺，两者连为一体，占地共 1348 平方米。萝峰寺又名萝坑寺，旧称种德庵。南宋人钟启初（字圣德、号玉岩）青少年时在庵西读书。于开禧元年（1205 年）中进士，官至参议中书省兼知政事。嘉定十二年（1219 年）告老还乡，在庵西旧日读书处筑萝坑精舍。当时崔与之亦辞官，家居增城，相距仅 10 余里，两人时相往来，并在萝坑精舍讲学。元朝时，玉岩的后代钟复昌扩建萝坑精舍，改名玉岩书院，塑玉岩遗像于此。明朝大学士方献夫题匾"方代崇瞻"。每年正月十五日，钟氏族人能文者始得在此祭祖。祭毕，命题作文赋诗，然后离去，世守其法。清道光年间，举人钟逢庆改为每月十五日均在此作文赋诗，直到近代。玉岩书院收藏有宋代以后名人的题咏和书刻，主要有宋儒朱熹"忠孝廉节"题字，以及相传文天祥手书的绝句四首木刻和清代郑板桥的春、夏、秋、冬四时画竹刻等。

3. 水西古村

距萝岗街中心3公里左右的水西古村，自明朝时就开始形成村落，至今已有600余年历史。一字街、耙齿巷、麻石街道整齐划一，民居均为青砖、石脚、锅耳墙构成，建筑都为三间两廊式，高矮一致，左右贯通，远看蔚为壮观，古村落原貌保存较好，水西村村后"神仙山"上还有多株百年老荔枝树。

水西村村民崇尚教育，历代有人在朝为官，村口的"抱虚古祠"就是咸丰辛酉年间武举人钟镇蕃家的祖祠。在一间清康熙年间建设的"润峰祖祠"中央，有一个目前还保存较为完整的天井中的"拜亭"，古祠堂中建拜亭，这确实少见。按村民的说法，该"拜亭"当年是用来接圣旨的。这家的十六世是康熙年间的进士，任戊子副榜候选儒举训导。在水西村祖祠、书塾、别墅、私房厅等建筑至今保存完好的有十多间，最老的一间始建于明代。

（四）非物质文化遗产

貔貅，广州人视其为瑞兽，它头像狮子、身像老虎，以财为食，最紧要的是只进不出，是镇宅辟邪、纳财聚财的灵物。明末清初，客家人因战乱原因由粤东北地区迁入萝岗，带来了独具特色的客家貔貅舞。萝岗貔貅舞是客家人传统的舞蹈节目，距今已有300年历史，每逢节庆或者丰收季节，当地人都要舞两下。

萝岗貔貅舞的道具外形独特，形体短小，猴面猫头狮身，民间称"猫面狮"，每次出现都是一只"猫乸"、一只"猫仔"。貔貅舞表演很讲究，舞貔貅之前必须举行"采青"仪式，大头佛引路，貔貅出场先"拜四方"。以前由于表演收入甚微，貔貅舞的队员多数需外出谋生，平时难以召集，慢慢地懂得貔貅制作和精于表演技艺的人已经越来越小。萝岗区近两年投入了35万元专项资金用于客家貔貅舞的保护与传承，九龙镇现在已经有4支貔貅舞队，他们经常一起排练，同时还注重培养接班人。

（五）体育文化

1. 广州国际体育演艺中心

广州国际体育演艺中心（NBA 篮球馆）是萝岗区以前瞻性战略眼光大手笔建设的 NBA 篮球馆，于 2010 年 10 月、11 月举办了 NBA 中国赛和亚运会篮球赛这两个高标准国际性大型体育赛事。该场馆是华南地区独一无二、按 NBA 标准建设，完全体验原汁原味美国 NBA 文化的大型综合性体育演艺中心，场馆的每个细节均以国际最高标准严格把控。该场馆总建筑面积 12 万平方米，场馆内有18300 个观众席、60 个豪华 VIP 包厢、1270 个贵宾停车位，规模宏大，可谓非同一般的世界级体育娱乐新平台，堪比美国 NBA 火箭队主场馆丰田中心。周边配套有零售商店、娱乐中心、酒店、音乐厅等多功能商业娱乐设施，是融体育、演艺活动于一体的大型综合性场馆。超一流设计与超一流服务完美结合，让广州国际体育演艺中心（NBA 篮球馆）与 NBA 球队主场馆相比，毫不逊色，同时，设计师的艺术水平在这个场馆得到了更完美的体现，美国 NBA 文化也在这里得到了升华。国人想体验原汁原味的美国 NBA 文化，从此不必再漂洋过海，自家门口就可全程感受。

2. 广州国际羽毛球培训中心

广州国际羽毛球培训中心是国际羽联在中国唯一的国际羽毛球培训中心，被确定为 2010 年广州亚运会羽毛球训练场馆。总建筑面积约 2.2 万平方米，包括羽毛球场馆和运动员公寓两部分，设有 2733 个座位，比赛时可设置正式比赛场地 3 个，训练场 6 个，平时训练可共设训练场 20 个。

3. 广州国际网球中心

广州科学城国际网球中心项目于 2009 年 7 月完工并通过国际网联验收，作为华南地区最大的按国际标准建设的网球比赛和训练场馆，属国家甲级体育建筑，总建筑面积约 2 万平方米，包括 1 个中心赛场且可容纳 5000 名观众、9 个标准室外赛场、14 个室外训练场、1 个俱乐部及 3 个室内标准练习场，并成功举办了 2009 年广州国际女子网球公开赛和 2010 年国际青少年网球巡回赛等多项赛事，得到国家体育总局、省、市、区等各级领导和外国友人的高度赞赏。项目建设还获得广州市建设项目结构优良样板工程和广州市安全生产文明样板工地荣誉称号。

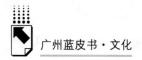
The Cultural Compose of Guangzhou Development District and the Traditional Xiangxue (Fragrant Plum Blossoms) Culture of Luogang District

—A Summary of the Cultural Resources of Luogang District

Wei Yunlong

Abstract: Luogang District was established in 2005 on the basis of Guangzhou Development District. It owns its unique cultural quality. This article makes an introduction to the various characteristic cultural resources and makes a classification of them in order to draw a complete picture of the cultural resources of Luogang District.

Key Words: Guangzhou Development District; Luogang District; cultural resources; Xiangxue (fragrant plum blossoms) culture

文化创新篇

Cultural Creations Studies

B.23

关于广州"三旧"改造中历史文化
保护与更新的对策研究

曲少杰*

摘　要： 通过回顾和分析广州"三旧"改造的历史进程和政策演变，在快速城市化发展过程中，对广州的城市风貌和历史文化保护的现状和处境，进行了整体分析和研究，提出了广州在"三旧"改造建设中，要先致力于历史文化遗产的调查考证，探讨具体界定标准或评估体系，深入进行"再创造、再开发、再利用"的理论研究与工程实践，保护好广州"三旧地"的历史痕迹，建设"印象广州"的文化名城新风貌；营造"形态"、"神态"、"心态"的岭南文化生态环境。真正实现建设一个"适宜创业发展、又适宜居住生活的山水型生态城市"首善之城的宏伟目标。

关键词： "三旧"改造　历史文化保护　历史街区　"城中村"　工业遗产

---

* 曲少杰，广州大学建筑与城市规划学院副教授，国家注册规划师，国家注册建筑师，民族建筑学会会员，主要研究城市历史文化保护与利用，旧城更新与改造等专业领域。

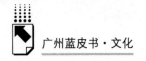
一 广州的历史文化风貌与现状分析

广州是三朝古都、四朝都会，是一座有着 2200 多年历史的文化名城，由于其独特的地理位置及区位优势，成为岭南文化的中心地、"海上丝路"的始发地，也是我国近现代革命的发祥地、改革开放的前沿地，由此在 1981 年成为全国首批历史文化名城。改革开放以来，广州的房地产业和经济水平都走在全国前列，而城市规划和历史文化保护一直跟不上城市发展速度，使广州的城市面貌成为一个新旧交错、交通拥堵、环境污染、非"城"非"乡"的大杂体。在最近几十年的新城发展和改造运动中，虽然取得了许多成绩和经验，但对历史文化的保护和利用认识不够广泛深刻，宣传力度也不够，尤其是政治思想观念和城市规划理念上没有高度统一和落实，使得历史文化的传承出现上层与下层的脱离、民间和官方的分离。商业文化的利益驱使和开放冲击，使得低俗文化活动泛滥，扼杀了许多优秀的传统文化精神，使城市文化的发展和保护受到许多非议和限制。像代表岭南地区城市风貌特征的位于广州中山路一带的骑楼商业街、西关大屋等在 20 世纪 80 年代城市规划扩路建设中就被拆得所剩无几，90 年代后房地产业的快速发展使得广州岭南水乡体系的山水城市风貌发生翻天覆地的改变，"握手楼"与新高楼大厦的参差不齐，见缝插针的高速发展，出现了许多烂尾楼和"城中村"，城市像个非"城"非"乡"的大村庄，西方国家几百年前在城市化初期出现的"大城市病"（即交通拥挤，居住环境恶劣，环境污染严重）在广州上演。2000 年，广州市政府邀请了全国各地规划专家和世界著名规划大师来把脉，把广州的城市空间和规划用地扩大到南至番禺区、北至花都区，把城市规划成一个"摊大饼"的模式发展，这种扩城运动使广州原有的岭南水乡"依涌而居"的传统民居格式和一江两岸的"海上丝绸之路"港口贸易文化风貌，荡然无存！

二 城市化进程中的广州旧城改造历程和政策演变

（一）旧城改造：政府、开发商、居民三方博弈

回顾广州旧城改造实施的政策，参与主体上，经历"拒绝开发商—接受开

发商—再拒绝开发商—再接受开发商"的过程，体现了政府、开发商、居民三方的反复博弈。旧城改造，由于政策原因，部分被拆迁户并没有得到好处，许多家庭遭遇拆迁烂尾，有家不能回。

1992 年前，广州城市改造在政府主导下进行，"政府出资、政府建设"，房屋就地翻新或重建，对单栋危房进行"见缝插针"式改造。这只能解决危房问题，无法根本改善旧城区生活环境。为解决资金困境，20 世纪 90 年代开始引进外资，完成"荔湾广场"改造项目。荔湾区国土房管局指出，该模式虽解决了资金，但出现了如拖欠拆迁费、用地手续不完善、投资风险大、破坏传统街区环境等问题。

开发商的逐利天性让这一时期的旧城改造越改越密。为获得最大利润，开发商尽量争取提高容积率。但较低的补偿金额及较低的回迁率也损害了部分居民的利益。广州的旧城改造曾一度陷入僵局，20 世纪末的亚洲金融危机让许多开发商旧城改造项目"流产"，成为烂尾地。

1999 年之后，广州决定禁止开发商参与城市改造，由政府投资和建设。典型工程就是越秀区解放中路项目。但随改造深入，资金缺口越来越大，进程缓慢，几乎停滞。

2006 年，广州提出"中调"概念，对社会资金进入城市改造"松口"，在政府主导的前提下，允许引入社会资金。政府做好居民拆迁安置工作后，由有信用的房地产公司提出建设方案，经政府审批后交由开发商建设。从此，"先安置、后改造"成为新一轮旧城改造的首要原则。土地出让也从原来没有完成拆迁补偿就卖的"生地"出让步入了政府拆好地块再卖的"熟地"出让。

（二）旧城改造：土地、人口、环境的三方博弈

广州北依白云山，南临珠江。"云山珠水"为广州 2200 多年的发展提供了长盛不衰的地理基底，创造了富有岭南特色的舒适的城市生活环境。但快速经济增长、快速城市化打破了广州城市与自然之间的平衡，削弱了区域生态系统对城市活动的支持能力，威胁着发展的可持续性。如何从整个珠江三角洲的区域和生态环境系统整体高度，达成城市发展与区域生态的协调，形成区域城乡生态的良性循环，是现在与未来广州城市发展面临的任务之一。2000 年制定的"大广州"格局的战略概念规划理念，使广州的城市发展突破了土地空间制约的"瓶颈"，

跨越性地调整了城市空间结构，完善城市功能，促使城市由单中心向多中心转变，以促进产业化水平的提高和经济健康增长，并保持社会稳定。

20世纪末，城市的飞速发展给改革开放的各个城市带来了巨大的拓展空间，在全国经济浪潮的带动下，文化生态环境的知识建构逐步被瓦解。这种文化生态环境的瓦解不是有意识的瓦解，而是本身就缺乏对这类文化的认识。营造可持续发展的城市文化生态环境，是一个包括政治经济环境、社会舆论环境和文化自身环境在内的综合文化生态系统。为了营造这种可持续发展的文化生态环境，2000年广州率先在全国制定了《广州城市建设总体战略概念规划》，明确广州要"充分发挥中心城市政治、文化、商贸、信息中心和交通枢纽等城市功能，坚持实施可持续发展战略，实现资源开发利用和环境保护相协调，巩固、提高广州作为华南地区的中心城市和全国的经济、文化中心城市之一的地位与作用，使广州在21世纪发展成为一个繁荣、高效、文明的国际性区域中心城市；一个适宜创业发展、又适宜居住生活的山水型生态城市"。

当时，广州传统的城市格局使城市空间发展捉襟见肘，环境、交通、土地存量等方面存在的问题严重制约了城市未来的发展潜力。广州城市发展存在的问题只有在发展中通过控制和引导解决，要采用有机疏散、开辟新区、拉开建设的措施，力争优化结构、保护名城，形成具有岭南特色的城市形象。"保护具有重要历史意义、文化艺术和科学价值的文物古迹、历史建筑和历史街区等。保护具有本地特色的历史文化名城资源，在发展中保持城市文化特色，提升广州市的文化品质。"这是《广州城市建设总体战略概念规划》中提出的总体战略目标和发展方向。

行政区划调整解决了城市向南发展的政策门槛，使广州有可能从传统的"云山珠水"的自然格局跃升为具有"山、水、城、田、海"特色的大山大海格局，为建设生态安全的国际性区域中心城市提供了历史性机遇。《战略规划》试图通过制定土地利用、生态环境、综合交通三个方面的规划政策来实施战略目标。以区域共同发展与生态优先为前提，利用广州经济高速增长和中国快速城市化的机遇，采取跨越式发展，通过"南拓、北优、东进、西联"的空间发展策略，拉开建设、开辟新区，调整城市空间结构，促使城市由单中心向多中心转变，形成以山、水、城、田、海的自然格局为基础，沿珠江水系发展的多中心、组团式网络型的城市结构；建设由"一环（区域生态环廊）两楔（绿楔、蓝楔)"、"三纵四横"的生态廊道为主构成的多层次、多功能、立体化、复合型网络式的生态结构体系,建构与城市建设体系相平衡的自然生态体系,形成城乡生态安全格局;构筑以"双快"交通体系为骨干的城市综合交通体系,实施 TOD 发展策略。《战略规划》提出:在 21 世纪将广州建设成为适宜创业发展又适宜生活居住的国际性区域中心城市和山水型生态城市。

以广州市域丰富的地形地貌,"山、水、城、田、海"并存的自然基础,构建"山水城市"的框架,最大限度地降低开发与资源保护的冲突,减低对自然生态体系的冲击。构筑生态廊道,保护"云山珠水",营造"青山、名城、良田、碧海"的山水城市。建立区域生态平衡,为广州市发展提供可持续的区域性生态保障。

(三)"三旧"改造的实施对策和开发模式中历史文化的保护和传承

无论是新城建设还是历史文化的保护,可以说广州已经渡过了城市形象建设的焦虑期,尤其是广州 2010 年全面开花的亚运环境综合整治使广州的城市形象得到很大提升和改善,并顺利完成了"十年大变"的改造目标。如今,全球城市化推进,国家进入"十二五"规划的实施期,城市功能转型和人口资源转变,广州又面临新的挑战和机遇,新城市功能的需求和人们生活质量的提高,使广州规划遇到了新的难题和困难。21 世纪的广州必须确立"文化强市"的建设战略思想,把历史文化的保护和更新作为旧城改造的重中之重,才能找到一个可持续发展的城市改造道路,寻求出一种既能应对发展挑战又能解决环境问题的城市发展模式。

文化产业是随着我国市场经济体制的建立和完善以及城市化而出现的,它是繁荣社会主义文化、满足人民群众精神文化需求的重要途径,建立文化产业可持续发展机制对区域文化战略目标的实现至关重要;在这方面,如广州自 1986 年以来,先后召开了五次大规模的关于文化产业战略研讨会,20 世纪 90 年代中期以后,广州市进入了前所未有的文化建设大规划时期,市政府制定了《广州文化发展战略纲要》、《广州建设现代化国际大都市的文化发展总体规划》等一系列政策文件,对活跃文化市场起到了重要的推动作用。加强政府政策对区域文化建设的宏观引导,促进文化产业可持续发展。"建设文化大省,把广州变成宜居的首善之城",这是省长汪洋提出的重要举措。根据这一指示,2006 年底,接任广州市委书记不到半年的朱小丹，把广州的城市发展战略在"南拓、北优、东进、西联"的基础上，增加了"中调"的提法。

1. "三旧"改造的历程和政策解读

2007 年之前，广州城市改造大部分是结合建设或者城市更新的基础设施建设来启动的。这是广州市旧城改造、旧厂房改造的特点。通过"三旧"改造节约了土地资源，提升了利用价值。另外也促进了产业的转型、城市功能的完善，扩大了固定资产投资等等。整个"三旧"改造大方面是政府主导、开发商参与。实际广州市在一年多的"三旧"改造过程中，出现了许多问题。主要是政策执行方针存在一些问题，同时监管、政策设计等也有问题。在政策执行过程当中，有对执行目的的偏差性，另外在改造过程中个别地方借"三旧"改造，也存在一些不公平不公正的现象。在此基础上，2008 年 12 月 20 日广东省签订了《"三旧"改造协议意见》重要文件。

广东省的"三旧"改造历程分为三个阶段。第一阶段是 20 世纪 90 年代自发无序的改造，主要表现为民营企业自主开发进行的改造。这时不涉及也不敢违反当时的土地政策，改造完了仍然以单纯的土地出租为主。第二段阶段是 21 世纪政府主导的探索阶段，这个阶段为 2008 年出台的文件做了铺垫。特点是由村集体参与，这时村民自主投资、社会资本参与等各种方式都有。第三阶段是从 2007 年到现在，政府和村集体改造铺开的阶段，这时的"三旧"改造不只是以前村办企业的厂房改造，已经扩展到旧城镇、旧厂房、旧村居等。国家和广东省在这个阶段，出台了各种关于配套"三旧"改造的意见，最重要的是广东省人民政府 2009 年 78 号文《关于推进'三旧'改造促进节约集约用地的若干意见》对今后的"三旧"改造起了宏观的指导作用。

紧接着，广州市出台了《广州市人民政府关于加快推进"三旧"改造工作的意见》，重点强调，"为深入贯彻落实《珠江三角洲地区改革发展规划纲要(2008~2020 年)》，着力推进我市旧城镇、旧村庄、旧厂房（以下简称'三旧'）改造工作，加快建设现代化宜居城市和国家中心城市，现根据省政府《关于推进"三旧"改造促进节约集约用地的若干意见》（粤府［2009］78 号）的文件精神，结合我市实际，提出意见"，"'三旧'改造是在当前土地资源供需矛盾日益突出的情况下，拓展建设空间、保障发展用地的重要途径，是推进节约集约用地工作的重要内容，也是改善城市面貌和人居环境、提升居民生活品质、建设宜居现代城市的必然要求"。与此同时，广州也提出了《关于推进城中村（旧村）整治改造的实施意见》，针对"城中村"改造主要给予了五个方面的优惠，明确指出对符合省政策规定的"城中村"现状建设用地直接按现状确定地类。也就是说，现实中用做商业用途的就按商业用地登记，用做住宅用途的就按住宅用地登记，从而让商业用地得到更合理的补偿。另外，村民可自己选择决定安置房转为国有土地或者继续保留集体用地的性质。

根据广州市此前发布的《广州市人民政府关于加快推进"三旧"改造工作的意见》，广州的"三旧"改造将进一步完善和规范化，并为广州新增高达353平方公里的建设用地。该《意见》还明确，各区政府是"三旧"改造的第一主体，采用政府、市场、改造主体等多元化的资金筹措渠道，同时在财政扶持和税费减免方面提供系列优惠政策。

随后，《广州市旧厂房改造土地处置实施意见》也获得市政府常务会议原则通过，这个文件针对旧厂房的改造难题亮出政策优惠牌，其中包括与原用地单位分成土地出让金，提高原用地单位的改造积极性。广州市国土房管局相关负责人指出，只要有利于城市面貌的改善，符合城市规划，旧厂房改为商业用地、商业用地改为住宅用地是没问题的。在多种优惠政策的推动下，广州市中心将释放出大量住宅用地已是毋庸置疑的。

在社会矛盾高发的拆迁问题上，十年迂回，广州是否已找到一条较可行的路径？"广州模式"是否能全国复制？"三旧"改造怎么改？政府如何控制容积率？"城中村"改造容积率是否偏高？各方利益如何分配？此前，也有专家提出"三旧"改造不能着急，只有慢慢来，才能出细活。"三旧"改造是一个涉及政治、经济、文化、社会的系统工程，急切不得。比如外来人口的问题怎么解决、城市历史文化如何保护等等都要慢慢落笔。那么，"三旧"改造的步伐能不能慢点？中央和广东省给广州市"三旧"改造的政策以3年为期，时间紧迫。广州市"三旧办"表示，在新增用地指标严格控制的前提下，只有通过"三旧"改造盘活土地，才能突破土地供应瓶颈，才能改善人居环境，才有新的土地去引进先进服务业，调整经济增长模式，那么"三旧"改造中关于历史文化的保护和更新，也是"中调"绕不过去的问题。

近年来，广州市以荔湾区、海珠区和越秀区为试点对部分旧城区进行了改造。在"三旧"改造论坛会上，不少市民提出，旧城建设应以保护为前提，只能是"改造旧城区",但不能变"旧城区"为"新城区"。"新城建设不应占用文化古迹,应恢复旧建筑。政府应把旧城远景及现状公布于众,集思广益,制订可行方案。"退休老人朱伯的话引来了大家的一致赞同。广东革命历史博物馆前馆长黎显衡说:"政府在制定决策时要听取各方面专家的意见,把保护文物列入其中。"

"三旧"改造怎么改?"简单来说就是应保的尽保,应改的尽改",广州市"三旧办"常务副主任丁强表示,广州将力争用 10 年的时间基本完成全市在册的 138 个"城中村"的整治改造,其中只有 52 个"城中村"会进行全面的改造,并力争 3~5 年内基本完成改造任务。其余"城中村"只采取综合整治的形式,并不大拆大建。"如果这个城中村具有岭南风情,或者容貌很好,是不会全部推掉的。比如黄埔村、小洲村等都以综合整治为主,肯定不会大拆大建。凡是全面改造的都是没有任何保留意义、反而存在许多消防、治安等隐患的'城中村'。再比如说历史文化保护区只能修旧如旧,工业遗产也不能改,太古仓大阪仓等都要留下。"广州市建委有关负责人提出,对于危、旧、破的街道应以零星改造为主,尽量保持原来的街道文化、历史文化。而市规划局总工程师叶浩军在保护旧城历史文化的基础上还提出一个新的观点:在保护旧城区的物质的同时也要优化与提升旧城居民的生活方式,使西关岭南文化得以流传。

据广州市"三旧办"副主任陈建华介绍,根据总体规划,到 2020 年能够新增的土地只有 148 平方公里,而广州正常建设每年需有 20 多平方公里土地,因此只能在存量土地上下工夫。为此,广州在 2020 年前,要挖掘 220 平方公里"三旧"存量土地,但这些改造并非全部都会通过大拆大建的形式。其中,120 平方公里用于全面改造,而其余的 100 平方公里将采取综合整治,以整治为主。据省国土厅人士介绍,广州市的土地开发利用强度已达 23%,如果达到 40%,这个城市基本上就不适宜人类居住。按照目前的发展速度,国家给广州的用地规模只够用 3 年。作为"三旧"改造试点市,广州各区上报"三旧"改造用地面积为 353 平方公里,相当于其未来 10 年新增建设用地 2.4 倍。而按此前国家批准的广州新一轮土地利用总体规划大纲,2008~2020 年,广州可使用的新增建设用地规模只有 148 平方公里;解放前广州城面积约 54 平方公里,也就是,"三旧"改造可挤出约 6 个旧广州城的用地。根据计划,广州市"三旧"改造地块标图建库于 2011 年 3 月完成,全市"三旧"改造地块约 1.4 万宗,用地总面积为 539.2 平方公里。其中十区"三旧"改造地块合计 8950 宗，用地面积为 434.2 平方公里。根据《广州市国土资源和房屋管理局"三旧"改造项目土地成本收益经济测算工作方案》的工作任务分工，市房地产测绘所专门负责为广州"三旧"改造、重点基建项目，如白天鹅经济圈、荔枝湾涌二期、大坦沙岛、陈家祠、地铁沿线站场等储备用地项目的经济测算提供基础数据。

2. 旧城镇改造的保护模式剖析

自 20 世纪 90 年代以来，广州旧城、旧村改造的模式走过了一条不断变更的路径。1992 年前，广州城市改造在政府主导下进行。为解决资金困境，20 世纪 90 年代开始引进外资，完成"荔湾广场"改造项目。

从 1999 年开始，广州市决策层一直不允许开发商插手旧城改造，主要担心房地产商在利益驱使下提高容积率，大大增加城市建筑和人口的密度。自此，旧城改造完全由政府承担。典型工程就是越秀区解放中路项目。但随改造深入，资金缺口越来越大，进程缓慢，几乎停滞。旧城改造政府无法承担主体，那么政府在旧城改造中该如何扮演角色呢？是保守维持现状，还是积极面对未来城市转型的机遇和挑战？以前，广州的旧城改造工作一直以零星的个案实施为主，政府部门为主导，没有成立专门统一的旧城改造组织领导机构。近期，广州市新成立了"三旧"改造城市更新办公室，集中审批权，下放决策权，提高审批效率。省社科院科研处处长丁力也认为，政府在旧厂房改造中要充分发挥规划的作用，成为旧城改造的好"管家"、好"指针"。

2006 年，广州提出"中调"概念，对社会资金进入城市改造"松口"，在政府主导的前提下，允许引入社会资金。并为积极实施"中调"战略，加快推进广州市旧城更新改造工作，制定了《广州市人民政府关于广州市推进旧城更新改造的实施意见》，其目标任务是：越秀、海珠、荔湾、天河、白云、黄埔区政府应当从实际出发，抓紧对本区域的旧城区进行网格化、片区化、全覆盖性梳理、调查，根据梳理、调查的基本情况，在广州市"三旧"改造办公室意见的基础上，结合房屋危破状况、土地利用效率、环境条件、历史文化等因素，明确拆（成片重建模式）、改（零散改造模式）、留（历史文化保护性整治模式）的选址范围和更新改造方案，尽快组织编制完成本区旧城更新改造规划和年度计划，并将改造规划和年度计划提交市"三旧"改造工作领导小组审定后执行。

但"三旧"政策的时效太短，加之各方急功近利的社会价值观作祟，使得旧城改造不能在充分保护历史文化的前提下进行，如代表广州非物质文化遗产的岭南文化粤剧名人故里——荔湾区恩宁路，早在 2007 年 4 月就对媒体表示，正在抓紧编制旧城区危破房改造规划。这个规划要全面覆盖需实施危破房改造的老城区范围，使荔湾区的旧城改造工作做到有长期计划、有中期规划、有短期的项目安排，有条不紊地推进恩宁路改造。到了 2007 年 8 月，又传出广州市拟采用国际竞赛的方式为恩宁路寻求最佳"整体规划"方案的消息，华南理工大学的几位教授为此还提出了几大极具创意的设想，媒体对此炒得也很热闹，荔湾区政府还采取聘请专家做顾问在旧城改造中"借用外脑，推动恩宁路的旧城改造工作"的举措。其中被聘的一位专家说："7 月 30 日发了聘书，让媒体宣传报道之后，他们就从来没找过我们。他们想怎么做还是怎么做，我们很担心，一些建筑还是保不住了。"他说："恩宁路的改造，规划要尽早公开，放到阳光下进行，要拆哪些建筑，要保留哪些建筑，你到底要改成什么样子，应该充分听取各方面的建议，该论证的就论证，该听证的就听证，不能什么都偷偷摸摸地进行。"

吉祥坊的居民蔡先生认为："就是因为恩宁路的规划没有及时出来，才导致今天说拆、明天说留的局面，搞得街坊的意见也很大。特别是有些房子已经搬空啦，又说要保留，可我们的房子好好的，人还没搬走却一定要拆。"

中山大学魏清泉教授是恩宁路改造项目聘请的四位专家之一。"很多房子过去说拆现在又保留了，据我所知是因为规划又有了新调整。"他证实说，"恩宁路的规划前后做过三四个，到底用哪一个，要怎么完善，我想将来一定会向社会公布，也肯定会征求大家的意见和进行听证的。"实际上，早在 2007 年 8 月，广州市文化局属下的广州市文物考古研究所就精心编制出了一个《恩宁路改造项目文物及历史建筑保护方案》，供恩宁路改造项目参考。市文化局文物处刘晓明处长表示，这个方案是一个仅供他们参考的方案，文化局的建议对恩宁路改造项目并没有约束力。

例如，《保护方案》中建议对吉祥坊 A 类建筑 36 号予以保护。记者在多宝坊新街一号的拆迁办公室里看到的《房屋拆迁进度表》中显示，他们只对 36 号中一个 52.46 平方米的房子注明保留，而另外一间 86.64 平方米的没有注明保留。

《保护方案》建议，对吉祥坊 B 类建筑中的 47 号建筑（253.15 平方米）、47 - 1 号建筑（11 套房屋共计 244.08 平方米），建议保留历史建筑和石板路，但在

《房屋拆迁进度表》中用红字刺眼地显示"已拆卸"。《新快报》记者赶到此地一看，确实已经拆得只剩下废墟了。《保护方案》还提出要对吉祥坊 A 类建筑 52 号予以保护，但在《房屋拆迁进度表》中，52 号的两间房屋均无注明"保留"或"不拆"。

市文化局同时在另一份名为《恩宁路调查中建议保护的建筑》的报告中说得也很"客气"："这是我局为规划部门提供的参考意见，不具有法定约束力。具体情况以规划部门编制完成的保护建设规划为准。"

由于保护与更新规划的不确定和欠完善，恩宁路改造拆迁出现反反复复的尴尬局面。如位于南华中路、历经近 300 年历史的"成珠楼"（"成珠楼"被拍卖后易名"鸿星海鲜酒家"）还是免不了被拆的命运。东江集团表示也不知拆后将作何用途？同是老字号的莲香楼有关负责人向记者表示："虽然几年前'成珠楼'被拍卖以后业内人士曾预料到这座老茶楼终会有一天保不住，但这一天真的来到了，还是觉得特别惋惜。"旧城拆迁使老字号消逝，抹去了城市的记忆，折断了历史的痕迹，广州岭南文化历史名城的称号也变得徒有虚名！

因此，旧城改造要强制按照历史文化保护性整治模式："对历史文化街区和优秀历史文化建筑，应严格按照'修旧如旧、建新如故'的原则进行保护性整治更新，按照'重在保护、弱化居住'的原则，参照拆迁管理法律法规，合理动迁、疏解历史文化保护建筑的居住人口。探索采取出售文化保护建筑使用权或产权的方法，引进社会资金建立保护历史文化建筑的新机制。"城市本身就是一个教育人的、活的、有秩序的博物馆，把更多的城市空间、城市景观献给公众是社会进步的象征。

3. 旧村庄改造的保护模式剖析

"城中村"（旧村庄）曾经被认为是城市发展中的疤痕。广州 2000 年开始改造"城中村"，但因费用高昂等原因一直未有实质性进展，直到 2007 年猎德村改造样本出现，即"卖地筹资"。2010 年 10 月 20 日，在没有对手参与竞争的情况下，广州琶洲"城中村"改造的 4 个地块，被保利地产以底价拿下。这是继 2007 年广州猎德村改造之后，第二个"卖地筹钱"的"城中村"。

"卖地筹钱"的猎德模式，还使政府在拆建过程中几乎不用花一分一厘。这成为后来广州"城中村"改造的一个样本。随后启动的海珠区琶洲村、越秀区杨箕村、天河区冼村及林和村的改造方案，都将参考"猎德模式"。但"卖地筹资"弊端已显现，原本拥挤的"城中村"，在划地拍卖后，只能提高容积率，以达到经济平衡。改造后的"城中村"会否更"拥挤"，成为一个隐忧。

2010 年 6 月，广州向开发商伸出了"橄榄枝"，表示"欢迎有实力、有信誉的开发商积极参与广州城中村改造"。"原则"被打破了，但在城市密度方面，还没有更好的解决办法。像猎德这样就地安置，势必会大幅提高土地容积率。广州城市规划勘测设计研究院总规划师、中山大学教授袁奇峰认为，猎德模式表面看政府很轻松，但下一届政府需要为高容积率进行大量基础设施建设，支出大笔财政。这样一来，"村民得益了，全市人民却受损。可以说猎德模式不宜推广"。

从拒绝开发商完全由政府主导，到政府主导引进开发商，再到村集体自主与开发商合作或村集体自己开发，广州的"城中村"改造模式一变再变。让村集体能参与并决定其命运，政府发现自己亦能省事省心。

2010 年 9 月，广州市长张广宁列出时间表：2010 年亚运会前，拆平 8 个"城中村"，用十年时间完成 138 个"城中村"的改造。杨箕、琶洲、冼村等 52 个"城中村"位于城市重点功能区，将以整体拆除重建为主实施全面改造。届时，广州有很多古街老巷会随着旧城改造逐渐湮灭在历史的风尘中。"在一片推土机和锤子的敲打声之中，一些昔日历史留下的遗产永远在我们面前消失了。我无力阻止这些经过几十至近百年孕育出来的时代记忆消亡。我悲伤……"在某个专业摄影网上，90 后小云（化名）为一组广州"城中村"记忆的黑白照片标上描述，他说那是他的心情。

对于中心城区"城中村"改造方案高容积率的担心，市"三旧办"已经采取严格措施来控制容积率：譬如依法核定现状建筑的总量，对于超过一定标准的住宅，政府鼓励通过 2:1 或 3:1 置换成面积较小的商业物业，从而控制建筑的总量。同时，还将合理划定改造范围，其中有一些使用率较低的旧厂，在"城中村"改造的时候加入，通过增大分母，降低整体容积率。旧村改造结合旧厂改造，促进整体环境改善。"城中村"在改造后更要注重居民公共生活品质，对此，广州的"城中村"改造不能只是拆掉重建；以经验来看，不拆掉也可以改造得很好。2010 年底，黄埔古村及芳村的裕安围村等整治项目，包括永泰村，只采取了立面整治的办法，改善了环境卫生和绿化水平，效果也不错。2010 年广州市长张广宁在进行亚运环境整治和文化建设调研时，对海珠区黄埔古村保护项目给予了高度评价，说："像黄埔古村这样具有深厚历史文化底蕴的村落，在保护、建设的同时，要注重挖掘历史内涵，讲好历史故事，加大宣传力度，努力打造成广州的文化旅游亮点。"在调研中，张广宁提出："广州的'城中村'改造不是要'大拆大建'，而是要区分不同情况、不同地段、不同历史文化背景，有针对性地量身制订改造方案，该拆的拆，该保留的保留。"

一座城市就是一部历史，建筑越久远，历史沉淀越厚实，其传统历史街区的价值也就越高。在英国旅行时，看到牛津、剑桥等地的民居很多已经有上百年历史，尽管低矮狭窄，却将英伦悠久风情展露无遗，漫步在这些旧民居集中的街道上，思绪不由自主地会沉浸于英国历史。相比之下，我国的城市，无论大小，很多缺乏特色，而且看不出历史的纵深感，其原因就在于老建筑拆得太多。有人认为，现在我国城市旧城区多为旧建筑，环境质量较差，需要"全面改造"、"彻底改造"，这种提法实质上就是把旧城区全部拆除重建。这种"以旧换新"的旧城改造接近于建一座新城。然而，焕然一新的城市面貌却难免使人们觉得单调乏味。

有读者这样评论陈淮之论："旧房子的功能也许落后，配套也许不足，管理也许不善，但功能可以改造、配套可以增加、管理可以改进，如果政府以'城市发展需要'为由，而给予它们'危房'一样的待遇，将诸多完好的旧房子尽数拆毁，这不仅是一种物质浪费，更可能破坏了城市的历史文脉。"像德国弗莱堡的旧房改造始终贯穿着"保护"与"更新"的辩证关系："保护"强调的是历史性与传统形态，它所代表的价值取向是历史价值和文化价值；"更新"强调的是时代性与城市功能，它所代表的是现代文明与进步。

据专家介绍，旧城生活居住区改建应采取的主要形式是拆旧更新和加层扩建。事实上，对于如何扩增旧房的居住面积，世博园同样提供了不少借鉴，比如葡萄牙的可搬运观众塔，带来一种城市居住的新趋势，它的住房模块方案，可以在旧房的垂直和水平两个方向，扩大住房面积。

对于综合整治范围内历史建筑物产权登记发证，应被纳入"城中村"综合整治范围内，在修建性详细规划中保留的部分建筑物，经全面整治且通过市"三旧"改造办公室审查的，可办理房地产登记发证。在全面改造模式中，即使以整体拆除重建为主实施全面改造，也要留下历史文化的肌理和岭南建筑元素和符号；在综合整治模式中，更要保护好岭南水乡河涌体系的居住形态和原居民的生活习俗。尤其是代表岭南村庄特色的祠堂建筑，是几千年来凝聚和谐村庄的传统文化载体，既不应用猎德村古祠堂移植的方法来传承，更不能随便地拆除和破坏性地利用；应在原址旧地保存，再更新改造为新的社区文化活动中心或小区会所等，使居住在广州的人们有家园的认同感和历史环境的归属感，从而产生身心健康的良性互动的和谐社区体系，也才能真正提升广州的城市魅力和体现机遇转型的充满新活力的城市形象。

4. 旧厂房改造的保护模式剖析

从鸦片战争开始，广州就最早引进国外近现代工业技术，最早出现外资经营企业，最早出现大宗对外贸易工业品，最早兴办近代的军事工业。1840年以来，广州私营民族工业、国家民族工业、官僚买办企业、外国资本主义工业以及社会主义工业，都在南粤大地上留下了各具特色的工业建筑文化遗产，它们先后构成了清朝、民国、新中国时期的工业遗产主体，反映和见证了我国工业化时代的进程，是人们阅读广州城市立体的物质文明读本。

工业文化遗产具有历史学、社会学、建筑学、科技美学诸方面的科研价值。工厂、车间、作坊、矿场（井）等不可动的物质文化遗产，一般都是不可多得的特种建筑结构，富含科技历史文化信息。每一项工业文化遗产都记录着近代科学与工业革命的历史活动信息，作为近现代工业结构和性状的真实的历史证据，凝结着城市社会代表性的发展演变规律。工业文化遗产地带可能是城市滨水地带、传统交通枢纽地带、特色科技景观地带、产业结构关键地带，在大规模的旧城改造与新城建设过程中，这些地带许多工业建筑文化遗产除了需要特殊保护之外，其毗连的文物环境保护规划、拆建用地规划也需要特别与之观照。

工业建筑遗产同样表征和见证了人类工业社会变革时期的工作领域及其所衍生的生活场景，同样具有"文物"的特质和纪念性。一个成熟的民族必须正确地面对民族发展中的每一个文化片断。机器设备、生产性建（构）筑物，已被认为是"城市的一种特殊语言"，同样具有某种特殊美学——科技美学的意义。"逆工业化"趋势，使人们对其产生了一种文化"失落感"。实现工业遗产旅游、建立工业遗产博物馆或采取其他一些保护利用措施，就一定能满足人们对近现代工业社会、工业文明、工业技术等历史现象的怀念，从而更坚定地面对未来。工业建筑遗产的教育性、纪念性价值是显然的。

对工业建筑遗产的保护与经济社会发展、产业更替壮大并无绝对的对立性。在保护真实性、完整性的前提下，对其进行再利用，乃工业建筑遗产保护中的一个突出特点，可最大限度地发挥工业物质文明与精神文明的经济学价值。在国外，仍然使用着的工业设施可以被划定为工业遗产，亦即工业遗产仍然可以运转使用。一般除了广泛开展工业遗产旅游活动外，还普遍将其改建为展览馆、公园、艺术家工作室、特种演出场馆、餐厅、体育活动场馆等加以继续使用，效果十分理想。在国内，上述做法也是很有市场的。重要的问题是：我们需要一套完善的法规体制、设计准则、运作制度、管理策略和评价体系，动员全民参与关注，形成自觉的文化保护运动。

然而，由于对工业遗产的认识毕竟较晚，更多地区和国家至今尚未充分认识到其价值所在。这使得在全球范围内的工业遗产，于过去的两个世纪里，遭到了而且今天还在遭受着大量毁坏。所以，在更多地区推进工业遗产保护已是刻不容缓的事情。

国外工业文化建筑遗产保护利用主要有以下几种典型模式：①主题博物馆模式。是以博物馆的形式展示某些工艺生产过程，从中活化工业企业的历史感与真实感。如德国亨利钢铁厂建于 1854 年，现变为一个露天博物馆，导游人员由原厂工人志愿者担当。埃森市、多特蒙德市"关税同盟"等煤矿已成为开放博物馆。英国铁桥峡谷，现已成为占地 10 平方公里，由 7 个工业纪念地和博物馆、285 个保护性工业建筑整合为一体的旅游胜地。②工业遗址公园模式。例如德国鲁尔蒂森煤铁景观公园，盖尔森基兴的北极星公园。③公共休憩空间模式，即在工业旧址上兴办休闲娱乐场所。如起重架可用于攀崖训练场，冷却池用做潜水训练基地，废瓦斯槽变"太空馆"。④购物旅游中心模式。是将工业设备区建成购物中心，并配有咖啡馆、酒吧健身、服装城及儿童娱乐场所。如德国奥伯豪森市新的旅游中心购物区。⑤工业博览与商务旅游开发模式，即开办特色工业博览会进行招商、商务交流、交易旅游活动。欧洲及美、日等国此举获得长足发展。⑥出租转让定性使用。如给某种文化艺术个体人员集群经营文化艺术产业，并可形成特色新社区——艺术家群落。欧洲改造老厂房已成时尚，英国曼彻斯特工业区全部走进 SOHO 时代，香港也有类似情况。⑦区域一体化治理模式。如德国北杜伊斯堡景观公园就是区域综合治理计划的产物。

在保护体制方面，法国、英国、意大利等国家正在突破由国家对文化遗产事业统揽统包的格局，开始重视公众在遗产方面的文化消费，将遗产保护与市场经营相结合，充分发挥政府通过制定法律、规章、标准，提供经费等方式，对遗产保护运营进行监管与支持的作用。遗产保护运动、公共参与活动、企业投资遗产保护活动，形成了优良的社会风气。发达国家主要采用非营利体制，既利用市场机制又保护遗产的公益性和公共性，是社会资产公平合理运用的制度前提。

中国对工业文化遗产的保护及研究，时间短，起步晚，主要是研究城市化和历史学的领域，通过对工业文化遗存的考察，提出了对工业遗产地段的保护与整治规划的呼吁和建议。近几年来，在某些方面取得了很好的社会效应。上海、天津、沈阳、东北等地区的研究较为突出。当前有代表性的项目及其成果有：①上海工业遗产转型研究；②上海利用工业厂房改建世博园场馆；③沈阳呼吁界定工业文物标准，复活工业文明的记忆；④福建马尾造船厂的保护利用值得学习；⑤天津策划保护文物景观，让人们在遗迹中"聆听"天津老工业的故事；⑥广受欢迎和赞扬的中山岐江公园，该园是利用造船厂遗址改建的，投资十分节省，生态效应、景观效应都很好；⑦北京老厂房变LOFT建筑，北京一个50年代具有包豪斯风格的大型国有工厂停产后，设计、出版、展示、演出、绘画等艺术家陆续入驻，开创了具有全新创意的文化产业，上海苏州河畔也如是。通过梳理分析发现，虽然越来越多的城市正在开展工业遗产的保护规划编制工作，但基本上处于各自为政的局面，其初步成果尚未及时总结分析，所出现的问题尚未得到深入的理论研究。若能站在我国快速城市化的宏观背景下，运用城市规划、建筑史学及其他相关跨学科理论深入探讨这一问题，对推进我国工业文化遗产的保护性再利用，将具有广泛的指导意义。

广州开放较早，得海外风气之先。晚清的造船坞、军械厂现在还留有遗址。近代以来，民族工业纷纷涌现。如近期发现的芳村区同盛机器厂、协同和机器厂，荔湾区的广东饮料厂、西村水泥厂，白云区的造船厂办事处，海珠区的河南港务公司等都是。外国人经办的太古仓、特型油库至今仍在使用。少数近代工业遗产已得到应有的保护，如五仙门电厂。广州大批工业建筑多集中在内环路以内，占据着中心城区的河岸景观和黄金地段。在城市化进程中，广州工业建筑历史文化遗迹消失的也不少。近现代工业建筑文化遗产因生存时间短，尚未引起广泛重视，有些精美的化工合成塔被一炸了之。概念上界定不清必然带来规划建设管理上的混乱。尤其是对非文物保护单位的近现代工业建筑的评价标准、保护策略问题，还缺乏明确的阐释与共识，亟须通过理论研究来确定和规范其可操作性，使工业遗产的保护得到真正落实。

为寻求工业建筑文化遗产保护与城市建设发展双赢的有效途径，2010 年 9 月，张广宁市长率团来到美国旧金山考察，在看到当地把旧变电站改造成犹太文化博物馆、公园地下空间开发成大型会展中心、旧码头仓库改成商铺写字楼后，他提出广州也要学会利用地下空间，并实现旧城连片改造的收支平衡。代表团一行考察了旧金山中心金融区改造情况。这是该市融合新旧建筑风格、成功实施旧城区重建的范例，张广宁说，这个成功案例可以让广州学到多方面经验。他说，只要"点子对路"，就可以将旧厂房改造成既有活力也有经济收益的休闲好去处，有效提升三产价值。广州大阪仓、太古仓等旧厂房区，完全可以打造成"三旧"改造精品。在调研位于白鹅潭江畔的太古仓商业文化景区时强调，城市更新是城市发展的必然选择，推动旧厂房改造是城市更新的一道难题，要按照尊重历史、统筹兼顾、利益共享、公平公正、促进改造的原则，配合"三旧"改造工作的全面展开，合理解决旧厂房土地处置方式和收益分配这一关键问题，加快推进中心城区旧厂房"退二进三"工作，在有限的土地资源中促进存量建设用地的再开发再利用，实现土地利用效率和产出效益最大化。旧厂房改造要有长远眼光，不一定要"大拆"，完全可以充分利用。太古仓的改造既保留了深厚的文化底蕴，展现了原有的历史风貌，同时也发展了文化创意产业，是推进"退二进三"、"腾笼换鸟"的榜样。在他看来，芳村的其他仓库旧址也可以按这样的思路进行改造。

三 广州历史文化遗产保护的工作处境与有效措施

自古至今，我国已经建有很多风格不同的建筑，从而形成不同的传统和文化，但长期以来，古建筑遭到极大破坏，有的地方为了发展经济，不惜完全摧毁古迹。另外，我国正处于高速发展时期，城市建设与文化遗产保护之间的矛盾冲突加剧，由于我国受法律保护的不可移动文物数量偏少，由此造成大量文化遗产因缺乏法律的保护而快速地消失，破坏历史文化名城整体格局和风貌、损毁文物建筑和历史街区、破坏文化遗产原生环境、侵蚀古代文化遗址的现象仍然普遍存在，一些独具特色的历史性城市和历史文化街区，正在被杂乱无章的新建筑群所淹没。与此同时，错位开发也给文化遗产带来很大伤害。因此，广州"三旧"改造中，我们应该吸取教训，最大限度地把珍贵的文化古迹遗产保存下来并发挥其潜在价值，针对广州历史文化保护与开发的现状，应从以下方面探讨可行的措施。

（1）历史文化的展示是有条件的。首先必须遵守完整保护和可持续利用的原则，文物的不可再生性决定了任何形式的展示都必须以文物的完整保护和可持续利用为前提条件。我们应在确保不对文物古迹造成破坏的前提下考虑展示问题，做到文物资源的可持续利用。

（2）历史文化的展示还应遵守尊重历史、满足真实性的原则。真实性是文物古迹的灵魂，如果文物古迹的真实性受到质疑，则其内涵和价值也就无从提起了。对真实性的损害主要是指对文物古迹原结构、构造、材质、技术等的破坏和替代以及文物古迹虽然得到完整的保护，但修复时添加的部分与原有部分真假难辨，造成观众对真实性的怀疑。保持文物古迹的真实性是对历史的尊重，是对子孙后代的尊重，也是对观众权利的尊重。展示时需要从观众的角度来考虑展示的方式，但不应以牺牲真实性为代价。

（3）历史文化的展示应将具体的文物古迹这个"点"置于社会发展的"链"中，重视具体文物的背景。每一具体的文物，不只有其个体的"绝对价值"，在人类社会的发展中，还有其承前启后、出类拔萃、独一无二等方面的意义，有其"相对价值"。只有将其置于本身所处的特定社会背景中，才能充分显示出其价值。所以，文物古迹的展示过程应重视文脉，在历史文化背景中介绍文物古迹，使人们认识到其在特定的历史、社会环境中的位置，即将文物古迹这个"点"放在历史发展的"链"中去展示，让观众了解到该文物古迹的"绝对价值"和"相对价值"。

随着文物研究与保护水平的不断提高，文物研究成果越来越多，保护的效果也越来越好，在此基础上，我们需要研究如何向公众展示文物蕴藏的各种价值，以增加公众对历史文物内涵的理解，提高文化素养，进而通过对文物价值的思考，增强民族的自豪感和凝聚力。同时，还应让公众了解文物不可再生的特性，培养文物保护的观念，使他们更加有意识地参与到文物保护的行列中。一方面，要强化政府管理责任，充分发挥政府在文化遗产保护中的主导作用。建立城市历史文化遗产管理体系，应根据文化遗产保护等级进行行政管理制度设计，其中，国家文物行政部门应强化对高等级文化遗产的管理。因此，编制国策层次的国家文化遗产保护规划尤为必要，这一规划至少应包括以下内容：建立适应于城市历史遗产资源特点的文化遗产概念和文化遗产分类系统；建立适应于当代发展需求的文化遗产价值观；建立适应于历史文化遗产特点和当代发展需求的文化遗产保护理论体系，包括新的保护观念、新的保护思路以及保护技术发展的新方向。根据城市文化遗产特点和保护需求，全面而科学地测算城市文化遗产投入需求及政府文化遗产预算等。另一方面，要强化各区级政府的责任。区级政府要深刻认识到，文化遗产作为稀缺的文化财富，是当地经济社会实现全面、协调和可持续发展的宝贵资源和不竭动力，应站在战略的高度看待文化遗产保护问题，以科学发展观为指导，正确处理经济社会发展中的文化遗产保护问题，避免有把文化遗产视为"包袱"的短视行为。文化部和国家文物局可组织开展"文化遗产之都"活动，这是各地发掘和认知当地文化特色，发挥文化遗产在延续城市历史记忆、构建城市文化特色中的资源优势，激发公众对城市的自豪感、归属感的有效方式。同时，要强化公众参与保护的机制。城市的历史文化遗产蕴涵着本民族特有的精神价值、思维方式、想象力，体现着本民族的生命力和创造力，也是全人类文明的瑰宝。从根本意义上说，各族民众既是这些珍贵文化遗产的创造者，也是文化遗产的传承者，是文化遗产的第一主人。广大民众的积极参与是文化遗产保护事业赖以生存和发展的决定性力量。文化遗产根植于特定的人文和自然环境，与当地居民有着天然的历史、文化和情感联系，这种联系已经成为文化遗产不可分割的组成部分。我们必须尊重和维护民众与文化遗产之间的关联和情感，保障民众的知情权、参与权和受益权。同时充分发挥民众监督作用，把文化遗产保护工作置于全社会的关注和监督之下。

目前，我国与历史文化遗存相关的法律文件有1982年11月颁布的《中华人民共和国文物保护法》，1994年建设部、国家文物局颁发的《历史文化名城保护规划编制要求》，以及2004年2月1日起实施的建设部《城市紫线管理办法》等。在上述文件指导、规范和控制监督下，我国城市历史文化保护工作取得了伟大的成就。但因过去"文物"、"文化遗产"概念的狭隘性，保护对象多局限在非生产性建（构）筑物方面，随着各种文化遗产保护工作的开展，人们知道了文化遗产还包括物质性的与非物质性的"工业遗产"。而工业建筑遗产通常不在人们的研究视线之内，难免出现一些片面性的、结构性的错误和遗憾。

广州在"三旧"改造建设中，要先致力于工业建筑文化遗产的调查考证，探讨具体界定标准或评估体系，深入进行"再创造、再开发、再利用"的理论研究与工程实践，为善待社会资源与更新城市空间、发展工业遗产旅游、保持城市生机特色与原真印记而发挥积极作用。同时，还运用城市规划系统工程理论及其他跨学科的新型学说和手法，来探索工业建筑遗产"再生复活"的运作管理模式，为政府部门实现"文化兴省"、"文化兴市"，保护和发展城市历史文化，促进城市发展水平的提高，提供先进的决策依据和典型范例。为提高全社会对工业建筑文化遗产保护重要性和紧迫性的认识，配合有关部门做好工业建筑文物调查、宣传，开展对广州地区近现代工业建筑历史背景、产业结构、演变特色、保护价值、文物界定、紫线规划的研究，形成一定的理论框架，对全国也应产生一定的影响。

全方位地调研广州地区工业建筑历史文化遗存的整体分布，并同现代城市发展状况相联系，寻找科学的保护策略和再利用模式。对每一个具体项目提出有创造性、可操作性的保护规划方案、理念、技术和方法，在实现妥善保护工业历史文化遗产的基础上，改善本地区人民的生活质量，改善城市环境面貌，实现可持续发展。

历史文化遗产涉及历史环境保护、社会法制建设、社会观念更新等问题，中国的城市化进程正由量变向质变转变，广州的十年一大变是里程碑式的标志，在广州快速城镇化"三旧"改造的背景下，保护历史文化资源是政府部门的责任，也是学术界研究的重点对象。

四　总结

在城区改造中应保护好广州"三旧"地的历史痕迹，建设"印象广州"的文化名城新风貌，营造"形态"、"神态"、"心态"的岭南文化生态环境。

现代与传统，必有相通之处才可发生联系和继承。当然我们也要看到现代与传统的区别：经济实力、科技水平、生活方式都发生了极大变化，特别是全球化带来了巨大影响。因此，我们所说的继承，必然是不断发展变化的继承。在继承中，也必然遇到很多困难与阻力，特别是来自比起传统更适应资本增值需要的时髦、时尚、流行、开放、"先进"、国际化等方面的阻力，还有依附于这种倾向来获得自己利益的某些"学派"制造的"理论"的阻力。塑造城市新形象也是一项复杂的系统工程，需要市政府的整体决策和精心规划，需要各部门、各单位甚至每个市民服从大局，通力合作并互相支持。城市形象，不仅包括城市的格局、空间环境、建筑风格、历史特色等外部形象，还应包括一个城市的精神风貌，即市民的素质和精神、城市的文化、投资的环境等。保护和复兴历史街区，更重要的是发掘文化内涵、复兴历史街区的传统活动，这不仅包括一般意义上的历史古迹、各级文物，还包括该地区原有的民俗风情、文化底蕴，以促进与未来文化的结合和发展，实现可持续发展的城市建设。

文化形态是一切文化生命体的存在形式，它以一定的价值观为核心并表现价值观，一种文化形态只有通过与一定的价值观相适应并生动、具体地把它表现出来，才是实证的。文化遗存离不开它赖以存在的文化生态环境，这种文化生态环境同文化遗存本体一样，既是人与自然、人与城市历史互动的产物，也是历史的载体，记录了城市发展进化的各种信息。离开了环境母体的文物，只能是孤零零的标本，必然会导致其文化价值的下降和生机的丧失，就像树木脱离了生养它的环境土壤就会枯萎一样。因此，保护文化遗存，就要保护和修复与文化遗存休戚相关的文化生态环境，这是一项综合性很强的系统工程，也是一项对城市生态文化保护更具挑战性的工作。

针对广州"三旧"改造的具体情况，可以从以下几个方面进一步深入探讨。

一是城市整体风貌的协调。让传统精神文化与现代科学技术相融合。围绕文物本体和历史街区的文化特征和建筑风貌，通过多种途径和方式，整治和保护周边环境，使之在总体风貌上达到和谐协调。在策划整个城市旅游资源开发的过程中，不仅要保留城市的记忆，体现城市的历史风貌，而且还要发挥当代人的想象力和创造力，在继承古人留下的遗产的同时，与古人合作共铸时代精品的形态环境。

二是为非物质文化的延续提供"物化"平台。对非物质文化的抢救和保护，一方面是"活化"，培养传人，使之扎根于民众之中，另一方面是"物化"，构建其激活、传承和弘扬的物质平台。如在旧村庄的保护改造中，有意识、有计划地保留、恢复和新建一批能体现上述民俗风情的踏道、小桥、饭店、临河戏台、祠堂、寺庙等建筑物，为民俗风情提供展示的场所，使其特有的非物质文化遗产借助于有形物质外壳得以延续，以留住城市的根，让古风古韵在街坊和曲径深巷中得以传承和弘扬。

三是激活历史街区，使市民的心态安稳和谐。历史街区走到今天，已与昔日有很大的差别，历史上的街区人与自然环境相对协调，而今天的街区人口密度过高，超过了环境的负荷；历史上的街区民居民宅和店铺错落其间，而今天的街区是连片密集居住处。因此，保护历史街区，就要适度地疏解人口，降低街区的人口密度，以恢复街区的文化生态环境。但是，保护和修复历史街区，不仅仅是为了留住街区的物质文化，还要留住街区的"活文化"——街区的"原住民"，使历史街区保持它的生机和活力，延续它的历史文脉。在历史街区保护过程中，可考虑留有一定的空间来恢复和新建一些购物、休闲、娱乐、文化等设施和广场、绿地空间，实现建筑结构和使用功能上的置换。同时在街区保护中引入现代市政设施和消防设施。所有这些，既是吸引外来游客、发展旅游事业的需要，更是改善街区居民的生活环境、提高居民生活质量的需要。居民在舒适的环境中生活，就会积极地支持和参与历史街区的保护工程，而街区也能在各种资源的整合中使功能叠加和放大，实现人与自然、人文与生态、历史与现代的相互交融。

城市生态文化是城市物质文明与精神文明建设的总和，是城市的灵魂所系、魅力所在。总之，只有站在五千年中华文明积淀的物质和精神文化的高度，理解尊重和传承文化遗产，积极挖掘与认知城市文化传统，重塑城市文化特色，才能提升城市的综合竞争力，从而实现从功能城市向文化城市的历史性跨越。

全力提升广州城市历史文化品位是建设生态文化城市的灵魂。充分利用丰厚的人文和生态自然资源，把过去、现在和未来统一起来，在规划和建设中有意识地营造历史文化氛围，保护和建设一批特色鲜明、设计新颖、风格各异、布局合理的标志性生态文化街区和环境，创造出更加丰富的岭南历史片段和文化底蕴景观。用自然环境与人文景观相结合的建设思路，充分勾勒出岭南的建筑特点和地域特点，使其发扬光大，实现文化的传承与延续，让广州市充盈着浓厚的生态文化气息，真正实现建设一个"适宜创业发展、又适宜居住生活的山水型生态城市"首善之城的宏伟目标。

参考文献

《中国城市发展报告（2010）》，社会科学文献出版社，2010。

新周刊杂志社：《绝版中国——受伤的城市和它们的文化孤本》，漓江出版社，2008。

王国恩：《三旧改造政策解读及广州实践》，2011 年广东省注册培训教材规划师继续教育选修课资料。

曲少杰：《再现历史风貌 重塑城市形象——对广州十三行商埠文化旅游区的开发构想》，《工业建筑》2004 年第 1 期。

曲少杰：《广州十三行历史街区规划探析》，《规划师》2004 年第 2 期。

曲少杰：《城市滨水区域空间的开发与更新机制研究》，《工业建筑》2004 年第 5 期。

杨宏烈：《城市历史文化保护与发展》，中国建筑工业出版社，2006。

曲少杰：《论大学文化生态的保护与营造——以广州大学城历史文物古迹保护规划与开发利用为例》，《民族建筑》2008 年第 1 期。

The Study of the Historical and Cultural Protection and Utilization in the Reformation of the Guangzhou "San Jiu"

Qu Shaojie

Abstract：from the review and analysis of historical progress and policy evolution of Guangzhou "San Jiu", this study was an comprehensive analysis and research on the situation of the appearance of city and protection of history of Guangzhou in the progress of rapid urbanization. It advised that the major concentration should be the investigation of historical and cultural heritage and the discussion of specifically defined criteria and evaluation system. In-depth theoretical research, project implementation of "Recreate, Re-develop, Recycle", and the protection of historical trail in GuangZhou "San Jiu" were also critical for the establishment of the new "GuangZhou Imagination" with "pattern, expression, mentality". Henceforth, the great accomplishment of the construction of "A ecologic city suitable for entrepreneurship and development, and for living" could be achieved.

Key Words：The Reconstruction of "San Jiu", Protection of Historical Sites；Historical Streets and Areas；In-city Village；The heritage of industry

B.24
广州市历史文化街区的保护与利用研究

广州市人大代表荔湾联组专题调研组*

摘　要：广州是一座具有 2200 多年历史的古都，拥有古建筑、老街区等诸多历史文化资源。本文在分析了广州历史文化街区保护与利用的发展现状及存在问题的基础上，从规划编制、制度设计、开发利用等几个方面提出了具体的对策建议。

关键词：广州　历史文化街区　保护与利用　对策建议

广州是一座具有 2200 多年历史的古都，悠久的历史和丰富的文化积淀，使广州拥有一批历史文化遗产、诸多旅游景观以及独特的岭南民俗风情、民间艺术、街巷民居等历史文化资源。在广州城市发展建设中，如何保护、合理利用好历史文化街区，发挥历史文化资源的优势，展现古城风貌，促进经济发展，是一个重大的现实课题。

一　广州历史文化街区保护与利用的现状分析

广州是国务院 1982 年第一批公布的 24 个国家级历史文化名城之一，但直到 90 年代末，由于受旧城改造和房地产开发的影响，部分历史建筑、历史街区被破坏性拆除或改造。随着保护意识的增强，1999 年，广州颁布实施了《广州历史文化名城保护条例》，修订了《广州文物保护管理规定》，启动了《广州市优秀历史建筑和历史文化风貌区保护办法》，标志着广州市历史文化名城保护工作

---

* 调研组成员：市人大代表，汤抗美、邵卫红、张家祥、胡钊文、李卓祺、陈安薇；其他成员，刘漫漫、吴志翔、周志钊、陈碧莲、罗宇星、吴凯、张月琼。

进入了一个有法可依的阶段。2000 年，广州市政府公布了第一批历史文化保护区，划定包括长洲岛、沙面在内的 16 片历史文化保护区和 21 片内部控制历史文化保护区。2008 年，广州市在原有历史文化保护区的基础上，新增了 13 片历史文化街区，共计 42 片历史文化保护区。广州历史文化街区保护与利用工作坚持"规划引导、应保尽保，以人为本、传承文脉"的理念，紧紧围绕建设宜居现代城市和国家中心城市的总体目标，将历史文化街区保护与利用作为改善城市面貌、保护和弘扬历史文化、建设宜居城市的重要抓手。在广州市政府主导下，市规划部门开展了《历史文化名城与保护规划》的编制工作。至 2010 年底，被列为各级文物保护单位的有 5000 多处、历史文化街区（保护区）48 片，其中在历史城区内划定 22 片，历史城区外的市域范围内划定 26 片。市辖十区内的 30 片历史文化保护区由市规划局组织编制保护规划，已有 26 片编制完成。如新河浦是广州市现存规模最大的中西结合的低层院落式传统民居群和历史街区，2000 年 6 月被广州市政府列为首批"历史文化保护区"。市规划局组织编制的《新河浦历史文化保护区保护规划》于 2006 年经市政府批准实施，中共"三大"旧址处于新河浦核心位置，中共"三大"会址及周边地区作为新河浦保护的启动区，带动新河浦的保护和更新工作。2010 年初，广州市正式公示《广州市旧城改造规划纲要》，将旧城改造的范围划为一般旧城区、风貌协调区、历史文化街区和文物保护区四类区域，并提出了不同的更新改造策略，以期有效引导广州"三旧"改造，保护城市传统历史文化资源。

可以说，广州市对历史文化保护的范畴远远超出文物和历史建筑等的范畴，逐步建立了由《广州市历史文化名城保护规划》、历史街区（历史文化保护区）保护规划、文物保护单位的保护规划和紫线控制、近现代优秀历史建筑保护等多层次保护规划，从整体到局部，着手建立点、线、面相结合的历史文化保护规划体系，例如《新河浦历史文化保护区保护规划》、《东皋大道历史文化保护区保护规划》等。广州在规划中特别强调对骑楼的保护，典型骑楼街分为 4 个区，第一个区为大新路—海珠南路骑楼区，第二个区为西关骑楼区，第三个区为北京路—万福路骑楼区，第四个区为同福路—南华路骑楼区；广州还将历史文化分为八大主题，形成"八个主题区域"保护等。同时，在公众参与方面不断探索创新形式，从纯技术路线上跳出来，凸显城市规划的公共政策属性，尝试建立起多层次的公众参与平台，使历史文化街区的保护与利用工作进

入广州市民的视野，鼓励各种社会力量积极参与历史文化街区保护和监督工作。

二　广州历史文化街区保护与利用
过程中面临的主要问题

广州市委、市政府对历史文化街区保护和利用工作，虽然取得一定的成效，但在实际改造过程中，依然存在一些问题。总的来看，广州历史文化街区保护与利用面临的困境主要有以下三个方面。

（一）受旧的规划体制限制，广州历史文化街区保护与利用工作推进较慢

历史文化街区的改造必须以符合城市规划为前提，但广州市现有的城市规划在编制过程中，一方面由于人口预测脱节，仅依据城市常住人口确定城市基础设施的承载力、建设用地规模等导致城市规划控制指标要求与实际发展需求不相适应，加之长期以来对集体用地缺乏系统、有效的规划和管理等弊病，造成历史文化街区改造工作中规划方面要么因控规未完全覆盖而"无规可依"，要么因控规过于刚性，束缚和影响了历史文化街区改造的正常进展。另一方面，由于历史文化街区改造项目资金紧缺，加上改造拆迁费用和安置补偿费逐年提高，开发商为了实现项目开发的经济利润，必然导致在历史文化街区内进行高强度、高容积率的地产开发。这样的功能集中与文化街区的历史风貌保护之间存在着深刻的内在矛盾，也给城市的功能布局优化制造了严重的障碍。

（二）对传统文化的价值认识不足，保护意识淡薄，部分历史文化资源遭到破坏

广州作为国家历史文化名城和岭南文化的重要发祥地，其街区内蕴涵了丰富的历史文化资源，是承载岭南千年历史文化的载体。由于对传统文化的价值认识不足，保护意识淡薄，在城市建设的历史上有三次较大的破坏：一是近代以前因改朝换代或者外国侵略带来的破坏，如闻名中外的十三行在清代被三次烧毁；二是民国时期在近代工业化和城市化进程中的建设性破坏，如在民国初期拆毁全部

城墙和16个城门建马路；三是改革开放以后，20世纪80~90年代快速城市化过程中的"建设性破坏"，当时经济发展成为城市发展的重心，受旧城改造和房地产开发的影响，部分历史建筑、历史街区被破坏性拆除或改造。如繁华的中山路骑楼商业街和解放路骑楼商业街被拆毁，毛泽东、柳亚子、鲁迅、许广平等诸多名人曾经留下故事的妙其香酒家也被拆毁；在广州规模最大的骑楼建筑传统商业街——上下九第十甫路的核心地段建设了荔湾广场等高层商住楼等。

（三）研究基础不足，缺乏一系列配套的政策性、指导性文件和必要的技术规范

历史文化街区保护与开发利用问题，是一个涉及经济、社会、技术、文化、心理等多个领域的复杂问题，需要多方面的深入研究。由于多方面的原因，广州市在这一领域的研究基础比较薄弱。一方面，对于包括快速城市化过程中城市发展的规律、城市文化产业发展的规律、城市化过程中人口迁移的规律、大城市内部空间区域的划分与功能定位、城市历史文化建筑的有机更新与合理利用的方式等问题都缺乏深入的研究积累。另一方面，由于研究基础薄弱，导致了相关技术规范制定工作滞后。迄今为止，广州市相关部门还没有制定诸如《广州市历史文化街区城市设计指南》之类的技术规范，也没有对特殊地区或历史地段的建筑形式、建筑高度、檐口高度、外装修材料和色彩等提出具体管理措施。其结果，使得广州市历史文化街区保护与利用工作处于无矩可循的境地。

三 加强广州历史文化街区保护与利用的对策建议

近年来，广州市委、市政府十分重视历史文化街区的建设，强调要按照"修旧如旧，建新如故"的原则推进老城区历史文化街区的保护与利用工作，使老城区所承载的历史文化得以保存，城市记忆得以延续。广州历史文化街区的保护与利用始终要把市民的利益摆在第一位，贯彻执行好"绝对保护线"、"重点保护线"、"更新改造线"三条线的控制要求，坚持实事求是、科学分类、有序推进，在这个过程中特别要重视对岭南优秀传统文化资源的保护、发掘和利用，传承和弘扬城市文脉，将广州市历史文化街区保护与利用的着力点放在其蕴涵的民生价值、商业价值和人文价值上。

（一）坚持规划先行，高起点、前瞻性地科学编制广州历史文化街区保护和利用规划

广州市委副书记、市长万庆良 2010 年前往荔湾区恩宁路改造项目视察时提出，历史文化街区建设要做到规划优先，体现规划的引领作用；同时指出"西关大屋群要建就建一片，外面还是原汁原味的西关大屋，但里面要现代化，最好是五星级，体现广州智慧城市水平"。城市设计和规划是否成功，历史文化街区保护与利用方面是个关键问题。如古城西安的城市规划与建筑沿着一条继承传统文化、发展地方个性特色的脉络不断延续，城市的道路格局始终以汉唐长安城"棋盘式"、"井田式"发展起来，道路宽大平直，显示了汉唐长安严整的格局和宏伟的气势。明城内，相互垂直的两条主干道，分别以高大的钟楼、城楼作为对景，建筑沿轴线对称，完整地保存了传统布局的艺术特色。因此，广州历史文化街区的规划思路与理念要坚持高起点定位，高水平设计，具有系统性、前瞻性和连续性。在规划前，要对历史文化保护街区进行战略性的规划研究，调查清楚街区内的土地使用及建筑现状，统一规划确定需要拆除重建、需要保护的建筑和历史地段，要克服和避免出现对历史建筑进行破坏性拆除的大拆大建现象。

（二）加大保护力度，突出广州历史文化街区的传统文化特色

在广州历史文化街区改造中，会遇到一个新与旧、改造与保护的关系问题。对有价值的文化建筑的历史地段周围地区，应严格遵守"修旧如旧，建新如故"的原则，能不拆的就尽量不拆，防止大拆大建，要保护好广州传统岭南文化特色。挖掘文化特色，保护有价值的文物建筑和历史地段的风貌。历史文化街区的保护与利用首先要挖掘广州的传统文化，确立其与众不同的本质特征，才能最大限度地发挥遗产资源的优势并使历史文化得以传承。广州的南越王墓、陈家祠、中山纪念堂、西关大屋、骑楼街等，这些文化符号都是其他城市所没有的，也是不能复制的，要充分整合和保护好这些本土文化，让人一看就觉得广州市有历史、有文化、有品位。具体措施有：一是保留并恢复有历史意义的建筑物，例如骑楼街、西关大屋、石板路等；二是重温历史文化足迹，展示历史文化的原貌，例如再现"西来初地"、"十三行一条街"、"海山仙馆"等的昔日风貌；三是保护历史文化街区内人文活动的真实性和完整性，尽可能留住原住居民，保存街区

内居民原有的生活方式和各种真实的历史文化活动，这样历史文化街区才不会失去原来的韵味。同时，要在历史文化街区内有效开展非物质文化遗产的保护与传承。广州的民俗文化，源远流长。驰名海内外的"三雕一彩一绣"，即牙雕（包括骨雕）、玉雕、木雕和广彩、广绣，在清代就扬名海内外。还有龙舟竞渡、粤剧、曲艺、广东音乐、粤讴、木鱼、南音、咸水歌、私伙局等，已成为岭南社会文化的一种特殊表现形式和广州民俗风情的一个重要组成部分。保护措施有：一是重视民间曲艺、民间手工的传承和民间风俗的沿袭，使民间文化本真的意蕴得以发扬光大，例如粤剧粤曲、广彩广绣、西关民俗等的传承；二是保留并提升各种具有广州传统民族风情特色的活动，例如除夕花市、七夕节西关小姐的才艺表演、三月三泮塘仁威庙会等人文活动；三是设立文物和历史名人史料陈列馆、书画创作室、民间手工制作室，大力推进古玩、书画、民间工艺品、传统戏服等文化产品的发展。

（三）弘扬岭南文化，加强对广州历史文化项目的开发与利用

广州市历史文化街区的开发利用，应当尽可能地还原历史的真实面貌，根据不同的历史朝代背景，确立不同的街区主题，在保护的基础上充分挖掘文化街区的历史文化内涵。以荔湾西关文化为例，西关文化是岭南文化的中心地，是广州非常宝贵的财富，见证了广州两千多年的发展历史，保留了岭南文化重要的精神实质，使广州的城市文脉得以传承、延续，发挥了巨大的价值。从广州市现状来看，建议重点开发如下项目。

一是民间工艺产业开发。广东民间工艺博物馆"陈家祠"享誉海内外，但陈家祠整个文化旅游区仅由博物馆和绿化广场、市民广场组成，景区范围偏小，景区西关文化内涵发掘远远不够，旅游项目单一，导致旅游氛围不足，"留不住客"的现象越来越明显。建议完善陈家祠周边旅游景区配套设施，挖掘文化内涵，开发特色文化旅游商品。例如，建议修建展示牙雕、木雕、泥塑、"伯父鞋"、广彩、广绣、剪纸等民间工艺及诗书画等以反映西关历史文化风情为主题的西关雕塑园，以及集鉴赏工艺品、观察制作过程、旅游购物于一体的多功能工艺展览厅。

二是特色餐饮文化的开发。广州最具有特色的地方品牌是饮食文化。"食在广州"是对广州的美誉，更是广州的城市名片。广州饮食传统寓艺术于饮食中，

讲究色香味，一款粤菜往往称得上是造型讲究的工艺品，菜名也往往会寄予诗意。建议在历史文化街区内开发特色餐饮。如西关美食、岭南茶艺馆、烛光茶座、风雅茶楼、茶点等，让食客置身于艺术之中，增强文化旅游的体验氛围。

三是岭南文化风情的开发。历史文化街区的开发要与发展旅游业相结合，建议以突出旧城区岭南文化和山水城市的特色、营造浓厚的文化氛围、保持岭南都市的文化情调、延续旧城区的千年文脉为原则，通过开发历史文化街区内有知名度、文化历史价值高、岭南地方特色鲜明、对游客吸引力大的文物景点，使历史文化街区成为集旅游、观光、饮食、购物、娱乐、住宿于一体的综合性旅游区。如荔湾区利用荔枝湾涌成功揭盖复涌就是一个很好的例子。通过对西关大屋和名人故居的保护、荔枝湾水系旧观的恢复、岭南园林之冠"海山仙馆"的重建，将荔湾湖自然园林景观与周边丰富的历史人文景观有机融合，恢复当年"一湾溪水绿，两岸荔枝红"的小秦淮美景，打造融文化、生态、休闲、环保于一体、凸现岭南水乡文化特色的地标性文化休闲区，形成自然景观与人文景观交相辉映的"广州会客厅"，并以此带动商贸业、信息业、房地产业、金融业等相关产业的发展，形成新的经济增长点。

（四）明确市、区职能，建立科学高效的广州历史文化街区保护和利用工作机制

广州市历史文化街区保护和利用工作，涉及的范围和环节较多，需要方方面面发挥各自的职能，上下参与，齐心协力，共同做好历史文化街区的保护和利用工作。要在明确各自职责尤其是市、区分工的前提下，建立起科学高效的政府主导、市区联动、部门配合、社会参与的历史文化街区保护和利用工作机制。具体来说，由市政府在市一级层面上制定各历史文化街区保护和利用规划，统一立项，筹措和引入建设资金，制定拆迁补偿、工程设计等标准，市有关职能部门按照各自职责配合做好有关工作。区级政府带领区有关职能部门根据市政府的统一安排，承担历史文化街区项目的立项、引资、开发、建设、运营和保护等实施层面的具体工作，实现对历史文化街区保护和利用的有效运作。历史文化街区项目建设和运营过程中，在遵守有关法律法规和最大限度保护历史文物和民俗风情的前提下，可引入社会企业和社会资金参与，实行市场化运作，使历史文化街区保护和利用达到社会效益和经济效益双赢的目的。

A Study of Protection and Use of the Historic Cultural Streets and Areas of Guangzhou

The Subject Team of the Guangzhou People's Congress Liwan Group

Abstract: Guangzhou is an ancient capital city with a history of over 2200 years. It owns many historic cultural such as ancient buildings, old and historic streets and areas, etc. This article makes an analysis of the situation of protection and use of the historic cultural streets and areas as well the problems to be resolved, and puts forward concrete countermeasures and proposals for plan compiling, system designing, development and use, etc.

Key Words: Guangzhou; historic and cultural streets and areas; protection and use; Strategy and suggestion

图书在版编目（CIP）数据

中国广州文化发展报告.2011/徐俊忠，顾涧清主编.
—北京：社会科学文献出版社，2011.6
（广州蓝皮书）
ISBN 978-7-5097-2355-5

Ⅰ.①中… Ⅱ.①徐… ②顾… Ⅲ.①文化事业-
发展-研究报告-广州市-2011 Ⅳ.①G127.651

中国版本图书馆 CIP 数据核字（2011）第 085312 号

广州蓝皮书
中国广州文化发展报告（2011）

主　　编／徐俊忠　顾涧清
副 主 编／涂成林

出 版 人／谢寿光
总 编 辑／邹东涛
出 版 者／社会科学文献出版社
地　　址／北京市西城区北三环中路甲 29 号院 3 号楼华龙大厦
邮政编码／100029

责任部门／皮书出版中心（010）59367127　　责任编辑／陈　颖　吴　丹
电子信箱／pishubu@ssap.cn　　　　　　　　责任校对／王雪芝
项目统筹／任文武　　　　　　　　　　　　　责任印制／董　然
总 经 销／社会科学文献出版社发行部（010）59367081　59367089
读者服务／读者服务中心（010）59367028

印　　装／北京季蜂印刷有限公司
开　　本／787mm×1092mm　1/16　　印　张／21
版　　次／2011 年 6 月第 1 版　　　字　数／362 千字
印　　次／2011 年 6 月第 1 次印刷
书　　号／ISBN 978-7-5097-2355-5
定　　价／59.00 元

盘点年度资讯 预测时代前程

从"盘阅读"到全程在线阅读
皮书数据库完美升级

· 产品更多样

从纸书到电子书，再到全程在线阅读，皮书系列产品更加多样化。从2010年开始，皮书系列随书附赠产品由原先的电子光盘改为更具价值的皮书数据库阅读卡。纸书的购买者凭借附赠的阅读卡将获得皮书数据库高价值的免费阅读服务。

· 内容更丰富

皮书数据库以皮书系列为基础，整合国内外其他相关资讯构建而成，内容包括建社以来的700余种皮书、20000多篇文章，并且每年以近140种皮书、5000篇文章的数量增加，可以为读者提供更加广泛的资讯服务。皮书数据库开创便捷的检索系统，可以实现精确查找与模糊匹配，为读者提供更加准确的资讯服务。

· 流程更简便

登录皮书数据库网站www.pishu.com.cn，注册、登录、充值后，即可实现下载阅读。购买本书赠送您100元充值卡，请按以下方法进行充值。

充值卡使用步骤：

第一步
· 刮开下面密码涂层
· 登录 www.pishu.com.cn
点击"注册"进行用户注册

第二步
登录后点击"会员中心"进入会员中心。

社科文献资源库
SOCIAL SCIENCE
DATABASE

社会科学文献出版社 皮书系列
SOCIAL SCIENCES ACADEMIC PRESS (CHINA)

卡号：3083607677359643

密码：

（本卡为图书内容的一部分，不购书刮卡，视为盗书）

第三步
· 点击"在线充值"的"充值卡充值"，
· 输入正确的"卡号"和"密码"，即可使用。

如果您还有疑问，可以点击网站的"使用帮助"或电话垂询010-59367227。